南方海啸

NANFANG
HAIXIAO

卡比丘　著

● REC

民主与建设出版社　● 博集天卷
CS·BOOKY
·北京·

● REC

Memorial Museum of
Life Before the Tsunami

南方海啸 NANFANG HAIXIAO

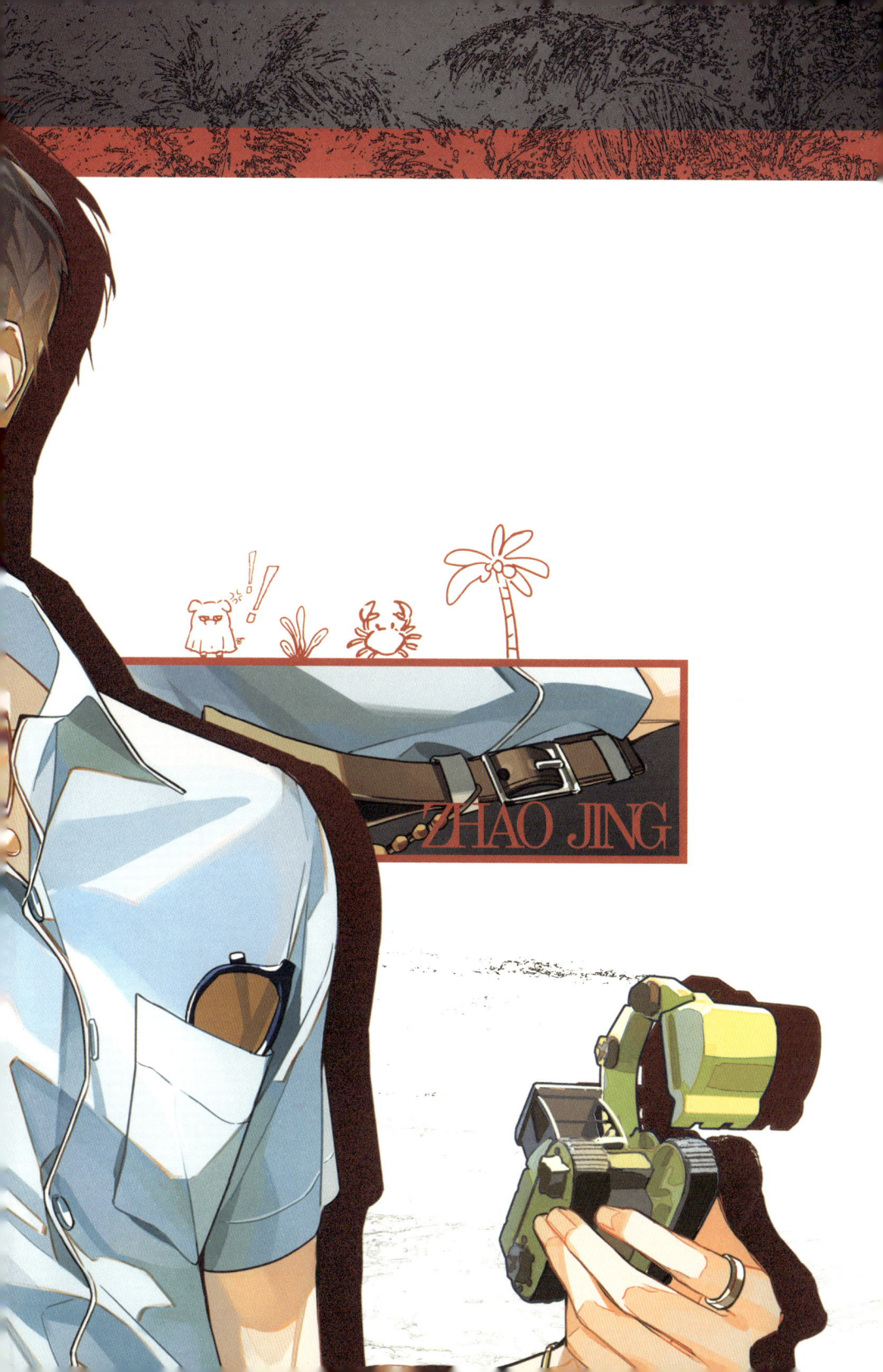

ZHAO JING

前方到站 0.01km

海啸前纪念博物馆

南方海啸

Contents 目录

第一章	海岛废墟	001
第二章	救助机遇	014
第三章	创伤失眠夜	024
第四章	我会开挖掘机	036
第五章	再见里尼	048
第六章	起诉小潘	054
第七章	社交礼仪	064
第八章	离岛时刻	073
第九章	鸭子船	084
第十章	韦嘉易 5	101
第十一章	拄拐杖的圣诞老人	115
第十二章	旧人相见	129

第十三章　　我的博物馆　　139

第十四章　　爱犬威廉　　153

第十五章　　归宿之感　　164

第十六章　　在云层上　　176

第十七章　　新年快乐　　188

第十八章　　最后一分钟　　204

第十九章　　寻物启事　　217

第二十章　　十七岁的云　　230

番外一　　阁楼　　237

番外二　　天空有什么?　　271

第一章 🌿 海岛废墟

下午两点，赵竞从正在下降的飞机舷窗往下望，看见被海水包围着的布德鲁斯岛。

这座岛屿位于南太平洋，形状像一个歪斜的爱心。主岛的四边，延伸出的狭长棕色陆地和零星白色沙滩，仿若绕着心形的道道飘带，围出几片蓝绿色玻璃般的潟湖。

确实美丽，然而由于交通不够便利，这座岛并不属于热门的婚礼海岛。

赵竞听母亲说，表弟李明冕的女朋友，偶然在某本时尚杂志上看见了这座岛的介绍，觉得又美又独特，坚持要在这里举办婚礼。长辈劝说无果，只好顺了他们的意。

举办婚礼的酒店是一大片白色的现代建筑，位于岛屿南部的长沙滩边。

在半空中俯瞰，酒店各个公共区域摆放着的鲜艳的婚礼装饰非常显眼，时间还是下午，蓝色的泳池旁已经聚了不少男男女女，蚂蚁似的动着，大概都是李明冕的狐朋狗友。

等到进入酒店，不知会听见多大的噪声。

所有有关这场婚礼的现实，都让赵竞感到烦躁。如果他本人能选择，他绝不会前来参加。

因为，第一，他对这位不务正业、游手好闲的表弟没有半点好感；第二，赵竞的科技公司最近难得出了些状况。

上周末，公司的某位高管酒后驾车撞上交通灯柱，还对警察与路人口出狂言，视频已在各大社交网站流传。虽然经过公关，他的职务暂时未被曝光，但公关公司的负责人严肃地提醒赵竞，纸终究包不住火，届时必定会引起舆论危机与股价波动，他们提交了几个预案，也让赵竞早做准备。

在这样重要的关口，前来一个航程五个多小时的小岛，参加一场于事业毫无益处的婚礼，对赵竞来说，无疑是一种极度的对时间的浪费。

而且一开始，赵竞的确是不打算来的。

几个月前，李明冕的婚礼时间确定后，他给赵竞打了好几次电话，想邀请赵竞来参加。赵竞没接，让秘书替他挡了，不料过了两天，请柬发到了他母亲那里。

母亲的电话立刻打了过来，命令赵竞代表他们全家出席这场婚礼。

她称自己与赵竞的父亲，在婚礼那几天都早已安排了别的重要的事："李明冕是李家第一个结婚的男孩子，我们家一个人都不出席不太好，你去一下。"

"你们有什么重要的事？我也有事，看哪件重要再说吧。"赵竞毫不犹豫地拒绝。

显而易见，他的父母肯定不是没空去，而是不想去。毕竟即使在纨绔子弟不少的李家小辈中，李明冕也算得上其中格外突出的一位。

他行事极为高调，朋友也三教九流无人不有，以前每次办生日会，都乌烟瘴气到被发上社会新闻。

父母不愿意参加，赵竞可以理解，但他更不想去："我记得我有一场很重要的会议要参加。"

"会什么会，我问过你的秘书了，你的公司那几天什么大事也没有，"母亲生气地拆穿他，"再说了，明冕的婚礼上，肯定都是爱玩闹的年轻人，我们年纪大的长辈去了，他们玩得不自在。"

"李明冕交的朋友，还懂不自在怎么写？"赵竞忍不住嘲讽，"姨妈姨父不也是长辈，你不去陪陪他们？"

"那才几个人？"母亲和他拉扯得烦躁了，怒斥，"赵竞，明冕订婚的时候，你临时找借口不去，还是我们俩替你去的，当时我们说什么了？这次轮到你了，别推卸责任。"

母亲说罢便干脆地挂了电话。

赵竞自知理亏，不得不遵从母亲的要求，从珍贵的日程中空出了整整两天，给李明冕的婚礼。

飞机在水上降落，停靠在长长的码头边。

机舱门打开后，赵竞一摘下隔音耳机，来自泳池狂欢现场的派对音乐便隆隆地传了过来。不难想象现场的声音会有多么震耳欲聋。

赵竞走下舷梯，酒店的工作人员笑脸盈盈，端着花哨的欢迎饮品向他问好，不远处还站着他的另一位表弟，李明诚。

李明诚比赵竞小三岁，与他毕业于同一所大学。毕业后，李明诚也和赵竞一样，没有回集团上班。不过他并未创业，而是选择去一家投资银行工作，平时两人偶有往来，关系不算差。

赵竞抬手拒绝了饮品，和李明诚一起沿着漂浮码头往岸边走，难得和他客套："怎么有空来接我？"

"耳朵快聋了，"李明诚表情微妙，指了指音乐传来的方向，"出来透透气。"

两人坐上酒店接客人的越野车，李明诚开始了他的抱怨："我昨天就到了。我妈非逼我和她一起，不然我真不想来。昨晚单身派对，泳池边 DJ 打碟打到早上五点，我妈说她觉都没睡着。而且明冕的那些朋友，我真找不到几个正常人。你知道吗哥，昨天他一个好兄弟喝多了抽烟，还点着了下沉卡座里的帐子，火烧得老高，那些朋友居然光叫不跑，围着看热闹，保安都挤不进来，最后我和韦嘉易一起开灭火器灭的。"

赵竞原本当笑话听，韦嘉易的名字一出现，唇角便降了下来。

有一刹那，赵竞想问"姓韦的怎么又在？"，但这名字乃至姓氏都没资格让他亲自念出来，他转念便换了话题，问李明诚在场的宾客还有哪些人。

李明诚报出一长串名字。李家的亲戚好友，几乎还是都到了。

婚礼仪式将在六点举行，位置是沙滩旁的草坪。

到酒店后，赵竞和李明诚先去离泳池最远的酒廊坐了坐。

他们碰见了几个别的亲戚，看起来都饱受通宵派对的困扰，眼眶发青。一说起昨晚那场意外的小火灾，全都欲言又止，唉声叹气。

赵竞靠在沙发上，一边听他们悄声闲聊，细说这场婚礼的胡闹之处，一边看下属发来的关于危机公关进度的消息。刚回复了一条，他忽然听李明诚说：

"嘉易！"

一抬头，赵竞便看见了那个人。

他皮肤白皙，身材瘦削，黑发半长不长地扎在脑后，照常背着一台相机，穿得不三不四，像张纸片似的晃来晃去地朝他们走来。

他晃到赵竞所在的卡座附近，环视一圈，抬手笑眯眯地打了个招呼："我说怎么不见人，原来都在这儿躲着呢？"

声音还是和赵竞记忆中一样，说不清道不明地烦人。

赵竞垂眼继续看消息，而李明诚和另外几个表弟表妹与这个不速之客搭话。

赵竞压根不想听他们的聊天内容，但或许是那声音圆滑，又太讨厌，所以聊天声偏偏钻进他的耳中。

"嘉易哥哥，你明天就走啦？"李明诚刚成年的亲妹妹问。

他说："嗯，还有一堆工作呢。"

"娱乐圈的吗？"她压低了声音，好奇地问，"有什么圈内八卦跟我说说吗？"

"我就是个拍照的，不太了解啊，"那个人轻声道，"不过你昨天说喜欢的组合，我帮你要到了两张下个月演唱会的邀请函。"

小表妹动作很大地捂住嘴，激动地乱叫。

两人低声交谈，另一个性格冷淡些的表妹居然也开口了，她叫他的全名："韦嘉易，我看到了你给韩子溪拍的照片，我在秀场见过她几次，怎么不觉得她有那么好看？你给我也拍一套吧，价钱随你开。"

"等我有空当然可以，"他语气含笑，"李小姐这么漂亮，我就不收费了。"

赵竞听到这儿，实在被那人不加掩饰的阿谀姿态恶心过了头，忍不住皱眉抬头，看了一眼，发现平时为人冷静的表妹，居然也吃这套，对那个人露出欣喜的笑容，还拿出手机，和他交换了联系方式。

赵竞没来得及收回目光，那个人像感觉到什么，也抬眸朝赵竞看来。

两人视线交会的下一秒，韦嘉易弯弯眼睛，朝赵竞微微笑了笑，仿佛终于找到机会，所以笑得格外谄媚。赵竞简直有种被冒犯的感觉，面无表情地移开了目光。

李明诚注意到他们对视，但显然没有读到赵竞眼中的厌恶，热心地道："表哥，你和嘉易应该也挺熟的吧？去年嘉易不还去了姑姑办的晚宴吗？不过你是不是没去？"

赶在赵竞开口之前，那个人识趣地抢先说："没有没有，我只是给李女士干过活，我这种普通打工的，哪有机会认识赵总这么日理万机的卓越精英。"

"那今天就认识了呗！"李明诚积极地想要牵线。

赵竞的脸色变得不怎么好看。

他不是个会看场合做出迁就的人，家世出身与个人成就都让他无须在乎气氛。即便是守在码头迎接他的李明诚，也不值得他做出任何忍让。不过正当赵竞要开口时，婚礼的工作人员救了韦嘉易。他们来到酒廊，邀请各位宾客前往观礼区入座，打断了赵竞即将脱口而出的不好听的话，才没让许多年前两人初次见面时的事件重演。

赵竞站起来，在工作人员的引导下来到沙滩。

南太平洋上太阳即将落入海中，海面呈现一种雾蒙蒙的粉色与蓝色。嘈杂的派对音乐终于转成了神圣与幸福的歌曲，观礼的宾客也安静下来。

赵竞代表他的家人，坐在第一排，海风缓缓地将台上白色的纱帐吹动，也将鲜花的香气吹到他身边。

神父与新郎上台，而后新娘被父亲牵着登场，新人面对面，说出誓言。

新人接吻时，新郎的朋友在台下怪叫了几声，有白色的海鸥从上空滑翔而过，因为离得近，赵竞看见了新娘眼中闪动的泪水，忽而莫名地平静了下来，本因为公司的问题而产生的浮躁也消散开去，他难得地沉浸在落日的美景之中。

毕竟，再怎么不想来，他也已经在这里了。

仪式结束后，赵竞与亲戚们同桌吃晚餐。没吃多久，一个远房亲戚前来主桌敬酒，或许是喝多了，他大着舌头问起赵竞的近期生活："长期的合作伙伴，难道一个都没有？"

身旁的舅舅立刻替赵竞说话，让对方少胡言乱语。

赵竞一贯大方，懒得计较，且他恰好注意到，韦嘉易坐在李明冕的狐朋狗友那桌，虽推杯换盏，表情动作都十分浮夸，但好在离他们很远，影响不到赵竞。不过席间，几个表弟表妹又聊到韦嘉易。

赵竞正与两个舅舅聊些工作的事，因为听力敏锐，被迫断断续续地听到了几句他们的聊天。

是小表妹先忽而问李明诚："现场摆着的这几组照片是找嘉易拍的吗？"

"是，"李明诚看了远处还在敬酒的李明冕一眼，撇撇嘴，"白嫖的。"

小表妹瞪大眼睛，说李明冕脸皮厚，李明诚又说："好像本来想找嘉易的团队跟拍婚礼，嘉易说没干过，没经验做不来，人手也不够，才硬推掉了。谁知道韦嘉易昨天一到，李明冕又给了他一个相机，非要他随便拍几张记录。"

"而且我看李明冕让他住在另一栋楼的套房里，"小表妹又说，"和婚庆公司的人一起住，昨天烧卡座的疯子都住在我们隔壁那套别墅呢。"

"看不上嘉易没背景呗，这一家子不都这样。"李明诚耸了耸肩，还想说什么，李明冕携新娘和父母过来敬酒，便没再继续聊下去。

赵竞不清楚韦嘉易的住处条件如何，不过他的房间是面向沙滩的一栋度假别墅。

李明冕的父亲喝得舌头打结，还非要亲自带赵竞回房，告诉他："赵竞，房间已经按照你的要求，多次消毒清扫过了。这是酒店里最好的两栋别墅里的一栋，和明冕他们住的地方一模一样。舅舅坚持要把这个房间留给你，你妈妈不来，我真伤心。"

他朝着赵竞诉苦，说特别想姐姐，又说败家子的这场婚礼花了不少钱，手头都紧了。

赵竞听了几句便不想再听，打断了舅舅，说自己明天还要返程，想早点休息，不大客气地送客了。

房间确实不小，赵竞从门口进入，经过一条小径，又经过起居室和餐厅，才到卧室。

卧室正对着沙滩，打开玻璃门可以往外走。月亮悬在晚空，海岸线看起来不知为何比下午来时遥远得多，黑色的沙滩像无穷无尽地延伸进天际，才与海平面接上了线。

赵竞洗漱后，很快入睡了。他的睡眠质量一直很高，从小到大都睡得又快又沉，几乎不会做梦，但今晚他做了一个。

他梦见自己出席母亲办的基金会晚宴，碰到了那个人。他本想视而不见，那人又凑过来巴结他，他烦不胜烦，找了安保人员，想把那人送出去。

保安将那人围住后，闹出了巨大的声响。

嘈杂的呼唤声与敲门声交织在一起，正被这场混乱吵得头痛时，赵竞忽然间感到有什么东西狠狠地打了他的腿，一阵剧痛袭来，这绝不可能是梦中会出现的力道，紧接着，他呛了水，手脚都失去了支撑。猛地睁开眼睛，赵竟第一眼看见微亮的天光和即将落入海中的月亮，而后发现卧室的玻璃门、落地灯、泳池全都离奇地没了，眼前只有不断上涨的黑色水面。

他大骇地撑起身体，重重地咳着，闻到冲天的腥臭味，想站却站不起来。

还在水上的最后一秒，他看见墙上挂着的一幅抽象画掉了下来。

画瞬间消失了，像从不曾存在过一般，被吞噬进也同样吞噬着赵竟的、裹挟着无数大小重物的泥浆中。

前一刻还是乐园，下一秒便成废墟。

韦嘉易侧躺安睡着，被怪异而猛烈的床榻摇动拖出睡梦，迷迷糊糊地去看，"嘭"的一声，身边的床头柜恰恰好倒了下去。

他惊醒，按着床坐起来，翻身想下床，竟踩到木地板上浮起的一层冰冰凉凉的黑水，见证了黑暗浪潮涌向岛屿的这一刻。

水迅速没过他的小腿，里头似乎有坚硬的碎屑，有些扎脚，但没再往上涨。

这场景过于离奇诡异，他险些以为自己在做噩梦，双脚都落地，没找到拖鞋，他摇摇晃晃地踩着水走向窗边。

窗在床对面的墙上，和床隔了七八米。

他盯着窗子，向前蹚了几步，忽而像被从温水里拎进了冰天雪地，冻得全然清醒，因为他看见了窗外的一片海。

天空泛起一种寒冷的白蓝色。

所有原本的棕榈树、花园、远处的房屋都不见了，只剩黑色的水面震荡着，闪起灰色的鳞波，一直延伸到远处的山腰，车顶和木块在其中漂浮，就像这里本便是海洋的一部分。

韦嘉易手脚僵硬，心里浮现出"山洪"和"海啸"，必须逃跑的求生念头闪过，但该跑向哪儿，怎么跑，他一时想不起任何方法。

以前有过什么海啸危急状况逃生的演练吗？有没有老师教过，怎么一点也不记得？韦嘉易怔在原地，过了几分钟，水却似乎渐渐退了下去。

地板上聚起的水消失了，留下一片带着臭味的泥屑，窗外远处的山体似乎也多露出了一些，韦嘉易看到山顶隐隐约约有大片车灯闪动，不知是不是提前逃走的人群。

先找手机。

韦嘉易终于想到一件能做的事，伸手抚平手臂上浮起的鸡皮疙瘩，走回床边，俯身用力搬起了倒下的床头柜。

手机被压在柜子下面，拿起来湿漉漉的，沾着脏污。屏幕碎了，还能亮，显示时间是凌晨三点，但信号只剩一格，他解了锁，尝试发信息，却已无法发送出去。

韦嘉易找到了拖鞋，穿上后走向房间大门。开门之后，他发现走廊灯全灭了，黑得伸手不见五指，便开了手机的手电筒，照向四周，只看见一片狼藉的地板和七零八落掉在地上的墙壁装饰。

"还有人吗？"韦嘉易出声，在空荡的走廊里产生微弱的回声。

没有人回应，他瞬间感到毛骨悚然，关了手电筒，开着门走回了床边，坐在床沿上，脑中凌乱地想着办法。

韦嘉易的房间位于度假酒店主楼建筑的顶层，房间面朝花园，窗不算大，且没有阳台。

他住的是唯一一间楼顶房，也是唯一不面海的房间。这是韦嘉易和李明诚聊天时，李明诚告诉他的。

李明诚说，这次来的宾客多，李明冕包下的整个酒店，几乎住满。

大部分宾客都住在别墅，只有婚庆公司和摄像团队安排在主楼。主楼的顶楼有泳池和行政会所，房间不多，都是园景。楼下的海景房都被其他人挑空了，李明冕便将顶楼这间园景房，安排给了来得较晚的韦嘉易。

李明诚骂李明冕势利，但事后再看，韦嘉易反而想感谢李明冕对他的怠慢。

若不是主楼建筑坚固，加上他住在最高的十二楼，他现在必定生死未卜。

海潮没多久就退了，韦嘉易这次过来带的行李不多，便没提箱子，只背了个登山包。包放在行李架上固定着，逃过一劫。

他收拾了行李，穿好球鞋，把房里的饮用水、食物和毛巾都塞进包里，背在背上，沿着走廊走到底，推开了逃生楼梯的门。

酒店的电源全断，楼梯里的应急灯亮了，韦嘉易小心翼翼地往下走，来到大堂时，浓郁的泥腥味和臭味大盛，直冲鼻尖，而天色更白了，太阳似乎要升起来。

韦嘉易被这味道熏得胃部一阵翻涌，按着肋骨四下张望，室外橙色的光晕照了进来，原本豪华宽敞的入住厅已变成黑棕色的沼泽，地面上横七竖八地铺满碎裂的柜子、摆饰和不知从哪儿冲过来的木头。

白色的沙发倒在地上，礼宾台不见踪影。

他问："有人吗？"

没有回音，又往前走了几步，他忽然踩到了一个软绵绵的东西，低下头去，发现他踩到一条胳膊。

韦嘉易惊得双腿一软，跳开去，俯身抓着那条胳膊，把泡在泥里的人往外拉。那人是中年男性，棕人相貌，双眼紧紧闭合，穿着酒店服务生的制服。

制服本是原纸色的亚麻布料，已被泡得像一团烂泥，胸口别着一块名牌，写着"客房部马里奥"。

韦嘉易俯身的角度大，沉重的背包向前滑，压到了他的后脑勺。因为突如其来的负重和眼前的景象，他的头产生一阵剧痛，他忍耐着，伸手搭在这位名叫马里奥的服务生颈部的大动脉上。

裹着泥浆的皮肤又湿又冰，摸起来像片干瘪的苹果皮。韦嘉易的指腹没有感受到任何来自心脏的跳动，他背脊发凉，难以接受，又停留了许久，松开了手。

韦嘉易想让马里奥躺在更体面些的地方，把他的身体拖了一小段，放到沙发的靠背上，弄得自己全身是泥。

喘着气，韦嘉易觉得自己的神志已经不甚清晰，既想要呕吐，又只想扶着什么或者坐下来休息一会儿。但他可能是这儿唯一一个四肢健全的幸存者了，得去看看是否还有人活着。于是他蹚着泥浆，走去沿海那一片别墅的方向。

太阳升到了海平面上，橙色球体的光还不算特别强烈，没有与天空完全融合。

一夜之间，这座心形的浪漫海岛上漂亮的别墅区便几乎被夷为平地，细腻洁白的沙滩成了石头、贝类和灌木的坟场。

韦嘉易向前走，绕过不知从何而来的巨大的树干，不时开口大声询问，但没得到任何回应，不知是昨晚大家都撤到了山上，还是已经发不出声。

大部分建筑都已成废墟，唯独一栋最大的，还留着几根柱子和两面墙，房间的顶没被浪潮掀去，摇摇欲坠地被支在上方。

韦嘉易往柱子的方向走了走，忽然听见微弱的声音。声音很低，像个男人，似乎有点耳熟，韦嘉易立刻问："有人吗？"

"……有。"那声音在不远处，韦嘉易循声过去，看见在别墅的墙后，一棵未被卷走的树下，斜斜地躺着一个人。

这人躺在一片大木板上，被泥冲得很脏，伤痕累累，但睡袍居然还穿在身上，带子也系好了。

他的左腿有些怪异地贴着地面，韦嘉易又靠近些，伸手就能扶到他的时候，他忽然抹了把脸，把脸上的污渍抹去少许，韦嘉易认了出来，这是赵竞。

韦嘉易愣了愣，心里忽然浮现一句话：难得没被赵大少爷用鼻孔看着，差点没认出来。

这时，赵竞咳了起来，他咳得厉害，像要呕吐似的，韦嘉易怕他吐在自己身上，赶紧往后退了一步。不过赵竞最终没呕出来，只是咳了许久，然后艰难地对韦嘉易说："水！有水吗？"

他听着快咳断气了，讨水倒是中气十足。

韦嘉易沉默地卸下半边背包，拿出刚才从房间里带出来的水。

他本想直接给赵竞，但赵竞一副羸弱的模样，显然拧不开瓶盖，加上赵竞既没死，也没有到命悬一线的状态，韦嘉易考虑到自己的未来事业，还是放低了姿态，替他把瓶盖拧开，还坐到他旁边，体贴地问："我帮你拿着喝？"

赵竞冷冷地瞥他一眼，抬手拿瓶子，结果没拿稳，险些将瓶子滑下去，被韦嘉易接住了。

"你现在可能还没恢复体力，"韦嘉易在心中大肆嘲笑，表面轻松地维持和气，"我来拿着吧。"

"我坐不直怎么拿？"赵竞嘴上一点亏都不肯吃，身体已经借力坐了起来，但大概因为腿是真的瘸了，晃了晃，向韦嘉易倒来。

沉重的上半身就这样侧着压在了韦嘉易的肩膀上，韦嘉易没说话，赵竞也没说，就着韦嘉易的手喝了两口水，装作无事发生："怎么就你一个人？救援的人呢？李明冕呢？"

"我不知道，"韦嘉易勉强耐心地一个个回答，"我醒过来就已经这样了，下了楼谁也没找到。"

"都跑了？"赵竞皱着眉说。

"……不是。"韦嘉易想到了他在大堂遇见的丧命的人，当时惊悸和空洞的情绪，又盘旋在他的脑中。他静了静，没说下去。

顿了顿，他告诉赵竞："我看到山上有车灯，应该很快就会有人来救援。"

"最好是。"赵竞没有表情地说。

两人没话说了，由于赵竞将重量全压在韦嘉易身上，他们紧靠着坐在湿滑的木板上。太阳升得更高了，原本鲜艳的潟湖成了棕色的泥潭，周遭是难以忽视的臭味和废墟。

韦嘉易没坐多久，肩膀便被压得生疼，看了他旁边的赵竞一眼。

赵竞的脸上有几道伤口，脏污反而让五官显得更为立体，鼻梁挺直得像石膏捏成的。

睫毛密长，沾着泥水，眼睛跟他的母亲李女士有点像，但比李女士的更长一些。嘴唇不厚不薄，唇角下挂着，英俊却很不好惹，像把属于一个被宠坏了的儿童的任性和不通人情带到了成年。

当然，赵竞会有这样的脾气，韦嘉易不是不能理解。

金字塔顶的出身、莫名就成功得让人难以置信的事业、一帆风顺的人生给了赵竞无须社会化的资本。韦嘉易听不少人聊起过，如今这家在行业内无出其右的科技公司，起初只是赵竞随手投资了一处商业地产，但房产经纪没有及时帮他找到合适的租户，被压低价格让他心情不好，决定自己使用这处地产才开的。

如此种种，这么一个无比幸运的人，追捧者永远熙熙攘攘，有这样的脾气也很正常。

不过韦嘉易不是什么享受打压的人，只想混口饭吃，不喜欢觍着脸倒贴。知道赵竞看不起他，平时遇到，他都往远处躲，实在没躲掉才会顶着赵竞甩给他的脸色，客气地问个好。

只是没想到海啸一来，韦嘉易第一个碰到的就是赵竞，还是个活的。

韦嘉易收回目光，觉得头痛，不想再和赵竞像傻子似的待着，更不想继续现在这上半身相贴的尴尬姿势，他试探着开口："你还好吗，身上有哪儿痛吗？

我看你身上都是伤。"

"左腿骨折了，别的没事。"赵竞好像不太想和他说话，简短地道。

"那要不你先在这里，我去找找轮椅，"韦嘉易想听的就是"没事"这两个字，马上提议，想先离开，"我想用轮椅推你转移到高一点的地方去，万一有下一波海啸，这里位置太低，很危险。"

"你又不是工作人员，去哪儿找轮椅？"赵竞脸色很差，毫不客气地问，"不会是想找个借口把我一个人丢在这里吧？"

这人太难缠了，又莫名聪明，韦嘉易十分无语。

不过赵竞终究身份比较特殊，惹不起，他深呼吸忍辱负重："怎么会呢，我是考虑到你的腿走不了，有轮椅舒服点。不过还是你想得周到，我对这里不熟悉，肯定是找不到轮椅的。"

赵竞坐着也比他高些，一双冰冷的眸子垂着看他，好像看透了韦嘉易内心所想，也好像只是单纯难搞。

看了韦嘉易几秒，他冷哼了一声："你知道就好。"放过了韦嘉易。

"不过这里确实很危险，"而后赵竞忽然话锋一转，"这样吧，你现在扶我起来，我们去靠近马路的地方等救援。"

赵竞脸上还有不少泥，但丝毫不影响他盛气凌人的气质，命令起韦嘉易更是非常自然。他好像不想亲自用手指接触韦嘉易，手缩了一点，缩回宽大的睡袍袖子里面，重重地按了一下韦嘉易的肩膀："快点。"又问："你有鞋吗？"

韦嘉易毫无办法，从包里拿了拖鞋给他，肩担赵竞大部分体重站起来，无比后悔自己说出要先走的提议。要是不说，他们可能还能在木板上多坐一会儿。

他扶着单脚行走的赵竞，从一片荒芜的别墅区，靠近几乎看不见路面的行车道。韦嘉易平时有健身的习惯，也做力量训练，但远距离拖行赵竞这样一个大个子，训练量还是超标了。韦嘉易累得冒汗，一边咬牙往前走，一边想，赵竞这体形，送去麻醉，恐怕都要收超重费。

最后路过路旁一个不知从哪里卷过来的、正放着的长椅时，赵竞自己喊了停："你先把我在这椅子上放下。"

"我右腿痛。"他的声音比方才还要虚弱。

韦嘉易瞥了一眼，发现赵竞的嘴唇都忍得发白了，立刻扶着他在椅子上坐下，低头一看，发现赵竞的右腿也有几道很深的伤口，可能是方才走路时用力过猛，撕扯到了，正在流血。

赵竟重重地坐在长椅上，休息了几秒，韦嘉易忽而想起自己的登山包里有急救包，他告诉了赵竟，而后把包放在腿上，拉开拉链。

"有急救包为什么不早说？"赵竟变得有点生气。

韦嘉易确实完全忘了，怀疑自己的内心可能根本没想好好救护赵竟，也有点心虚，装看不懂他的表情，态度很好地道歉："对不起。"

他得往下翻找急救包，先把塞在上层的毛巾取出来，放在椅子上，余光看见赵竟把毛巾拿走了，便抬头看了一眼，发现赵竟拿着毛巾，用力地擦着自己的脸和手，一副受不了脏东西沾在身上、非常爱干净的样子。

但赵竟身上的泥浆大部分已经干了，很难擦掉，他便拿起矿泉水瓶，要往毛巾上倒。

韦嘉易手疾眼快地截住："别倒。"

赵竟不悦地看着他。

"我们只有两瓶水，"韦嘉易很无奈，"还得给你冲洗伤口。"

赵竟更不高兴了，韦嘉易只能当没看见，把水还给他。"渴可以先喝几口。"然后拿出了急救包，"我给你的伤口消消毒。"

赵竟没反对，从鼻腔发出嗯的一声，韦嘉易拆了碘伏棒，给他消毒，用纱布贴上，还给他拆了一块饼干，让他垫垫肚子，最后再次提出，让赵竟待在这里，自己去找点水和物资。

"多拿几瓶水就能给你洗脸了。"韦嘉易敏捷地抓到了赵竟在意的重点。

赵竟一听，果然阴沉着脸，考虑了一会儿才说："好吧，尽快回来。"

韦嘉易终于得到允许，把背包留给赵竟，离开了这个大爷。

第二章 🌱 救助机遇

　　赵竞一个人坐在铁质长椅上，背靠着椅背。

　　太阳升了起来，炙烤着地面，长椅也开始发烫。地面上有几条死鱼，在热气中散发出腥味，不知是不是错觉，赵竞觉得自己还闻到了腐烂的气味，十分难熬。

　　韦嘉易大约已经离开五分钟，归期不定。赵竞浑身伤口都刺痛着，左腿更是像假肢似的，不能移动分毫，更觉得等待的过程太过漫长。

　　赵竞的人生已顺利地度过近三十年，是一片纯粹的坦途，没吃过一点肉体上的苦，就算是学游泳，都不曾呛过水。然而此时此刻，他浑身是泥，成了个残废，靠在椅子上，无法独立行走，只能等人救援，最让他难以接受的是，此时此刻他唯一能倚仗的人，居然是韦嘉易。他觉得自己的身体和自尊心都受到了很大的伤害。

　　阳光太盛，赵竞睁不开眼，越发难受，拿起韦嘉易的毛巾盖在眼前。他痛得视线不清，不乏讥讽地想，倒是给了韦嘉易一个接近自己的机会。

　　第一次见韦嘉易是在大学时，一场春季的聚会，赵竞的朋友过生日。

　　当时赵竞的公司已具规模，相当忙碌，和父母见面都不多。那天恰好是周日，朋友专程订车来接赵竞，且称到场的人不多，都是熟人，所以他去了。

　　聚会办在一个花园的玻璃房中，严格来说，人数确实不多，也多是熟人，唯独有一个似乎和每个人都很要好的人，赵竞从没见过。

　　那人染着一头怪异的发色，银色中夹着少许彩色，像一种丑陋的高冠变色龙，身材高瘦，穿着宽松，手里举个相机，拍个不停。

赵竞问朋友："那是谁？"

朋友吃惊地反问："韦嘉易，你不认识吗？"

这时，那人的镜头恰好转了过来，拍下赵竞和朋友的照片。赵竞丝毫没有犹豫，朝他走过去，冷冷地命令他把照片删了。

朋友在一旁表情尴尬，面色僵硬，韦嘉易却只是愣了愣，马上顺从地删了照片，像什么都没发生似的，还笑盈盈地向赵竞伸手，想握手示好："你好，我是韦嘉易，不好意思，刚才只是随便拍拍。很高兴能认识你。"

赵竞识人眼光毒辣，一眼就看出他是父亲口中那种口蜜腹剑、擅长变脸、急功近利、表里不一的小人。因此赵竞没和韦嘉易握手，连话都懒得说一句，便走去了座位。

那天韦嘉易很早就走了，赵竞本以为今生不会再见到他。没想到过了几年，韦嘉易摇身一变，成了所谓知名时尚摄影师，钻头觅缝，无孔不入，跟赵竞的母亲都攀上了关系。

好在赵竞本便几乎不参与公开活动，若非这次被母亲逼着来参加李明冕的婚礼，韦嘉易根本没有资格和机会再遇到他。

不过幸好，这场婚礼来的是赵竞。

赵竞想到这里，忽然庆幸。若是他的父亲母亲，不知如何才能从这么凶险的情境里幸存。

盖在脸上的毛巾晒得发烫，赵竞抬手将它拿了下来，伤口实在疼痛，他怀疑自己伤口发炎，人在发热，想找找韦嘉易的急救包里有没有止痛药或者温度计，刚翻找了几下，忽然听见一阵微不可闻的哭声。

他闻声看去，见到一个横倒的树丛一动一动的，出声问："有人？"

动静停了停，一个声音带着哭腔，说了句不知什么话。被泥水浸透的树叶窸窸窣窣一会儿，一个瘦小的人从树丛后翻了过来。

他朝赵竞走了几步，赵竞看出是一个当地的小男孩，七八岁，没穿上衣，只穿了一条阔腿短裤，赤着脚，手上脚上都有伤口。

小孩的眼泪把脸上的脏泥冲出两道痕迹，他结巴地用英语问："你看到我的爸爸了吗？"

"我不认识你爸。"赵竞和气地告诉他。

"我爸爸昨天在客房部守夜，我睡在他的宿舍。水把我冲走了，我又走回来了，没有找到爸爸。"

他断断续续地说了一堆，赵竞还是不知道他爸是谁，便说："你过来，和我一起坐着等。"

小孩听话地走过来，在他身边坐下。赵竞见他的手臂上有几道深深的伤口，让他先别动，拿出了韦嘉易给他剩下的、千叮咛万嘱咐不要用来洗脸的水。

韦嘉易在看不出原貌的餐厅里挖出几瓶矿泉水，刚走出来没多久，就在主路上遇见了一辆前来救援的皮卡车。

车里是两个当地人，他们告诉韦嘉易，由于昨晚两个酒店员工发现潮水退远，及时发出警报，酒店里的客人和员工大多已经撤离到山上。现在当地人组成的救援队伍，几乎都集中在后方的民居里。

"昨晚酒店是不是在办婚礼？"开车的男人叫尼克，"新郎说他有一个很重要的亲戚还在酒店，昨晚没来得及叫出来，不知道他是死是活。他出钱请人来看一眼，我们就来了。我和沃特还以为不会有幸存者，没想到你居然活下来了。"

韦嘉易听得失语，因为他不是李明冕所说的亲戚，他怀疑李明冕根本没想起自己。

不过韦嘉易没有延续话题，只是告诉两人，他在酒店里发现了马里奥的尸体，以及一个断了腿的男人正在路尽头的椅子上坐着等待营救。

坐上尼克的车，韦嘉易指路，往赵竞所在的方向开，开到一半，路中间有树干挡住了去路。他便和另外那个叫沃特的男人一起拿了简易担架，下车往前走。

冒着灼眼的太阳，绕过一片树丛，韦嘉易看见了赵竞和那张椅子。但赵竞不知怎么回事，坐到了地上，椅子上坐了个小男孩。

小孩俯身，伸出胳膊，赵竞拿着矿泉水瓶为他冲洗。由于不懂控制水量，赵竞没过几秒就把水倒空了，小孩的手臂还是灰扑扑的，完全没冲干净。

"赵竞。"韦嘉易叫了他一声，又看看那个小男孩。

赵竞抬起头，灰头土脸，面无表情，语气更是不佳："怎么才来？这是我捡的小孩，他找不到爸爸了，一起带回去。"

而后赵竞看向沃特，微微地点点头："谢谢，辛苦你了。"态度礼貌而矜持，不太像感谢救援，像领导给予了员工一些珍贵的肯定。

他朝韦嘉易伸手，又把手往睡袍里缩了缩，示意韦嘉易扶他的胳膊，把他扶起来。

韦嘉易故意装不懂，伸进他的袖子拉住他的手。赵竞脸色一变，很可能是审时度势后，觉得不是发作的时候，才忍住了。韦嘉易想笑不能笑，绷着脸和沃特一起把赵竞拉到担架上，抬起来。

赵竞人高马大，偏偏躺不安生，一被抬起，就在担架上变换躺姿，韦嘉易被他震了震，手臂都快断了。

小男孩站在一旁没动，似乎不想跟上来。韦嘉易注意到，低下头去，放缓语调，轻声问他："你叫什么名字，家人还在吗？要不要先和我们一起走？"

"我叫里尼，"他说，"我找不到爸爸了，他是酒店员工。我要找他。"

韦嘉易忽然想起了被他放在沙发上的遗体，心中一动，问里尼："你爸爸叫什么名字？"

里尼很瘦，有一双小鹿的眼睛，头发又卷又短，贴在头皮上，对韦嘉易说："叫马里奥。"

韦嘉易抓担架抓得紧，沃特却是一松，差点把赵竞摔下来。赵竞紧张极了，大概生怕被摔了，对他宝贵的腿造成二次伤害，对韦嘉易怒道："韦嘉易，你怎么回事？"

"……他爸爸去世了。"韦嘉易用中文对赵竞解释。

赵竞不说话了。

尼克把皮卡车直接开进了损毁的大堂。

里尼和赵竞在车里坐着，韦嘉易跟沃特一起，拿着白布，把马里奥的尸体裹住，抬进皮卡车的货厢中。合上厢盖，他们沉默地返回车里。

在场所有人都不忍心，只有赵竞担下责任，简单地和里尼说明了情况。里尼呆了一会儿，躲在位子上小声哭泣着。

皮卡车沿着不成样子的路，往山的方向开。

韦嘉易坐在靠窗的位置，低头给里尼做简单的消毒，余光看到路边的树木，不论高矮，全都倒在地上。

沼泽之中，被填满了水泥的碎块、翻倒的汽车、锅子、半截椅子、跪在地上哭泣的人、一排排被上帝抽回灵魂的绵软身体和曾经充满生活气息的废墟。

四处哀声一片，触目惊心。

风混着臭味和咸味吹进车里，吹在韦嘉易脸上，眼前的画面是他见所未见的，既像场纯粹的噩梦，又真实地让他感到痛楚。

驶离民居，沿着山道向上，风的气味清新了少许，不再那么令人窒息。

"我还得回民居救援，先送你们去医疗所吧，"尼克先开了口，"不过那儿离新郎待的地方有点距离，等信号恢复了，你们可以自己联系他们。"

没过多久，他转进山路上的一个小道，停在一个简陋的大平房边。

平房边的空地上有不少皮卡车，不断有人从车上扶下伤员。尼克要把里尼带回民居找他的母亲，韦嘉易便半背着赵竞艰难地走进去。

房里的景象更像地狱，许多地方挂起了帘子，充满血腥味和消毒水的气味，响着此起彼伏的呻吟声。

韦嘉易和赵竞都沉默着，一个女孩走过来，手里拿了个本子，语速很快地问他们："哪里受伤了？"

"他的腿，"韦嘉易告诉她，"应该是骨折。"

"你们先去那边的位置上坐着，等会儿我来找你们。"女孩在纸上写了行字，指指一排还剩两个空位的椅子，撕下一块纸片塞进韦嘉易手里。

韦嘉易看了一眼，纸上写着数字 21，问："请问大概得等多久？"

"至少一个小时吧。"女孩说完，匆匆走了。

韦嘉易又扛着赵竞坐到了木椅子上。

赵竞没像韦嘉易想象中那样抱怨什么，可能腿实在很痛，赵竞一声不吭、老老实实地在椅子上坐了两分钟。

韦嘉易终于清净了，拿出碎了屏幕的手机，发现手机信号多了一格，但还是没有收到任何消息，也打不出电话。不知经纪人和团队的其他人是不是已经找他找疯了。

正在烦躁时，他听见赵竞彬彬有礼地问身旁等待的病人："你好，我看到你的毛巾是湿的，请问这里有能清洗的地方吗？"

"有，"那名中年女性热情地说，"从那个门进去，有个简易的盥洗室。"

……也就只能老实那么两分钟。韦嘉易脑中警铃大作。

果然，赵竞回过头来，命令他："现在离到一个小时还早，你带我去洗洗。"

韦嘉易的手不自觉地再拨了一次李明冕的号码，想找到能帮他脱离赵竞的救星，可是失败了，电话还是没通。

他看着赵竞高傲而坚定的眼神，从未如此想要申请工伤。

这间必须在室外经过一小段路才能到达的盥洗室确实简易，但远没有达到韦嘉易希望中的那种简易程度。

两边分出男女隔间，进入男盥洗室，里面有单独的隔间，门口有一排水龙头可以接水，还放了几个脸盆和大勺子。

赵竞像一座大山压在韦嘉易肩头。看见脸盆，他信心十足地告诉韦嘉易："这些盆子可以用来舀水洗澡，我在公司慈善救助的宣传片里看到过。"

"嗯，很可能，不过也不一定吧，"韦嘉易不希望赵竞觉得这地方能洗澡，婉转地对他进行打击，"万一是用来洗菜或者喂猪的呢？"

赵竞果然脸色一变。但他没有放弃，拉着韦嘉易在水池边站了一小会儿，想出了办法，他伸手扶住墙，放开了韦嘉易："要不你帮我把盆子洗干净，然后接一盆水？"

"你非得洗澡吗？"韦嘉易肩膀一轻，有点无奈，哪怕可能得罪赵竞，还是问了。

赵竞理所当然地看着韦嘉易，韦嘉易用下巴指指他的衣服："洗完还穿这个，不是又脏了吗？"

"我不太擅长洗衣服，"没等他开口，韦嘉易又补充，"而且赵总，湿睡袍贴在身上，你也知道是什么效果吧，我怕你断腿还没接上，就被人报警说你有暴露癖，这样你清白的名声受到影响，岂不是得不偿失？"

可能是因为韦嘉易说得有道理，赵竞没有反驳。但由于提出的要求非常罕见地没得到满足，他的面容有些扭曲。

看了韦嘉易几秒，他又无法妥协地说："我受不了这些泥。"

韦嘉易没办法，拿出了毛巾，打湿后递给他："要不先擦一下？"

赵竞靠在墙边，因为只有一条腿能承重，站得摇摇欲坠。他接过毛巾，沉默地擦干净脸，又开始擦脖子、胸口和手臂。

身上也有不少划痕，一看就知道他死里逃生时的状况必定十分凶险。

擦了一会儿，他把变得很脏的毛巾递给韦嘉易，韦嘉易安静地接过来，给他洗干净，重新递回去。

搓了两次毛巾，韦嘉易忽然想起前几年，他和同学一起去了趟印度。过程的艰难不表，他们找的导游是个很有意思的人，曾经信誓旦旦地说，印度高种姓富人家里的少爷小姐是不自己擦屁股的，都要仆人擦。韦嘉易感觉自己现在就像赵竞的低种姓家仆。

但话说回来，帮赵竞搓毛巾总比帮他洗澡强——韦嘉易觉得自己的人格底线还没低到那种程度。

赵竞自己把能擦的地方都擦干净了，还算残存了一丝文明社会的礼貌，没提出让韦嘉易帮他擦腿和脚之类的要求。

韦嘉易扶着他，回到方才的椅子边，座位已经有人占据了。

赵竞一会儿扶着墙，一会儿把韦嘉易当成拐杖，可能是右腿也痛，不断变换姿势。

好在女孩很快过来了，她边走边四处张望，找到了墙边的韦嘉易和赵竞："轮到你们了。"

她带他们来到一个帘子后面，医生正在里面给一个病患包扎伤口。

桌旁有两把椅子，赵竞抓着韦嘉易的胳膊坐上去。

韦嘉易看他痛得面色苍白，仿佛要晕过去，但由于身体太健壮又晕不掉的模样，怀疑赵竞这辈子加起来大概都没吃过今天十分之一的苦头。

医生是个中年男子，穿着 T 恤、短裤和拖鞋，一头金色卷发，看起来不像当地人，倒像来度假的游客。

包扎完病患，医生走过来，先蹲下看了看赵竞的腿，很轻地摆弄了几下，赵竞痛得咬紧牙关，韦嘉易看到他搭着桌子的手抓紧了，不过没听他吭声。

医生又问了赵竞几个问题，抬头道："这里没有 X 射线机器，看不出具体情况，我只能先给你简易地用支具固定住，不过现在这儿所有的止痛药剂都用完了，你看看能不能忍，能忍就固定。"

"哪里还有 X 射线机器和止痛药？"赵竞问。

"山下的医院本来有，不过全被冲毁了，另一家医院在岛的另一边，通过去的桥断了。现在通信还没恢复，不知情况怎么样，"医生声音有些沙哑，站起来喝了口水，"这个简易医疗所本来主要是用来治疗家畜的，不过有一批医疗物资存在仓库，能幸存下来收治病人，已经有不错的运气了。"

赵竞想了想："那就做固定吧。"

医生便去准备东西，顺口问："你们是游客？"他说自己也是来这里度假的外科医生，和太太住在半山腰的一家民宿里，海啸发生后，他立刻报名，来这里做志愿者。他问韦嘉易他们住在哪个酒店。

韦嘉易说了酒店名称，医生有些惊讶："我以为那儿的人都撤出来了，我们还说呢，不愧是全岛最奢华的酒店，工作人员的经验都这么丰富。"

韦嘉易摇摇头。医生把赵竞的腿拉直，先处理伤口，随口道："他们不小心把你们漏掉了？"

赵竞突然开口了："现在想起来，可能是我睡得太沉，我在梦里好像听到有人敲门，但是没来得及把我叫醒，他们就走了……"

韦嘉易看了他一眼，赵竞正在若有所思地回忆着，终于反应过来，发现自己竟因为睡得太沉而被人放弃救援，他慢慢地皱起了眉头。

这时，韦嘉易的手机忽然响了。他一惊，拿出来看，短信和未接电话提醒一个接着一个跳出来，屏幕都烫了起来，他还没来得及点，李明诚的电话打来了。

他接起来，李明诚起初没反应过来，过了几秒才不敢相信地说："嘉易？"

"我还活着，"韦嘉易简单地告诉他，"谢谢冕总把我安排在十二楼。"

李明诚在那头说了几句太好了，又把这则喜讯告诉了身旁的人。韦嘉易听见他那头热闹一通，电话像被人拿走了，李明冕的声音传出来："嘉易！我就知道楼层高肯定没事的！"

韦嘉易没说话，李明冕又压低声音："你有没有看到我哥？我派了两个人去找他，还没给我带回消息。我爸妈快把我杀了。"

"赵竞在我旁边。"韦嘉易开了免提给赵竞听。

李明冕骂了句脏话，隔了几秒，想起什么，小心地问："活的吗？"

"……左腿可能骨折了，医生在给他绑支具。"韦嘉易看着医生把消毒的棉花擦在赵竞腿上。

赵竞痛得全身僵硬，手臂上青筋都暴起了，还抬头眼巴巴地看韦嘉易，看起来很想接电话，把李明冕骂一顿。

虽然赵竞十分狼狈，但韦嘉易心里还是没产生多少同情，照实告诉李明冕："你们要是有车，就下来接他一下。我们在半山腰原本的兽医院里，当地人应该知道。"

等医生把支具给赵竞绑好，赵竞的睡袍已经被汗打湿了。

医生出去了一趟，在仓库里找到两个腋拐给赵竞。赵竞有气无力，用不了，韦嘉易只能帮他背着，再扛起沉重的他，慢慢往外走，在平房外头找到了两把椅子，坐着等待。

屋外又热又晒，还有蚊虫。好在没等多久，李家人便来了。

他们找了个当地人当司机，坐了满满一车，停到门边，车门一开，李明冕一家人接二连三地蹦出来，朝赵竞冲来。

李明冕的父亲冲在前面，围着赵竞声泪俱下，又是替他儿子道歉，又赌咒，说要是赵竞有什么事，他也不想活了。

李明诚也来了，他走到韦嘉易身边关心："嘉易，你还好吗，受伤了没？"

韦嘉易摇摇头。

见李明冕和他父亲扶起赵竞，往车上去，李明诚搂了搂韦嘉易的肩："走吧。"

但赵竞上车后，李明冕往里看了看，走过来低声告诉韦嘉易，这台商务车坐不下更多人了，因为赵竞的腿不能弯，占了两个人的位置，绝口不提最主要的原因是来接赵竞的人实在太多。

"嘉易，不好意思，你再稍等一下，"李明冕脸皮很厚地说，"我们先上去再让司机来接你。"

韦嘉易早已在心中将李明冕拉黑——若不是因为李明冕的太太的哥哥向他开口提出要求，他根本不会替他们拍婚前照片，也不会出席这场婚礼。

他懒得和李明冕掰扯，加上本来也不想上山和他们一起住，便说："不用了，我就不上去了。"

李明诚以为他生气了，十分不好意思："对不起啊，嘉易，早知道我就不来了，我陪你在这儿等吧。"

"不用，我想待在这儿，看看有没有什么能帮得上忙的地方。不用找人接我了。"韦嘉易对他笑笑。

赵竞早已坐进车里，不知外头发生的事，等得不耐烦了，从车里探出头来："还走不走？"

"你走吧。"韦嘉易没看赵竞，把李明诚推了过去。

送走一车人，韦嘉易先给团队的人回电话报了平安，而后回平房里转了转，找到了刚才的女孩，说自己也想帮忙。

女孩忙得眼神都愣怔了，听韦嘉易想当志愿者，十分高兴，找院长说明了情况。韦嘉易被派去做杂工，搀扶失去行动力的人往返。

韦嘉易干了一会儿，李明诚也回来了。

李明诚是自己开车下来的，二话不说加入了韦嘉易的护工队伍，两人忙到傍晚，另一个医院的医生和护士们终于赶了过来。

那间医院地势高些，没有受灾。工作人员带来不少医疗补给，人手也一下充足许多，院长便让韦嘉易他们今晚先去休息。

韦嘉易想起赵竞痛得不行的样子，稍稍犹豫几秒，叹了口气，无私的人格占了上风，朝他们要了半板止痛片，给李明诚："你拿给赵竞吧。"

"你不上去？"李明诚问他。

韦嘉易其实没想好晚上住哪儿，李明诚看出他的茫然："还是跟我回山上吧，好歹去洗洗。"他指了指韦嘉易全是脏污的白 T 恤和裤子："不难受吗？"

李明诚很真诚，韦嘉易就没拒绝。

上了车，两人终于有空聊聊，李明诚问他找到赵竞时的情形，韦嘉易简单地说了说，揶揄李明诚："你怎么没陪着那个大少爷？别错过机会。"

"一堆人围着打转呢，我哪挤得进去。"李明诚笑笑，并不否认他也想和赵竞拉近关系的意图，又说，"他这次也是遭了罪，大少爷哪吃过这种苦。不过听说民宿正在为他紧急清理房顶，明天直升机就能来接他了。"

"皇帝。"韦嘉易简明扼要地评价。

李明诚哈哈笑了一会儿，说："他从小性格就是这样的，也不能说对人有恶意，好像单纯没什么社交意识。刚才你没上车，他还问了一句，已经属于对人少有的关心了。"

李明诚没说赵竞的具体言论，韦嘉易怀疑就算是关心，赵竞的原话听起来应该也不会很好听，顶多是"那谁去哪儿了"之类的话，便没细问下去。

第三章 🌿 创伤失眠夜

坐着车从医疗所离开，去往山顶暂居的民宿的路上，李明诚告诉赵竞，酒店的工作人员和宾客撤离得比较及时，只有一个员工为了回宿舍接孩子，没来得及上车。

赵竞瞬息想起方才得知噩耗的小孩，不知他现在有没有找到母亲。等联系上秘书后，可以让基金会做点事。

昨晚负责去接赵竞的人是李明冕。

现在他坐在前座，孙子似的和赵竞道歉："哥，太对不起了，我急着来找你，忘了拿房卡就冲了过来，结果怎么按门铃、捶门，你都不开。"

"他看见有几辆车开走了，心急，一时糊涂，"赵竞的舅舅接过话茬，还打了李明冕的头一下，骂了几句，"幸好你没事。"

舅妈也在一旁道歉。

赵竞对李明冕的人品本来就没有期待。李明冕能做出这种事，他完全不意外，只是听三人唱和觉得太烦，开口让他们闭嘴了。

他们面面相觑地安静下来，总算还赵竞一片清净。

越往上开，路上车越少。

赵竞看着窗外的森林和山雾，思绪老是往没跟上车的那人身上飘，心情也有些奇怪。

在赵竞孤立无援时突然出现，态度像赵竞以前遇见的所有想巴结他的人一样积极。

扛着赵竞从别墅区走到行车道，在医疗所忙前忙后打点，然而还没等到赵竞安顿下来，礼节性地表示些许感谢，他就离开了。

李明诚说韦嘉易想留在医疗所当志愿者。

李明冕像煞有介事地反驳："什么志愿者，肯定是打算下去拍照，不然怎么没把我给他的相机还给我？"

李明诚说不可能，赵竞回想了下，反正刚才一起待了那么久，没见他把相机拿出来。

真这么有社会责任感？以前低看他了？

话说回来，韦嘉易在赵竞最困难的时候拉了他一把，赢得了赵竞的一些尊重，也算是韦嘉易的福分了。赵竞以后肯定会对他客气点，按照习惯，先给这次的帮助支付一笔感谢费，如果以后要在工作中给什么资源，也是可以考虑的。

赵竞又想了一会儿，不知为什么，觉得有点烦，就不想了。

从度假酒店撤离的宾客和工作人员，几乎住满了山顶的所有民宿。

舅舅说，赵竞腿受伤，住楼上不方便，他选了设施最好、最大的那个民宿里底楼的一间大卧室给赵竞住。

那间卧室本来住着别人，在他们下山接赵竞时，客人搬到了楼上，等他们抵达民宿，保洁已将房间打扫干净了。

赵竞一到，先吃了顿饱饭，精神恢复了不少。舅舅和李明冕搀扶着他回到了房间。

说是大卧室，其实比不上赵竞家的厕所大。赵竞知道条件有限，没说什么，舅舅倒是一副委屈了赵竞的样子："赵竞，将就住一晚，你放心，我们在全力清空楼顶，如果不出意外，明早就能有直升机过来接你了！"

而后，舅舅拿出一个手机，希望赵竞能给他的父母打个电话报平安。但信号时有时无，拨了几次都没通，赵竞把手机留了下来，人全赶出了房间。

房里只剩他一个人，突然之间，凌晨遭遇的险境又像影片一般闪回赵竞脑中。

——在汹涌、没过头顶的泥水里，各种不知名的重物急速撞在他身上的痛感，呛水缺氧的窒息感，退潮后，四周空无一人的绝望感。

直到现在，赵竞手臂的肌肉仍像被刀割着似的痛着，背也疼痛不已。想到当时的命悬一线，他下意识握紧了拳，几乎立刻想要抓紧什么，稳住躯体，才能安心。

消过毒的皮肤紧绷着，干在脚背上的泥也让他难受极了，赵竞在椅子上坐了一会儿，站起来，架着腋拐，慢慢挪到浴室，决定洗澡。

他的右腿贴着纱布，左腿绑着支具，连移动都有点艰难。

不过现在某个会恐吓赵竞湿衣服贴在身上是暴露狂、会被报警的人不在，已经没人能阻止他。就连海啸这么危险的情境，他都能死里逃生，何况只是把自己清理干净。

赵竞在浴缸放了浅浅一层水，脱了衣服坐进去，用毛巾擦去污渍。

细致地洗完澡后，赵竞刚才因为海啸的回忆而产生的怪异恐慌感消去很多，但感到有些疲劳，就先睡了一觉。

接近傍晚六点，赵竞醒了，除左腿还是不方便动之外，他已经精神百倍，觉得自己恢复大半了。

刚坐起来，他的门被敲响了，舅舅一面轻敲，一面在外面问："赵竞，醒了吗？"赵竞还没说话，他舅舅又着急地解释："姐，他真活着，就是断了腿，我没骗你。"

赵竞下床，右手支着拐，走过去开了门，见他舅舅站在门口，手里拿着另一个手机，见到他像见到救星，大喊一声："你醒了！"

赵竞拿过手机，父母在屏幕中，看见他的脸，松了口气，冷峻的表情化作担忧。

"你人还好吗？"他母亲焦急地问，"怎么脸上都是伤？"

赵竞"嗯"了一声，拿着手机，挂拐走到沙发边，坐下来，才又举起手机："没什么事，放心。腿已经绑上支具了。"

他切换了摄像头，把支具给父母看："皮肤有感觉，也稍微能动，虽然没拍片子，但应该没问题。"

"这哪儿来的应该？"母亲立刻说，"你又不是医生。"

正在这时，民宿的大门开了。

李明诚和另一个人走了进来。

一下午不见，那人看起来又脏了很多，背着他那个很大的登山包，头发也散了。和赵竞对视，他愣了一下，嘴角弯了弯，微笑的幅度不是很大，大概做志愿者做得有点累。

从那天抵达到现在，相隔不过三十个小时，赵竞却已经几乎不讨厌这个人的笑容了。经历生死存亡时刻，又在无可奈何的情况下，接受了他较大的帮助，赵竞觉得自己在不知不觉间改变了。

"赵竞，你愣着干什么呢？"母亲在那头叫他，眼神又有些焦急，伸手在屏幕上晃，"是不是头也被撞了？看得清我伸了几根手指吗？"

"没撞，"赵竞说，"三根。"

那人在门口站着，赵竞也说不清是为什么，少有地决定详细和父母说清情况，声音还不小："我当时醒过来，房间被淹了一半了，正好一幅画也掉了，我先抓住画，一开始浮在水上，不过浪太急，又把我冲到卧室那堵墙后面，那儿正好有棵树，我往树上爬，浪里还冲了条被子过来，把我的手臂和头裹住了。"

他回忆起来有些后怕，觉得自己反应快，运气也比较好，恰巧墙后有棵又粗又高的树。

等到海啸退去，他已经爬到了树的最顶上，基本没被冲击。倒是爬下来的时候，因为只有单腿能用力，所以十分危险，几次都险些摔下树。若不是他命大加上体力、平衡能力强，即使躲过了海啸，也会摔死。

母亲在那头听得担忧又心疼。

父亲严肃地说："我们今晚会到最近的机场，明早就来接你。"

"你早点休息，"母亲又说，"醒来就能回家了。"

赵竞说"好"，挂了视频，李明诚才拉着韦嘉易走过来，找到了那个眼巴巴地站在赵竞坐的沙发后面，想和赵竞父母打招呼没打到的李明冕，问："还有哪个房间能住？我把嘉易带来了。"

赵竞回头，李明冕愣了愣，说："啊，好像没了吧，住满了。嘉易，要不你在沙发上凑合一晚？"

李明冕散漫的态度让赵竞皱眉。按照舅舅让李明冕赎罪的理论，李明冕至少应该把房间让出来给韦嘉易，再到外面去跪一夜。

不过赵竞还没开口，韦嘉易先拒绝了。

"不用，"他扯扯嘴角，对李明冕说，"我借明诚的房间洗个澡，一会儿再下去看看哪里需要志愿者。"

"也行，"李明冕不但毫不自省，还顺着杆子往上爬，"嘉易，这种灾区很容易出好作品吧？我给你的相机先拿着，以后再还我。说不定这相机还能拍出得什么普利策奖的作品，到时候可就值钱了。"

赵竞看到韦嘉易的嘴唇绷直了，脸也变得面无表情。

"你少说两句，"李明诚像看不下去了，发话，"能不能有点同情心？"

不过只持续了一秒，韦嘉易便恢复了正常，语气平缓地说："相机不用给我，一会儿我理一理包，就还给你。"

李明冕讪讪地喊了一声。

赵竞目光还没收回来，听见李明诚叫了他一声。

李明诚从口袋里拿出半板药："哥，这是嘉易帮你要的止痛片。"

赵竞接过来，发现韦嘉易的表情像是忽然变得有点尴尬。很奇怪，韦嘉易没看赵竞，反而开口问李明诚："明诚，你的房间在楼上吗？"

李明诚点头说是，带他上了楼。

赵竞看到他的T恤因为脏沾在了皮肤上，终于不是晃来晃去的宽松样子。

看着瘦，力气还是挺大的。他的身影消失在楼梯转角，赵竞又突然想。

毕竟踏实地扛着自己去了不少地方，而且还记得自己没服用止痛药。

凡事论迹不论心，从今天来看，韦嘉易实在对赵竞很细心，认真把赵竞的需求放在心上。他的表现，可以说已经达到能被赵竞认可的程度了。

赵竞接过舅舅倒来的水，吃了药，回到房里，看了一眼自己下午从舅舅那儿截下来的手机，发现在自己睡着的时候，母亲打来了好几个电话。他睡得太沉，没听见铃声。

手机信号不错，赵竞又给秘书打了一个电话。

秘书没陪他来岛上，在机场等他，一听见他的声音，语气如同劫后余生。秘书说自己看到新闻，给赵竞打电话无法接通。

好几个小时后，终于联系上赵竞的舅舅和表弟，两人却语焉不详，不肯告诉他具体情况。公司其他人也在联系他。

若不是赵竞的母亲刚才来电通知他赵竞没事，他的精神已经快顶不住了。

窗外忽然有动静，玻璃啪啪响，雨点大片大片地出现，是一场突如其来的瓢泼大雨。

赵竞愣了愣，看向窗外，外头黑漆漆的，不知山下情况如何。他记挂着在沙滩边捡到的小孩，还有路过民居时的景象，嘱咐秘书，让公司的慈善基金会采购些药品和必需品捐过来。

挂下电话，赵竞支着腋拐，走到窗边仔细看了看，雨势大极了。

他的心情变得极度沉重、低落，也意识到下午洗澡前，产生的那种全身发麻的惊惧，并不是睡一觉就能驱走的。他从未有过这样的经历和感受。

就像只要一闭眼，又会陷入排山倒海的海啸中，要重新面临一次几乎不可能成功的自救。没人会每次都那么幸运。

赵竞意识到这情绪非常危险，强迫自己不再去想。他走过去开门，一瘸一拐地走出房间，想倒杯冰水压惊。

路过沙发，余光忽见沙发上好像有什么在动，转头一看，有个人腿上盖着一层被子，坐着看他。

韦嘉易总算把自己收拾干净了，换了件黑色的 T 恤，手里拿着相机，好像在检查照片。

"嘿。"他抬起头，对赵竞笑了笑。

他白天救了赵竞，给赵竞拿了药，现在更是主动和赵竞搭话，于情于理，赵竞也不该像以前那样不搭理，就问他："你不是走了吗？"

韦嘉易抓着相机的手动了动，温柔地对赵竞解释："下雨山体滑坡，有石块挡在路上，暂时开不下山，只能先回来。大家都睡了，我就找明诚要了条被子，在沙发上睡一晚。"

"哦。"赵竞说。

若是一天前的此刻，赵竞绝不会靠近韦嘉易半步。

但由于对单独待在房里有着淡淡的抵触情绪，赵竞还不想回去睡觉，而且一直拄着腋拐站着，手臂容易酸痛。

所以，即使客厅只有韦嘉易一个人，赵竞还是在单人沙发上坐了下来，准备停留一会儿，给韦嘉易一个跟他交流的机会。

韦嘉易累了一天，本来想躺下好好睡一觉，为明天做志愿者积存体力。不料还没关灯躺下，赵竞走出来，打了个招呼，莫名其妙坐下就不走了。

赵竞在单人沙发上，没有说话，头微微仰起，余光有一搭没一搭地瞥向韦嘉易，不知道什么意思。他给人的压迫感很强，奇怪的沉默也着实使人坐立不安，韦嘉易迫不得已，主动地开口问他："这么晚了，还不睡啊，不困吗？"

"下午睡过一觉了。"赵竞马上回答。

接下来又是长达半分钟的沉默，韦嘉易绞尽脑汁地想话题："你吃止痛药了没，有效果吗？"

"吃了，有点效果，"赵竞说，"谢谢。"

韦嘉易没想到有朝一日自己会从赵竞口中听到这两个字，仔细地看了他一眼。

赵竞脸色和平时没区别，面孔英俊，唇角下挂，手搭在腋拐上，不怎么想理人的样子。

因为绑了支具，腿不方便穿长裤，他穿着民宿的浴袍，带子牢牢系着。浴袍本该长到脚踝，但对赵竞来说有点短，只能遮住膝盖。

他全身的伤口都做过消毒清创，贴着不少纱布，没贴起来的那些长伤口，看上去有点狰狞。

虽然态度一如既往地骄横，但韦嘉易看得出来，他在海啸里是吃了不少苦的。不过除了这些伤口，赵竞全身一尘不染，韦嘉易便问："你洗澡了？"

"自己洗的。"赵竞瞥了韦嘉易一眼，仿佛透露出一种得意。

到这里，韦嘉易实在没话说了。赵竞依然定定地坐着，毫无回去睡觉的意思，韦嘉易看到他的左手不太明显，但一直在支具上神经质地碰来碰去，心中忽而生出一丝怀疑，问他："你是不是有点应激，所以不想睡？"

赵竞微微一愣，表情变得微妙。好像不太想承认自己会产生这么柔弱的精神反应，但实际上被韦嘉易说中了，他还真有一点。

韦嘉易累得要命，不想管他，无奈客厅里没有其余愿意捧着他的人，赵竞看起来一时半会儿又不打算走，他只能耐着性子安慰："经历巨大灾害后，出现应激反应是很正常的。如果你不舒服，可以说出来或者自己记录下来，会好受一点。"

赵竞淡淡地"嗯"了一声，没同意韦嘉易的看法，不过也没骂韦嘉易多管闲事。

像想了想，他问："我捡的那个小孩，你有他的消息吗？"

韦嘉易惊讶于赵竞还记得起里尼："下午尼克又来送伤患，我问了问，他说里尼家的房子塌了，里尼的母亲还没有找到，不过里尼的外公外婆和小姨住得高，没受灾，他就把里尼交给了他们。"

赵竞点点头，对韦嘉易说："明天我的直升机到了，你跟我一起走。"

他施恩的态度倒不属于让人反感的那一种。至少海啸发生之前，韦嘉易从未奢望过，赵大少爷能有对自己这么客气的时刻。

不过韦嘉易没打算这么快离开，对赵竞笑笑："谢谢，明天再说吧。"

"你还想留在这儿做志愿者？"赵竞挑了挑眉毛，问得很准确。

韦嘉易才想到他其实也是聪明的。

然而，韦嘉易没兴趣和赵竞聊得这么深入，含糊地回答："再看看情况吧，我今天只想先睡个好觉。白天太累了。"希望赵竞能听懂他的暗示。

事与愿违，赵竞可能没想到居然有人不想和他说话，对韦嘉易委婉的逐客令毫无察觉，甚至指了指韦嘉易手里的相机，换了个话题，问："你拿着相机，还是打算拍照吗？"

"……"

就算是韦嘉易这种情商较高的人，都不免有被赵竞的话噎住的时刻。问题极度冒犯，赵竞的眼神却很坦然。

好在韦嘉易多少已经了解赵竞的思维模式，知道没必要和这位大少爷计较，告诉他："没有，我看看相机里的照片，明早还给李明冕。"

果然，赵竞是随便问的，根本不在乎韦嘉易的答案，听到李明冕的名字，他又立刻说："韦嘉易，李明冕这种人，你也能和他玩到一块儿去？"

韦嘉易又累又困，原本正常聊着，好端端的，赵竞又开始质问，他真的有点烦了。

不料脸才挂了一半，赵竞又接着说："他虽然姓李，但在李家没什么地位。就算你直接骂他，他也影响不到你，以后不用和他这么客气。"

雨势小了，韦嘉易不说话，屋里更加安静。

赵竞认为，不得不说，韦嘉易能在社交圈吃得开，是有自己的本事的。他像一个心理医生，一旦开始聊天，不管动机如何，过程都让人如沐春风，感到他的善解人意。

就像现在，赵竞和他说了会儿话，心情变得很平静，连海啸带来的阴影也淡化了。

不过本来聊得和谐，一提到李明冕，韦嘉易忽然不在状态了。

赵竞觉得可能是因为他在李明冕那儿受了委屈，决定再说几句安慰他："大部分人不知道，李明冕在集团里的权限不如底楼刷脸的闸机。"

"好的，"韦嘉易表情总算松弛了点，说话了，但说得很简单，"我知道了。"

赵竞觉得他还没有恢复高兴，提出一个解决方案："这样吧，我帮你把李明冕叫起来，他睡沙发，你睡他的房间。"

韦嘉易眼睛睁大了点，有点惊讶地看着他，摆了摆手："不用吧。"

赵竞以为他不好意思："别怕得罪他。今天帮过我后，你的地位已经比李明冕高了。"

不知道为什么，韦嘉易本来没有表情，听完他说的话，突然笑了。

韦嘉易的笑容不但不再令人讨厌，甚至还有一种带动他人情绪的作用——要形容的话，赵竞觉得他的功能性很强，的确是一个可以认识的人。

赵竞承认自己以前的道德洁癖和防备心有些重。不过这是他所受的教育导致的，他改不了，为安全考虑，也不应该改。

韦嘉易收住笑容，态度比方才轻松了很多："好的，谢谢你，赵总。"

赵竞拿出手机，想打李明冕的电话，让他从房间里滚出来，但是韦嘉易制止了："我是说谢谢你的好意，但真不用了。"

"我在沙发上睡得挺好的，反正不窄，我也不想睡他睡过的床，"韦嘉易认真地说，"而且他太太也在，都叫起来不好吧？"

赵竞确认他是真的不想，才收起手机，说："我听说李明冕找你拍照没付钱，我让秘书替你去要。"

"不用。"韦嘉易又很明显地笑了笑。

赵竞怀疑他笑自己，又不相信他敢，就皱皱眉头："好笑吗？"

"不是好笑，"韦嘉易摇摇头，"很少有人对我这么好，我高兴地笑了。"

赵竞放心了。

就在气氛重回和谐之时，韦嘉易的手机突然振了起来。

赵竞非常不满："这么晚打扰别人，谁啊？"

韦嘉易看了一眼屏幕，解释："一个朋友。"他没马上接，但是也不挂，盯着手机，好像在犹豫，赵竞不太看得懂。

等了一会儿，赵竞忍不住了，指示韦嘉易："不接的电话怎么不把它挂了？"他还想再让韦嘉易跟他说点出现应激反应时的注意事项呢，不然一会儿回去又睡不着了。

谁知韦嘉易被他一催，反而接了。

韦嘉易先听对方说了几句，然后才回答："我没事，你看到新闻了？……你妹跟你说了什么？"声音很低，不知道是不是他打电话的习惯。

接着，安静地听了几秒，韦嘉易又突然说："没怪你，你不用跟我道歉。"

赵竞看到他侧过脸去，转向另一边，头微微地低了下来，背微弓着，身体被完全地罩在宽松的 T 恤里。赵竞以前学到过，这可能是代表观察对象产生了心理防御的姿势。

暖光的落地灯从韦嘉易身后照向前，他的耳朵有一半变成了毛茸茸的半透明的橙色。藏在阴影里的面容，到鼻尖的睫毛和说着话的不厚不薄的淡色的唇，带着某种难以言明的忧郁。

电话那头的人好像又说了很长一段话。

听了很久，韦嘉易才回答："我知道，你拍戏来不了……现在是大忙人了嘛。"他开一句玩笑，语气是含笑的，但是脸上毫无笑意。

对方似乎还在说什么，韦嘉易终于打断了他："行了，有什么事下次说吧，累了一天，要睡了。"

说完后挂掉，他拿着手机，定定地看了两秒，又望向赵竞。

他问赵竞："你要不要试试去睡？"

赵竞感觉出来，和刚才讲电话相比，还是跟自己说话的时候，韦嘉易的态度和心情更好一点。

他没来得及说自己不困，韦嘉易又说："如果睡眠不足，应激反应可能会更严重的。"

赵竞当然不希望自己睡少了，再次出现应激反应，被他这么一提醒，马上出现了零星的困意，便点点头，重新挂着拐回到了房间。

韦嘉易这觉睡得不算太好，梦到了以前的事。

S 市窄小的合租屋，对门的单间，睡着睡着就会摔下来的床，两个为生活奔波的人。买不起的器材，时常不起作用的空调，冷得伸不直手指的凌晨，珍惜地喝下的对方留在煤气灶上的热汤。

醒来时，天没完全亮，但雨停了。落地窗外的天空没有因为海啸变得浑浊，云像白纱的碎片，铺在明净的蓝色里。

韦嘉易去大门边的洗手池洗漱后，打算借辆车开下山，看看拦路的石块有没有被清除。刚收拾好行李，一种规律的噪声由远及近，从民宿上方传来。

韦嘉易起初一惊，后来想起，可能是接赵竞的直升机到了。

楼上响起许多踢踢踏踏的脚步声，李明冕跑下来，冲到赵竞门口敲门："哥！姑姑姑父来接你了！你醒了吗？"

房里毫无反应，他的手放在门把上，不敢按下去开门，又开始断断续续地敲。

唤不醒赵竞，回头看见他，李明冕立刻问："嘉易，你能不能来帮我开下门？"

韦嘉易拒绝："不好意思，我也不会开锁。"

"门没锁！"

韦嘉易故作惊讶："你是手不舒服？"

李明冕张张嘴，说不出话。这时，又有人从楼上走了下来，是赵竞的母亲和父亲，身后还跟着一群人。

韦嘉易替李女士拍过一次晚宴的现场照片，她的性格和赵竞可以说完全不同，平易近人又好相处。不过现在，她的模样不若当时沉静，眼神又忧又急，和她先生一起走到李明冕身边，问："怎么回事？"

"表哥没来开门，"李明冕犹豫地说，"可能是在睡。"

赵竞的父亲二话不说打开门，韦嘉易忍不住走上楼梯的台阶，站到能望进卧室门的地方看戏。

越过众人的头顶，他一眼看见赵竞躺在床上，脸上戴了个不知道从哪儿来的黑色眼罩，一动不动，睡得跟死了一样。明明睡得这么好，不知道昨晚在客厅里磨蹭个什么劲。

李女士喊赵竞的名字，推了他几下，他才醒，拿掉眼罩，坐起来叫了声妈。

看到门里门外挤了一大群人，赵竞脸色马上就不好看了，火大地对李明冕说："都出去，关门。"

一场好戏就这样结束了。

韦嘉易背起包，去找李明诚借车。

李明诚的母亲身体不太舒服，他要陪着，不能和韦嘉易一起去，问度假酒店的管家要了一台越野车的钥匙给韦嘉易。

韦嘉易独自开车下山，路上已恢复通行。

越往下开，越能够望见受灾地区那片骇人的废墟。海啸让大海变成一头没有形状的怪兽，进入人类生活的区域，野蛮地带走房产，带走放着玩偶的汽车、电线杆、杂货店，还有幸福的家庭。

车里没有音乐，只有窗外的风声，韦嘉易有些想取消些工作，在这儿再多待一阵子。

沿山道转弯，他又想起赵竞。

和赵竞的相处令人无奈万分，不过这次以后，应该不至于再被赵竞白眼相看了，倒也不能算是很坏的结果——而且短期内也不用再见面。

想到这里，韦嘉易松了口气。伺候这大爷一天带来的疲惫得用一年来治愈。

他来到医疗所，先给团队的人去电，打了支预防针，说自己可能会过一段时间再回去，接着便开始帮忙。

从岛的另一边，陆续有救援的物资运了进来，支援人员也有所增加。

到了吃午饭的时间，韦嘉易领了一份三明治，坐在屋外的凳子上吃，拿出手机看了一眼。

碎裂的屏幕上，有许多新闻推送。

他翻了翻，忽然看见三个小时前的一条。

"爆炸新闻：普长科技高管唐廷醉驾丑闻流出，公司股价暴跌。"

普长科技是赵竞的公司。赵大少爷好像突然有点流年不利，韦嘉易心想。

正在这时，一条新的新闻推送出现了，占据了手机上方的屏幕。

关键词十分惹眼，有"海啸"和"救援"等字样。

韦嘉易仔细一看，新闻内容是"普长科技 CEO 赵竞在布德鲁斯岛遭遇海啸，积极参与当地志愿者活动，捐赠大量物资，开展慈善救援"。

第四章 我会开挖掘机

韦嘉易认为，世上最绝望的场景，莫过于欣喜地以为成功送走某尊大佛，回头大佛却突然说自己有点事不走了。

下午，李明诚给韦嘉易打了电话，他告诉韦嘉易，送母亲离岛后，他也准备留在这里当志愿者，而后说："我哥也是，没想到吧？"

"……"韦嘉易沉默。

"因为他的公司出了个大丑闻，股价大跌，公关公司建议他在布德鲁斯岛留几天，在现场做点慈善，多发几条新闻压丑闻。姑姑和姑父本来不同意，说要他住院，没想到他自己一口答应，"李明诚叹了口气，"不过还是没拗过姑姑，先被接去医院检查了。"

韦嘉易无话可说。他想不出赵竞靠仅剩的那条能动的腿，和他那洗个碗都费劲的生活能力，在岛上能干什么活，口头评价："事业心挺强的。"

李明诚笑笑，又说："嘉易，你晚上住到山上来吧，李明冕他们都走了，现在整栋民宿就我和我哥，空得很。"

韦嘉易想到赵竞就头大，婉拒："还是算了吧，他应该不欢迎我。"

"怎么会呢？我哥特地交代过了，你可以住，"李明诚道，"我觉得他还是很感激你的。"

对韦嘉易来说，来自赵竞的感激可能太沉重了。他想再推拒，但话到嘴边，重新想了想，如果晚上睡在民宿，可以少占用一份其他志愿者休息的地方，也算是件好事。

布德鲁斯岛所在的国家是个经济并不发达的小国，救灾资源十分有限。韦嘉易权衡几秒，觉得不该因想躲开赵竞而拒绝，就对李明诚说了谢谢。

不久后，尼克和沃特又来了医疗所。

尼克见所里的志愿者比昨天多出不少，问韦嘉易："你明天还在吗？"

韦嘉易说在，他便问："能不能和我们一起去森林搜救？"

他对韦嘉易解释，山下的森林里住了十多户居民。海啸后，原本进出的通路已全是断木和石块，不但需要挖掘机开道，也需要人力帮忙搬开路障，才能进去救援。大部分救助资源都集中在民居和沙滩附近，森林通路上的人手和设备都不足，他实在找不到人，便来问韦嘉易试试。

韦嘉易一口答应下来。

临近傍晚，医疗所旁堆了不少物资，还来了一个工程队，他们带着简易的临时建筑材料，搭建新的病房。物资来自几个不同的慈善团体，建筑材料上则打着普长科技捐赠的标。

和夜班志愿者交班，找院长说了明天去森林的事之后，韦嘉易开车回到山顶，发现民宿顶上停着一架直升机。赵竞好像已经做完检查回来了。

大门关着，他按按门铃，李明诚很快过来开了门。

走进玄关，韦嘉易先闻到少许饭菜的香味，而后发现客厅里挤了六七个人，全部围着沙发里坐着的赵竞，还有几个俯着身，非常拥挤。

韦嘉易不由得停下脚步，欣赏这道现代社会不太常见的景观。

赵竞闻声回过头来，他赶紧换上礼貌的笑容："赵总，谢谢您收留我。"

赵竞应该很满意韦嘉易的说法，淡淡地"嗯"了一声，点了下头，又转回去，看他面前那位男性手里的平板电脑。电脑上面似乎展示了一份数据表。

"那两个是医生，"李明诚轻声给韦嘉易介绍，"这两个是护工，他对面的是他的秘书，姓吴，离他最近的是公关负责人。还有两个厨师在厨房做菜，楼上有保洁在清扫。"

韦嘉易知道赵竞排场很大，没想到这么大，失语之余怀疑："这么多人，我是不是住不下？"

"放心，房间都给你准备好了，三楼的主卧，"李明诚立刻说，"除了一个医生，其他人晚上都在隔壁民宿住。"

那更夸张了。韦嘉易想，不过没说。

李明诚可能感觉出韦嘉易对赵竞的娇生惯养颇有微词，主动替赵竞解释："一下午运来不少物资了。水飞的码头大部分都被冲毁，姑姑和姑父还捐建了一条简易的飞机跑道，下午也已经开工了。"

"我先带你去房间。"李明诚又道。

两人往楼梯走去，经过沙发后方，赵竞的公关负责人正低声报告："目前社交媒体上的整体反响还不错，达到了我们的预期，明天可能需要您配合拍摄一些现场照片。"

"怎么还要拍照？"赵竞语气很差。

两天相处下来，即便赵竞后脑勺对着韦嘉易，韦嘉易的眼前也已能浮现他的表情。

负责人立刻解释："耳听为虚，眼见为实，影像资料还是有需要的。不过这个拍摄最重要的一点是，不能让大众感觉您做慈善是一场秀。我会找一个有经验的摄影师，不会让您觉得不舒服。"

听到摄影师三个字，韦嘉易突然头皮一麻，产生一种不太好的预感。

果然，赵竞来劲了，回过头召唤他："不用找人，韦嘉易，过来一下。"

韦嘉易只好硬着头皮走过去。赵竞告诉公关负责人："他是摄影师，要拍什么样的照片你和他说。"

韦嘉易终于正面看到完整的赵竞。

赵竞已经换上一套一尘不染的黑色高尔夫球衣和短裤，还穿了双新球鞋，左腿架在一个小木凳上。

做完检查回来，赵竞的支具更新换代，明显变得制作精良，体积都小巧许多，只从小腿延伸到膝盖上方几厘米。连一旁放着的腋拐，也变成新的版本，不锈钢的，闪闪发光。

整个人重新变得气势十足，丝毫不见昨天的狼狈。

他对韦嘉易说："明天帮我拍几张，价格随便开。"

"我没拍过这种照片，不太有经验，"韦嘉易委婉地说，"而且我明天得去森林搜救，可能时间上不太方便。"

"森林？"赵竞好像完全没听到他的拒绝，还自信地说，"我也去。"

见他对救助的事情如此不严肃，韦嘉易心中泛起不耐烦，可赵竞毕竟是赵竞，不好得罪，只能忍住直说"带着一大堆仆从待在岛上是添乱""灾区不是给任性的有钱人做公关玩闹的地方"的欲望，详细地对赵竞解释森林里的情况，告诉赵竞，那里不适合一个腿断了的人进入，想含蓄地进行劝退。

没想到赵竞听到韦嘉易说挖掘机开路，突然打断他："哦，那就行，我会开挖掘机。"

韦嘉易呆住了，反应不过来，愣了两秒，说："什么？"

赵竞好像觉得他问得很没礼貌，没耐性地看着韦嘉易，重复了一遍："我会开挖掘机。现在我左腿不能动，挖掘机还比直升机安全一点。"

他又转头问秘书："今天捐赠的物资里有挖掘机吗？"

秘书好像也和韦嘉易一样，结巴地说："这个……这个没有。"

"今晚想办法运几台过来。"赵竞吩咐。

在场的人都有些不知所措，只有公关负责人变得很振奋："要是能拍下些您开挖掘机的画面和视频，肯定比站在物资飞机旁指挥的照片有用得多。"

赵竞好像听得烦了，皱眉摆摆手："明天再说，今天就到这里，你们可以走了，我要吃饭。"

韦嘉易还沉浸在对赵竞说自己会开挖掘机的震惊当中，站着没动，赵竞又转向他，发话："你怎么还不去洗澡？"

韦嘉易不太理解赵竞为什么对别人的干净程度也这么执着，跟李明诚上楼，找到了自己的房间。

房间很大也很新，他把包放在地上，去浴室迅速地洗了个澡，换好衣服，看见手机上有李明诚的电话。他回过去，李明诚问："嘉易，洗完澡了？"

韦嘉易说是，他便说："那快下来吧，就等你开饭了。"

韦嘉易下楼，赵竞和李明诚都已经坐在餐桌边。赵竞脸上没什么表情，等韦嘉易坐下，才拿起筷子，说："吃吧。"

韦嘉易捧着碗，夹了一筷子菜，发现厨师做饭不是一般好吃，又吃几口，对赵竞的生活的幸福程度产生了新的认知。平时韦嘉易自己的每一顿都很糊弄，午饭不一定吃，要是没在拍摄现场、没团餐，就会在便利店随便买个面包带回家当晚饭。

最早和潘奕斐合租的时候，潘奕斐厨艺很好，每次没工作待在家，就做饭给他吃，弄得小房子里全是油烟，但是很香。

当时韦嘉易觉得这已经是世上最好吃的饭菜了，现在吃了赵竞的厨师做的，才知道原来如果投胎成巨富家中的天之骄子，生活质量随随便便就能再抬高一个台阶。

他瞥了赵竞一眼，赵竞吃得不紧不慢，动作文雅，韦嘉易都看不出他喜不喜欢这些菜。

天天吃山珍海味，已经麻木了。韦嘉易多少有点羡慕。他累了一天，低头猛吃两大碗，饱到头晕发困，吃完就上楼去睡觉了。

赵竞早上醒来的时候，发现韦嘉易没和他打招呼就已经离开。

下山做了一整天志愿者，韦嘉易整个人乱糟糟地回来，可能怕打扰赵竞工作，吃过饭又迅速地上了楼。

在客厅处理完公司的公事，赵竞让秘书回去后，等了几分钟，韦嘉易还是没下楼，他问李明诚："韦嘉易在干什么？"

他下午做了很多身体检查，做CT时还是有些不舒服，总想到海啸时的场景。昨天韦嘉易的安慰很有疗效，所以他觉得应该让韦嘉易多和自己说几句话，今天说得有点少。

李明诚说不知道，在赵竞的眼神指示下，给韦嘉易打了个电话询问，而后告诉赵竞："嘉易刚才睡了一会儿。"

"现在醒了？"赵竞问。

李明诚微微愣了一下，有些迟疑地问韦嘉易："嘉易，你醒了吗？"

茶几上摆着赵竞早上从李明冕手上截获的相机。赵竞目光扫到，示意李明诚帮他对韦嘉易说："醒了就下来，我和他聊聊明天拍照的事。"

赵竞不想被李明诚知道自己出现了应激反应，等他完成给韦嘉易打电话的任务，就让他回房间了。没多久，韦嘉易慢吞吞地从楼梯上走下来。

他睡得脸上泛起一片红晕，睡眼惺忪，T恤也皱巴巴的，走向赵竞，问："赵总，你找我？"

"嗯，坐，"赵竞简要地说，指指茶几上的相机，先告诉他，"早上李明冕想带走，被我拿回来了，又没给钱，为什么帮他拍照？正好明天用来帮我拍。"

韦嘉易在单人沙发上坐下来，一条腿盘着，看了一眼，抬头对他说："但这个相机不是很适合拍新闻照片。"

"你要什么器材？我让公关准备。"赵竞说。

韦嘉易好像很困，抬手打了个哈欠，赵竞看他眼泪都快出来了。

而后他摇摇头，声音也有了点鼻音："不用器材，别麻烦了。其实拍这种新闻，用手机最好，像素一高，反而可能显得有点假。"

"你还挺懂的。"赵竞说，想到韦嘉易傍晚说自己不会拍这种照片，感到这人说话有时太谦虚了，不够自信。

"这不算懂吧。"韦嘉易笑了笑。

两人之间静了几秒，韦嘉易张了张嘴，有点慢地关心赵竞："赵总下午去检查腿了？情况怎么样，不需要住院吗？"

"完全不需要，"谈起这话题，赵竞颇感自得，告诉韦嘉易，"医生说只是骨裂。我身体健康，骨密度高，而且肌肉很好地护住了骨头，裂痕不大，按检查报告看，只需戴两周的支具固定就行。"

韦嘉易温柔地附和："那太好了，赵总果然强壮。"

赵竞认同地"嗯"了一声，又听韦嘉易问："赵总，你真的会开挖掘机吗？"

赵竞听他的语气像在怀疑，皱了皱眉头，强调："当然会。挖掘机、铲车、叉车、装载机，我都会开。"

韦嘉易很震惊，眼睛睁圆了，嗓音都变了，怔怔地问："……怎么会这么多？专门去学的吗？"

他实在大惊小怪，不过赵竞没生气，压着脾气解释："我小时候喜欢工程机械玩具，我爸找设计师为我打造了一套儿童版的工程车。"

他玩了整个夏天，熟练度极高，把家里高尔夫球场的草皮挖掉一半。

"……"韦嘉易好像更惊愕了，张着嘴，很久才问，"儿童版的操作起来没区别吗？而且小时候到现在，还记得怎么开啊？"

赵竞开工程车的能力多次受到质疑，感到不悦，反问："这能有什么不一样？每台工程车都是一比一制造的，功能齐全。况且操作那么简单，我闭着眼睛都能开，学会了怎么可能忘？你会忘了一加一等于二？"

"对不起，我不是这个意思，"韦嘉易还算知错就改，立刻为自己的无知道歉，又安抚赵竞，"我不知道原来还有儿童版的工程车。是我少见多怪了。"

赵竞看他无知的模样，微微一抬下巴："那倒也不是，全世界应该只有这套，现在摆在我的博物馆里，回去我带你参观。"

不知道为什么，韦嘉易的表情有点凝固，过了一会儿对他说："谢谢，那真是带我见世面了。"

韦嘉易醒得很早。

昨晚梦里没有潘奕斐，只有一台挖掘机在泥地里往返，非常吵闹，总比梦见陈年旧事好。

下了床，他走到窗边往下望，看到民宿门口的空地上已经停了一辆黄色平板车，车身后的方板上放了台小型的挖掘机。

韦嘉易很难想象，吴秘书昨晚做了多少努力，才成功在赵竞睡醒之前，让挖掘机来到了这里。

他只能庆幸自己不是赵竞的下属，等熬过这段时间，以后得尽可能地离赵竞远点。

他穿戴整齐走下楼，恰好碰到赵竞穿着一套新的灰色的高尔夫球服和一双同色的球鞋，头发打理得一丝不苟，也从房间里出来。

韦嘉易向他问好："早安。"

"嗯。"赵竞点点头，往餐厅走去。他挂个腋拐，走得飞快，简直脚下生风，比正常人还敏捷。韦嘉易跟在后面走了几步，差点没跟上。

饭后，出发去森林。韦嘉易昨天和尼克约好，在山道中段一个观景点的停车牌下见。

原本李明诚想开车，但他试了试，发现自己开不来平板车。秘书只找到了车，没找到司机，在场没人学过。韦嘉易本想找尼克帮忙，或者自己试试，结果赵竞站了出来。

他说开平板车只是"小菜一碟，别浪费时间"，便亲自坐上驾驶位，让公关公司的负责人带着两个工作人员，开越野车跟在他们后面。

韦嘉易和李明诚惊慌失措，没人敢直接开口阻止赵竞，只能先坐到椅子比较长的副驾上。

李明诚挨着赵竞，韦嘉易看他的手一动一动的，像随时要去拉手刹，更紧张了，不敢说话干扰。

赵竞眼神专注，拉着手刹开开放放，一副很忙的样子，还是熄了几次火，车才动起来。韦嘉易看得头都痛了，很怕自己躲过海啸，躲不过赵竞把车开下山崖。

他在心中做好了如果情况不对，就直接开口阻止赵竞的准备，但开了一小段山路后，他又发现赵竞的确没乱开，方向和速度把控得精准，虽然开得慢，但过程中没有熄火。

李明诚也松了口气，只是声音还有点紧绷，虚弱地吹捧他一句："哥，原来你平板车开得这么好。"

赵竞淡淡地点点头，还有空往韦嘉易的方向望一眼，不知是看后视镜，还是检查韦嘉易有没有像昨晚一样，没控制好表情，脸上出现对他的不敬。

到了停车牌下，尼克已经在等，见韦嘉易等人带了台挖掘机，非常激动。

他回自己的车，开在前方带路，开至受过灾的山道，路面上有不少建筑碎石没被清理干净，路明显变得高低不平，平板车上上下下，不断大幅度震着。

韦嘉易怀疑这种程度的震动会让赵竞的左腿感到不舒服，但是赵竞不吭声，表情也没变化，看不出痛不痛。

从分岔路口向左，车继续前行，来到几个被截断、推开的树干前方，尼克停了下来，下车告诉韦嘉易，这就是需要进行救援的森林入口。

林中原本生长着许多高大的桉树，如今被海啸卷走一半，有不少斜倒在地上。

从停车的位置往里面望，几十米远的地方，有一片倒塌的房屋，只留断壁残垣连接着。韦嘉易见到有一面墙横倒在地上，墙边一台很旧的挖掘机在工作，附近站着几个人。

"这个方向有六栋房子，我和沃特正在清理，"尼克告诉韦嘉易，又用手指指着另一个方向，"你们能不能负责那边的几栋？"

韦嘉易这边刚说完好，李明诚那头已经搭好了平板车的卸货板。赵竞坐在挖掘机里，缓缓地将它开了下来。

由于要等赵竞先把通路挖开，李明诚在这儿暂时没什么能做的，便抓了公关公司负责人和一个员工当壮丁，拿着赵竞的父母捐赠的最先进的生命探测仪，先去损毁不那么严重的房屋上方，探查生命痕迹。

而韦嘉易和另一个公关人员，则留在挖掘机边为赵竞服务。

起初赵竞的操作并不像他自己说的那么熟练。

挖掘机内部空间对他来说有点小，他微微弯腰，操控挡把，如同四十四码的脚硬挤进一只四十二码的鞋子。

韦嘉易在隔了十多米的地方站着，看挖掘机被他运行得一顿一顿的，像网速不好时卡顿的画面。

公关人员喊韦嘉易一起研究拍摄角度，两人还没拍出一段稍微丝滑点的赵竞操作挖掘机的视频，挖掘机突然往前冲了冲，差点撞到树上。

"这不行啊，"公关人员吓了一跳，对韦嘉易道，"我看还是先别拍视频了，只拍照吧。我还真以为赵总会开呢。"

韦嘉易闻言，往后退几步，拿手机拍了几张。

韦嘉易想起和赵竞第一次见面时，他还在摄影艺术系上学。

聚会上他一眼看见赵竞，觉得这个人很适合被拍。五官深刻，骨骼立体，身材也高大舒展，彩灯的光照在他的肩膀和鼻梁上，光影堪称完美。韦嘉易无心地按下快门，那一张照片其实不错。只是赵竞脾气太臭，走过来就让他删掉。

没有想到时隔多年，赵竞也会找他拍照。他低头看了一眼屏幕，确定赵竞如果以后破产，也可以去给工程车拍拍广告。

虽然出师不利，但公关人员的话倒是说得有点早。只过了几分钟，赵竞开窍一般上手了。

挖掘机移动着，缓缓向前，灵巧地把挡路的乱七八糟的东西挖开，倒到一边。

"可以拍了！"工作人员反应过来，高兴地说。

韦嘉易一惊，随即按下录制，给赵竞拍了一段 CEO 开挖掘机的视频。

透过挖掘机的玻璃，赵竞的面色十分严峻，手在挡把上熟练地做着精细的操作。韦嘉易一边观赏，一边想，赵竞好像还真没有吹牛，是有点过硬的技术傍身的。

挖掘机一路推进，韦嘉易没有一直拍摄。

他拍了几段，觉得差不多足够挑选，就放下了手机，走路跟着。走了没多久，挖掘机突然停了。

赵竞把臂架抬高，熄了火，打开车门，回头喊他："韦嘉易。"

韦嘉易闻言走近，抬头看到赵竞眉头微微紧皱，手按在门上，低头对他说："不太对劲，你到前面看一下。"

韦嘉易一惊，绕到挖掘机前面，看见泥土里露出一截大腿。

他的心重重一沉，半跪下去，双手掏走土块，挖开不知从哪儿冲来的海草和石头，将埋在土里的遗体往外拉。

遗体是一名男性，体形较大，泡过水后，脸都已看不清。

韦嘉易双手有些颤抖，咬着牙想将他背起来，但遗体和活人不太一样，手臂又冰又滑，拖起来很费劲。他刚想喊公关人员过来帮把手，赵竞的声音很近地响起："这边给我。"

他抬头一看，赵竞不知什么时候下了车，挂着腋拐，脸上没什么表情，嘴唇紧抿着。

"一人一边。"他简单地说，而后有点艰难地俯下身，用右手接住韦嘉易抓着的遗体的手肘，往上拽。

韦嘉易拉另一边的胳膊，借着赵竞的力，把遗体背起来。

刚走了几步，韦嘉易抬眼，竟看到不远处公关人员举起了手机，仿佛觉得这能用来做公关，想拍下这一幕。

闪光灯刹那亮了起来，韦嘉易还没来得及开口，赵竞反应极快地松了腋拐，抬手牢牢遮住遗体的脸，同时眼睛紧盯着公关人员，声音几乎凶猛："你干什么?!"

腋拐掉在地上，碰到石头发出闷响。

公关人员呆在原地，不敢动弹。

赵竞盯了他两秒，伸手指着他，强压着怒火，低声叱骂："把照片删了。"韦嘉易也被稍稍吓到，才知道赵竞真正发怒，原来是这种模样。

公关人员战战兢兢地删了照片，韦嘉易看到他嘴唇都泛白了，对赵竞道歉。赵竞又骂他："你有没有常识? 会干就干，不会干就滚。"赵竞让他回车里，不要在这儿碍事。

等他离开，韦嘉易想去给赵竞捡腋拐，问赵竞能不能坚持几秒。

赵竞心情很差地点点头，韦嘉易松开遗体，迅速过去捡，余光感觉赵竞摇摇晃晃的，差点往前摔，但还是站住了。

韦嘉易把腋拐递给赵竞，赵竞拿稳，韦嘉易又看到他的球衫上都是污渍，手臂上还有不少伤口，结着深粉色的痂。

走了一段，李明诚和其余两个公关人员也过来了。

他们的神色变得凝重，接下韦嘉易和赵竞背着的遗体。赵竞一言不发，又挂着腋拐，沿着清理过的路往前走，坐回不适合他身高的挖掘机里。

一整天，韦嘉易和赵竞挖出了四具遗体，李明诚拿着探测仪，在尼克救援的房产那儿检测到生命迹象。

赵竞开着挖掘机过去帮忙，救出一对母女，由尼克送去了医疗所。

太阳完全落山，确认没有其他生命迹象后，他们载着遗体，前往临时的遗体安置中心，把他们搬进冰库。

回民宿的车上，所有人都没心情说话。

或许只有自然能够兼具乐观与残酷，从不为单独的生命做出停留。仅仅两天，山风的气味已恢复原状，带着清新的热带植被气息，从窗外刮进车里。像一种安慰，说逝去的虽已逝去，但安全的也都已安全。

洗了澡又沉默地吃了饭，韦嘉易本想和李明诚一样直接去睡，但不小心注意到赵竞没回房间，而是去了客厅，在沙发上一动不动地坐着。

他有些担忧，觉得赵竞经过白天的救援历程，可能会再次出现应激反应，心里犹豫着，已经走了几级楼梯，还是认命般叹了口气，重新下楼了。

他一走进客厅，赵竞就扫了他一眼，而后转开视线，继续望着电视的方向。

"想看电视吗？"韦嘉易劝自己耐心，问，"你还好吗？"

赵竞含糊地"嗯"了一声，不知在回应哪个问题。

韦嘉易坐在离他不远的单人沙发上，两人就这样安静地待了一小会儿，赵竞终于开口："怎么还不开电视机？"

"哦哦，不好意思。"韦嘉易道歉，找了遥控，把电视打开。

电视正好调在新闻台，播海啸灾情，除了布德鲁斯岛，还有其余不少地区受灾。

韦嘉易忽然想起来，自己还没把接下来的工作安排好，便边听新闻，边给经纪人编辑一条短信，说他想在布德鲁斯岛再留两周，做志愿者。

经纪人很快便给他回了电话："我可以先帮你沟通，但客户那儿你得自己去道歉，而且得把接替的摄影师找好。"

"我知道，我会做好的。"韦嘉易承诺。

"还有，普长科技CEO的秘书白天联系我了，"经纪人又说，"你要帮他拍什么照片，他给那么多？还是我被杀猪盘诈骗了，你认识赵竞吗？"

韦嘉易看了看赵竞，新闻已经播完了，赵竞在看泡面广告，看得还挺入迷的。

"认识，我回来说。"韦嘉易对经纪人说。

经纪人立刻求他，千万好好表现，不要失去这份收入，得到他确定的回答，才肯挂电话。

放下手机，韦嘉易在心里盘算着找哪些摄影师朋友代他工作，赵竞忽然开口："韦嘉易，你白天拍的那些照片和视频，也删了吧。"

"怎么了？"韦嘉易抬头，问他。

"我不做这种公关。"赵竞眼睛还是紧紧地盯着电视机，冷硬地说。

韦嘉易怀疑赵竞大概感觉自己说话时没有显露分毫情绪，但从韦嘉易的角度看，靠在沙发上的腋拐已经快被他的右手掰弯了。

很显然，赵竞还在生气。

"可以，我都删掉。你别想那么多，也不是你想出来的公关策略。他当时应该是太想把工作做好吧，才想得有点少。既然没造成实质性的损害，你也别放在心上了。"韦嘉易觉得他有点可怜，安慰了几句，又问，"你要看着我删照片吗？"

"不用。"

赵竞语气还是冷冰冰的，不过手终于松开了，像听进了韦嘉易的话。

想起经纪人的叮嘱，韦嘉易心中无奈，想了想，又说："不过既然你给钱，我把照片发给你留个底吧，我这边删掉，好吗？"

赵竞瞥了瞥他，忽而不知想到了什么，表情变了变，看起来奇奇怪怪的，又神色微妙地看了韦嘉易好几次，才低头摆弄了下手机，递给韦嘉易，上面一个二维码："加吧。"

第五章 再见里尼

待在客厅的一个小时，韦嘉易似乎忙着把接下来两周的工作安排给别人。

他不停地走到玄关去接打电话，进进出出七八次，忙得像动物园里捡香蕉的猴子。语气也变化多端，和有些人称兄道弟，对有些人又低声下气。上一秒平静地看新闻，下一秒电话响了，接起电话就热情地喊哥。

不过现在，赵竟对他的反感已经很浅，可能是因为相处了几天后，赵竟感到韦嘉易的性格不能完全用虚伪概括，也有一种能够安抚别人的温柔和责任感。另外，经过了生与死的磨砺，赵竟觉得自己的个性也得到了升华，比以前更宽容、谦和，不再像他母亲所说的那么非黑即白。

韦嘉易和他要私人的联系方式，他给了。毕竟韦嘉易把他从沙滩边扛了出来，而且他答应韦嘉易来参观博物馆，不给显得太吝啬，以后联系也不方便。

在这方面，赵竟从来落落大方，不是一个小家子气的人。

电视上，晚上九点半的新闻播报开始后，韦嘉易好像总算把能安排的工作安排完了，又开始哈欠连天。

他背靠在沙发上，保持一种每个身体部位都无须用力的姿势。应该想多和赵竟待一待，忍着没说想去睡。

赵竟倒是无所谓他在不在，有一搭没一搭地聊聊天也有助于缓解白天的低落。

看完新闻，赵竟宣布："好了，我要睡了。"

韦嘉易闻言跳起来，对赵竟说了"晚安"，才上楼。

赵竟拄着腋拐走回房间，洗漱后躺在床上，开了一盏暗暗的台灯。

窗外是无垠的晚空，他本要睡觉，思绪一转，又拿起了手机，靠在床头。

母亲发来了几条消息问他情况如何，什么时候回家。父亲说："今天没看到什么公关新闻，你没出门？"

赵竞发了一张韦嘉易拍的他开挖掘机的照片，回父母："拍了照，不过不想发新闻。"

白天的事对赵竞来说，绝不是能够用来宣扬的那种经历，就算是父母，赵竞也不希望他们对此了解太多。任何就此事可能出现的对赵竞的认可、称赞，都毫无必要，太多余了。

即使此刻看到这张照片，赵竞的心情都变得沉重。

父母都睡着了，没回他。

赵竞身体累，但是还不想睡，想到刚才韦嘉易加他的时候，朋友圈有很多照片，顺手点开看了一眼。

赵竞自己是从来不看也不发这些东西的，他对别人的生活没兴趣，不暴露自己的生活，首先是因为容易产生安全风险，其次没什么好发的。

韦嘉易发的这些，生活类的也不多。平均一个月两三条，大部分都是工作展示，文字也很简单，写些工作内容，还要感谢甲方。

赵竞拉下去，看到了母亲举办的那场慈善活动。韦嘉易把母亲拍得挺好看的，她戴着去年她生日时赵竞送的翡翠耳环。照片里，翡翠绿得很还原。母亲和母亲的秘书都点赞了。

没想到韦嘉易连他母亲的好友都有。赵竞也点了赞，认可他的拍摄技术。

接着往下拉，他发的都是赵竞没兴趣的明星、杂志拍摄，偶尔夹杂着和同事深夜喝酒的干杯照片。

一直翻到五年前，赵竞发现了一条不合群的朋友圈。

韦嘉易发了一桌家常菜，菜色普通，反正赵竞看着没什么胃口，摆在一张破破烂烂的木桌上，文字配的是"小潘进组前做大餐"。

赵竞觉得有点奇怪，马上打字评论："小潘是谁？"

评论完，赵竞的睡意来了，他关灯安稳地睡去。

韦嘉易早晨醒来，发现昨晚联系的最后一个摄影师朋友刚刚回他消息了。

对方说有空，可以帮他上工。

韦嘉易松了口气，给对方打电话，感谢了半天。令他庆幸的是，他平时人缘不错，不管是客户还是朋友都很理解他，能帮忙的全都帮了忙。有几个客户了解后，还参与了对小岛的慈善捐款。

挂下电话，韦嘉易突然发现朋友圈有两条新提醒，点开一看，从心情轻松差点变成心肌梗死。除了赵竞，应该没人能做到把别人的朋友圈翻到底后，再在一条五年前的朋友圈下面打下这四个字。

韦嘉易发的潘奕斐做饭的照片，如果不是赵竞回复，他自己都忘了。

如果是别人，韦嘉易大概不会回。但赵竞毕竟是赵竞，韦嘉易怕不回复，他直接当面问，只好回："我的一个朋友。"

收拾干净下楼，李明诚在餐厅坐着，告诉他："我哥还没醒。"

赵竞不来，不好开饭，两人坐着聊天，李明诚说今天有个救援工程队到了，不用再坐赵竞开的平板车了，一副心有余悸的模样。韦嘉易感同身受地笑了笑。

等了十分钟，赵竞的房间毫无动静。

李明诚看了几次表，说："要不我去敲敲门吧，总不好不等他就先走。"韦嘉易和他一起，走到赵竞房间门口，李明诚小心地敲了几下，问："表哥？"

韦嘉易觉得就这点音量，肯定吵不醒赵竞，果然，世界安静得好像什么也没有发生。

"我也试试。"韦嘉易敲了敲，比李明诚肯定更用力些，不过也不敢喊得太响，"赵总？你醒了吗？"

两人对视着，都觉得难办，不叫也不行，叫也不行。

李明诚别无他法，给赵竞的秘书打了个电话，问他一般怎么叫赵竞起床。吴秘书说不要叫，等他自己醒，因为只有赵竞的父母才喊他，他才不会生气。

救援不等人，韦嘉易和李明诚的想法都是他们给赵竞留个消息，先去现场。两人正讨论怎么委婉地组织文字，门突然被拉开了，赵竞穿着睡袍，挂着腋拐，面无表情地看着他们。

"我就听到有人在门口叫我赵总。"赵竞瞪着韦嘉易，冷冷地指责。他的眼罩还挂在脖子上，减少了一部分气势。

不过赵竞不像十分生气，只是不耐烦地说："知道了，起了。"说完关上了门。

没多久，赵竞来到了餐厅，已将自己打理得很清爽，没有就被吵醒的事发表意见，早饭也吃了很多。

他们依旧来到森林，这次有了新救援队，多了两台挖掘机，效率提高不少。

公关人员被赵竞赶了回去，但赵竞没有马上离开布德鲁斯岛的意思。

他依旧和其他救援人员一样，待在燥热不堪、满是蚊虫的森林里，安静地坐在驾驶位操作铲斗，把能翻开的淤泥都翻开，寻找失踪的人的踪迹。

救援工作单调痛苦，天气又闷又热，还会突然下场暴雨。

海啸带来的厚淤泥和碎石中，不但有人类的遗体，也有动物的残肢。肉体就这样被分离成和建筑一样的骨骼、碎片，散发着臭气。

连续干了四天，他们已经将倒塌的房屋挖了大半，挖出了大约一半的居民遗体。专业救援队的人说，没找到的遗体，很可能被冲到了别的地方。

连日来，每个人都干得压抑，倒是赵竞算是其中精神最振奋的一个，白天在森林，有时晚上回去，还要工作一段时间，开几个会骂骂下属。

韦嘉易听到他和父母打电话，赵竞坚定地说，自己肯定得和尼克他们一起把森林这一片铲完，才会回家。

第五天早上，尼克带来了一个意想不到的人，赵竞在海啸的沙滩遇见的小孩，里尼。

里尼穿着米色的棉麻衣服，跟在尼克后面。他看起来眼睛很肿，比那天还要瘦。

尼克告诉他们，里尼母亲的遗体昨天找到了，他其他幸存下来的亲戚，都在民居帮忙。那儿的景象实在残酷，且遇难的大多是里尼认识的人。

尼克见没人照顾里尼，就把他带了过来。

"他小姨说他最近睡得少，睡着没多久就尖叫，哭着醒过来。"尼克看里尼走到一旁，有点好奇地观察挖掘机，便趁机低声告诉他们。

里尼被安排坐在一个铺了塑料纸的树干上，尼克给他手机看动画，他不看，十分安静地观察大人工作。

到了午餐时间，韦嘉易拿了一个三明治给他，他乖乖地吃完了，又跳下树干，走到了停在一边的挖掘机边。

韦嘉易过去，想陪着他，忽然听到后面赵竞的声音："你要开吗？"韦嘉易转头，看见赵竞走了过来，拄着腋拐，垂眼看里尼，表情与温和相去甚远，只能说不算很凶。

里尼可能有点不好意思，没有说话，赵竞就坐进挖掘机里，又对他说："上来，我教你开。"

里尼看起来很想玩，但他个子很小，挖掘机又被赵竞占满了，韦嘉易觉得凭他自己是很难爬上去的，便低声说："我抱你上去吧。"他伸手钳着里尼的腋窝，轻轻一提就把他抱了起来，小心地抬高，让他越过赵竞的伤腿，坐在中间。

等韦嘉易走远一点，赵竞启动了挖掘机，教里尼操作。

他们没有真挖，赵竞只是握着里尼的手，把挡把拨来拨去，玩闹似的动一动铲斗。

儿童的痛苦情绪不像成人那么连贯，哭的时候也可以笑。里尼玩了一会儿，因为铲斗突然下降，清脆地笑了几声，过了一会儿又小声地哭了，趴在赵竞的手臂上。

韦嘉易看着他们，赵竞低着头，没有安慰里尼，只是用手臂支撑住他的上半身，沉默地看着。虽然心里知道赵竞大概是根本不知道要说什么，所以直接不说，但韦嘉易感到眼前的景象是动人的。

不久，里尼哭着哭着睡着了。

赵竞单手把里尼扛在肩上，打开车门，用腋拐支撑地面，小心地将里尼扛下了挖掘机。

赵竞身材高大，显得里尼像一只小动物，软软地趴在他的肩膀上。他压低声音，叫了站在皮卡车旁的尼克一声，让尼克在后座给小孩铺个床。

韦嘉易站在十多米远的地方，看到赵竞扛着小孩的侧面，有些犯职业病。无论赵竞是不是一个什么都有的人，这都是人生中十分值得被记录下的一刻，韦嘉易心中很犹豫，最后还是忍不住拿出手机，拍了一张照片。

赵竞似乎对镜头极其敏感，韦嘉易刚拍完，他眼睛已经转了过来，发现了韦嘉易的行为。幸好他没发怒，微微皱了皱眉头，便转开了头。

尼克铺好了床，赵竞把腋拐放到一边，小心地俯身，做高难度动作，托着里尼的头和腿，把他放在临时的床上，而后重新挂拐，气势汹汹地朝韦嘉易走过来。

韦嘉易有点尴尬，他甚至自己也说不清为什么非要拍。他主动把屏幕给赵竞看，含糊地说自己职业病犯了，就拍了一张，道歉："不好意思，我删掉吧。"

韦嘉易的手机屏边角碎了一块，呈蛛网状，影响了屏幕的画面。

赵竞这人非常缺乏边界意识，大概因为看不清，突然伸手抓着韦嘉易，把他的手提高了点，仔细看屏幕，好像哪儿来的大导演在审片。

看了几秒，韦嘉易没明白他什么意思，他松开了手，下巴微抬，睨着韦嘉易，眼神带着一种没必要的得意。

韦嘉易心中一麻。他现在太了解赵竞的脑回路了，赵竞肯定在心里不知道想歪了什么。

但面对赵竞，人是没有解释的机会的。

"还行，"赵竞做出了一个对他来说很高的评价，命令韦嘉易，"发我。"

第六章 🌿 起诉小潘

　　韦嘉易睡前照例看一眼手机，怕遗漏什么工作信息，不料发现赵竞的微信头像忽然间从原来的一张背影，换成了下午他拍的那张照片，心情随即变得极度复杂。

　　背影照是赵竞的母亲李女士拍的，韦嘉易见她发过。而下午的照片本是无心的记录，拍摄的角度和距离都有点近，被赵竞直接改成头像，顿时有了一种说不清的感觉。

　　当然，赵竞应该真的只是挺喜欢这张照片的。韦嘉易缓缓地想。

　　毕竟拍得好似超级英雄的形象照，一定非常符合赵竞心中对自我的认知。

　　在某种程度上，赵竞很简单。这几天，韦嘉易已经相当充分地了解到。

　　自信是因为赵竞永远是选择方，他只需选要或不要。要的东西得到，不要的东西拿走；要的人留下，不要的人消失。

　　普通人就不一样了，即使渴望被选择，也耻于开口大声为自己争取。所以要是说韦嘉易不羡慕，那一定是说谎。

　　韦嘉易锁起手机，关了灯躺在床上，心知没有可比性，仍然不免想到去年，答应替某家杂志给潘奕斐拍照，原本一切沟通妥当，临到签合同时，潘奕斐的经纪人给他的经纪人打去电话，说要换人。

　　韦嘉易当时不太愉快。成名后，这种情况已经很久没在他的工作中发生了。他的档期也不好约。

　　潘奕斐的经纪人自己来电解释，对韦嘉易说："我觉得你给小潘拍的照片很缺乏距离感。"解释几句后，她突然开始指责韦嘉易："不只我一个人这么觉得，很多人都看出来了，包括小潘的粉丝。你自己也清楚这些事吧，这活本来就不该找你的，你也不该接。你为什么接我不知道，但小潘不能受影响，所以我自作主张，决定替他避嫌，希望你不要怪我。"

可能韦嘉易确实没那么自信，被她这么一说，一度怀疑起自己：难道接这个工作，真的是潜意识里别有所图吗？

似乎不至于吧，但也不是不可能。想着想着，韦嘉易自己也挺不直腰杆了。

当然，后来他想清楚了，纯粹是无稽之谈！但也不好隔了一个月重新给潘奕斐的经纪人致电澄清，请她赔误工费，只好不了了之。

这么想来，和圈内有些过于油滑、难相处的人相比，赵竞的性格也有可取之处。起码赵竞拍公关照，拍着拍着突然罢工，钱也会到账。

而且赵竞这么难伺候的一个人，都没对韦嘉易拍的照片挑三拣四，或者仗着大牌，逼韦嘉易亲自修图到半夜，到最后说还是觉得第一版最好看。

韦嘉易回想自己在潘奕斐的经纪人那儿吃的闷亏，半夜才睡着，清晨是被电话吵醒的，他拿起一看，来自赵竞，赶紧接了。

赵竞没等他发声就中气十足地问："韦嘉易，你怎么这么能睡？八点半了。"

李明诚似乎在赵竞旁边，替韦嘉易说话："应该是这几天太累了，或者闹钟没响。"

被李明诚说中，韦嘉易昨晚忘记开闹钟了。他头有点痛，站起来想，赵大少爷亲自来电催促，肯定已经在餐桌边等了整整好几秒了吧。

正迷糊地想着，赵竞又在那边训起了李明诚："闹钟没响，难道生物钟也没用吗？"

话是没错，但由赵竞说出来，韦嘉易差点笑了，人也清醒了，道歉："不好意思，是忘开闹钟了，你们先吃。"他睡得不好，声音是哑的，他自己听起来都像病了。

赵竞不说话，可能是因为他的世界里没有类似"别人道歉后，应回复原谅"的知识。

安静了几秒，韦嘉易只能再次开口："实在不好意思，我马上下来。"

他尽快下楼，来到餐厅现场，发现赵竞本人脸色倒没有很难看。三人吃了饭，外面淅淅沥沥地下雨，雨势不大不小，天空很阴，没有停下的意思。

李明诚给尼克打了个电话，尼克说这天气不太适合挖掘机作业，他们准备去临时安置区，看看缺多少生活用品。

恰好赵竞的父母运来的新物资早上刚到，民宿里的三人便决定一道前往。

安置区建在医疗所上方一些的几块平地上，都是简易的棚户。

由于下雨，人都没出来，但有嗡嗡的谈话声。棚户外搭着很多晾晒衣服的架子，架子上是空的。地被许多人踩过，杂草变得稀疏，雨浸润了淤泥，脚踩上去便会留下脚印，一切都简陋而混乱。

韦嘉易穿好了雨衣，把皮卡车后的物资拿下来，分成一份一份的，送进棚户。

安置区的发电机功率不高，每个棚户只有一个灯泡，灯光很暗，条件也艰苦。一些人失去家人，靠在床边一动不动，也有人尚有余力，因此连声感谢。阴沉的天空，潮湿的空气，压抑的景象，让所有人情绪低沉。

将物资发完，尼克叫了赵竞一声。

他说里尼的小姨邀请大家去吃午饭，菜可能比较简单，主要是想当面感谢他们对里尼的照顾。据说昨天里尼回家后，比前几天睡得香了很多。

韦嘉易和李明诚自然愿意，两人一起看向赵竞，赵竞也毫不犹豫地答应了，全然看不出他出门必携带中西式两名厨师的奢侈作风。

跟着尼克的车，前去里尼小姨家的路上，韦嘉易和开车的李明诚讨论着安置区的生活条件。

韦嘉易想让助理到自己的社交媒体上，替他发一份灾区的官方捐赠通道信息。

他联系助理，但不知怎么，助理昨天还替他管理着，今天却登录失效了。尝试登录两次，验证码都正确，然而就是登不上去。

韦嘉易自己试了试，倒一下就登上了，只是看到账号中大量的未读消息提醒，手脚不自觉地麻了一下。

助理又打来电话，韦嘉易告诉他：“算了，我自己发吧，我登上了。”他直接切到发布的页面，把捐赠通道的文字复制进去，又自己打了两行字，请大家帮忙，点击发送。

这时，一旁一直保持沉默的赵竞突然挪了过来。

“你是怎么发的？”他毫无顾忌地挨到韦嘉易旁边，看韦嘉易的手机，低声说，"我让公关公司也发一条。"

他们开的是越野车，赵竞原本坐在中间，连腿带人占了两个位子，韦嘉易也陪他坐在后面，以防他需要什么照顾。

为了看屏幕，赵竞一个人占住一整排。

韦嘉易已经可以闻到赵竞身上非常标志性的沉木香味，背紧贴着门，仍然避无可避，心中失语，依稀记得刚在海滩上找到他时，赵竞好像还不是这样的。

韦嘉易觉得自己还是更喜欢那个艰难地把手藏在袖子里，也要在危急关头制造出一点和韦嘉易的社交距离的赵竞。

赵竞毫无察觉，对韦嘉易发布的信息指指点点："格式还算清晰，我直接让他们复制你的。"

他手指戳在韦嘉易的屏幕上，意外点开了消息界面，一整排的红色未读消息跳了出来。赵竞疑惑地"嗯？"了一声，韦嘉易背后一凉，果然，赵竞开始了他的评价："全是未读消息，你的助理这么不负责？"

韦嘉易此时此刻唯一庆幸的，就是未读消息不显示内容，否则赵竞看到来自潘奕斐的影迷朋友，以及各路明星对自己的各种夸赞或者辱骂，还能抓着他的手机提出两百个问题。

在赵竞点开未读消息前，韦嘉易及时地关了软件，为助理说话："应该都是今天发的，他还没来得及看。"

而后，他把手机收起来，抓在手中，手肘往赵竞那儿弯了一点，希望赵竞能感受到拥挤，坐回属于他的位置上去，给别人留一点空间。

赵竞毕竟是赵竞，对韦嘉易的暗示无所察觉，还是大刺刺地挤着。他低头看韦嘉易的脸，说了一句莫名其妙的话："韦嘉易，你的手机屏幕能把人看瞎。"

"那也没办法，"韦嘉易觉得自己的忍耐又快到极点了，最后深呼吸，尽量温和地说，"以现在的条件，我也换不了，只能最近都少看手机。"

这时，赵竞的嘴角突然不明显地弯了弯，对韦嘉易说："不用少看，我昨天已经让秘书拿一部新的来，吃了饭回去换。"

说完，他眼神中出现了一些对自己的满意，等待着韦嘉易的积极回复。

"……太谢谢赵总了，"韦嘉易说，"我又可以不伤害视力地看手机了。"

"嗯，"赵竞抬了抬下巴，"我爸妈早上还给我发消息，说我的新头像不错。以后这种照片倒可以拍几张。"

"好的，"韦嘉易努力地接话，"有合适的场景，我就多拍一些给你挑。"

得到他的回答，赵竟终于挪了回去，结束了对韦嘉易的虐待。韦嘉易觉得自己每天和赵竟相处，像坐一种全新的黑夜过山车，根本不知道下一秒是爬坡还是俯冲。

爬坡是赵竟又在发神经，俯冲是赵竟的确如李明诚所说，其实人不坏。

车又开到了一条有点不平的路，车内开始上下颠簸。赵竟可能腿痛，但强忍着，面色不太好看。他坐在中间，没有支撑，人摇晃着，伸手去抓车顶扶手，但这动作牵扯到了左腿，他大概更痛了，就默默地把手缩了回来。

韦嘉易注意着赵竟有点不舒服又不说的样子，心里很迟疑，轻声问赵竟："你要不要扶着我？"

赵竟看他一眼，没说什么，本来肯定是想逞强拒绝的，但车再次大幅度晃了一下，赵竟脸一白，马上抬起手，先按在韦嘉易肩膀上，觉得不太舒服，又换了个姿势，搭住韦嘉易的肩膀。

他非常重，身体也热，用一种混乱的方式把韦嘉易当成拐杖。韦嘉易从来没有在非极端的情形下，跟谁这么贴近过，或者身处密闭的空间，承受突如其来的热量和重量。他忽而感觉有点不太自然。

赵竟显然不懂韦嘉易的感觉，而且他基本不是一个会说谢谢的人，韦嘉易清楚这一点。不过起码比起上次把赵竟从沙滩拖行到主路，韦嘉易觉得还是现在自己当拐杖当得更情愿一些。

韦嘉易看着瘦，但力气不小，赵竟搭住他，固定自己，在颠簸的车厢里能坐得很稳，腿也不痛了，很快就到了目的地。

和今天去过的安置区相比，里尼的小姨家的房子已是富有现代化气息的房屋，占地面积大约比赵竟他们住的民宿小一半，是灰色的砖石建筑。

李明诚为他打开车门，他就松开了韦嘉易，拄拐下车。一对年轻男女站在门口，热情地自我介绍，是里尼的小姨和姨父，两人新婚不久。

房里装修得简单，一走进门，已有菜香飘来。里尼已经坐在餐桌边，乖乖地等着了。

小姨做的都是当地菜，赵竟尝了几口，味道都还不错。几人边吃边聊，主要是韦嘉易和李明诚在和小姨、尼克说话。

他们说着救援的话题，也聊这座小岛上的生活。

里尼人小，没吃几口就饱了，跑到客厅去拼拼图。小姨便小声地说起里尼父母的事。

马里奥是酒店的老员工，里尼的母亲平时则在家做一些手工活，卖给游客讨生活，原本普通的幸福，因为海啸而不复存在。不过里尼能活下来已是奇迹，小姨和她的新婚丈夫已经决定带着他生活，承担下父母的责任。

她说前几天里尼夜里惊醒的次数很多，不断尖叫，昨天去了一趟森林，睡眠好了很多。而且听尼克说，森林里的志愿者正是救了里尼的人，便很想见他们，当面感谢。

赵竞不爱聊天，一直在吃，只在他们后来说到里尼的外公生病的事时记了记，打算到时候资助一些。

吃得差不多了，里尼的拼图也拼完了。他走回餐厅，到赵竞身边问："你们以后会一直在山上吗？"

他话音落下，其他几个大人忽而沉默了。

赵竞不知道他们为什么沉默，奇怪地看韦嘉易一眼，韦嘉易也看着他，仿佛眼神藏着暗示。赵竞不是他肚子里的蛔虫，当然没看懂，回答："我计划下周回去。"

里尼的肩膀微微垮下。

"你想和我们一起走？"赵竞问他。届时跑道已经修好，飞机的位置倒是足够的。小孩留在岛上也帮不上什么忙，带出去散散心也不是不可以。

不过里尼立刻摇头了。

"可能不是这个意思。"韦嘉易插话，态度还可以，赵竞就没和他计较。赵竞又看了看里尼："明天你跟着尼克来森林里，中午吃过饭，我接着教你开挖掘机。"

里尼很乖巧，先望向他小姨。小姨感谢了赵竞，告诉里尼"可以去，但是要注意安全"，里尼才高兴地朝赵竞点了点头："谢谢。"

他瘦巴巴的，眼神机警，且和赵竞一样从海啸中逃生。赵竞看着他，想到自己童年时在球场挖草皮的那种简单的快乐，和气地对他承诺："我送你一套你能开的工程车，当时的图纸应该还在，一个月就能做出来。"

但韦嘉易忽然开口："这里平地少，玩起来可能会有点危险吧？"

他再次质疑了赵竞，可是说得不无道理。为了孩子的安全，赵竞只好忍住变更他已经做出的承诺的不悦，改口："那只能送你一套遥控的，你不能自己开了。"

好在里尼是个好哄的孩子，赵竞只给他送几辆遥控工程车，他都能满足了。

里尼的小姨告诉他们，现在岛上是雨季，天气预报也说全天雨势都不会转小。尼克觉得他们近几日都太过辛苦，建议他们今天稍事休息。

因此，吃过午饭，又喝了一会儿茶后，他们决定先回民宿。

赵竞先坐上后座，等韦嘉易上来关好门，他自主地伸手，搭住了韦嘉易的肩膀。

韦嘉易好端端的，被他吓了一跳，扭头看他。赵竞对他的迟钝感到不满："你忘了？路不平。"

"哦哦。"韦嘉易反应过来，说"抱歉，忘了"，拉住了扶手。

李明诚从后视镜里看了他们一眼，应该是赵竞的错觉，李明诚的眼神像对韦嘉易有点怜悯。

赵竞搭着韦嘉易，稳当地路过较为不平整的路段后仍然没松开手，而是以韦嘉易的肩膀为支点牢牢固定住自己，因为不希望突然压过什么坑，车辆颠簸导致他腿痛——昨晚医生还提醒过他，说他的腿这几天动得太多，恢复没有预想中快。

韦嘉易老实地当着赵竞的固定器，看着窗外发呆。

因为瘦，韦嘉易面部的线条很简单，鼻梁挺直，下颌像有一条自然的阴影，头发扎在脑后，发质柔软。只有赵竞这样半俯视的角度，才可以看出他面颊的弧度，光线好的时候，还能看到血管和细小的绒毛。

看了一会儿，赵竞感觉韦嘉易上衣口袋里的手机振了几下。韦嘉易任由其振动，没拿出来看。

方才去程时，赵竞没说穿。

其实他看见了韦嘉易的未读消息，也注意到有好几个来信人的名字里，不是带着潘字，就是带着斐字。"斐"字不知道，但赵竞猜想"潘"是做菜小潘的潘。

韦嘉易锁手机锁得那么快，显然不想让赵竞看仔细。

赵竞小时候学过两年的行为科学分析，要不是老师后来有事不能来了，又找不到合适的继任，他还能继续学。

不过他过目不忘，智力超群，学到的都还在心中，结合韦嘉易所有的行为，包括先让助理登录账号、自己不看未读消息等，赵竞马上就猜到，韦嘉易在躲避什么。或许是一种攻击，或许是一种伤害。

在赵竞的眼中，没有任何问题是解决不了的。这些天来，韦嘉易为赵竞做了不少事情，不论以前观感如何，赵竞现在对韦嘉易的态度已经不同。如果韦嘉易遇到困难，赵竞也愿意帮他一把，毕竟，这些对赵竞来说只是举手之劳。

现在车上有李明诚在，韦嘉易不好意思说，所以赵竞打算回去后，独自了解情况，单独相处时再问韦嘉易。这也能从侧面体现赵竞不同于他人的可靠。

而且由于腿部骨裂的限制，除了驾驶技术，赵竞的大部分能力还没有得到充分展现，他的自尊不允许这样的事发生。

到了民宿门口，赵竞松开了手。

韦嘉易好像脖子酸，左手抬起来摸后颈，手指扫到了赵竞的脸上，还扫得有点重。

韦嘉易的指甲是圆的，手指很长。他马上道歉了。看着韦嘉易愧疚的眼神，赵竞摸了一下脸，心里没有恼怒。

下午赵竞恰好有个会。公司要换一位新的首席财务官，代替出车祸的唐廷，现在董事会已有提名，等他最后讨论决定。

进门后，吴秘书已经在等他，手里提着他要求准备的手机。赵竞用下巴示意他把手机给韦嘉易，先去次卧改造的书房开会了。

赵竞视频参会，先提了几个问题，候选人在那头讲话，赵竞一边听，一边打开了搜索引擎，输入"韦嘉易"，而后刚打下一个"潘"，搜索框便出现了一长串的推荐。

"韦嘉易和潘奕斐的关系""韦嘉易　潘奕斐　照片""韦嘉易　潘奕斐　决裂""韦嘉易和潘奕斐不熟"。

候选人细述自己曾经面临的重大财务风险，雄心勃勃地列出几条未来打算实施的计划，赵竞点了点头，选了第一个词条，搜索出现的第一条，"最年轻影帝潘奕斐和知名摄影师韦嘉易的过去"。

赵竞打开读了读。

写这新闻的人文化水平不高,前后文出现了很多重复字句,配的照片像素也极低,而且都是一个赵竞没见过的男人,没有韦嘉易。

男人长得普通,大概就是潘奕斐。

新闻说两人相识于微末,一起在S市租房做室友时,潘奕斐还是个接不到戏的小演员,韦嘉易也是师出名门但回国后只能四处打工的摄影艺术系毕业生。

后来韦嘉易给潘奕斐拍了一组红遍全网的照片,潘奕斐以此获得了一位名导的试镜邀请,拿到角色,最终凭电影获得影帝。

起初两人还时有互动,不过没过多久,潘奕斐和一位名媛谈起恋爱,再之后,他又越来越红,韦嘉易便从他的朋友圈消失了,提到韦嘉易和那组照片的人也越来越少。

但三年前,韦嘉易帮潘奕斐拍了一组珠宝代言的照片,再次引发了舆论,网友对两人交集的猜测愈演愈烈。潘奕斐的经纪人在一次采访中澄清,称两人不熟。

新闻的最后,精选了韦嘉易为潘奕斐拍摄的第一组照片中的几张。

照片是在一个出租屋里拍的,男人或靠冰箱坐着,或站在窗边,镜头离他很近。他的五官在赵竞看来十分平庸,但是不得不说,整体的氛围和色调,确实让人过目难忘。

韦嘉易给赵竞拍的照片就完全不是这种风格。

不知道当时是怎么给潘奕斐拍的。

赵竞想到这里,忍不住眉头紧锁,把候选人的激情演讲吓停。

发现他突然不出声,赵竞看一眼摄像头,不耐烦地催促:"继续讲你的重大谈判经验。"而后点击了下一篇新闻。

等会议结束,公司首席财务官确定下来,赵竞也大致了解了韦嘉易和潘奕斐的故事的来龙去脉,且发现两年内,几乎每篇媒体报道,都会提到潘奕斐的无奈,仿佛只要记者没提这茬,写新闻的电脑就会当场产生核爆炸。

赵竞不蠢,他对公关流程很熟悉,知道这类带着偏向的报道背后不会没有控制者。正是这些报道,将舆论引至对韦嘉易的谴责。

不知该说韦嘉易是软弱还是单纯,竟然仍将潘奕斐称作他的一个朋友。赵竞又看了看,关了视频会,起身走出书房。

韦嘉易坐在客厅，传输旧手机的数据。旧手机里照片太多，他传了很久。

吴秘书准备的手机，和韦嘉易现在使用的是同品牌，新的款式。韦嘉易看着手机上的传输进度，心情忽上忽下。

因为可能对赵竞来说，给个手机根本不算什么，礼物都谈不上，顺嘴交代一句而已，但对韦嘉易已经很罕有。他收到的大部分礼物，都是来自明星工作室或者杂志的公关礼盒。他既无可避免有点感动，心里又知道，这是靠他舍弃自尊伺候赵竞换来的。刚才被赵竞圈住的脖子到现在还在酸痛。

终于传完数据，他把旧手机清空，赵竞和吴秘书从书房走了出来。

赵竞现在简直已和腋拐融为一体，韦嘉易都没眨几下眼，他已经来到面前。吴秘书则是离开了民宿，代表赵竞下午工作的结束。

坐下之后，赵竞瞥了韦嘉易手里的新手机一眼，韦嘉易立刻诚心感谢："谢谢赵总，手机很好用。"韦嘉易觉得可能对这位大少爷来说，短短两句感谢不够，又半真半假地说："没人对我这么好过。"

他谢完，赵竞看着他，他第一次在赵竞眼中看到欲言又止。

当然，赵竞想说话是止不住的，可能那眼神也不是犹豫，只是在选择合适的措辞。等了几秒，韦嘉易等到一句让他脑中一片空白的话。

赵竞说："我已经了解了你和潘奕斐的事了，为了维护你的名誉权，你应该告他。"

"什么？"韦嘉易以为自己听错了，瞪着赵竞，差点完全失去表情管理。

"我说你应该起诉，"赵竞皱皱眉，告诉他，"我让人帮你联系一个合适的律师。"

第七章 🌱 社交礼仪

韦嘉易起初都没懂赵竞在说什么，又问了一次："告他什么？"也不懂赵竞怎么突然对他和潘奕斐之间的事了解到可以提供法律建议了。没记错的话，赵竞刚才是去开会的。

赵竞的眉毛又抬起来，提醒他："他买了大量公关稿，为了转移焦点，撇清自己，在内容里抹黑了你。"

他的语气带有一丝恨铁不成钢的意味，像以为韦嘉易是个傻子。

韦嘉易这才稍微理解了一点，赵竞说的是网上那些针对他的通稿。通稿基本都是潘奕斐的经纪公司买的，内容是他和潘奕斐合租时对潘奕斐过度崇拜，在生活上百般骚扰，潘奕斐被逼无奈，搬离合租房之类的东西。

其实近两年这类通稿已经不多了，不知道赵竞是怎么看到的。

韦嘉易也不明白他为什么要管这个。难道是几天相处下来，赵竞已经把韦嘉易当成自己辖区里的民众了吗？毕竟早在几天前，韦嘉易就和李明冕一样获得了自己的专属地位，还比李明冕高一点。

玩笑归玩笑，在这件事上，韦嘉易没法继续顺着赵竞。

问题可能在于韦嘉易自己。

韦嘉易一直把潘奕斐的经纪公司和潘奕斐本人看成两个独立的个体。虽然他也承认，这看法主要是自我安慰。因为这么想他会觉得好过一点。

而且潘奕斐对韦嘉易，客观上没那么差。

每逢节假日，他会差助理给韦嘉易送些吃的，常常给韦嘉易打个电话，问他近况如何。

拍杂志图的事情，潘奕斐过了两个月，自己也给韦嘉易致电道歉了，说拍完照，经纪人才和他提起，他并不知情，否则不会让她这么做。

潘奕斐这个人性格温柔和气，做什么事都进退有度，让人很难生气。除非他跑去吃喝嫖赌，欠下巨款，跟韦嘉易借钱不还，否则两人应该永远到不了对簿公堂的程度。

再者，即使韦嘉易知道，潘奕斐对经纪人做的事不可能完全不知情，至少在韦嘉易给潘奕斐拍第一套照片时，他确实是崇拜潘奕斐的。

在这点上，潘奕斐是坦荡的，那些新闻写得没有错。

不过无论如何，韦嘉易不打算和赵竞讨论这些。赵竞完全不是他会选择的谈心和倾诉的对象，也不是他会选择的征求意见的对象。

他甚至不知道赵竞为什么要去了解这件事，因为他们根本没那么熟。

如果是出于对一个临时下属的关心，韦嘉易觉得这关心好像过界了。再说，赵竞像是那种对人际交往的基本常识没有任何概念的人，听他的意见就像站在路边听金龟子算多边形阴影面积。

但赵竞大概不这么想，他还在等韦嘉易说话。他双手抱臂，表情带着忍耐，浅棕色的上衣是亚麻混桑蚕丝的质地，柔软无匹地贴在他上臂的肌肉上，布料熨得平整，连褶皱也带着一丝金钱的气息。

好像只要韦嘉易开口，马上会有律师带着一个团队坐直升机飞来岛上，帮他起草诉状。

韦嘉易看着斗志昂扬、不知人际常识为何物的赵竞，觉得难办，想了想，决定先从心理上把赵竞和他的距离拉开一些。韦嘉易试探着问他："赵总，你为什么想要帮我？"

"什么意思？"赵竞看着韦嘉易，唇角不高兴地撇了撇。看似傲慢，韦嘉易知道他是不知道怎么回答。说因为关心韦嘉易，有伤他的颜面，说因为他多管闲事那是不可能的。

"没有什么意思，很少有人和我提这个的，谢谢你的关心，"韦嘉易对他笑了笑，大脑飞速运转，既不想得罪他，又希望能让他赶紧把注意力从这事上移走，"不过我不想追究这些小事是有原因的，但是没有那么简单可以说清。"

说到这里，韦嘉易停顿了一下，因为实在还没编好具体原因。

赵竞立刻接话："小事不追究，难道等大事发生？什么原因，你说说看。"

赵竞干涉韦嘉易的私事，干涉得太理所当然，韦嘉易知道他是好意，但多少感到有点超越底线，不知道怎么才能让他赶紧闭嘴，干脆直接地说："因为我不好告他们是在抹黑我，他们写的那些，也不完全是假的。"

赵竞眼神微微一变，好像有点吃惊，抱着的手臂都放了下来，嘴唇动了动，问韦嘉易："你崇拜那个人？就他？你们不会还签过合作互助协议吧？"

"当然没有签。可不可以帮我加个'过'？"韦嘉易觉得他的想象力未免太过丰富，他与潘奕斐怎么可能签过这种东西。韦嘉易心中倍感尴尬，也觉得话题突然进入了他更不想和赵竞谈论的区域。

赵竞的表情变得有点扭曲，过了几秒说："没签过就好，你有没有'崇拜过'他无所谓。上了法庭，只要你不承认，谁知道你怎么想的？还是可以告的。"

"……没必要告的，"韦嘉易无奈极了，觉得自己像在哄小孩，强迫自己耐心，看着赵竞的眼睛，"再怎么说，他找我拍过照，我和他们公司也有不少合作，他们公司算是我的衣食父母之一。被粉丝骂一骂，我最多有点精神损失，只要不看不在乎，就什么伤害也没有，但我要是告了甲方，以后谁敢找我合作呢？"

这次的理由比较充分，赵竞终于消停了，虽然看起来还是不愉快。

韦嘉易小心地松了口气，本来想随便夸夸赵竞的善心，说几句感谢和道歉的话，好结束这场谈话，但赵竞冷冷地哼了一声，说"好吧"。然后顿了顿，又说："那我找公关公司花点钱删了。"

他的声音很低，好像在韦嘉易这里受了莫大的委屈。

接触多了，赵竞只有外表和脾气唬人，看上去冷淡而以自我为中心，其实比大部分人都好骗，也有一颗善心，虽然行善的方式往往过于激进。

韦嘉易突然说不出什么冠冕堂皇的话，好像不管说什么，跟赵竞比起来，都很敷衍，不大诚恳。最后只能说："谢谢。"

赵竞不耐烦地"嗯"了一声，明显因为韦嘉易的没用而恼火，说："不过你也挺没品位的，姓潘的那么丑，看完他的照片我眼睛都不舒服。"

"对不起，"韦嘉易马上道歉，"我拍得不好。"

"你拍的几张还行，别的太丑了，"赵竞突然纠正了一下，然后继续攻击，"做的菜看着也难吃，不如里尼的小姨做的，还大餐。"

韦嘉易见他脸色已经好点了，顺着他说："是的是的，主要是我那时候没吃过什么好东西。"

又提起那条朋友圈，韦嘉易忽然之间有了少许新的感悟，觉得赵竞说得话糙理不糙，像对赵竞，也对自己说："我把那条朋友圈删掉吧，留着是没有什么意思。"

韦嘉易的意思是晚上睡前有空的时候自己一个人删掉，没想到赵竞闻言，靠过来了一点，脖子伸长，垂眼看着韦嘉易的手机屏幕，吩咐："嗯，你删。"

他已经开始等韦嘉易当场删除。

韦嘉易只好打开朋友圈，疯狂往下滑了好久，才找到了那条。按右上角删除之前，他脑袋里闪过几个片段，那时候是初春。

潘奕斐要进组，去新疆拍电影，韦嘉易前一天在外地工作，坐红眼航班回来送他，帮他一起收拾东西。潘奕斐把所有厚衣服都打包了，离开前对他说"嘉易，谢谢"。

晚上他做了一桌子菜，韦嘉易吃剩菜吃了两天才吃完。

后来潘奕斐拍完一部接着一部，再也没有回来过。十二月租约到期，韦嘉易也不缺钱了，换房子搬家，问潘奕斐剩下的东西要不要。潘奕斐很忙，让助理来替他收拾，韦嘉易走下楼，看到助理把大包小包全都塞进楼边的垃圾房。

韦嘉易再想到这些已经不是很难受了，本来交集也没那么深，难受是会过去的，什么都没发生过，没有什么好留恋的。

他把朋友圈删掉，赵竞把脖子缩了回去，用非常冷傲的态度抱怨："看了一眼这些菜，我眼睛又不舒服了。"

韦嘉易看了他一眼，不知道为什么，没忍住，被赵竞勉强的语气逗笑了。

赵竞当然看见了，质问："韦嘉易，你还笑得出来？"

"因为我没想到你这么关心我，"韦嘉易解释，"还帮我找公关删帖，一想到就觉得太感动了。"

确实说得太假，再好骗的人都能分辨，赵竞冷冷地哼了一声，说："花言巧语。"

因为赵竞的表情实在好笑，韦嘉易很想伸手去拍拍他的手臂，让他不要生气了，手伸到一半，觉得不好，又放下来。

"你干什么？"赵竞问他。

"没有，"韦嘉易说，"看错了，以为你衣服上有脏东西。"

赵竞立刻低头看了一眼，自己确认过袖子很干净才放心。

韦嘉易删掉朋友圈之后，称自己有点事要处理，就上楼去了。

赵竞在客厅坐了坐，心情极度复杂，具体难以描述。反正韦嘉易说了通稿不完全是假的之后，他的心里好像扎进了一根刺，想来想去都不舒服。

本以为韦嘉易和他一样，堂堂正正，一心只有工作，清心寡欲，六根清净，没想到以前竟偷偷地追星，对方还是个长相如此平庸、为人处世也见不得人的无名之辈。

如果让赵竞来进行最简单的逻辑推理，潘某必然清楚韦嘉易的为人，否则不可能以此种角度为自己澄清。当然，也像韦嘉易自己说的，他世面见得不多，容易被蒙骗，被人抓住把柄借题发挥，也是没办法的事。

赵竞联系过公关公司的负责人后，又给秘书打了个电话，告诉他，晚上让厨师再把菜做得丰盛点。

让韦嘉易知道什么是好东西。

李明诚也回房间远程办公，落地窗外又下着雨，一个人的客厅很冷清。

赵竞不喜欢休息，觉得还是在森林里更有干劲，虽然也更压抑，但能帮点什么忙，比瘸着腿坐在沙发上好。

他的前半生对于慈善仅有抽象的印象，存在于父母和他自己公司的基金中，工作人员记录的视频里，只因家庭教育，知道这是一种贯穿人生的责任，但并不明白具体意味着什么。

他想给父母发条消息，讲讲自己复杂的心态转变，但不知该发什么，最后说"今天中午，里尼的小姨邀请我去吃饭，表达了对我帮助里尼的感谢"，父母大概都在忙，只给他发了两个信息量不是很大的点赞表情。

赵竞就又想到了韦嘉易，韦嘉易每次不管是夸他，还是解释问题，都是比较有理有据、言之有物的。

不过现在面对韦嘉易，赵竞进行思考后，认为自己要更注意保持距离。

一直以来，由于赵竞的学校、生活环境所致，他认识的人不尽相同，也各有各的喜好，反正一切关系对赵竞来说都是一个概念，他一般听到相关话题就走，他有自己的兴趣方向。

赵竞心思缜密、高风亮节，身为 CEO，也会通过视频的方式参与公司对员工的职场社交距离培训，对每一种场景该有的社交距离了如指掌。既然知道了韦嘉易的情况，他感到自己应该特意注意一点。

韦嘉易到时发现他行为上的细节，感受到他的用心，也会感动。

晚餐前，赵竞的医生来替他进行今日的复查。正在检查支具时，韦嘉易工作完下来了，他头发有点乱，脸边的头发翘起了几撮，不像是去工作了，像去睡了一觉。

他走到赵竞身边，看医生给赵竞做检查，还打了个哈欠。赵竞瞥他一眼，他低头看着赵竞的伤腿，都没注意到。

医生问赵竞："赵总，今天您没折腾吧？"

赵竞一口说没有。

"有的，"韦嘉易突然插话，表情认真了些，"他今天坐车，路上颠簸过，当时看着挺痛的。"

赵竞才想起确有此事。

韦嘉易对他还是很细心的，赵竞看着他的侧脸，内心安稳笃定。

如此看来，韦嘉易心里最重要的事，应该已经是把赵竞照顾好，维护好他们的关系了。韦嘉易对李明诚就没这么重视，更别提潘某。五年来韦嘉易的朋友圈里没发过任何关于他的东西，这几天也没主动和赵竞提过他，肯定早已把他忘到九霄云外了。

医生抬头看了看韦嘉易，又仔细给赵竞检查了一下。

"总体没什么问题，"医生最后说，"赵总，我还是那句话，您得少动。就算是建筑工人，骨裂之后，也不会再参与挖掘机作业了，您虽然身体强壮、肌肉保护到位，但还是要量力而行。"

"知道了知道了。"赵竞早已听得耳朵生茧，摆摆手，把医生赶回去了。

李明诚也结束了远程工作下楼，三人来到餐厅，厨师将菜端上桌。

条件有限，原料普通，但厨师精雕细琢，硬是造出一种珍馐满桌的观感。

韦嘉易还没说话，李明诚摸摸下巴，单纯地感慨了一声："今天什么日子？"他好奇地问赵竞："哥，你中午没吃饱吗？"

赵竞瞪他一眼，他不说话了。

菜是好吃的，但是赵竞的压迫感也有点强。韦嘉易低头往嘴里送菜，感觉赵竞一直在往他的方向瞟，每次都瞟得很快，仿佛迅速把眼神收回，韦嘉易就不会发现一样。

吃到实在吃不下，厨师出来了，询问菜品如何，是否合胃口。赵竞一言不发，李明诚无所察觉，开玩笑道："很不错，今天有什么节日吗？"

厨师笑了笑，没有回答，赵竞更是指望不上，韦嘉易挺身而出，打圆场："可能是这几天大家都很辛苦，尤其是赵总，又忙着救援，又忙着康复，很需要多补充营养。"

"还好，对我来说都很轻松。"赵竞又一片淡然，绝口不提他在平板车上熄了五次火的事。

韦嘉易没什么能说的话，赵竞又开口，评价菜品："和一些粗茶淡饭比是还行。"而后终于正常地看了韦嘉易一眼，眼神中好像在暗示什么。

韦嘉易知道赵竞是什么意思，内心认为他现在有点走偏。他本人连厨房的火都不知道在哪儿开，攀比心倒是很重。

不过韦嘉易现在对他也生不起气，便顺着他说："是呢，吃了这些都不想吃粗茶淡饭了。"

赵竞听到想听的，微微颔首，代表认可。

饭后，尼克突然来民宿拜访韦嘉易，还带了两名客人。

天完全黑了，他们穿着雨衣，雨衣上有许多泥点，看起来有些狼狈。尼克介绍是山下的镇长和当地警卫队的队长。镇长头发花白，不时咳嗽，队长身材高大健壮，但看起来也疲惫不堪。

镇长开口说明来意，他们想请韦嘉易在离开前，替他们拍摄一组记录的照片。

因为山下大片民居损毁太严重，应急署已做出决定，要将一切推倒重建。不久后，所有的旧居所将不复存在。被海啸摧毁后的断壁残垣，也曾是不同的家庭，留有细微、平凡又唯一的生活印痕。若没有影像留住，只能在幸存者的脑海中不可靠地停留，转瞬即逝。

"我们想做一个纪念的博物馆。"镇长说，"存放海啸的证物和照片，尽可能找出、留下每一个曾在那里生活过的人的痕迹，在馆内留存。这已成为继续在民居挖掘、寻觅亲人与朋友的居民的信念之一。"

韦嘉易郑重地答应，同时打消了他们给他支付酬劳的想法。

明天还要继续救援，聊完后，尼克他们三人便离开了。

韦嘉易没有自己的设备，从茶几上找到被赵竞截获的、原本用来记录李明冕婚宴的相机。一台全画幅的数码相机，价格高昂，能够满足纪念博物馆的拍摄要求。

他打开看，电池电量已不是很足，想在充电前把能删的照片删了，能用的存进电脑。他本来也没打算把拍的那些婚礼照片发给李明冕，留着也是浪费储存空间。

赵竞本来坐在另一边回消息，忽然坐了过来，说："你在看什么？"

"看我本来拍的，"韦嘉易把屏幕往赵竞那边转了一点，解释，"我刚到岛上，拿了相机，还去民居那儿拍了一部分街景，也可以给镇长。"

那天他到得早，一个人去酒店外转了转。不同于全包式度假酒店，当地人居住的地方很有生活气息。他当时的想法是，手里有相机，不用白不用，意外地留下了一些影像。

照片中的城镇坚固，人们表情鲜活，与现在仿若两个世界。赵竞看着，也沉默下来。

不过过了一百多张，便回到了酒店，又是另一片天地。韦嘉易和李明冕那些朋友也玩不来，敷衍地抓拍了晚上派对的场景。这时候，李明诚也过来了，趴在沙发后，凑着一起看。

"这是烧起来之前吧，"他指着韦嘉易拍的照片，"这就是那个点火的！"

韦嘉易删掉。

李明诚指着下一张韦嘉易拍的卡座中众人跳舞的照片，看着背景中李明冕的背影回忆："李明冕这时候已经喝醉了，抱错一个模特喊老婆，被他老婆打了一巴掌。你是不是没看到？"

韦嘉易又删掉几十张。

直删到婚礼当天，韦嘉易拍的一张布景照片，赵竞突然开口了："这是什么？"

他指着一个巨大的鲜花摆设，把照片放大，突然意识到什么，把手缩回去，冷硬地用语音控制："放大给我看看。"

韦嘉易感觉赵竞很明显地在避开自己。韦嘉易社交圈广泛，遇到的人非常多，也常听说他前后表现不一的事，他都习惯了，因此只是心情略感复杂。而且赵竞眼睛挺尖的，把照片放大了，可以看到摆设旁的花篮的标牌，写着"新婚快乐，潘奕斐赠"。

"怎么还有他？"赵竞语气很差地说，还冷冷地看了韦嘉易一眼，"拍这干什么？"管得依然很宽。

韦嘉易这次很无辜："所有场景布置我都拍了一圈，正好拍到了。"心说这赵竞又不知在避什么嫌。

"你不知道吗哥？"李明诚没有意识到赵竞对潘奕斐的敌意，"潘奕斐是新娘的哥哥啊。"又看向韦嘉易，"嘉易，你们是不是关系不错？"

韦嘉易余光都感觉赵竞的脸拉到了底，立刻澄清："没有，不熟的。"

"哈哈，那就好，我不是很喜欢他的新电影，"李明诚不疑有他地闲聊，"以前拿奖那部还可以。"

赵竞根本没看过，口出狂言："都是烂片，看了浪费时间。"

李明诚一怔，不知道赵竞为什么对潘奕斐意见这么大，有点不敢说话了。

婚礼傍晚的落日还是很美的，韦嘉易留了几张只拍到了大海的照片，还有他离远了拍的全景。后面还有些宾客对仪式的反应，有些人在出神，有些人被感动，韦嘉易留了一些他觉得不错的照片。李明诚和他家人的也没删。

再往后有一张背影，主角是一位穿着套装的女士，韦嘉易依稀记得她是某位长辈。照片看不到脸，韦嘉易觉得自己拍得也很一般，正要删除，手腕突然被赵竞拽了一下。

"韦嘉易，"赵竞指着照片上女士旁边很模糊的小半颗头，很不高兴地看着他，指责道，"这是我，你没看出来吗？"

第八章 🌿 离岛时刻

后半场的李明冕婚礼照片的审阅，明显变得有点难熬，因为赵竞认真了。

自赵竞截下那张只拍到半个脑袋的照片起，他不再掩饰，紧盯着韦嘉易手里的相机，显而易见地在每张照片里细细找寻自己的踪影。

赵竞坐在韦嘉易右边，他又想凑过来看，又非要把左边手肘支在沙发靠背上，意图用手臂在他和韦嘉易之间形成一道屏障，弄得韦嘉易坐得非常挤，往后退了好几次。

指望赵竞懂看人脸色比登天还难。韦嘉易往后退，赵竞为了看清楚点，还继续拖着瘸腿往前挪。

由于每张照片都找不到赵竞，周围的空气变得越发阴冷。

韦嘉易心里知道是为什么，因为在拍照时，他特地避开了赵竞。赵竞能找到那半个后脑勺，已经是韦嘉易失误的结果了。然而如此紧张的气氛下，韦嘉易找不到机会说，只能一张张翻阅，假装在帮赵竞一起寻觅。

连李明诚都难以在这么恶劣的环境里生存，随便找了个借口跑了，留韦嘉易独自承受压力。

照片时间线来到了仪式结束后的晚宴，当时韦嘉易坐得离赵竞很远，更不可能拍到。

翻了两张之后，韦嘉易抬头看了看赵竞，没办法地直接坦白："后面不看了吧，其实我那天没拍你，不太敢拍。刚才明诚在，我不好意思说。"

赵竞愣了愣，好像是没想到这个原因，也回忆起他们初见的场景，低气压消解少许，"哦"了一声。

但是顿了顿，他还是难以接受，又说："花篮你都能不小心拍到。"

"那个真的不是故意的，是它自己混进场景布置里了。"韦嘉易没想到他还记着花篮的事。

赵竞依然不买账。

韦嘉易已经觉得他有点无理取闹。又莫名其妙开始避嫌，又在意八竿子打不着的潘奕斐。难道韦嘉易五年前对一个赵竞觉得长得丑又素质不高的演员产生过崇拜的情绪，也会影响他四周空气的洁净？

不过也可能赵竞习惯做焦点，实在不能接受被一个花篮比下去，韦嘉易这么想了想，也不想打击他，耐心下来，为他分析："你坐在主桌，又没混在人群里，我想不小心也拍不到。"

赵竞先垂眼看着他，过了几秒，把眼神转向别处："知道了。"

韦嘉易怀疑自己在他心中的地位已经骤降，这倒是其次，主要是赵竞像不高兴了，韦嘉易不知如何安抚他，只好说："这场婚礼我本来也没好好拍，以后单独帮你拍，好吗？"

"不喜欢拍照。"赵竞淡淡地说，站起来，一瘸一拐地缓缓离开了。

韦嘉易没办法，自己坐在沙发上删照片，准备删完之后把删剩的拷走，然后给相机充电。不过翻到一张晚宴的照片时，他居然在角落找到了赵竞。

当时他拍了几张李明冕和新娘跳舞的照片，拍到了主桌。如果放到最大，在其他宾客的缝隙间，可以看到赵竞低头的侧面。

相机的性能好，照片放到最大也清楚。照片里的赵竞明显没什么吃饭的心情，桌上的手机亮着，他在看消息。他脸上的光源非常复杂，好在长得英俊，几乎像张特写。

韦嘉易想到赵竞离去时孤独而失望的身影，拍了一张相机屏幕，发给赵竞，告诉他："又找到了一张。"希望他能高兴点。

赵竞根本不回他，也在他的意料之中。

韦嘉易整理完，将留下的照片拷进硬盘，特地在电脑上把赵竞的那张侧脸截了下来，稍事处理，给他发了一份，厚着脸皮说："感觉赵总比其他人帅很多，单独截出来给你纪念。"没告诉赵竞这张照片的主要内容其实是李明冕在跳舞。

发完就去洗澡了，回来没有新信息，韦嘉易正准备睡觉，发现赵竞虽然不回消息，但已经换上了新的头像，不由得笑了笑。

说赵竞好懂，他的言行常常令人大惊失色，说他难懂，又很好懂。

如果所有人、事、物都能像赵竞一样简单直接又聪明粗暴，韦嘉易想，这世界不是变成天堂般的乐园，就是干脆毁灭。

次日早晨，来到森林后，镇长已经在入口等待。他开了一辆旧轿车，带韦嘉易去民居，沿路经过一些被绿色的网罩住的山体。聊天中，韦嘉易得知他也有家人在海啸中失踪，仍未找到。

与上周路过时相比，民居的状况有序了很多。虽然仍是一片废土，但当时路边陈列着的大多数遗体，都已与世界进行了告别。

有挖掘机作业的地方，会有零星几条裹尸布，但是几乎没有人再坐在路边哭。

镇长稍事介绍后，便去帮忙了。韦嘉易自行活动，他在附近拍了许多东西。

没有倒塌的承重柱，碎掉的窗户，淤泥下露出的幸福家庭的见证，破损的餐盘和陶瓷杯，用相框包裹住的出生纸。

有一对幸存的母子站在他们的房子餐厅的墙的前方，请韦嘉易替他们拍照。昨天下过雨后，墙纸的花纹被冲洗了出来，是一种绿色的图腾，走近看有凹凸的质感。

韦嘉易拍了部分残存的民居，而后走到居民常去的沙滩附近。在那里，他拍到一个被海啸带过来的屋顶。

经过退涨潮的海水几天来的冲刷，三角形屋顶上，稀稀拉拉的瓦片本身的红色显现出来。屋顶埋入沙土中一些，像本来就长在那里。

潟湖里的脏污沉降了，水褪去泥色，又显露出蓝与绿。

大约中午时，有几个小孩跑到韦嘉易所在沙滩斜上方的石崖边休息，他们坐在矮石崖边缘。从下方往上，韦嘉易拍摄到了小孩们晃动小腿和手里的饼干的样子。因此在一上午的低落后，他又迅速感到了生活的希望。

接近两点，镇长来找韦嘉易，韦嘉易才想起来自己还没吃饭。

镇长带他到最近的一个安置点，给他拿了份餐。韦嘉易吃了几口，拿出手机看了看，有不少未读消息。

两个朋友问他捐赠的事宜，经纪人说后续的工作，助理问他有没有定好回去的时间，想给他接机。

接下来是赵竞在十二点发的，问他"顺利吗？"后补充："李明诚问，他没带手机。"他用着昨晚韦嘉易截的那个头像，韦嘉易仿佛能感受到他冷冷的语气。

最后一条来自许久不聊天的潘奕斐："嘉易，你还在布德鲁斯岛？"

韦嘉易先回了朋友、经纪人和助理，再回赵竞："很顺利，你们呢？"

赵竞说："我在教小孩，很忙。"他给韦嘉易发来一段视频，俯拍了里尼的头顶。里尼的手放在挖掘机握手上，赵竞指挥他："往前。"他很小心地推了一下。赵竞低声传授技巧："大胆地推。"视频就结束了。

赵竞坐在那么小的挖掘机里，还能挤出空间拍视频，也不容易。韦嘉易忍不住回复："好老师好学生，里尼学得这么快，赵总的挖掘机技术不用担心失传了。"

赵竞马上回复："我小时候学得更快。"

赵竞还说："不能收到能操作的工程车，技术恐怕很难精进。"像谴责韦嘉易当时的阻止。

韦嘉易再次被赵竞的攀比心和幼稚逗笑，还没回，赵竞又发来一条："我继续教了，李明诚说六点结束后下来接你，在邮局的位置碰头。"

韦嘉易回"好"，收起了手机继续拍摄，没回剩下的消息。

韦嘉易准时来到邮局边，李明诚的车已经在等了。

韦嘉易透过车窗，发现赵竞坐到了后座的右边，不能弯折的左腿占住中间的位置，这样他就能自己拉住车顶扶手，就算路途颠簸，也不需要再搭着韦嘉易了。

车子开始行驶后，由于路不平，赵竞紧抓着扶手，一声不吭。李明诚和韦嘉易聊天，说他们今天挖到了一个保险箱，尼克送去给那户家庭的幸存者了，又问韦嘉易今天拍得如何。

"很久没拍人文，"韦嘉易老实说，"不知道能不能让镇长他们满意。"

"回去我先看看。"赵竞突然出声，参与聊天，使用的措辞仿佛他曾担任过重量级摄影艺术大奖评委。

韦嘉易看了看他。为了平衡自己，赵竞的肌肉都绷紧了，手背上的青筋一直延到小臂，还要把语气保持得很平淡，十分倔强。

"好，先给你们看，"韦嘉易笑笑，关心他，"今天腿怎么样，有没有过度劳动？"

赵竞说没有。

而后李明诚盛赞赵竞对里尼很好，无心说起赵竞下午突然重拾给里尼送工程车的梦想，找尼克了解了以后新民居的建造位置，最后为了安全，还是忍痛放弃。

不久，民宿到了。

赵竞坐的方位虽然可以拉到扶手，但下车其实很不便，得先拿腋拐支地，右腿下地后再往前挪一段，才能将左腿移出来。

韦嘉易绕过去，问他："我扶你好吗？"

他看着韦嘉易，难得犹豫了一下，抬手按着车门，说"不用"，自己下来了。

韦嘉易心情有点复杂，既觉得赵竞把他那结实的身体交给车门承担也挺好的，又感觉有点尴尬。

大部分人想要和别人保持距离，都不至于如此明显。而且赵竞想让韦嘉易帮他洗澡的事仿佛还在昨天，现在却已经对他避如蛇蝎。韦嘉易至多是有过赵竞认为的污点，又不是有传染病。

不过这几天韦嘉易学到的最重要的一课，就是千万不要把赵竞自我的言行放在心上。他默默跟在赵竞身后走进了门。

晚餐依旧是赵竞交代过的，做得比较丰盛。

厨师善用方便购置的食材，做了一套法餐，赵竞余光看了几次，韦嘉易吃得很香，头也不抬。

餐后，李明诚本想参与他们的赏片活动，但接了个电话，就去干活了。赵竞坐在韦嘉易身边，保持了昨晚看照片时的姿势。

既要保证看到相机里的照片，又不能碰到伤处，对赵竞来说有点辛苦。幸好赵竞的手臂支撑力较强，如果换作其他人，想必做不到。

韦嘉易双手捧着相机，给赵竞介绍他白天拍的照片。有民居的局部，也有整体，出镜的居民表情不一，直视着镜头，留下真实的一刻。

看了几张，赵竞刚想开口稍稍称赞一句，韦嘉易就换了个坐姿，无意中离远了一点。

赵竞得保持刚才的完美姿势，马上往他那儿挪了挪。

韦嘉易忽然看了看赵竞，眼神迟疑几秒，最后说："赵总，你的手臂这样放，我这儿有点挤。你要实在想离我远点，要不你拿相机看吧。"

赵竞倒没想到自己还会挤到韦嘉易，就放下手臂，也没生气，征询他的意见："不隔手臂会入侵你的个人空间，你觉得能接受，我可以放下。"

韦嘉易愣了一下，眼中出现些许茫然，而后恍然大悟似的噢了一声，说："不用，我可以接受。"又说："赵总，没想到你的个人道德修养也这么高。"

用心终于得到韦嘉易的认可，赵竞刚才支着的手臂也不觉酸痛。赵竞赞同他的说法："我公司每个季度都会开展职场社交距离的宣传活动。"以身作则才能保持公司良好的风气。

韦嘉易低下了头，把相机又往赵竞脸下挪了一些。韦嘉易餐前也洗过澡，穿着他那件睡觉用的 T 恤，肩膀很薄，比赵竞的手都窄。

韦嘉易低声说："……后来下午我问到，这屋顶是里尼的邻居家里的。"

"你看，瓦片是红色的，"他放大一些，转头告诉赵竞，"你觉得怎么样？"

赵竞不知怎么，愣了愣，对韦嘉易说："不错。"

周二晚，赵竞的父母打来电话，再次和他商议离岛的时间。

韦嘉易在一旁整理照片，可以凭借赵竞沉默的时长，感受到他的父母在电话那头的苦口婆心。

他们劝说的具体内容应该也包括医生告诉他们，他的腿恢复得比预想中慢。因为赵竞听完之后，开始追问："哪个医生说的，王医生还是李医生？"

他的父母显然训了他一句。韦嘉易余光看到赵竞撇了撇嘴："随便问问也不行？"

不过最终赵竞的父母还是胜利了，赵竞和李明诚周六返程。定下时间后，赵竞依然不放弃，又问："到底是哪个医生说的？"被父母挂电话了。

由于岛上的飞机跑道、简易航站楼等设施尚未完全建成，赵竞和秘书确定，于周六上午乘直升机回到沿岸最大的城市，再前往机场，坐飞机回家。

韦嘉易没决定好返程的日期。

他在民居附近拍了四天，尚有许多觉得还没拍好、想重拍的区域，而且他本就已经把工作推到下周三，时间上有不少富余。

不过等赵竞和李明诚走了，他可能得换个地方住，明天可以找尼克打听打听。

正随意想着，韦嘉易听到赵竞说："韦嘉易的护照号你有吗？"

他抬头，发现赵竞在对秘书说话。

"暂时还没有。"秘书看了看韦嘉易，眼神也带着些许疑惑，不知自己为什么要有韦嘉易的护照号。

赵竞又朝向韦嘉易，吩咐："你发给吴瑞，他提交乘客名单要用。"他的表情一片坦然，不知什么时候已默认韦嘉易和他同行。

韦嘉易已经完全习惯赵竞的自作主张，丝毫没有感到意外，情绪也非常平静，只是对他笑笑，委婉地说："不用算我了，我周六可能还没拍完呢。"

"先发给他，不走可以更新，"赵竞说完又问，"今天你拍了什么？给我看看。"

这句话一说完，他摆摆手，秘书离开了。原本坐着的李明诚也丝毫不讲兄弟情谊，迅速地站了起来，前两天还找找理由，这两天已经学会直接一言不发地开溜。

韦嘉易在心里叹了口气。

赵竞的性格原本就特别难搞，这几天更是进入了一种全新的状态。当摄影评委上瘾，每天晚上都拖着韦嘉易不放，要他逐一讲解照片。

而且赵竞不知在哪儿学到了一些摄影知识，评价时结合色彩构图和摄影叙事，还会提一些人名，虽然奇迹般都没什么错误，但听起来实在很奇怪。

韦嘉易每每想制止他，告诉他其实很久没拍了，拍得也不好，看这些照片不至于想起罗伯特·弗兰克，但看到他那副看似不经意，又努力地引经据典的样子，最后还是忍住了。

客厅里的人都离开后，韦嘉易关心赵竞的腿部情况，主动地拿相机坐到他身边，分享一整天的工作成果。

自从开始在民居的拍摄，韦嘉易每晚都会准时和赵竞分享见闻，将每张照片背后的故事事无巨细地告诉他。韦嘉易贴心专注，说话时眼里也只有这件事，手机有消息都不看，把维护赵竞和他的关系当成唯一重要的事，才让赵竞心里稍稍好受了一些。

毕竟在韦嘉易第一次进行拍摄的夜里，赵竞因为想起某套照片导致心情波动，当天失眠了至少一刻钟，气恼非常。

次日，赵竞聘请了与韦嘉易同校的一名摄影艺术系教授，每天睡前上一堂课。开始上课后，他的睡眠质量更上一层楼，而且学有所成。从韦嘉易的表情可以看出，他对赵竞的摄影学识感到十分惊喜。

韦嘉易拿着相机，给赵竞看他今天在图书馆没有坍塌的馆体中的书架上拍到的书。

"这个斜倒着的正好是艺术书籍，"韦嘉易声音很轻，还将照片放大，"里面竟然还有我的导师的影集。"

赵竞一看，发现这是他少数在上课前就认识的摄影师之一，母亲收藏了几幅他的作品。他马上告诉韦嘉易，又说："回去后我带你看。"

"我看了很多了，"韦嘉易对他笑笑，"我导师对我很好，我上学的时候在他的工作室里帮过忙。那时候所有上课要用的胶卷和软件，都是他送给我的。"

"是吗？"赵竞联系昨天刚学的当代摄影大家的知识，产生疑惑，敏锐地找到了问题所在，"我记得他擅长的不是时尚摄影。"

韦嘉易嘴角的弧度稍稍收起，说："你知道啊？"

"的确是这样的。"他抓着相机，没多久又对赵竞笑笑，"所以我有时候感觉他嘴上不说，心里可能对我有点失望。"

"为什么？"

韦嘉易抬眼看了看赵竞，说："太复杂了，而且很无聊，我们接着看别的吧。我还拍了科幻书架，看到了一本书名很好笑的盗版书，叫《哈利·波特与龙与地下城》。"

他很明显在转移话题，可能不太自信，没看出来赵竞想听，担心说得太长，赵竞觉得无趣。赵竞就安慰他："你说吧，我听了才知道无不无聊。"

韦嘉易的表情凝固了一秒，过了一会儿开口："也没什么，他觉得我拍别的更有天赋，不应该拍现在的内容。"

"那你喜欢哪种？"赵竞抓住重点，循循善诱，为韦嘉易排忧解难。

韦嘉易摇摇头，嘴唇张了张，不确定地说："我也不知道了。"

赵竞一点也不急躁："好好想想。"

"……我一开始为了赚生活费拍了很多人像，"他告诉赵竞，"毕业回来之后也不是没拍过别的，效果都不好，也没有成果，最后还是回来拍人像，再到时尚和商业摄影，就拍到现在。"

韦嘉易说着说着，声音越来越低，惯常的笑容消失了，变成有点犹豫的模样，眼睛不由自主地看着别的地方。赵竞注视着他的侧面。

"唉，"韦嘉易突然清醒，背都挺直了些，眼神清明地看向赵竞，"不要说这个了吧，很无聊的。"

赵竞说出"不无聊"，比想的还快点。

正在韦嘉易为赵竞的耐心感动得失语时，他放在一边的手机振了起来。

被突如其来的振动铃声打断了两人之间温暖的谈话，赵竞已经非常火大，下一秒，他的眼睛又扫到屏幕上显示的潘奕斐三个字。

韦嘉易不知道自己为什么和赵竞说那么多，可能因为赵竞完全不理解人生的烦恼，让他像对着一个树洞说话，也可能是他累了，不分场合就想倾诉。

但手机一响，赵竞的火气肉眼可见地上来了，紧盯着手机屏。

响了几声，韦嘉易都不知是要接还是要挂断。

一周前看到潘奕斐的来电，韦嘉易心里还习惯性地有少数难以启齿的隐痛，现在看到他的名字，脑子里只剩赵竞的那一句："还是可以告的。"

正犹豫时，电话断了，没隔多久又响起来。

韦嘉易怕他真有什么事，还是接了。一句话还没说，赵竞像捣乱一样，靠过来大声问："谁啊？"搞得那头的潘奕斐都沉默了。

如果不是真的尴尬，韦嘉易可能已经笑了。

过了几秒，潘奕斐问："嘉易，你旁边有人？方便说话吗？"

"怎么了？"韦嘉易没回答问题，直接问。

没有给潘奕斐开口的机会，赵竞又来了："韦嘉易，到底是谁？"

韦嘉易一口气提不上来，恨不得伸手捂住他的嘴，但赵竞的嘴怎是他想捂就能捂的，他只好对潘奕斐说"稍等一会儿"。按了静音，他才对赵竞说："是潘奕斐打来的，我还以为你看到了。"

"哦，没看清楚，原来是他，"赵竞耸了耸肩，脸皮极厚，"还有脸给你打电话，不是不熟吗？公关公司说删了三天才把新闻稿清理完，多得像互联网被生物入侵了。"

韦嘉易被他气得想笑，又很无奈，说："我出去接一下吧。"

"为什么？这里不能接？"赵竞听到这句话，脸上的表情都消失了。

"我怕吵到你。"

没有信念感的谎话确实骗不了人，赵竞甚至像是笑了笑，逗韦嘉易似的反问："吵吗？我不觉得。"

最后韦嘉易还是走到玄关去接。赵竞也没跟过来，只是面无表情，像是要被韦嘉易气死了，手里轻抛着相机，看着韦嘉易的方向。

韦嘉易走到拐角，站在赵竞看不到的地方，才解除了静音："好了，什么事？"

"你在忙吗？打扰你了？"

潘奕斐的声音仍旧低沉温柔，但是韦嘉易只想快点把电话挂了回去安抚一下赵竞，便直接地问："是找我有事吗？"

"我昨天给你发的账号捐了一些款。"他说。

"谢谢。"

"一点点心意，比不上你在那儿做的一分。"

"谢谢，"韦嘉易不想和他兜圈子，就又问，"还有别的事吗？"

潘奕斐沉默了几秒，韦嘉易好像听到腋拐撑地的声音，但是没几下就停了。他不敢去看，听潘奕斐说："其实我听娴姐说，最近有几个熟悉的媒体给她打电话，告诉她有人花钱让他们删了一些东西。"

韦嘉易"嗯"了一声，表示在听，潘奕斐又说："我了解了一下，才知道是什么。那些是该删的。"

"你以前没看过吗？"韦嘉易问他。

"真没有，你知道我的，天天都是拍戏，读剧本。"

韦嘉易不说话，他便说："嘉易，等你这次回来，我们一起吃顿饭吧，好好聊聊。我最近经常会想我们合租的时候，那时候我们那么开心、简单。"

"我没有再想了。"韦嘉易坦诚地告诉他，"好了，没什么事先不说了。吃饭算了吧，要是被拍到合照，你的通稿不是白发了？"

挂了电话，韦嘉易心中有些涩滞，他知道那种难过曾真实地存在过，但已经无法调取当时的情绪。不知从什么时候起，就已经真的不会再回头看了。

他拿着手机，走出拐角，看见赵竞不远不近地站着，在落地镜边支着腋拐，手里还拿着相机。

韦嘉易朝他走过去，他也不动，垂眸看着韦嘉易越走越近。

韦嘉易走到他面前，也不知道怎么办，就问："你刚才听到了吗？"

"这个怎么开？"赵竞没回答他的问题，拿着相机，单手开了机，屏幕亮起来，他就抬手，拿相机对着韦嘉易拍了一张。

镜头近到要贴到睫毛，韦嘉易听见近在咫尺的快门声，心里紧了紧，抬头看他。

赵竞的神情没有任何变化，韦嘉易读不出他的情绪，他又拍了一张，这时候韦嘉易觉得赵竞应该是生气了，但赵竞的手放下来了一些，自然地问韦嘉易："怎么看我拍的照片？"

韦嘉易不明所以，帮他选了查看。

相机在韦嘉易和赵竞手里，像两个不同的东西，在韦嘉易手里是相机，在赵竞手里小得像玩具。

韦嘉易看赵竞拍的照片，他拍了两张韦嘉易的眼睛，睁开和闭着的，没对焦，很模糊。韦嘉易帮别人拍得多，从不拍自己，突然看到模糊得跟鬼片一样的自己的局部特写，难免一怔。

"怎么样？"赵竞得意地问。

韦嘉易硬着头皮夸："拍得很好，很有自己的想法。"

赵竞很淡地笑了笑，说："韦嘉易，我要跟你拍合照。"他照着韦嘉易刚才的方式，调回了拍摄，而后左手轻松地钩起腋拐，"靠过来一点"。

韦嘉易稍稍挨近，感觉赵竞的腋拐冰凉地贴在他的背上。而赵竞的手几乎没有重量地虚搭着韦嘉易的肩，他用下巴示意韦嘉易看落地镜。

镜子里，赵竞穿着蓝得近乎白色的棉麻衬衫和一条米色的高尔夫球裤，站在韦嘉易旁边。他左腿上绑着支具，但站得挺拔，直视屏幕，看着韦嘉易的眼睛，相机放在肋骨上方一点的位置。

论身高，赵竞只比他高半个头，但是韦嘉易瘦太多，体形的差距很明显。两人也是随时可以分开的距离，这完美地满足了赵竞的个人社交距离道德观。

赵竞就这样拍了好几张。

不知道他在想什么，韦嘉易茫然地看着前方。落地镜前只有快门的声音。

韦嘉易站得拘束，与镜子里的赵竞眼神交汇，一动不动，安静地和赵竞拍照。

赵竞拍了几张，把相机还给他："回去拷出来发我。"

韦嘉易接过去，说"好的"，抬头问："你还在不高兴吗？"

见韦嘉易诚恳地认错，对自己的心情十分在意，赵竞心中满意，表面不动声色，考他："你觉得呢？"

他希望韦嘉易主动把要点说全。

方才韦嘉易离开去接电话，赵竞本来的不爽不至于到恼火的程度，不满的只是韦嘉易对他的态度和忽视——不过就是在旁边问几句是谁，为什么要走远接？打算说什么他不能听的？

但在沙发上不悦地等了几秒之后，赵竞突然想起一件事：海啸第二天的晚上，韦嘉易忙着安抚出现应激反应的赵竞的时候，打破他们温馨氛围的那个电话，韦嘉易的关键词是"你妹""在拍戏""大忙人"。

赵竞才顿悟，当时电话那头也是这个姓潘的。

原来这是姓潘的第二次打扰他们了。赵竞立刻起身，打算过去直接把韦嘉易的手机拿过来，让潘奕斐注意分寸，出于非工作时间段打电话拒接的原则帮韦嘉易把电话挂了。

不过走到一半，他断断续续地听到了韦嘉易的声音。他发现韦嘉易和潘奕斐说话很敷衍，没有自己听惯的好声好气，用词也简单。赵竞决定听听内容，忍住了没再往前走，最后听到韦嘉易说"要是被拍到合照，你的通稿不是白发了"。

赵竞不打算这么快消气的，但是消了一些。

韦嘉易很快挂了电话走出来。

赵竞还不想被韦嘉易看出自己已经好了，见韦嘉易犹犹豫豫，有些丧气的样子，也不想再跟他聊姓潘的的话题，便顺手打开相机。

第一张照片，赵竞的恼怒还在，拍得模糊，韦嘉易受惊一般闭起了眼睛，拍摄第二张时，赵竞完全不生气了。但是李明冕这台相机实在不好用，仍旧拍得模糊，还不如手机。

韦嘉易帮他调出来一看，效果倒不错。柔光中有韦嘉易的瞳孔和睫毛，睁眼那一张，不甚清晰地映出拿着相机的赵竞。

韦嘉易也夸他拍得好。赵竞对自己摄影技术的信心大大地增强，立刻让韦嘉易老实在他身边站好，面对着民宿的落地镜，用心地亲自为韦嘉易拍下第一张和他的合照。

韦嘉易拿着相机，听了赵竞的问题，思索了一会儿，笑笑："应该不生气了吧，在我心里赵总是一个很大度的人。"

倒也没说错，赵竞便"嗯"了一声。

赵竞站得有点久了，医生希望他少站，他本来想去客厅，和韦嘉易再看会儿照片，韦嘉易说："那我先上楼去把照片导出来。"

他这么积极，赵竞不好打压，点头同意了。

回到房里，只过了十来分钟，韦嘉易就把照片发了过来。

他先发了三张，告诉赵竞："这些是对焦的。"又发了剩下的："这些没有对焦，不过构图也很好。这台相机不太适合新手。"

赵竞深感同意："对。"

打开对了焦的合照，赵竞发现韦嘉易的表情像在发呆，耳边的头发落下来几缕，贴在脸上，韦嘉易很瘦。他挨在赵竞身旁，头还往赵竞的方向偏了一点，穿着居家的衣服。

赵竞放大看了一会儿，越看越满意，摄影成为他的新爱好。赵竞问韦嘉易："我拍你的两张呢？"

手机显示"对方正在输入"，而后韦嘉易把那两张发给他了："刚才忘记了，不好意思。"

赵竞转手发给了他的摄影课教授，询问意见，教授给出了和韦嘉易差不多的回答。

韦嘉易拍了成千上万的明星画报，自己的照片寥寥，赵竞开会搜新闻那天，看了几百张伤眼的潘奕斐，只见到韦嘉易几张不算清晰的工作照和一篇韦嘉易的访谈，没什么有效内容，照片也拍得并不怎么好。所以赵竞决定把自己的第一件摄影作品印出来裱好送他。

今晚赵竞没有摄影课，因为母亲给他约了心理治疗师。

自小时候那件事发生后，在母亲的要求下，赵竞每年会定期和治疗师见几次面。他一直是个自洽的人，治疗师都承认赵竞完全没有问题，心理非常健康。不过父母对此十分重视，而赵竞心中坦荡，不排斥和治疗师聊天，便为了他们保持这个习惯。

今年最后一次见面，本来安排在十二月，母亲担心他海啸后产生创伤，强行给他约了视频见面，让赵竞损失了一整晚学习新爱好的时间。

治疗师打来视频，画面中是赵竞熟悉的诊疗室，他和赵竞寒暄了一通，聊了聊海啸和最近在岛上救援的事。

赵竞并不遮掩，坦白地告诉他，海啸后确实有一两天，他产生了后怕和恐惧的情绪，不过现在已经没有任何症状了，又说了当时公关公司的事和最近的救援。

这段时间，在森林的工作确实压抑，但赵竞心中所想的，更多是那些渴望找到亲人遗体的人，就像他遇见的寻找父亲的里尼，内心便没有因为每天现场可能面临的惨状而动摇过。

治疗师夸赵竞的情绪康复能力很强，赵竞不是贪功的人，大方地表示："也有韦嘉易的功劳。"

本来治疗师已经把本子合上了，听赵竞说完，重新打开，问他："我们再聊聊韦嘉易吧，你今天提到了他很多次，他是怎么帮你康复的？"

"陪着我聊天，帮助我转移阴影，"赵竞有点困了，看了一眼手表，"今天还不结束？"

治疗师说"时间还没到"，继续问赵竞关于韦嘉易的问题。

赵竞不想他像某个医生一样，找母亲告状，说自己没见满时间，耐下心挑着回答了几个问题，说了些他和韦嘉易的事，而后说到姓潘的，大概语气偏重，被治疗师挑了出来。

"看来你对姓潘的非常排斥，连他的名字都不肯说，"治疗师说，"你对韦嘉易和他联系是什么感觉？"

虽然要说出来并不是很舒服，但赵竟不是一个会掩饰自己情绪的人，况且既然取消了摄影课来见治疗师，便不该吞吞吐吐，否则纯粹是浪费时间。

想了想，赵竟直白地告诉他："我希望韦嘉易离他越远越好。"

"你有没有想过原因呢？"治疗师好像在引导。

"厌恶，恶心，"赵竟又看了看表，离结束差五分钟，"还能有什么原因？"

治疗师顿了顿，说："很强烈的情绪。那么如果换一个人品良好的人，韦嘉易和他联系，你会怎么想？"

赵竟听他这么说，马上皱起了眉头："谁？"

治疗师明显地蒙了一下，说："我是说假设。"

"没这个人为什么要假设？我没看到韦嘉易和符合这要求的人有联系。"赵竟不能理解治疗师的说法，有点烦了，"有什么话你直接说。"

治疗师在本子上写了一行字，小心翼翼地说："我再换一个说法吧，如果他崇拜的人是你，你会有什么样的想法？"

赵竟心里泛起了一种微妙的感觉，看了看治疗师，问："你觉得他崇拜我？从我们的相处中分析出来的？"

"……我不是这个意思，"治疗师沉默了两秒，才说，"如果我们的见面频率提高到每周一次，我再多了解一下情况，或许能帮你分析一下。"

赵竟感到这话题说不下去了，看时间到了，便结束了心理治疗。他觉得治疗师说话装神弄鬼，影响他的摄影课进程，不太高兴地睡了。

第二天上午，韦嘉易走得很早，赵竟起来的时候，餐厅里只有李明诚。李明诚说韦嘉易为了拍清晨的照片，一大早便开车下山了。他也没和赵竟说一声，赵竟不悦，忍了下来。

雨季天气多变，上午还能工作，下午又下了雨。

赵竟的支具被弄湿了，还沾了点脏污。好在森林的挖掘已经做得差不多了，赵竟派工程队继续工作，自己和李明诚回去找医生处理。尼克早上把里尼带过来之后，有事去山下了，赵竟见时间还早，便把里尼带回了民宿。

里尼已经拿到了赵竟送的工程车，爱不释手，不愿在泥地里玩，怕弄脏，一直抱在手里。回到民宿，他才开始在客厅里遥控。

玩了一会儿没电了，赵竞亲自替他换电池，还没换完，韦嘉易回来了。

韦嘉易大概没带雨具，用外套包着相机，自己淋了个透。见到他们，他点点头，打了个招呼，便先上楼洗澡。

赵竞回头看了一眼他的背影，看见他的 T 恤紧贴在身上。

或许是因为太瘦，韦嘉易平时走路晃晃荡荡的，没有正形，说话时声音也轻飘飘的，都是以前赵竞所不喜欢的。不知道从什么时候起，对赵竞来说，这些特点失去了对与错的色彩，只是韦嘉易的个人特质。

高瘦的是韦嘉易，走路乱晃的是韦嘉易，温柔体贴的是韦嘉易。韦嘉易在某学校上过学，替遭受海啸的小镇拍照，对赵竞非常好，与什么艺术成就、拍摄价格、圈内资源没关系，一切都是只关于韦嘉易。

不再有负面的情感，所以赵竞开始注意、注视。

里尼开始玩装好了电池的推土机，对赵竞说起，去年的雨季，酒店客人很少，他爸爸休息一天，带他到岛的另一边，去坐给游客坐的鬼屋鸭子船。

"你们坐过鸭子船吗？"里尼问赵竞，"很好玩，开进河里，可以看到那个镇上的好几个鬼屋。"

这时，韦嘉易洗完澡下来，头发吹干了，走到他们旁边，问："在玩什么车？"

"推土机。"里尼告诉他。

韦嘉易摸了摸里尼的头，大概是觉得里尼的头发好摸，又摸了两把。

赵竞见他这么喜欢，也伸手摸了摸，又短又卷，确实是不一样的手感。感觉韦嘉易看了自己一眼，赵竞摸着里尼的头问："你今天想去坐鸭子船吗？"

"还开着吗？"里尼露出期待的目光。

赵竞便说："可以去看看。"

李明诚没参与他们的鸭子船之旅，由韦嘉易开车，带着里尼和赵竞前往。

通往那个小镇的盘山路没有被海啸淹到，车程大约四十分钟，韦嘉易专注地开车，赵竞便在车后座向里尼传授他的遥控技巧，感觉还没说多久，就到了目的地。

里尼所说的小镇在岛上一块海拔高些的平地上。小镇有一段河道较宽，两边建有砖石的房屋，其中好几栋漆黑的房屋，大概就是里尼口中的鬼屋。

码头边的广场上停了两台水陆两用车改装的鸭子观光船，像世界上很多地方都有的鸭子观光船一样，涂成黄色，画着夸张的图案。

韦嘉易停车去问了问，回来告诉他们："太好了，本来没开业，今天正好导游在，说只要包船，我们就可以坐，大部分收入都会捐给灾区。"

雨小得几乎没有了，只剩细细密密的水雾。韦嘉易还是撑了把伞，打在赵竞和里尼的头顶。

赵竞见他要举过自己的头顶，举得很累，主动把伞拿过来了。

坐进鸭子船，里尼夹在他们中间，很是振奋。

导游一启动，船便开始唱歌，声音大得赵竞头痛，但里尼跟着唱，他只能问导游"能不能调小点"，而没有直接让他关掉。

导游乐观地说："不行，这是这儿的特色！"

赵竞刚要翻脸，韦嘉易伸手过来，很轻地碰了碰他，给他一个蓝牙耳机盒子，赵竞戴上降噪耳机，心里才好受一点。

他低头看一眼盒子，上面刻着韦嘉易名字的缩写，后面还有个数字5，他指着问韦嘉易："5是什么意思？"

韦嘉易表情有点尴尬，嘴唇动了动，说了句话，赵竞没听见，摘下耳机，才听到韦嘉易说："丢了四个，这是第五个。"

里尼抬着头，天真地告诉赵竞："你刚才说话好响。"

船开进了河里，导游终于把音乐调小了，给三位游客介绍鬼屋的历史。

赵竞又摘了耳机，听了一会儿，发现在这个小镇的短短一条河道的两岸，已经集合了所有全球知名闹鬼凶杀案。里尼倒是听得尖叫不止。

还没听完导游说的"最传奇的鬼屋"的历史，船突然停了。

导游倒吸一口气，说鬼魂来到了船上，现在必须闭眼祈祷三分钟，上帝才会帮他们把鬼魂赶走。

"上次我们来的时候也碰到了鬼魂！"里尼大声炫耀，然后马上紧紧闭上眼睛，开始了他的祈祷。

导游也回头闭眼。这显然是坐船的固定流程，赵竞根本没打算照做，转头看到韦嘉易倒是一副虔诚的样子，听话地闭好眼睛，靠在里尼旁边，手还搭在里尼肩上。

雨不大，所以鸭子船没有降下软玻璃帘，绵绵的细雨飘进船里，四周很安静，船正对全黑的鬼屋，河水是灰色的，船随着河的波浪稍稍有些起伏。

赵竞看了一会儿，觉得韦嘉易像睡着了一样，一个成年人，怎么会跟船上唯一的小孩同程度地幼稚好骗，这么糊弄的鬼屋观光也能玩起来。说不出为什么，赵竞拿出手机拍了韦嘉易的脸。他想用些摄影教授教他的技法，但什么也没用上，赵竞对那些技巧兴趣缺缺，于是突然之间有一个念头，可能他自己的新爱好并不是摄影。

高中的毕业册上，赵竞列于第一位，所以座右铭写了"能让名单从字母 Z 排起，因为除名字以外只有 A"，还被评选为历年最佳座右铭之一。

以如今二十八岁的年龄往回看，有少许张扬，但内容没错，众所周知，显而易见，他从小擅长解决问题，不擅长学习。

从鸭子船上下来，在与韦嘉易、里尼回民宿的路上，赵竞一边教里尼新的工程车知识，一边看着驾驶座的韦嘉易，思考了自己接下来要做的事。

赵竞对韦嘉易的既定需求已成定局，不容忽视与更改，因此，赵竞要开始实施的首步计划，是对两人以后的安排，进行进一步的探寻和摸索。

按照心理治疗师的看法，韦嘉易可能是崇拜赵竞的；在赵竞看来，至少韦嘉易想与自己建立深厚友谊的情感要求，已经十分明显。

当然，赵竞也不否认，现在的状况，有另外三种可能：一是韦嘉易对他或许没到崇拜的程度，只有部分有发展潜力；二是虽对他有关注，但韦嘉易暂时没有察觉到；三是由于相处的时间还不够长，岛上的条件有限，韦嘉易还没有充足、全面地认识到赵竞的优秀和值得信赖。

第三点或许和赵竞的腿还没完全恢复有关系，如果是这种情况，赵竞必须加快复健的速度。

说回赵竞对韦嘉易的感觉，没有旧例，同样不能立刻决断。

以往，赵竞对这类议题，都是零交流、零兴趣，可以说，这是极为罕见的一个他的理论知识接近零，也没有任何实践经验的领域。

单纯地想这些，赵竞只会觉得烦躁和无聊，不如工作来得有意思。然而如果想到的是韦嘉易，赵竞又有另一种心情。手机相册中两分钟内连拍的五十张韦嘉易的闭眼祈祷照片就是证据。

所以现在的情况，似乎比多年前的那个阴天的下午，赵竞站在新购置的商业房产的露台上俯瞰城市，打电话给房产经纪，拒绝了想压价的租客，决定自己创办公司时，还要棘手。

当然，一个人审视自己，角度往往不够客观。赵竞打算先确定韦嘉易对他的崇拜程度，再做后续的推进。

不论有无研究，赵竞毕竟是成年人，且观察能力与记忆力都很强，哪怕毫无兴趣，回忆起以前无意间听到、见到过的，都能检索出一些基础的评价标准。

例如韦嘉易在遇到紧急情况时第一个寻找的人是谁，和赵竞接触时是否松弛，平时会不会主动联系赵竞，还有对赵竞与对别人态度的区别，等等。

在这件事上，赵竞的劣势是缺乏经验，优势是韦嘉易对他有求必应。

与每一次做决定时同样果断，当韦嘉易在民宿门口停下车，打开车门，先把里尼抱下去的时候，赵竞看着韦嘉易，已下定决心，准备即刻挑选机会，采取行动。

里尼在鸭子船上玩得很累，晚饭后，韦嘉易开车把里尼送回他的小姨家，他在后座打瞌睡，头一点一点的。

今天里尼几乎没有哭，只在某几个时候，大概是想起父母，发了一会儿呆。韦嘉易在下船后的纪念品商店给他买了一只金光闪闪的小鸭子模型船，他珍惜地放进小书包里。

把里尼交给他的小姨后，韦嘉易独自开在山路上。一开始因为疲惫，什么也没想，经过一个弯道，就想到赵竞。

想得也很杂乱，例如赵竞从他手中接过雨伞，安静地撑在他和里尼的头顶，或者赵竞戴着他的降噪耳机，很大声地问他"5是什么意思"。

还是非常讨厌赵竞吗？韦嘉易现在的答案应该是否定的。但赵竞像某科幻小说中停在城市上方的巨型外星船，是个心不坏的超大麻烦，这也是百分之百确定的。

韦嘉易觉得自己还是更喜欢从前工作以外全是独处的日子，那时他感到更加安全。

回到了民宿，李明诚和赵竞都还在客厅。

李明诚问韦嘉易要不要和他们一起看电影，韦嘉易见投影的页面是个新上线的评分一般的惊悚片，本不想看，赵竞问他："为什么不看？那你来挑。"

他没办法，坐了下来。

李明诚坐在单人沙发上，韦嘉易只能和赵竞坐在长沙发上。为了营造气氛，他们还把灯关了。

惊悚电影韦嘉易看得很多，这一部毫无新意，他看得想玩手机，又怕赵竞觉得不够尊重，于是抓着枕头靠在沙发上发呆。

看了一半，韦嘉易换了个坐姿，赵竞突然靠过来，问他："韦嘉易，你刚才一动不动，吓傻了吗？"

韦嘉易正在想工作，下意识"嗯"了一声后，才反应过来他问了什么，看了他一眼。黑暗中，韦嘉易只能看到赵竞雕像般的侧脸线条和一双靠自己很近的闪闪发光的眼睛。或许是光影导致的错觉，韦嘉易在他的眼中读出一种期待。

由于韦嘉易的回答，赵竞大概误会他真被电影吓到了，又说："如果怕，可以躲在我旁边。"

"谢谢赵总，"韦嘉易先感谢他的善心，然后找借口敷衍，"不过没关系的，我抱着枕头就可以。我力气大，吓得把你的腿撞到就不好了。"

赵竞说"哦"，又坐回去了。

电影看完，赵竞像是很困了，一言不发地回了房间。

次日，韦嘉易发觉赵竞变得越发难以捉摸。早饭前，他挂着拐在韦嘉易身边晃来晃去，保持一种很怪异的距离，如同道德和边界感在进行拉扯。

韦嘉易实在读不懂他的行为，和李明诚对视，李明诚显然也不懂。韦嘉易便尽快吃完早饭，收拾东西出门躲避了。

晚上回去后，恰好碰到赵竞的秘书在向他汇报后天离岛的时间行程，韦嘉易便告诉他："赵总，我确定要再留两天，可以把我从乘客名单上去掉了。"

说完后，韦嘉易想到后天一早，就不会再见到赵竞，心里既松懈少许，又好像莫名有点不舍。像赵竞这种随身要携带二十来个随从、擅长制造热闹氛围的人不多见。而且他的厨师做饭很好吃。

很快，韦嘉易又要过回吃干粮的日子了。

赵竞听罢，扫了他一眼，那种不太高兴的表情再次出现了。李明诚没注意到，问："嘉易，你真的不和我们一起走吗？现在出入还是很不方便的。"

"没事，"韦嘉易笑笑，"我问过镇长了，我可以搭运物资的渡轮到大陆去。"

"给你留架直升机就行，"赵竞冷冷地说，"坐什么渡轮？"韦嘉易没来得及说话，李明诚也说："是啊，不然你去了大陆，岂不是还得换乘才能到机场？"

韦嘉易想想，如果婉拒了赵竞又要生气，就很诚心地感谢了他，多说了一些，把赵竞的脸色夸得好看了点。

秘书走了，医生来了，检查赵竞的支具。

韦嘉易和李明诚聊天，李明诚感慨："在这儿待了这么久，要走了还怪不习惯的。回公司又要忙得天昏地暗。"

韦嘉易非常认可，他有几个推不掉的工作，只能往后延，将原本紧凑的日程拼得更紧："昨天我和经纪人对了对，十一月剩下十天我得飞十几次，一天换两个地方，睡觉都不知道有没有时间。"

他和李明诚坐得近，给李明诚看他的航班软件，下拉长长的一条，全是不同的航班，李明诚看得咋舌："这么忙。"

"给我看看。"赵竞在一旁检查，突然插嘴，声音还是有点冷淡，眼神瞟过来，好像想隔着七八米看到韦嘉易并没有朝向他的手机屏。

医生立刻开口："赵总，您不要动。"

韦嘉易起身走过去，把手机放到赵竞面前。他站着，赵竞坐着，难得可以俯视赵竞。赵竞的睫毛黑密地遮着瞳孔，嘴角往下挂，又变成坏脾气难伺候的模样，低声说："那你什么时候来看我的博物馆？"

韦嘉易感觉李明诚看了自己一眼，抓着手机的手也是一顿。没想到赵竞还记得这件事，还以为他只是说说。不过又一想，赵竞记性那么好，会记得住也是当然的。

韦嘉易和李明冕完全不熟，来参加婚礼的时候，心情不是很雀跃，没想到会在这岛上待这么久，更没想到最终有幸获得赵竞的邀请，参观他的私人馆藏。

"可能要下个月。"韦嘉易告诉他。

赵竞不吭声，像对韦嘉易冰冷而不确定的回答感到格外失望。

韦嘉易看着他的脸色，继续补充："我真的很想去看，不过就算我哪天有空，也不知道能不能约到你的时间，你肯定比我忙得多。"

"时间是挤出来的，我就算再忙，可能一点都没有吗？"赵竞不悦地教育他，

"又不是公众博物馆，凌晨都能开门。有空发我消息，我去接你。"

赵竟和李明诚在布德鲁斯岛的最后一天，森林的挖掘已经结束。他们并没有像超级英雄一样，成功地寻回所有失踪人口，但已经付出了全力。

中午，韦嘉易在山下收到了李明诚发来的消息。

他说他们上午将新的物资送到了安置区，赵竟把这些天来他自己开的那台挖掘机送给了当地的民众组织的救援队，以及尼克晚上邀请他们去家里吃饭送行。

韦嘉易回复说"好"，忽而想起，看了一眼股票，发现即使没有继续发什么CEO参与海啸救援的公关新闻，赵竟公司的股票也已经涨回丑闻前的股价。

新闻软件推送里，战乱仍在继续，选举也如火如荼，世界很难因为局部地区的病痛而停止前进，韦嘉易能为这里做的，只剩诚实与完全地记录。

他收好手机，暗暗产生了一种不恰当的伤感。

继续拍摄了一个下午，韦嘉易驱车前往尼克家。

一下车，走进前院，韦嘉易就看见赵竟和里尼在院子里的长椅上待着。

里尼坐在赵竟右腿上，赵竟手把手教他按遥控，地上还有个不知道从哪儿来的用来操作的小碎石堆，韦嘉易看到里尼灰扑扑的小手，就知道是赵竟指挥他去捡的。

赵竟今天依旧把自己打理得纤尘不染，穿着一身浅色衣服，像准备给奢侈品牌拍代言。

不过在岛上待了半个月，赵竟过于爱干净的习气已经改善不少了。他捏着里尼脏脏的手，操作得轻车熟路，条理清晰地讲解着叉车的操作技巧，淡化了他的外表打扮与普通人的差距。

看到韦嘉易，赵竟把里尼抱到一旁，遥控也还给他，自己站起来，冲韦嘉易微微点点头。

韦嘉易靠近他，他对韦嘉易说："下午医生帮我检查，说再固定一周，应该就能拆护具了。很快腋拐也不需要了。"

看他好像需要表扬，韦嘉易说："那等下次见到，赵总一定已经健步如飞了。"

"怎么可能那么快，健步如飞至少一个月，你把我当超人吗？"赵竟纠正他，顿了顿，又说，"韦嘉易，你以后叫我名字不用带总了。"

他神色如常，不打算解释原因。韦嘉易大概想得多，感觉有什么不对，具体说不清楚，回答："好的。"他忍住了，没加赵总两个字。

他本想说"我们进去吧"，没想到赵竞马上又说："那你叫。"

韦嘉易张张嘴，很想告诉赵竞，如果只是把"赵总"这个称呼换成"赵竞"，不是换成老爷、少爷，一般提完一嘴，下次遇到叫名字的情景再开口就好，不需要当场演练。

但是赵竞显然不懂，大概对他来说，允许别人叫他的名字，相当于一种赐福，要当场把旨领了，韦嘉易也不好扫兴，生硬而努力地说："赵竞。"

"说这么轻，我的名字难念吗？"赵竞稍微皱了皱眉，"你又不是没叫过。海啸第二天，你带尼克来接我和里尼的时候就叫过。"

韦嘉易毫无印象，怀疑他胡说，又知道他不会胡说，只好道："是这样的吗？那可能是当时情急之下叫的，我都不记得了。"

"这都不记得？"赵竞不爽的表情又出现了，"两周前不是两年前。"

韦嘉易不知他哪儿被惹到，先给他道个歉："对不起，我的记性是不太好。你看我耳机都丢那么多。"然后提高点音量，又说了一遍："赵竞。这样可以吗？"不知道这样够不够响。

赵竞突然不凶了，低声说"算了"，又说："耳机而已，让吴瑞多给你准备几副就行了。"

韦嘉易实在不懂赵竞的思路，只觉得他这几天都很不正常。他有些累了，揣摩不动，对赵竞笑笑："那我们去吃饭吧。"

里尼的小姨和姨父也来了，尼克的家人做了一大桌菜，又准备了些啤酒。

赵竞正在康复，不能喝，成了桌上除了里尼和里尼的小姨，唯一一个不喝酒的人。

一顿饭吃下来，韦嘉易发现李明诚的酒量好像不是很好，他至多喝了两罐，脸就已经通红，一说起海啸的事，眼中含泪，搂着尼克的肩膀，嘀嘀咕咕不知说什么，说了一会儿，又趴到了桌子上。

韦嘉易和尼克安慰他，连里尼都走了过来，轻轻摸他的背。

"只找到了一半。"李明诚哽咽。

韦嘉易便拍他的肩，轻声安慰他，他能够找到一半，甚至救出一对母女，这些帮助都已经是额外的结果，劝李明诚多肯定自我，不该让另一半没找到的人成为内心的负担。

李明诚哭了一会儿，趴着说要睡了。

韦嘉易便和尼克一起，把李明诚抬进车里，托里尼的小姨和姨父先帮忙把他送回民宿。

人散了一些，里尼在房里看动画，韦嘉易站在台阶上，看车离开，赵竞突然走了过来，告诉韦嘉易："这几天我妈也帮我约了心理治疗师。"

韦嘉易抬头看他，赵竞接着说："可能觉得我也需要安慰吧。"

他垂眸看着韦嘉易，看起来非常需要韦嘉易猜中他的心事。

韦嘉易不想猜中，但赵竞实在是很简单的一个人，不用猜都知道他在想什么，有点没办法，耐心地问他："那治疗师怎么说呢，安慰你没有？"

"什么有用的都没说，还让我一周找他一次，"赵竞简单地概括，"我这么忙，哪儿来的时间？"

他现在单腿支撑都能站得很稳了，手搭在腋拐上，幅度很小地把腋拐推来推去，一副闲不住的样子。可能因为腿上有支具，赵竞每天都只能穿短的高尔夫球裤，或者坐在挖掘机里，或者挂着腋拐跳来跳去，经常让韦嘉易觉得他有点孩子气。

韦嘉易问他："你平时会像明诚一样，觉得有负罪感吗？"

赵竞看了韦嘉易一眼，说："我倒还好，因为我的工程队会待在这儿继续代表我挖掘。"

不知道怎么回事，赵竞一表现得像正义的使者，韦嘉易就会想笑。韦嘉易夸他："那你的心态很好。"

"当然。"赵竞满意了，耸耸肩。

这时候，赵竞的手机响了，是他父亲的电话，他没有避开韦嘉易就接起。韦嘉易自己想避开，想往里走，刚走一步，就被赵竞伸手拦了一下。

赵竞的手臂长，他只用胳膊就挡住了韦嘉易的去路。

韦嘉易抬头看，赵竞都没压低声音，看着韦嘉易，用非常清晰的声音说："你别走，我很快接完。"

"不是和你说，我跟韦嘉易说，"赵竞又对电话里道，"我一接电话他就要走。"

韦嘉易听得人都麻了。不过赵竞的父亲好像也没问他什么，赵竞听了几句，有些愤怒地说："我不定闹钟也能起来。"

他的父亲又说什么，他又道："我的腿好得很，五个小时飞机算什么？"而后警惕地问："谁又在背后偷偷说我动得多？"

挂下电话，赵竞对韦嘉易说："我明天九点出发，你别又提早偷偷下山。"

"我会送你们的。"韦嘉易无奈，就前天提早下山了那么一次，还是为了拍晨景，赵竞已经因为这件事情埋怨无数遍。既然提到了，他便问赵竞："明早要叫你起床吗？"

赵竞起床的时间总是捉摸不定，一般都挺早的，但说不清什么时候就会起晚一次，平时晚了都是韦嘉易去敲敲门，把他唤醒。

反正赵竞要走了，韦嘉易倒不是很怕他生气。而且如果他真的生气了，说不定还能推迟博物馆之旅，给韦嘉易留点工作中喘息的私人时间。

不过赵竞肯定是误解了什么，微妙地看了韦嘉易几秒，说："好啊，你醒了就来叫我。"

里尼的小姨送完李明诚，回来带上赵竞和韦嘉易，一路开去，又感谢了赵竞对里尼的照顾和关心。

车窗开了少许，车里放着当地语言的广播，大概是新闻，里尼的小姨在听，韦嘉易便低头，趁时间还不算太晚，回了几条工作消息。

回了一半，赵竞忽而把头伸过来少许，叫他："韦嘉易。"

韦嘉易中断打字抬起头，见赵竞定定地看着他。

为了维持那套社交距离标准，赵竞还是保持在右边坐着，手拉住扶手，即使努力往韦嘉易这里靠，他们还是隔了一条腿的距离。

很奇怪，赵竞没有往下说，韦嘉易便问他："怎么了？"

"你有没有，"赵竞问他，"……真正交心过的、特别重视的朋友？"

韦嘉易一惊，既因为赵竞的问题，也因为他的表情。赵竞问这个问题的时候，样子几乎有点茫然和拘谨，这是韦嘉易从来没有在赵竞身上看到过一秒的东西。

韦嘉易也迷茫了，顿了一下，反问赵竞："怎么了？"因为并不想回答，所以就装了傻。

"你先说，有没有？"赵竞表情恢复了一些，又理直气壮起来，可是有一点像装出来的强势。

韦嘉易看到他的右手抓得很紧，说："没有。"

赵竞"嗯"了一声，不说话了。

韦嘉易想知道他为什么问这个，但心里隐约猜到了原因，紧紧地闭上了嘴，绝不做先开口的人。

过了一会儿，赵竞见他不说话，仿佛自言自语，又像暗示，对韦嘉易说："据说没深度交心过的人比较迟钝，有时重视别人，自己也不会马上知道。"

他说完，韦嘉易完全明白了，想骗都无法骗自己，被吓到三瓶啤酒带来的酒精完全蒸发，手脚都清醒得有点发麻了，他感觉自己生平从没这么不知所措过，大约是因为惊恐，再加上难以置信。

赵竞还看着他，他也只能保持镇静。

赵竞这几天奇怪的表现是有了答案，韦嘉易今晚也是睡不着了。

这个话题是不可能继续聊的。还好不管怎么样，韦嘉易对糊弄赵竞比较有经验，完全没对赵竞的话做出回应，等了一分钟，打了个哈欠，闭眼把头靠在窗上，装作困了睡觉。

煎熬地靠了没多久，赵竞很轻地碰了一下他，韦嘉易紧闭双眼一动不动，赵竞又推推他，一个软软的东西放在他的腿上。韦嘉易睁开一丁点眼睛，向下看，是赵竞本来背靠着的抱枕，仿佛还带着一点余温，明明很轻却又像一块石头。

"韦嘉易，你垫着头睡吧，"赵竞好像不想吵到他，又必须提醒他，压低了声音说，"车门也锁一下。"

韦嘉易没动，他很轻地摇晃韦嘉易，让人无法忽视，韦嘉易才装作很困地睁开眼，转过头去看他，含糊地问："怎么了？"

赵竞很明显没有发现韦嘉易在假装，重复一遍，认真地说："这车很老，车门不锁，我怕你睡觉晃开。"

韦嘉易伸手把门锁了，拿起抱枕，垫在头和车窗中间，沉默地继续装睡。

过了一会儿，民宿到了。他装刚醒，拖着脚步晃来晃去地上楼，回到房间里，也不敢开灯，在床上坐了一会儿，想到赵竞的声音和表情。

韦嘉易不想自作多情，但赵竞应该的确是他想的意思。

其实韦嘉易不是不能交朋友，他孑然一身，想和谁熟识起来都没问题。然而赵竞太不合适。当然，赵竞不是坏人，韦嘉易也不讨厌他，但他的家庭、身份与地位，不是韦嘉易会选择和挑战的。即使韦嘉易真的对赵竞有很大的认同，也不至于失智到这种程度，何况基本没有。以后若是关系恶化，赵竞不会受到任何影响，韦嘉易的生活和事业可都毁了。

幸好赵竞明天就走了。

韦嘉易打开房间的窗，让山顶的风吹进来，让自己清醒一点，也理智一点，希望自己明天也能表现得毫无痕迹。

睡前怀疑自己会睡不好，事实上韦嘉易睡了挺久的。早上六点醒来，他打开电脑修照片，一直修到八点半，才换了衣服下楼。

李明诚站在餐厅里，一副很紧张的样子，对韦嘉易说："完了，我哥还没起来。"

韦嘉易心想赵竞不会这么幼稚吧，难道在等他过去叫早？他走到门口敲了敲门，故意换回以前的称呼："赵总，醒了吗？"

过了半分钟，赵竞拉开了门，一脸生气："韦嘉易，说好了叫我，你不开闹钟？"

虽然衣冠不整，但看得出来他早就醒了。

韦嘉易道了歉，三人迅速地吃了顿早饭，坐电梯上了楼。电梯也是这几天在民宿外部新装的，只为了走路不方便的赵竞上楼顶坐直升机方便。甚至附近也不是没有新的直升机平台，只是赵竞说自己要从这里走，就为他装了一台。

直升机已经停在位置上，赵竞突然又问了韦嘉易一次："真的不走？"

韦嘉易说"嗯"，他就说"哦"，然后对韦嘉易说："博物馆见。"韦嘉易说"拜拜，一路平安"，赵竞和李明诚上了直升机，韦嘉易下楼了，他先听到直升机嘈杂的声音，过了一会儿没有了，他也没有到窗口去目送，而是回到了空荡的客厅。

要找个新房子，韦嘉易想，于是先收拾行李。

他又往楼梯走，赵竞的中餐厨师恰好走出来，问他："韦先生，您中午回来吗？如果不回来，晚餐想吃什么？"

韦嘉易愣了愣，没说话。厨师又说："赵总让我在这里待到您回去。"

韦嘉易也不知道自己回答了什么，大概是午饭不回来吃，晚饭随便做就行。韦嘉易失魂般走回房间，坐了一小会儿，拿起相机准备下山，看了一眼手机，发现赵竞又换了个头像。

一开始韦嘉易都没认出来是什么，点了大图，发现这头像主要是个相机，光线不是很亮，一只大手拿着它，像拿着玩具。这很明显是从一张很大的照片里截取的一小部分，韦嘉易知道是哪一张，因为拍的时候他站在赵竞身边。

第十章 韦嘉易 5

赵竞走后的第三天晚上，韦嘉易大致完成了拍摄，因为总有些不满意的地方，他比原计划多留了一天，时间压缩得太紧，他决定不回家了，直接去下一个工作的城市。

从布德鲁斯岛所在的国家，飞去拍摄的城市，要转三班飞机，明晚才能抵达。韦嘉易收拾行李，登山包还是原来的包，就是脏了一点，里面还多塞了台赵竞从李明冕手里抢回来的不便宜的相机，背起来更重了。

把包的拉链拉好，韦嘉易洗了澡躺在床上，又收到潘奕斐发来的信息。

这几天不知为什么，潘奕斐总找他，他都没回，只有今晚这条称想和他约工作的，他回复了，告诉潘奕斐："可以直接联系我的经纪人。不过这次谈好时间再突然取消的话，以后还是不要合作了。"

然后他马上给经纪人编辑一条："要是潘奕斐的经纪人来找你，就说时间凑不到一起，帮我推了。"

正要放下手机睡觉，手机显示赵竞拍了拍韦嘉易。

这两天，赵竞人是走了，精神好像还在，不时就来深入了解一下韦嘉易的全天行程。

他的消息回复起来总是很难，不回不行，回得敷衍更不行，要做到公事公办，同时也不能让他觉得自己被忽视。韦嘉易绞尽脑汁，连哄带骗，宁可回到高中做题。

更令人头大的是，赵竞还经常不自己开启话题。每天一到两次，他突然在手机里拍拍韦嘉易，让韦嘉易先开始说话。如果韦嘉易不说，他就拍好几下，根本无法装看不见。

韦嘉易起初以为赵竟在家休息，无聊到长毛才会这样。后来发现他也没休息，其实每次聊天，他同时还在开会或者工作。

因为赵竟发过来的照片或者视频里，基本都能看出来或听到其他人在说话。

不过今天赵竟先开口了："刚才换了新的拐杖，不用腋拐了。"附带一张照片。

照片主体是一根灰色的拐杖，像某种金属做的，背景依然是赵竟的办公室。韦嘉易看到了他的办公桌、地板和一大片空间。

赵竟离开不到一百个小时，韦嘉易感觉自己快通过他提供的影像资料把他的工作空间参观完了。没参观完也不是因为发来的照片和视频不够多，是地方实在太大。

"看起来很灵巧，"韦嘉易机械地打字回复，"用起来也一定得心应手吧？"

赵竟说"嗯"："吴瑞告诉我，你不坐我的飞机回去，为什么？"

前半个月每天都见太多面了，一直待在一起，一行短短的字，韦嘉易眼前已经浮现出赵竟的神态。

吴秘书前天就来联系韦嘉易，说要帮他定航程，他拒绝之后，吴秘书还努力劝了他好几次，说赵竟要求的事情如果没办好，很难交代。

韦嘉易必须把和赵竟的关系拉得远点，让他这阵莫名其妙的热情尽快过去，所以一定是不可能同意的，但他知道和赵竟相处的辛苦，也体谅吴秘书的难处，便说："你就说是我一定不要吧，我跟他解释。"

吴秘书见他态度坚决，还对他说了谢谢。

韦嘉易想了想，回复赵竟："因为我决定得太晚了，今天下午结束拍摄，才和团队确定直接在工作的地方集合，所以不想麻烦吴秘书。我的机票也已经订好。明早还要坐你的直升机过去，太谢谢你了。"

他回完，赵竟过了一会儿才说："不用。"

"李师傅做菜也很好吃，"韦嘉易又说，"谢谢。"

趁赵竟没回，他接着打："我准备睡觉了，晚安。"还加了个笑脸。

韦嘉易收到赵竟回复他的"晚安"，将这件事解决了。

来小岛时，韦嘉易坐了五个小时直达的航班，加换一次水上飞机，在他的记忆中，似乎很快就到了。现在离开，却坎坷得一言难尽。他已经很久没这么密集地转过机。

早上下了直升机，他开始不断地寻找航班柜台，换航站楼，过安检口。耳膜因气压变化产生的嗡响还没消除，下一班飞机已经升空。

最后一个航班，因为天气原因晚点了两个小时，韦嘉易在机场找了个没人的角落，和明天要拍摄的品牌的艺术指导又打了一次电话，沟通主题，一直打到登机。

航程中，他睡了一小会儿，飞机触地把他震醒了，看了一眼手表，已是晚上十一点，舷窗外夜色茫茫。

夜班飞机的人不多，小机场的路也不长。

经过一天的奔波，韦嘉易背上的登山包越发沉重。走到出口，他看到了半个多月不见的助理小驰在等他。

韦嘉易不在的日子里，小驰染了金发。他穿了韦嘉易送的薄羽绒服，手里拿着一杯热饮，看到韦嘉易走出来，很高兴地笑了："嘉易哥，你终于回来了！"韦嘉易忽而有了离岛的真实感，心从受灾的岛屿来到了"新季时装"挑选的拍摄地点。

明天睁眼就不会再有南太平洋海岛湿润的雨季了，生活只剩快节奏的闪光灯、快门声，摩登的音乐和衣香鬓影。

韦嘉易走过去，搂了搂小驰的肩，接过热饮，夸他发色不错，一一确认器材是否都带齐，就像从前的每一次出差。

小驰都回答了，然后告诉韦嘉易，网约车司机已经在地面停车场等了。

韦嘉易拿着温暖的热饮杯，和小驰并肩走出航站楼。

十一月下旬的冷风吹在他的脸上，吹进衣袖，将他卷回出发前往海岛婚礼之前的正常工作、正常忙碌、正常生活中。

等到再次有时间看手机，已经是拍摄结束之后，凌晨两点。

忙了一整天，韦嘉易和助理、灯光师一起回到酒店，声音都是哑的，累到别说想起赵竞这个人，就算听到赵竞的名字，都要想想才知道是谁。

他冲了个澡，精神极度疲惫，躺在床上一动也不想动，用手指戳了戳手机，缓慢地阅读消息。

经纪人给他发了两条，说品牌方很满意，让他继续努力。韦嘉易回复：

"好的。"

有好几个朋友群的消息，他们知道韦嘉易从岛上回来了，问他什么时候有空，很久不见了，出来聚会。

韦嘉易截航班图给他们看，艰难地打字："暂缓。"

再拉下去，赵竞昨天下午三点找过他，被很多人的消息压下去了。点进去看，他上午拍了拍韦嘉易，下午说自己已经拆掉支具了。

韦嘉易知道赵竞现在肯定睡着了，本要早上再回，忽而转念一想，凌晨两点的回信显得更有诚意，表现出他工作的忙碌，继而打退赵竞找他的积极性，而且赵竞肯定不会回他，又阻止了一次你来我往的交流，一举多得，就打字："太好了，应该马上就能痊愈了。"

他还加了句："我白天太忙了，没看见，不好意思哟。"

韦嘉易回完心情大好，连疲惫都缓解了一些。刚想睡觉，手机亮了，还带振动，是一个电话打进来，屏幕上大大的两个字：赵竞。

韦嘉易本来微笑着的脸直接僵住，简直以为在做噩梦，看手表确认了时间，又傻了几秒才接起来。

"……韦嘉易。"赵竞叫他的名字叫得非常含糊，紧接着嘟哝了一句韦嘉易完全听不懂的话，就安静了。

韦嘉易拿着手机，保持着姿势。像赵竞在他面前一样，他一动也不敢动。

电话那头，赵竞的呼吸微不可闻。等了一段时间，赵竞还是不说话，韦嘉易松了一口气，猜测他应该是睡到一半，被短信声吵醒，支撑精神打电话过来，没能说什么就又睡着了。

听了几分钟，他把电话挂掉了。

因为要早起接着工作，韦嘉易只睡了四个小时不到。

睡得倒很沉，一点梦都没做。睁开眼，他的第一个念头是"和赵竞打了个电话被传染了睡眠质量"，而后立刻拿起手机来看，确认赵竞后来没有再醒。

看到屏幕上没有任何新消息，他才起身洗漱。

对着镜子，韦嘉易依然精神恍惚，想着凌晨两点多的梦话，差点把牙膏挤到手上、牙刷戳进眼睛。

他换好衣服，听到手机振动，拿起来看，赵竞又给他打电话了。

他马上接起来，赵竞好像也刚刚睡醒，声音低哑，说："韦嘉易，我梦到我给你打电话，醒来发现真的打了。"

"应该是我回消息把你吵醒了。凌晨收工晚，我以为你睡着了才回的，不好意思。"韦嘉易告诉他。他心里还是有点担心赵竞等他回消息等得晚，忍不住问："你昨天几点睡的？"

"十点半吧。"赵竞随意地回答。韦嘉易放心了，听到赵竞问："我昨天电话里跟你说什么了？"

"没说什么，叫了我的名字就睡着了。"韦嘉易没提起他说胡话的部分。

这时候小驰来敲门，韦嘉易走过去开了。

小驰给他拿了吃的，这个时间，酒店餐厅都还没有开始供餐。见他在打电话，小驰把面包放在桌子上，轻声说："嘉易哥，我们十分钟后出发？"

韦嘉易点点头，赵竞在那头听到了，问他："谁？"声音都不哑了，还变得很大声："有人？是谁？"

"我的助理小驰。"韦嘉易差点笑了，对他说。

小驰听到，瞥了韦嘉易一眼才离开。

等门关上，赵竞在那头低声问："韦嘉易，你今天又要忙一天？"

见不到脸，韦嘉易也听出他不高兴，只是装作不知道，告诉他："是的，今天也要拍很久，看不了手机。"

赵竞一言不发。

韦嘉易头痛，又挂不掉电话，想了想，补充安慰说："不过今天我收工应该会比较早。"

"早是几点？"他马上问。

"那还说不清。"韦嘉易顿了顿，继续思考怎么中断通话。赵竞又开口了："我记得你周日会飞回来待一天，这行程改了吗？"

韦嘉易自己都没记那么清楚，停顿想了一下，赵竞提醒："去看看你的航空软件。"

"哦哦，"韦嘉易说，"行程没改。"

赵竞就说："我去接你。"

"不用这么麻烦，回来之后，我还要和团队的人吃个饭，可能周日来不及去你的博物馆，"韦嘉易婉拒他，但开口说每一个字，都越发艰难，语速也变得有点慢，"到时候有空我再联系你吧，好吗？"

"哦，这次不来也行，"赵竞又自说自话，"我有礼物要给你。你吃完给我打电话。"

他的语气很正常，好像根本没有察觉到韦嘉易的躲避。

天蒙蒙亮了，韦嘉易的胸口闷闷的，觉得可能是因为这次拍摄工作在高原上，所以听到赵竞的声音，就变得有点喘不上气。

跟赵竞在一起根本不会有冷场的机会，韦嘉易安静不到两秒，赵竞在那头胸有成竹地说："别问是什么礼物，到时候你就知道了。"神秘而自信。

韦嘉易只能说"好的"，不管三七二十一谢了赵竞几句。

接着，赵竞说自己要起床了，所以他们挂了电话，这是一件好事。但是很快又发生一件坏事，韦嘉易坐下来，静静地吃了半个面包，发现自己真的很想知道赵竞给他准备了什么礼物。

回家几天，赵竞已经拆掉支具，换了拐杖，走路自然许多。公司年度财务与运营状况稳中向上，虽说年底有些忙，但赵竞轻松应对，一切毫无问题，然而他的心情仍然不是特别舒畅。

原因是自从韦嘉易开始工作，白天就忙得不怎么给他发消息。晚上也得看收工时间，如果收得晚，第二天一早，他才会和赵竞联系。

当然，说到底，这是韦嘉易重视赵竞导致的。

韦嘉易去高原拍摄的第一天晚上，凌晨两点收工，给赵竞回信，不小心吵到了睡梦中的赵竞。

赵竞梦游一般打了个电话过去，似乎把他吓到，他便十分担心赵竞的睡眠，怕赵竞睡不好，要求他睡觉时把手机铃声关掉，也不再在凌晨给他回消息了。

既然韦嘉易是出于如此的关心，赵竞也不好多干涉和反对，唯有从容地记住了韦嘉易回市的时间，并且主动找他见面，在不断相处的过程中，引导挚友寥寥的韦嘉易慢慢敞开心扉。

在离开布德鲁斯岛之前的夜里，赵竞也想挑起话题，但韦嘉易喝得醉醺醺的，没聊几句就靠在车窗上睡着了。

周日是韦嘉易回来的日子，他的航班晚上七点才落地。

下午，赵竞的康复训练结束后，先回父母家吃饭。席间，母亲问起赵竞换头像的事："以前那两张不是都挺好的吗？我喜欢韦嘉易拍的你抱孩子那张。

下午你舅舅还给我打电话了，说什么李明冕说，你的新头像里的那台相机是他的。"

"他的什么他的？"赵竞冷冷地说，"给他交的礼金买二十台绰绰有余，海啸来了把我落在别墅，还有脸来告一台相机的状？"

见他不悦，父亲转移话题："抱孩子那张的确不错。赵竞，你现在的头像里那台相机有什么寓意吗？"

赵竞性格刚直，光明正大，从不会对自己的行为过多解释，回答他的父亲"下次说"，低头继续吃饭了。

饭后，他本来想去自己的博物馆看一圈，拍几张照，等韦嘉易给他打电话。但馆有点大，他得尽快把腿养好，不能多走动，便没有去，陪父母看了会儿新闻，等到七点二十分，打开手机，问韦嘉易："你们吃饭几点结束？"

他看到韦嘉易正在输入，像打了很多字，发过来却只有一句："太累了，就不吃了，我打算先回家。"

赵竞为他装裱好的相框已经在车里，问："你家在哪儿？我把礼物带过来。"

"不要麻烦了，我来找你拿吧？我也给你带了礼物。"

赵竞立刻把父母家的定位发给他："好，我在父母这儿，你过来还能参观博物馆。我让管家开车去大门口接你。"

韦嘉易那头又显示了一会儿"正在输入"后，给赵竞打来了电话。

赵竞接了，韦嘉易声音很轻，听上去有点累："赵竞，你给我的那个定位，地图好像没收录地址，不太好打车。而且我也没给叔叔阿姨准备礼物，直接过去好像不太好。你今晚会一直待在那儿吗？要不我明早来你的公司吧？"

他有气无力地说了一大段，赵竞耳朵听进去了，大脑完全没听进去，回想一遍，才知道他说了什么。

"我晚上回自己那儿睡，"赵竞告诉他，"你回家吧，给我地址，我去找你。"

照片的摆放也很重要，赵竞昨晚刚和教授学会的，正好亲自给他的作品在韦嘉易家选一个合适的位置。

韦嘉易很听话，挂了电话发来地址，是市区的一间酒店公寓，他对赵竞说："我应该比你早到一点，在楼下等你。"

赵竞立刻起身说要走了，母亲叫了他一声，他转过头去。母亲有些犹豫，好似想说什么，最后又摆摆手："你有事就先走吧。"

赵竞点点头，拄着拐杖离开了。

韦嘉易家在湖边，住的大楼有两翼，左翼的楼是酒店，右翼是公寓。大楼很新，黑色的窗玻璃亮得可以映出天空中浓稠的云和月亮。

司机将车停在公寓楼的玻璃门外，到后备厢拿了装照片的袋子，为赵竞打开车门。

赵竞一下车，便看见韦嘉易背着包，站在不远处。

冷风里，韦嘉易穿得很少——一件灰色长袖卫衣和牛仔裤，背着赵竞很熟悉的包，漆黑柔软的头发扎在脑后，神情有点累，眼下泛青，衬得面颊更小。

赵竞怀疑他又瘦了，接过司机提着的袋子，走到他面前。

"嘿，"韦嘉易对他笑笑，眉眼弯了弯，"好久不见。"

一周多不见算久吗？显然不算。只有韦嘉易觉得久。

赵竞心里很清楚，但是一整周联系寥寥后，又看到韦嘉易的笑容，他忽然觉得自己愿意让韦嘉易这样认为。

父母以前经常说赵竞待人不耐心，赵竞的观点一直是没谁值得他耐心。

需要他人耐心相待，说明做事不够聪明、没能力。但是如果耐心的意思是，听到不认同的话不反驳，发了消息等了一天没得到回复但不发脾气，那赵竞发现自己现在也有了。

韦嘉易想帮赵竞提袋子，赵竞没给他，他领着赵竞往里走。

大堂崭新亮堂，他们路过公区和水池，韦嘉易告诉赵竞："我也很久没回来了，平时都不怎么住。"

到电梯前，他按了按钮，偷瞄几次赵竞的提袋，一副好奇的样子，走进电梯之后，终于忍不住问："是什么啊，现在能说了吗？"

"猜。"赵竞垂眸看他。

"我猜不到。"韦嘉易刷了卡，他住在二十七层。

电梯向上，到二十层的时候，韦嘉易又闲不住往袋子里看了看，或许是看到了形状，突然眼睛大睁一下："照片吗？"

赵竞"嗯"了一声，电梯门打开了，韦嘉易愣了愣，才走出去。

韦嘉易家离电梯不远，他们走了一小段，韦嘉易打开门，帮赵竞按着，赵竞走进去，静静地用眼睛参观了一下。

进门是简易的开放式厨房，六人的圆餐桌，过了吧台往前，摆着长沙发和茶几，落地窗外有湖景。

左转有条走廊，两扇木门关着，可能是浴室和卧室。

房子就像韦嘉易说的，应该没怎么住过，几乎毫无生活的痕迹，也没有摆饰。扫视了一圈，赵竞觉得这个家空到照片放哪儿都没问题。

韦嘉易把登山包放在地上，赵竞便趁机把袋子里的两幅照片拿出来，递给他。

在教授的建议下，赵竞把照片印成普通的大尺寸，找人贴裱在白色的卡纸上，放进相框。相框的边框很窄，是简单的深木色。

韦嘉易先接过睁眼的那幅，低头认真地看。赵竞也靠过去一起看："你喜欢吗？"

"很喜欢，"韦嘉易爱不释手，指了指右下角，"哇，还有签名呢。"他又拿起另一幅，也看了一会儿，抬头对赵竞认真地说："我真的很喜欢，谢谢。"

赵竞自得地点头，问："你送我的东西呢？"他决定等韦嘉易把礼物拿出来，也尽量报以同样的欣赏态度。

韦嘉易先把两幅照片摆到电视机柜旁，回头说："这样来我家的人都会马上看到。"

而后他才回来，拉开了包的拉链，取出一个小盒子给赵竞。赵竞打开看，是一个白色的有些杂质的小佛像。

"在拍照的地方跟当地人买的，"韦嘉易告诉他，"说是牦牛的骨头刻的，可以保佑平安。也买不到什么值钱的东西，听你说要送我礼物，我不好意思空手，就随便买了一个，以后看到好的我重新给你买。"

韦嘉易的眼神很真诚，唇角是平的，说的话诚实到都没有以前圆滑。他住的地方也一样，比起家，更像没人情味的酒店房间，显得形单影只，十分孤单。

赵竞只能抬抬下巴，告诉他："我也很喜欢，这个就够了，不用重买，我什么都有，我送你就行。"

在独处时立下雄心壮志，总是比见面实际操作简单很多。

韦嘉易在心里预想的画面是自己不动声色、轻而易举、四两拨千斤地和赵竞划清界限，通过忙碌的工作和延迟回复的消息，将两人的距离和交流分别拉到无限长、无限少。

最后赵竞对他的兴趣自然地消散了，两人成为点头之交，韦嘉易平稳着陆，从此还有了一段大部分人无法拥有的社会关系。单这么想一想，可以说无懈可击。

然而现实是韦嘉易完全不争气，下飞机后，他一边走，一边在聊天输入框编辑了半天婉拒见面的话，结局还是从机场急急忙忙地赶回了家。

站在楼下等时，韦嘉易心里觉得自己没用，风吹得他头痛，也有一点迷茫。

不认识赵竞的时候，他忙完工作回家，会在家里的沙发上窝好，一动都不动地用最舒服的姿势发呆放空，而不是冷得缩着肩膀，被迫和旁边熟识的门童小弟聊天，听他问自己，觉得拍过的男明星里哪个最帅，女明星哪个最漂亮，还要回答他的问题："嘉易哥，你觉得我能不能当模特啊？"

还好赵竞马上就到了。

他的车一停下来，门童小弟都安静了，走过去要替他开车门，不过司机下来先开了。

赵竞左腿先跨下，他拆了支具，换上了长裤——灰色的休闲裤，布料柔软，而后是他的拐杖，韦嘉易在照片里见过的那根。拐杖点到地上，发出神气的轻响。

这几天忙得精神恍惚，韦嘉易自信地认为，等见了赵竞，除去好好敷衍，一定不会再有任何交流。

但是赵竞下车，接过司机手里的白色手提袋，微微瘸着朝他走过来，高大到阴影罩到韦嘉易的手和腿上，韦嘉易的神志竟然有一点漂浮。然后他突然想，七八天的工作时间，明明过得那么快，只是一眨眼，怎么现在，就又觉得还是挺久的？

等韦嘉易回过神来，礼物都交换完毕了。

而赵竞已经大剌剌地坐到了他的沙发上，喝着韦嘉易帮他拿的临期气泡水，发表意见："韦嘉易，你的冰箱里怎么只有一排水？你没吃饭是吗？我让厨师来给你做。"

他的腿还是要直放的，一个人占据大半条沙发，给韦嘉易留下的空间就像早高峰的地铁到站之后，拥挤的座位上离开了一个小学生那么大。

"不用了，我吃过机餐了，不饿。"韦嘉易站在电视机柜旁，心神不宁地看着赵竞，从未觉得自己的沙发这么小，家这么挤。他依稀记得当时购买这套公寓时，湖景和可以坐好几个人的长沙发还是卖点之一。

赵竞毫无要离开的意思，不过见韦嘉易站了一会儿，他居然刹那间意识到了自己坐姿的问题，往旁边挪了挪。既然大少爷百年难得一见地让出一些位置，韦嘉易也不好不动，便走过去坐下。

赵竞礼貌地挪远一些，断断续续地注视着韦嘉易，盯得韦嘉易心里发毛。

韦嘉易先打开了电视，希望赵竞能看点新闻、电视剧，但是换了几个台，他连眼神都没有瞟过去，韦嘉易只好转头问："你有什么想看的吗？"

"没。"赵竞说。

韦嘉易想看看手表，用动作暗示他时间不早了，赵竞忽然开口说："我觉得你好像瘦了一点。"

"没有吧。"韦嘉易下意识否认。

"有，"赵竞的头稍稍挪过来一点，盯着他，抬起手，隔着十多厘米的距离比了比，又放下了，说，"韦嘉易，你工作太累了，比我都忙。"

"也还好，我都习惯了。"韦嘉易对他笑了笑，心中劝慰自己，如果赵竞待在这儿，随便聊聊天，其实没问题。没想到赵竞下一句是："你接这么多工作，哪儿来的时间去想别的事？"

他的表情淡淡的，一副为韦嘉易好的样子，可能觉得自己表现得很不明显。只有韦嘉易被他吓到，表面努力保持平静，告诉他："没办法呢，还要还房贷，只能先辛苦一点。"

赵竞立刻问："多少？"

韦嘉易身体都僵硬了，眼睛盯着电视机屏，假装什么也没听懂，随意地说："也没多少，再工作几年就还完了。"

赵竞顿了顿，用眼神看了一圈四周，问："这是你买的？我还以为是租的，就一个卧室。"

"是买的，我不喜欢租房子住，"韦嘉易感谢他换了话题，耐心地解释，"设备都锁在工作室，我就一个人，住不了那么大的房子，又经常不在，反正也不是很在乎产权年限，就买了这套不用自己打扫的公寓。"

"那你爸——"赵竞显然想问他的父母在哪儿，但应该是突然想起被教育过，提这个话题不礼貌，强行停止了，没有说下去。

韦嘉易倒无所谓，聊什么都可以，告诉他："我妈妈在我幼儿园时就病逝了，爸爸移民了，也有了新家庭，很幸福，我们不太联系。"

赵竞"哦"了一声。

以前其他人问韦嘉易这些，韦嘉易也会回答，但过程不免有些尴尬。因为说完之后，对方其实不知如何反应，大多是安慰他几句，努力转移话题，告诉韦嘉易："你现在也很好。"韦嘉易当然感谢朋友们对他的关爱，不过他自己早已经不在意了，大部分时候，他唯一希望的只是这种被同情的情景能尽快过去。

相比起来，赵竞的反应比较适合他，赵竞基本上没有任何情绪反应，只是问："那你今年过年怎么办？"

"应该会有工作吧。"韦嘉易说。

"过年工作？"赵竞皱皱眉头，不知道是在命令韦嘉易还是在安慰他自己，冷硬地说，"现在说这个还早，不一定有。"

韦嘉易都忍不住笑了："是呢。"

韦嘉易张张嘴，想继续话题，说如果没安排工作，就找个没去过的地方玩，但怕这么说的话，赵竞会要求韦嘉易去跟他一起过，就不说了。他莫名其妙地看了赵竞几秒，然后在心里想，如果赵竞不是赵竞就好了。

但凡赵竞不是生在这种家庭，没这么有钱，他们的差距没这么大，只要赵竞再稍微普通那么一点点，没住在那种地图都不收录的地方，韦嘉易都可能会尝试和他做好友的。

因为除赵竞之外没人会再送韦嘉易这种拍得像鬼一样的特写照片了，也没人会像赵竞这么神经大条，行事奇怪，经常让韦嘉易莫名发笑。

"赵竞，"韦嘉易想了想，对他说，"我有点累了，想睡了。"接着韦嘉易第一次明确地问他："你今天打算什么时候休息？"

赵竞看了一眼手表，"现在离我睡觉还早。"而后稍稍挑了挑眉，像是质问又像平叙，极其直接地问，"韦嘉易，你希望我现在走？"

"我才来一个小时。"赵竞不高兴地说。

韦嘉易不知道要怎么面对他，发现只要想拒绝他，就不可能不伤害他。除海啸之外，赵竞没有受过任何挫折，任何一种人人都在承受的现实，到他身上就会变成伤害。

平时韦嘉易的心是很硬的，以前和潘奕斐住在一起，他也轻松地保持情绪与行动的分离，将一切公事公办。但对赵竞，又完全不是这样。

韦嘉易发现自己依然想一套做一套，最后还是道了歉："对不起，因为我真的有点累了，想洗澡睡觉，不是想你走。"

"那你去洗澡，"赵竞马上说，"我看会儿电视等你不就行了？"

韦嘉易也想稍微躲避他一会儿，平复心情，顺水推舟去冲了个澡。他洗得很快，也没拖延，吹干头发走出去，看到有个人已经无聊到倒在沙发上睡着了。赵竞的左腿稳稳地架在沙发的扶手上，还贴心地给自己枕了一个枕头。韦嘉易真没见过这种人，感觉可以被他气死。韦嘉易无奈地走过去，俯身推推他，叫他的名字。

赵竞睁眼，韦嘉易趁他迷迷糊糊，让他给司机打电话，他难得老实地打了，韦嘉易便让他起来，送他下楼。

可能是因为不慎睡着，被韦嘉易捉住马脚送离，赵竞的脸拉得老长。电梯到了底楼，他都不动，韦嘉易拉了拉他。

终于把赵竞塞进车里，韦嘉易看车开走了，才松了口气，回身和门童小弟打了个招呼，回到房间。

赵竞一走，家里空荡很多，韦嘉易走到电视机柜旁边，拿了一幅闭着眼的特写照片，带着回到卧室里，放在床头柜旁。

房间的床很大，窗外也可以看到湖。

韦嘉易关了灯，坐在床边，看了一会儿窗外黑漆漆的湖和远方写字楼的灯，又摸索着拿起赵竞拍的他的照片，摸了摸相框的玻璃。

要怎么远离他，韦嘉易毫无头绪，很少有地被生活而不是工作烦到大声叹气。

幸好身体疲惫，他很快就睡着了。韦嘉易在天空泛白时醒来，看了看手机，发现昨晚赵竞还给他发了消息，第一条是"到家了"，三个字展现出不爽，过了二十分钟，又生气地告诉韦嘉易："睡了。"

韦嘉易坐起来，回他："昨天送你上车之后，我就睡了，现在才看到。"

赵竞大概还在梦中，没回。

到了九点，小驰来接韦嘉易，他们要去工作室换点设备，然后出发去机场。刚坐进车里，韦嘉易接到了赵竞的电话。

赵竞语气很不好："你在家吗？"

韦嘉易一惊，心说赵竞不会卷土重来吧。他小心地回答："刚出发，怎么了？"

"让吴瑞给你送点东西来，他快到了，你不在的话让他放前台。"

"什么东西啊？"韦嘉易问他。

"耳机，"赵竞说，"昨天从你包里掉在地上，我检查过了，里面又只剩一个了。"

韦嘉易想着那么小的东西，容易被前台弄丢，便说"我没走远，我回去拿一下吧"，让司机掉头。

回到公寓楼下，恰好看到吴秘书从车里出来，韦嘉易很不好意思地走过去，本以为是一个提袋，没想到吴秘书打开副驾，副驾上放着满满一箱。

韦嘉易有点傻眼，对吴秘书说了谢谢，婉拒了他的帮忙，自己搬上了工作室的车的后备厢。他拿了一个，坐回位子上，拆开看，小驰凑过来，看起来想问又不敢问。

耳机就是韦嘉易用的那款，他翻过来看，居然也刻了字，他的名字缩写，数字还是 5。他就给赵竞拍了照片，说自己拿到了，谢了一通，赵竞都不回。

韦嘉易接着说"昨天对不起，我洗澡太久害你睡着了"，又问他："请问为什么耳机刻字还是刻 5 啊？"

赵竞继续晾了韦嘉易一会儿，看韦嘉易没再发，才终于被安抚好，纡尊降贵地打字，回复了韦嘉易的疑问："当然是都刻 5，就等于你没丢。"

第十一章 拄拐杖的圣诞老人

　　事后赵竞虽然生气，但考虑过原因后，认为韦嘉易不愿承认对朋友的依赖，其实也是因为曾经失败地遇见了一个不真诚的朋友，一段不好的友谊。

　　迟钝成了韦嘉易的自保方式，这就变得易于理解。

　　虽然赵竞本身没有做过任何错误的选择，但是他只需简单地回忆身边的案例，便能举一反三，设想若自己学生时代哪门考试拿了B，或者投资某项产业没能盈利，他也会把这学科、产业从生命中永久剔除，当作生命中没出现过这些东西——当然，赵竞不可能拿B或亏蚀，但道理是这个道理。

　　韦嘉易对赵竞好是事实，否则对赵竞的态度不可能会如此百依百顺。他明明自己有房贷要还，走到哪儿却都记着给赵竞买礼物，一个不够要买两个，将赵竞的作品摆在家中最显眼的位置，对赵竞倾诉他的家庭隐私，而且早晨已经出发去工作了，还要回头去拿赵竞送他的耳机。

　　他不敢言，归根结底，责任在于几年前刚回国的时候，贴上去跟他合租的心怀鬼胎的歹人。韦嘉易当时容易接近，上当受骗，最终出现了心理问题。

　　韦嘉易是受害者，如果因为创伤产生应激，需要慢慢来，赵竞想过了，他完全可以像海啸第二天的晚上，韦嘉易对他那样，那么有耐心。有必要的话，为了让韦嘉易更放心地与他做朋友，同时也是为了报答韦嘉易在海岛上的救命之恩，赵竞甚至可以考虑和韦嘉易签订合作互助协议。

　　赵竞在交友这方面经验确实不足，为了做得更好，他在百忙之中，再次约了心理治疗师，简述自己和韦嘉易现在的情况，打算听听治疗师的看法。

治疗师听完他的叙述之后，面露难色，想了很久，最后给出了一些具体的建议，大概的意思是对受过伤害的人，应该在相处时更克制，不逼迫对方，为对方着想。赵竞大概地记了记。

　　韦嘉易再次离开的第三天，因为临时加工作，行程再做更改，他取消了一次回来的计划，把自己接下来一个月的新行程表全截图给赵竞看了，说："好像要十二月中旬才能回来了。"还带了个哭脸。

　　自从把赵竞晾在沙发上害得他睡着，还强行把他送走后，韦嘉易应该也意识到自己对赵竞不够好，于心有愧，虽说工作还是忙，但和赵竞的联系已经比上一周多很多。晨起说早安，晚上十点赵竞告诉他自己要睡了，他马上祝赵竞做个好梦，总体来说还是贴心的。

　　他发来的截图一共四张，密密麻麻的行程，上面无数的活动名、人名，没有一条关于赵竞。

　　赵竞翻完了，脑子里过了一遍治疗师说的"耐心""忍让""等待"，过完了内心还是上火，打字问韦嘉易："你的房贷到底还差多少？"

　　韦嘉易过了一会儿才回："今天在媒体餐会的时候看到了你们公司的广告。"还附了一张照片。

　　"转移话题？"赵竞问他。

　　过了一会儿，韦嘉易又发了一张哭脸过来。

　　赵竞看他表现得非常可怜，决定不逼迫他，为他着想，便把他的行程表直接转发给了母亲，给她打了电话，问："我刚才发给你的行程表里，有没有邀请你参加的？"

　　母亲应该是在忙，先和人说了两句，才走到安静的地方，问他："这是什么？"

　　"韦嘉易的行程表。"

　　母亲静了静，说："我看看。"过了一小会儿，她问了问秘书，告诉赵竞："邀请是有几个，都回绝了……除了十二月十日这场品牌主办的私人晚宴，你是什么意思，要我带你一起？"

　　赵竞"嗯"了一声，她忽而说："你自己不是也可以想办法去吗？"

　　赵竞回答："效率低。"

　　"赵竞，"她又说，"你都找我了，我能问吗？"

　　"问什么？"

"不是不能带你去，你们到底怎么回事？你到底有没有搞清楚？"

赵竞觉得她好像很怀疑自己，立刻告诉她："马上就清楚了。"

韦嘉易很快就适应了原有工作与生活的节奏。从工作室离开后，他又连去三座城市，卡上余额增长，他捐了一小部分给布德鲁斯岛，想到骗赵竞他正在为了还房贷而疯狂工作，多少有点心虚。

收到赵竞的消息，韦嘉易常常会在心里默念，放任自流是可耻的，人要懂得拒绝。然而他最后还是回复，甚至在早上主动问好。一开始韦嘉易会想，这绝对是最后一次，后来就不想了，面对自我时变得厚颜无耻：反正没有见面，回几条消息、打几个电话怎么了？说不定慢慢就不发了。

忙碌中，经纪人告诉韦嘉易，潘奕斐的经纪人真的找了过来，他按照韦嘉易的要求拒绝了，对方很不满。韦嘉易发现自己现在听到这个名字已经没有任何感觉了。

十二月的第十天，街头已经满是圣诞气息，四处放着颂歌，什么小店门口都要摆上槲寄生和圣诞树。

韦嘉易要为他的客户拍摄一场她参与的重要私人晚宴。在场也有不少摄影师和媒体的朋友，早晨韦嘉易和朋友们一起吃了早餐，到现场勘景。

奇怪的是，大半个上午过去，赵竞都没给他发消息。

韦嘉易不是很适应，他想是不是又十天不见面之后，赵竞的热情劲终于有点过去了。

如果是这样，以后就不会再有人在韦嘉易家的沙发上睡着、把韦嘉易家里弄得很挤之类的，也不会有人莫名来找韦嘉易生气。

应该是好事吧，韦嘉易本来就是一个人，两人认识的时间不长，赵竞从他的生活中消失，连不习惯都说不上，但也感受不到任何庆幸。

韦嘉易知道自己情绪不是很正常，但至少是理智的，决定忍一忍，反正只是一时的，最终都会过去。

熟人在一起工作，不免有许多话聊。

见安保人员拿着金属探测器四处查探，有个摄影师提起："这次安保怎么好像升级了？"另一个摄影师忽然说："今天有李瑛。"

李瑛是赵竞的母亲，韦嘉易抬头看了他一眼。

提安保的摄影师挑挑眉，"她当董事长之后不是很少出席这些晚宴了吗？"而后看向韦嘉易，"嘉易是不是帮她拍过她的慈善基金会晚宴的照片？"

"嗯，"韦嘉易笑笑，"那个安保更严格。"对方也笑了："那肯定啊，一屋子全是超级富豪，不严格不是出爆炸新闻了？"

他们没再继续聊李女士的话题，韦嘉易也回过神，勘完景便回到酒店，给客户拍行前照去了。韦嘉易举着相机，一刻都没闲下，整个下午滴水未进，跟着她入场，继续拍摄互动，直到她终于入座，台上开始表演，他才稍稍松懈了一些，让助理摄影盯着，自己走到工作人员的休息餐区，想拿点东西吃。

现场摆了一棵白色的圣诞树，上面挂着礼物和圣诞老人，休息餐区就在圣诞树后面。

韦嘉易背着很重的相机包，拿了份轻食吃了几口，因为饿过头，胃口不是很好，便放下了。他看了一眼圣诞树，发现树上挂着的圣诞老人各个形象不一。

圣诞老人肤色不同，男女各异，有黑皮肤卷头发的小孩，有海盗装扮的独眼女性，唯有红色的圣诞老人装和手里的礼物，代表了他们的职业。

韦嘉易走过去，看了一下，发现一个瘸腿的，挂着拐杖，恰好是个男性，还比别的圣诞老人大一圈，他忍不住拿出手机，拍了一张。

下午赵竞又拍了拍他，也不知道是一种习惯还是真的想和他聊天。韦嘉易有点犹豫，想了几秒，把圣诞老人发给了赵竞。

赵竞马上回复他："什么意思？"

"不要误会，我只是觉得挺特别的，很可爱。这里什么类型的圣诞老人都有。"韦嘉易虽然很累，但发现自己收到赵竞的消息时，还是有点开心的。而且今天根本用不上，他也把赵竞送的耳机放在相机包里。

"你太久没见我，我已经不瘸了。"赵竞说。

是很久不见，韦嘉易不知道回什么。

好在赵竞又发了一条过来："是不是很好奇我现在什么样？"虽然没有声音，但一看便非常符合他的自信。反正也见不到面，韦嘉易回他："嗯，一定更帅气了。"

发过去之后，赵竞忽然给他打来了电话，韦嘉易接了，赵竞问他："韦嘉易，你愿意付出什么来看到我自己站立的样子？"

他的声音很严肃，说出来的话却分外好笑，韦嘉易忍了忍，问："有没有什么付出的选项？"

"一、你的感动；"赵竞说，"二、你的感恩；三、你的假期。"

韦嘉易本来在笑，忽然觉得前面的两个媒体工作人员在看他身后，不知怎么，韦嘉易抓着电话回过头去，看到赵竞站在墙边，隔着十多米，看着他。

赵竞没有挂拐杖，穿了非常正式的西装，右手拿着手机，贴在耳畔，头顶几乎比墙上的画作还高。

见他转过头来，赵竞也没有挂电话，好像很得意，又对电话说，又面对面问韦嘉易："怎么样，选哪个？"

韦嘉易好像不会说话了，如芒在背，明知不理智、不对，但还是回答他："假期吧。"

休息餐区有不少媒体人员，韦嘉易不能让赵竞继续被注意，便挂掉电话，绕到圣诞树后面，想把他带去休息餐区的视线盲区。

见要换地方，赵竞突然说"等一下"，而后伸手够了一下，韦嘉易看到他从墙后面掏出一根拐杖。

韦嘉易不由得愣了愣。赵竞大概自己心里十分在意，立刻出声解释："医生逼我再用几天，我妈非要我带着。我走路完全没问题了。过两个月跑马拉松不在话下。"

"……还是遵医嘱吧，恢复是很重要的。"韦嘉易说着，想再走几步，见赵竞为了强调情况，站着一动不动，只好拉了他一把，把他拉离休息餐区。

两人躲到树后，赵竞低头看，淡淡地问："拉着我干什么？"

韦嘉易赶紧松开，不清晰的神志也变清晰了，说："那边人太多了。"又问："你特地过来找我的吗？"

"不然呢？"赵竞好像已经不大乐意，听到他的问话，更是不高兴，反问，"我来预订几条镶钻的高定长裙？"

"我不过来，难道等你找我？上次见面一个小时，一走就是十天，"赵竞怨气相当大，说着就停不下来，冷冷地训斥，"韦嘉易，你是工作狂？"

韦嘉易挨了半天训，也不清楚赵竞哪儿来的这么理直气壮的情绪，但是先把歉道上："对不起，今年年底太忙了，我下半个月会有两天是休息的，我去找你吧，好吗？"

刚看赵竞还想凶他，韦嘉易的手机振了。韦嘉易松了口气，拿出来看，是客户的助理找他，给赵竞看了一眼，说："客户。"而后才接。

台上表演结束了，客户十分钟后要准备合影。

韦嘉易挂了电话，告诉赵竞，赵竞不冷不热地说："你去工作吧。"赵竞抓着他的拐杖，头也不回地往他母亲的那条长桌走了过去，快走到的时候，韦嘉易看到他开始用拐杖点地，非常敷衍地点了几下，回到他母亲的旁边。

韦嘉易又想，不知道赵竞是怎么和他母亲说的，会不会提到自己，感到一阵头大，不过工作在即，便先不想了，往客户的助理的方向走去。

结束了拍摄，韦嘉易把图片交给处理师，两人和客户的团队做了初筛，修完图交付后，已经将近十点，晚宴也落幕了。

工人们清理着场地，将杯碟摞在一起，台上的鲜花装饰很快就被拆了一大半，龙门架裸露出来。奢靡与财富的气息散尽，留下的人都是工作的。

韦嘉易拿出手机，看见一个小时前，赵竞给他发："我走了。"过了一会儿他又拍了拍韦嘉易，说："住在品牌安排的酒店，就在隔壁。"

四周也有几个交好的同行，差不多也处理完照片，吆喝着要一起去吃夜宵，商量着吃哪一家。韦嘉易没参与讨论，给赵竞发了一条："你睡了吗？"

一名和韦嘉易很熟的摄影师，叫阿良，方才也在餐区。他收完设备，忽然问："嘉易，刚才和你说话的是哪个男明星？特别眼熟，就是怎么都想不起来。"

"良哥，还有你想不来的男明星？"小驰和他也熟，开玩笑，"我没看见，是不是新人啊？"

"我也纳闷，"阿良皱起了眉头，"外形条件这么好，怎么还没大红大紫？"

"那个是赵竞，"韦嘉易硬着头皮说，"普长科技的 CEO，李女士的儿子。"

"噢！"阿良恍然大悟，又看向韦嘉易。

在他开口问之前，韦嘉易先解释："我之前在布德鲁斯岛当志愿者，帮他拍过照片，不过最后没用。"

阿良像彻底想起来了："我知道了，当时他们 CFO 是不是醉酒闹事？普长科技发了条赈灾新闻，说什么总裁当志愿者，我还想这公关不错，不过之后又没后续了。"

"人家巨富之子，娇生惯养，哪受得了那环境，又不是我们这种干惯体力活的，"旁边一个灯光师也加入了话题，"我看到嘉易转发的照片了，说实话，让我去，我可能都坚持不下来。"

"他是待了两周的，"韦嘉易说，"公关没发稿子。"

阿良有些惊讶："真的假的？"

韦嘉易"嗯"了一声，灯光师没听见，接着模仿了那个醉酒闹事的CFO，几人乐作一团，韦嘉易低头看了一眼手机，赵竞回他："没睡。"

"走了，吃夜宵去。"阿良背好包，叫了韦嘉易一声。

韦嘉易对阿良笑笑："我还有事没忙完，你们带小驰去吃点吧，很久不见了，这次我买单。"韦嘉易给小驰塞了张卡，等他们离开，才背了包，慢慢地离开宴会厅，沿着连廊走了一会儿，走到了酒店的客房部，站在电梯前，给赵竞打了个电话。赵竞下一秒就接了，韦嘉易问他："赵竞，你住在几楼？"

"十九，你到底什么时候收工？"赵竞语气不算很好。

韦嘉易本想说自己没房卡，上不了楼，恰好一个酒店的工作人员也走过来，看见韦嘉易的工作牌，以为他也参加晚宴，需要住店，便替他刷了卡，问他："先生，您住几楼？"

韦嘉易说："十九楼，谢谢。"

赵竞那头便安静了，电梯向上，过了几秒，赵竞对他说："我在1902。"

韦嘉易说"好的"，没再说话，也没有挂电话。工作人员在十楼离开，又等了一小会儿，韦嘉易到了十九楼，沿着走廊，很快就站到了1902的门口。

赵竞说自己没睡，其实门口请勿打扰的牌子都已经亮起来了。

韦嘉易敲了敲门，没多久，门被拉开了一条缝。赵竞居然还上了锁，透过缝确认了是韦嘉易，才重新关门把锁拿开，然后再打开。

韦嘉易难免被赵竞的安全意识所震惊，挂了电话。

赵竞穿着柔软的米灰色浴袍，一副准备入睡的装扮，把门拉大，看起来又高兴又不高兴的，对韦嘉易说："收工这么晚。"

韦嘉易说："对不起，让你久等了。"

赵竟冷哼了一声，走进去。

房间很大，卧室外有起居的会客空间，放着欧式的沙发，茶几上还摆着品牌的礼物，赵竟都没动过。

拐杖丢在一旁，靠墙放着。

他在沙发上坐下了，看着韦嘉易，矜持地开口，第一句就是："不是一会儿还要去赶飞机吗？这么晚非来找我，有什么一定要今天说的？"

仿佛他自己追到韦嘉易的拍摄现场，不过是他顺路，而韦嘉易来找他，就是韦嘉易对他重视非常——而且明明是他自己告诉韦嘉易他住在哪儿的。

韦嘉易本来是来看看赵竟有没有不高兴的，没想太多，一听他说话，头又痛了。

不过他没像上次见面那样无所适从，只是觉得有点好笑。韦嘉易靠近赵竟少许，没有坐下，微微俯身，把手机里的行程表给他看："我来找你审核我的假期安排，我十二月十六日回去，十二月十七日可以休息，请问有没有机会见你？"

赵竟没听到想听的，明显不是很满意，但没表现出来，拿过韦嘉易的手机，看了几眼，说："我让秘书排排看吧。"

然后赵竟把韦嘉易的手机还他，抬眼看："应该有机会。"

赵竟一抬眼，稍稍往后靠了靠，又开始践行他那套保持社交距离的标准。韦嘉易觉得赵竟有时候道德观非常非黑即白，表现得这么明显。

韦嘉易不是什么好人，因为赵竟的行为有点傻，他自己也没有太过脑，所以他故意问赵竟："怎么了，背不舒服吗？"

赵竟的面色变得难以形容，被韦嘉易逼得又往后靠了一点，赵竟其实很天真。韦嘉易又清醒了，直起身，看了看手表，坐到另一个沙发上，问他："你是不是要休息了？"

"没有，"赵竟看着韦嘉易，又不设防地嘴硬，"这才几点？"

然后他又说："今天晚宴我见了设计师，让他帮我把你送的平安佛做成挂坠，这样方便携带。他会给我几个方案，到时你选一个吧。"

赵竟的眼神坦坦荡荡。韦嘉易愣了愣。他从来没碰到过这种人，实际上比悬崖都危险，看上去却分外安全。

一瞬间，韦嘉易觉得一切还不如回到海啸之前。

那时只要躲着赵竞走就行，虽然赵竞不给他好脸色看，但从未阻碍过韦嘉易的事业发展。毕竟，赵竞的母亲找韦嘉易拍照，他知晓也没有做过任何反对。

一瞬间他又觉得自己在欺负一个不通世事的社交白痴。如果不欺负白痴，就会被白痴欺负。他想要自保，想回归正常的生活，否则迟早会倒霉。

"可是真的不行吗？"韦嘉易心里有这样一个小人在问，"真的不能试一试吗？"

理智的小人说不行，会死无葬身之地。第一个小人又说如果只是试一试，再多多控制风险不行吗？

韦嘉易就这样被第一个小人说动了，心摇摇摆摆，不过知道不能马上做决定，只是将其列入选项之一。

赵竞完全不知道韦嘉易心里的想法，又开始回顾自己最近的摄影学习成果，问韦嘉易，如果他十二月十七日全天都有空，除了参观私人博物馆，还能做什么。

说着说着，他自己好像确实有点困了，声音变低了。

韦嘉易叫他的名字，赵竞"嗯"了一声，看着韦嘉易，突然注意到韦嘉易依然背着相机包，而且又站起来。他变得精神了一点，表情也不好看了："你要走了？"

"没有，"韦嘉易把相机包摘下来，放在桌子上，说，"我看你很困了，就不要硬撑了，你去卧室睡吧，我在这儿处理一下工作，等你睡着了我再走。"

赵竞没说话，韦嘉易拽了一下他，把他拽起来了。

卧室的夜灯已经开了，灯光暗而柔和，韦嘉易让他坐在床上，说："你睡着之前我不会走的，你睡吧，好吗？"

赵竞困的时候很好说话，也没再犟，说："哦。"

韦嘉易看他准备躺下，便把卧室的移门拉起来了，坐着整理了一会儿照片，小驰给他发消息，说他们吃完了，问韦嘉易："嘉易哥，你在哪儿？我几点来带你去机场？"

韦嘉易想了想，说："你来酒店大门口带我吧。"

而后他关了起居空间的灯，悄悄拉开门，走到赵竞床边，赵竞的呼吸已经很均匀了。他的躺姿很老实，不过因为高大，占了很大一块床。

只有床下的夜灯是亮的，光源很少。赵竞闭着眼睛，因为轮廓很深，所以即使在这样暗的地方，韦嘉易也可以看到他眉骨与鼻梁的起伏、看起来很倔强的嘴唇的形状。

韦嘉易轻手轻脚地出去，背上包下了楼。

小驰还没到，韦嘉易站在大门口等了一会儿，四周变得特别安静，植被和喷泉景观都是黑黑的一团，空气里残留了少许鲜花的气味，但今晚的觥筹交错和珠光宝气，在深夜里已经没有痕迹了。

韦嘉易很习惯这光景，抱着手臂发呆。几年来，他经常是留到最后的人之一，他只是路过这些名利场，实际与它们并没有太多联系。他内心也不想靠得太近。

等了没多久，小驰到了，他坐上车去机场，航程六个小时，正好可以睡一觉。睡醒了再想到底该怎么办，或者工作结束再想，下次见面再想。反正船到桥头自然直，韦嘉易是这么计划的。

直到他系好安全带，拿出手机。

他本来只是随便看一眼，没想到看到了三分钟前，赵竞给他发的消息。

"你舍不得走就说。"赵竞说，"开门关门动静大成这样，是头猪都被你吵醒了。"

今夜在昏暗安静的酒店房间，韦嘉易没出声，但已经对赵竞表达清楚。

赵竞本来就没睡着。困意在躺下后很快消失了，是因为越想越觉得韦嘉易坐在外面像在给他守灵。

既无法入睡，又不想起来让韦嘉易先去机场，他十分少见地陷入了难以决定的困境。矛盾之际，卧室的门被推开了。

韦嘉易蹑手蹑脚，控制着呼吸，一副偷偷摸摸的样子，赵竞则是一如既往地沉着冷静。

他推测韦嘉易是进来确认自己是否睡着的，准备在韦嘉易离开的时候，把他逮个正着，斥责几句他的缺乏耐心，便闭好眼，躺着没动。

不过事实和赵竞想的不一样。

韦嘉易不是来看一眼就走，他坐了很久。没多久后，他闻到了韦嘉易身上的香水味。

韦嘉易没换过香水，大学起一直是这瓶，虽然在海岛时没用，现在也喷得不浓，但是混着酒味、烟草味，很刺鼻，不免让赵竞印象深刻。现在淡淡地混进韦嘉易穿的皮衣的皮革香。

赵竞不知道韦嘉易想做些什么，只是好像突然不知该怎么睁眼或移动了，就安静地呼吸着。

赵竞平时并不是这样的人，他很少考虑其他人的想法，但今夜他学会改变了。赵竞不想打断韦嘉易，等韦嘉易离开之后，他才开了灯坐起来。

赵竞坐了一会儿，心情是满意的，通过短信，使用温和而轻松的语言通知韦嘉易，自己已经明白了。

发完消息之后，赵竞坚持等了十分钟，没等到回复，拍了拍韦嘉易。

和韦嘉易的聊天界面终于显示了"正在输入"，显然他刚才也不是没看到，就是纯不回。过了一会儿，消息发过来，韦嘉易说："原来你没睡着啊。"

"当然。"赵竞打字，心中有一种隐约的得意。

不过韦嘉易走了二十分钟，到十二月十六日还得等六天，等待的过程实在有点不耐烦，赵竞心念一动，又给韦嘉易发："我们以后多打视频。"

过了一分钟，韦嘉易给他打了电话过来。

赵竞接起，韦嘉易在那头很沉默。

"怎么？"赵竞问他。

韦嘉易说："赵竞。"

他的声音听起来欲言又止，司机在背景中说："先生，我们快到机场了，请检查好你们的证件。"

赵竞耐心地等了他十几秒，韦嘉易开口，说："如果想让你当这件事没有发生过，是不是不太可能？"

"什么意思？"赵竞没懂，不过听韦嘉易的语气仿佛有点艰涩，又很逃避，他便问，"为什么？"

韦嘉易说"等一等"，大概下了车，而后对他的助理小驰说"等我一下，我打个电话"，走了一小段路，到了个安静的地方，又叫了赵竞一声。

"……赵竞，刚才的事，能不能不算啊？"韦嘉易像已经没办法了，语气分外生动，带着一丝祈求。

赵竞倒不知道韦嘉易如此不服输，有点兴趣，和他探讨："你想重新敲门吗？其实让我来评价的话，也不是你的动静太大，而是我的听觉异于常人地灵敏。"

韦嘉易安静了，过了片刻，深呼吸了一下："不是这个意思。"

赵竞感受到他很苦恼，他也确实安静了一小会儿。

韦嘉易打电话的地方，应该还在室外，在风里。风声有点大，呼呼地吹在手机的收音筒上，出现很多杂音，赵竞听了片刻，觉得韦嘉易穿那么少会冷，开口说："你去能躲风的地方说吧，或者进航站楼再给我打电话。"

韦嘉易说："没事。"

"我就在这儿说完吧，不然被小驰听到了，"他声音轻但是很稳定，"赵竞，你知道我是想和你做朋友的。"

赵竞马上"嗯"了一声。

他不知道为什么，停了一下，继续说："不过我一直在忙工作，以前的朋友是什么样的人你也知道，而且你和别人很不一样。"

"哪儿不一样？"赵竞觉得他话里有话，敏感地问。

"不是坏得不一样。你什么都有，有的东西又都太好了，我熟悉的人里没有谁是你这样的，"韦嘉易说，"我也不想和你绕什么圈子，你要是愿意的话……在交朋友这件事上，我们可不可以慢慢来？"

他的语气冷静、执着真实。赵竞清楚地知道他没有说一句假话，不是用场面话在搪塞。赵竞感到他鼓起了很大的勇气，而且在隐约中意识到，韦嘉易说这些话要付出的决心是他本不需要付出的，所以哪怕赵竞不懂，也没有问为什么。

"慢慢来的意思是很慢，"韦嘉易又低声说，"慢慢试试看，我也不希望所有人都知道我们的关系还不错……我知道我的顾虑很多，你觉得这样会令人生气的话就算了。"

韦嘉易说的"很慢"特别抽象，如果在平时赵竞会盘根问底，让他给出一个具体定义。风还在吹，赵竞希望韦嘉易快进航站楼，因为天气挺冷的，同时自己也好像有一部分自然地成长了，也自然地妥协。他对韦嘉易说："你想的话，行。"

挂下电话之后，赵竞睡着了。

醒过来已经是八点半，赵竞翻身拿起手机，发现一个小时前韦嘉易主动给他发了消息，说自己落地了，工作的地方比布德鲁斯岛还热。

赵竞看着消息，实际还是在意韦嘉易所说的那种"慢慢来"，听着鬼鬼祟祟的，什么试试看，全然不符合赵竞坦荡的人生观和光明磊落的性格。赵竞一想到就感觉很不满意。

然而韦嘉易根本没给他一点选择的余地，除了这个只有"算了"，赵竞别无他法，一忍再忍，最后忍住了，回复的时候一句都没有抱怨。

韦嘉易在飞机上没睡好，不是做了很多梦，是睡得很浅，稍稍一颠簸就感觉眼前出现一张赵竞得意扬扬的脸。

因为两地有时差，韦嘉易抵达时，还是当地早上四点。飞机没停在廊桥，热带地区气温骤升，韦嘉易还没走下舷梯，已经把外套脱了。

他给赵竞发了条消息，前往客户安排的酒店入住，潦草地补了两个多小时的觉，起床吃早饭，喝了一大杯咖啡，和客户、另两名摄影师助理在楼下见面，一道前往秀场后台。

在路上，韦嘉易想起来，看了一眼手机，发现赵竞已经醒了，赵竞回复他："昨天梦到你又在我睡着的时候进我房间。"

韦嘉易眼前一黑，放下手机，不想面对，对自己昨晚的行为只有一万种后悔，觉得一辈子都要听到赵竞一直提起这件事了——如果以后没有老死不相往来的话。

冲动行事是要付出代价的。

韦嘉易无声地叹了气，回赵竞："早安，睡得好吗？"

"还行。"赵竞发了张照片过来。

他在私人飞机上，面前开着的电脑连着视频会议。赵竞自己不开摄像头，公然偷拍，还和韦嘉易聊天："已经在回家的路上。昨天为了排出时间，在飞机上连开三个会，今天回去我至少还会忙到晚上八点。"

韦嘉易看赵竞发来的长句，感受到他很需要肯定，便想了想，回复："辛苦了，谢谢你这么忙还来找我。昨天看到你，感觉你也累瘦了。"

"还好，这是我的工作常态。"赵竞连番打字回复，每条都长长一串，"我体重没变，可能是复健之后长回了肌肉，肌肉的密度比脂肪的高。"韦嘉易都怀疑他没有在认真开会。

这时候，工作的地点到了。

车门一开，热气涌上来，韦嘉易迅速地给赵竞发："得开始工作了，结束就来找你。"而后下了车，看到不远处站着潘奕斐的助理。

几年前，就是这个助理收拾了潘奕斐留在出租屋的垃圾，后来又经常来找韦嘉易，送些时令的食物，所以韦嘉易和他的联系比和潘奕斐还要多些。

韦嘉易没仔细看这场的嘉宾，有些不好的预感，又觉得有点烦，心想是不是得和赵竞说一声，否则他对韦嘉易的行程堪称倒背如流，又很聪明，万一在新闻上看到，才发现两人去了同一个秀场，肯定会生气。

犹豫时，手中的手机振了振，他低头看了一眼。

赵竞说"好吧"，又发来一条，说："韦嘉易，晚上我和你视频。"

第十二章 🦋 旧人相见

　　秀场布置在城市边缘的一个广阔的广场之中，下车后，韦嘉易匆忙经过不断播放的音乐与攒动的人头，一刻都无法思考与他自己的生活有关的事。

　　从到场一直工作到下午三点，时装走秀结束后，韦嘉易陪着客户往场外走，打算再拍摄一组互动照，天忽然阴沉下来，灰云不知何时聚在远方建筑的楼顶，就在这时他看到了潘奕斐。

　　潘奕斐穿着一身黑色的西装，站在不远处。他和赵竟是完全不同的类型，只比韦嘉易高一两厘米，面容忧愁，五官的每一部分都有些不完美的地方，例如眼尾过于下垂，鼻梁稍粗，形状不够好看，因此以前合租时常常试镜失败，找不到工作。他那时又没背景，有时候煮熟的鸭子都会飞了。

　　韦嘉易本来想躲着点走，否则晚上和某个人视频的时候可能会心虚，但没跨两步，就听到不远处潘奕斐叫了他的名字："嘉易。"

　　潘奕斐还在拍照，韦嘉易回头，他做了个以前常比画的"等等我，一会儿见"的手势，立刻又看向摄影师。

　　可能是因为韦嘉易昨晚刚刚近距离看了赵竟的脸，他忽然在心中感慨，若是别人说潘奕斐不好看，还能说是审美不同导致的夸张说法，但赵竟说潘奕斐长得丑，的确有他的道理在。

　　装傻是韦嘉易的强项，他凝神替客户拍照，努力把她带远了点，拍完就赶紧回酒店处理后期。忙碌的间隙，他看见消息页面潘奕斐给他发的消息，没点开。

　　其他的消息也太多，看不过来，韦嘉易滑了滑，顺手把赵竟置顶了。毕竟要试试的话是他自己说出口的，还是要做出些和以前不一样的样子来。

结束交付之后，时间还早，韦嘉易带着团队的几人简单聚了个餐，回到房间，想联系赵竞，接到了一个意外的电话，来自他的父亲。

韦嘉易和父亲已经很久没有联络了。进入大学之后，父亲给他交了第一年的学费，而后告诉他，能给的支持就到这里。

"你是成年的男子汉了，"父亲说，因为家的大小有限，韦嘉易的卧室改成了弟弟妹妹的书房，"以后尽量独立吧。"意思很明确，是叫他平时不要回去住了。

那时候韦嘉易什么都不懂，只是很听话，就不再回去，住在这座呼吸都要付费的超级大都市，没有了属于自己的房间，生存困难，每天都为开支发愁，平时不是在上课，就是在街头、公园、大桥边，背着柔光板和反光板，给各个客户拍人像照。后来韦嘉易毕业，工作赚了些钱，有段时间父亲来找他，说生意不好做，拖欠了银行贷款，问韦嘉易能不能帮帮忙，韦嘉易把当时攒下的钱都打给他，又多租了两年房才买房，再之后就几乎没有往来了。

他愣了愣，接起来，父亲在那头静了几秒，说很久不见了，问韦嘉易现在过得怎么样。

韦嘉易说不错，父亲说弟弟妹妹在网上看到他的作品履历，都很骄傲，也很想他，继母也问他，今年过年要不要回去。

"过年啊，应该得工作吧。"韦嘉易说完，好像精神闪回到十一岁，刚和父亲搬去继母家的那段时间。那时韦嘉易胆怯温顺，他们要他做什么，家务整理、修墙、推草坪，他都努力做到最好。虽然那都没用。

"过年前后要是有空也可以来坐坐，"父亲说，"我们搬家了，一会儿我把地址发给你。"最后才说弟弟想做一个摄影项目参加比赛，有些不懂的地方，想让韦嘉易帮忙。

韦嘉易说："你让他发邮件给我，我看看。"

挂了电话，韦嘉易看了看时间，发现赵竞那边已经十一点了，心里有点愧疚，给赵竞发："我忙完了，要视频吗？"

等了几分钟没回，觉得他大概睡了，韦嘉易就先去洗澡了。没想到从浴室出来，看见赵竞给他打过两个视频电话，他赶紧回过去，赵竞一接起，韦嘉易立刻道歉："我刚才去洗澡了。"

赵竞满脸不高兴，穿着睡袍，应该是躺在卧室的床上，灯光昏暗，他盯着韦嘉易，过了几秒才说："不是说今天会早点找我吗？"

韦嘉易没说话，赵竞又说："算了，你有时差。"突然之间安慰起自己来。他拿着手机，坐起身一点，脸在视频里稍稍摇晃，眼睛一直盯着屏幕。

他的眼神透着一种形容不出的奇怪，韦嘉易转移话题，外加推卸责任："我本来要再早十分钟找你的，我爸突然给我打电话了，说搬了家，弟弟妹妹想我了，问我过年要不要回去吃饭。"

赵竞稍稍挑了挑眉，冷冰冰地说："平时不是不联系吗？我看不只过年吃饭。"

他的语言很无情，判断很准确，韦嘉易"嗯"了一声，赵竞问："找你干吗？"

"帮我弟弟看一下参赛项目，"韦嘉易说，"怎么都是把我养大了，帮点小忙是应该的。"

赵竞面无表情，像是不太赞成韦嘉易的说法，好在并没有评价，而是单纯地指出问题："他在你大学时没有继续供养你吧，你的胶卷和软件不都是从教授的工作室里拿的？还要拍人像赚生活费。"

"……"

韦嘉易每次都会被赵竞的相机式记忆和直接弄得失语，他现在已不会觉得被冒犯，只是比较贫乏地解释："他给过一年学费，而且因为我大学时已经成年，就是大人了。"

"哦，是吗？"赵竞不置可否地说，显然对这说法不屑一顾，看着韦嘉易，"看不出来，你挺好欺负的，难怪能免费给李明冕拍照。"

赵竞一聊这些客观的话题，就变得精明，给人很强的压迫感。韦嘉易也不知道该说什么，便说："也还好吧。"突然想起，"不是拿了他一台相机吗？"，而后想到了赵竞从李明冕手里截下相机的画面，便笑了笑。

赵竞看了他一会儿，神情莫名缓和了一些，他刚想说什么，韦嘉易的房门突然被人敲响了。赵竞的眼神立刻变得非常警惕："怎么了？这么晚，是谁？"

韦嘉易本来一惊，见赵竞在那头突然坐直，差点笑了，说："应该是小驰吧，我去看看。"

"你要挂吗？"赵竞理解错了，眉头皱起来，声音也大了，"我还没睡。"

"不挂，你等我一下，"韦嘉易将手机放在床上，浴袍拉整齐些，想起赵竞从前捣乱的累累恶行，重新拿起手机，叮嘱，"但是你不要突然说话，好不好？"

赵竞不情愿地点点头。以防万一，韦嘉易在心里随便道了几个歉，还是偷偷把赵竞那头静音了。

韦嘉易的房间不大，从床经过浴室、玄关，便是房门。他又不是什么富豪，不像赵竞需要保障自己的人身安全，毫无防备地打开，站在外面的是潘奕斐。

潘奕斐换了一身休闲服，看到他，也愣了愣，说："嘉易，你还没睡吧？"

这声音不大不小，韦嘉易床上还放着个在视频的手机，赵竞被他静音了不能说话，但是能听，他吓得想把门甩上，潘奕斐推住了，压低声音，微微着急地说："嘉易，别关门，你不回我消息，我只能来找你了。"

他又往后看："你也不想被拍到吧？我进去说，说完就走。"

韦嘉易不知道赵竞能不能听到他们说话，实在没办法，后退一步，让潘奕斐进来了。

往里走了几步，韦嘉易把潘奕斐拦住了，没让他进里面："你在这儿说吧，找我有什么事？谁给你我的房间号的？"

"嘉易，"潘奕斐避开了他的问题，只是露出了很惯常的恳求神色，对韦嘉易说，"我知道我这几年对你有很多忽视，我先和你道歉，你消消气。"

韦嘉易以前觉得潘奕斐是很温和专心的人，科班出身，那么努力，那么爱演戏，永远演不到想演的角色，和自己一样有点倒霉。但是现在只觉得他很烦，说的话全没用，韦嘉易后退了一步，防备地看着他："你如果有事，能不能直接说？"

几乎也想不起当时为什么愿意答应他给李明冕拍婚前照片了，其实应该拒绝的。但是如果拒绝，可能不会再碰见赵竞。不知道是好是坏。

终于意识到韦嘉易完全不想和他叙旧，潘奕斐才说："娴姐说约不上你的时间，你是不愿意再给我拍照了吗？"

"如果约不上，应该就是单纯约不上吧，"韦嘉易勉强地按捺着情绪，装作不知道经纪人的拒绝，疑惑地问，"这事不能电话里说吗？"

"我不想你误会我，"潘奕斐说，"那些通稿我让娴姐删干净了，以后也不会有。你找公关公司花了多少钱，我还给你。"

"不是我付的，"韦嘉易说着，忽然想起赵竞说他好欺负，顺便加了句，"我问问他再告诉你。"

潘奕斐大概也没想到韦嘉易会这样说，顿了顿，说"好"，又说："那你现在还生我的气吗？"

"我没什么好气的。"韦嘉易不明白潘奕斐究竟为什么一直求证他的态度，觉得迷惑，想了想，告诉他，"你要是没做不好的事情，就不需要总是觉得我在气什么，你又不是第一天认识我，我本来就不爱生气。"

潘奕斐看了他一会儿。

韦嘉易实在不喜欢潘奕斐这样，往后退了退，余光可以看到手机屏还亮着，心里更烦了，他维持不住好脸色了，不耐烦地问潘奕斐："没事我要睡了，以后别不通知就突然到别人房间敲门，很没礼貌。"

潘奕斐微微一愣，后退了些，忽然笑了笑，说："韦嘉易，有靠山到底不一样了。"

"你什么意思？"韦嘉易皱起眉头。

"装什么装，你跟我有什么区别？"他低声问，"还不都是攀附别人？"

"你有病吧？"韦嘉易不敢相信自己听到的，从来想不到潘奕斐能说出这样的话来，只刹那间全身发寒，冷得手脚都痛了，仿佛从未认识过眼前这个人。

潘奕斐的眼神越发让韦嘉易恐惧和恶心，他不加掩饰地问："你和谁搭上关系了？"

韦嘉易反应过来，推了他一把，把他推得向后倒，骂他"滚"，潘奕斐又站稳了，笑了笑，说："你以为这些人的热情会长久吗？以后被利用完才知道后悔，不如现在老老实实拍照。"

他朝韦嘉易说完，好像终于将情绪和恶意发泄干净了，欣赏过几秒韦嘉易苍白的脸，后退几步，开门离开了韦嘉易的房间。

韦嘉易靠着墙呆了几秒，也可能很久，走回床边，没看屏幕就把手机翻了过去，按了好几下锁屏把视频挂了。挂完之后，手机立刻振了起来，他本来不想接，但一直振，最后还是接了，听到赵竟那里叫他的名字，叫了好几次，大概说："我现在在去机场的路上，很快来陪你。"

"我还要工作。"韦嘉易说。

"我陪你工作，"赵竟好像很急，怕韦嘉易拒绝，还说，"偷偷来不让别人知道总行吧？"韦嘉易不说话，他又说："明天早上我就到了，等你工作完我再带你回去。"

关于愤怒与情绪管理，父母这样教导赵竞：有能力达成不代表可以随性地做，正因能够轻易制造无法逆转的伤害，所以更应慎重行事。

根据家庭教育的行为准则，赵竞一贯将个人的喜恶与实际的行动分开，尽量不做针对个体的损害。

去机场的路上，赵竞让秘书代表他打了几个电话，对方听上去有些惊讶，立即着手去办。上飞机后，他先是睡着了，脑中出现韦嘉易的声音，就又睁开了眼睛。

昨晚视频，韦嘉易把手机放在床上，去开门。一听到对话声，赵竞便已经猜到是谁。

为了维护自己言而有信的形象，他一忍再忍，没发出声音。等发觉不对劲，他开口叫韦嘉易的名字，韦嘉易和对方全然没有反应，他才意识到自己可能被韦嘉易静音了。他没有时间对韦嘉易的做法产生不悦，只是为潘奕斐极端无耻的说辞感到震惊。

屏幕中只有韦嘉易房间的天花板，四周有白色被子的晕影，赵竞得把声音开到最大，才能听清两人的谈话，一场单纯的恶意侮辱，与心理上的压迫施暴。

韦嘉易的声音惊惧而茫然，对话尚未结束，赵竞已经上了车。

车在空荡的公路上行驶，赵竞很少有这么晚还在外面的时候。十一点多的公路比白天时安静，他戴着耳机，听到了韦嘉易房间的关门声。

又等了一段时间，赵竞能看到机场的建筑了，终于有一只手靠近屏幕。韦嘉易抓起手机，将它倒扣在床上，屏幕黑了，没过几秒，视频就挂断了。

赵竞从未产生过这样的情绪。激烈与冷静兼有，与工作无关，但是他明确知道自己接下来十个小时内要做什么，必须去哪个地点。也不仅是简单的愤怒或单纯的心痛。

当在电话中说"因为赵竞和别人不一样，所以想慢慢来"的人遭受伤害时，赵竞很明显地感到，他的原则与道德不再重要。

起初他们一直通着电话，韦嘉易说自己试试睡觉，一直没出声。通话因飞机起飞断了一会儿，赵竟觉得他应该是睡了，不想叫醒他，就没再打回去。

赵竟对韦嘉易的行程表了解得清楚，酒店在半月形的内湾旁边，下午有另一场秀要拍，明天中午离开，因此做安排很方便。落地时是当地凌晨四点，抵达酒店时，天还是灰的，而这城市就像韦嘉易说的，比布德鲁斯岛更热、更干燥。四周高楼林立，灯全亮着，就像没有黑夜。

他给韦嘉易发了个消息，说："醒了告诉我。"

韦嘉易在房间里睁着眼，不是不想睡觉，是实在睡不着。

他不明白究竟是怎么样的时运不济，才会认可过这样一个人。对潘奕斐，韦嘉易没有做错过任何事，知道他不容易，生活或工作时，韦嘉易都从未趁机利用，甚至保持更远的距离，为他忍受那么多攻击，他没有一次站出来维护过自己，现在想起韦嘉易只有茫然和作呕。

直到收到赵竟的消息，韦嘉易才发现自己发了大半个夜晚的呆，天都要亮了。他不知道赵竟是不是落地了，告诉赵竟："我还没有睡。"

想了想，韦嘉易又觉得很内疚，想，早知道再多拒绝几次，不让赵竟过来了。虽然当时惊惧难当，但现在已经恢复了很多，刚才一边发呆一边把潘奕斐的联系方式全部拉黑了，还登上一切社交软件，有序地把和潘奕斐有关的东西通通删光。

赵竟工作那么忙，腿也没好全，根本不必因为一点小事跑那么远。而且韦嘉易也觉得很丢人，当时被发现也就算了，电话里已经说好，慢慢试试看，等十二月十六日回去再见，好巧不巧被撞见和潘奕斐的冲突现场，他情绪崩溃到要让赵竟又再赶过来。

明明两个人之间韦嘉易才应该是更懂得照顾人的那一个，如果情绪价值也无法给赵竟提供的话，那和他做朋友对赵竟来说好像都没什么价值了。

"你到哪儿了？"他又给赵竟发。

消息刚发出去，门铃响了。韦嘉易走过去开了门，赵竟穿着看起来很舒服的运动套装，丝毫看不出坐飞机赶来的风尘仆仆，他身上有韦嘉易熟悉的香味，个子高高地挡住了走廊的灯。

酒店里安静得像只有他们两个人醒着，赵竟垂眸，推推门，责备："怎么还没学会进房间就锁门？"

"对不起，我忘了，下次一定学。"韦嘉易后退了几步，让赵竞进来。

赵竞走进房间，如同走进自己家一样自在，手里抓着拐杖，像拿了把伞，先四下张望一番，不太满意地评价："视频看不出来，这房间怎么这么小？我让秘书重新给你开一间套房。"

他的态度过于坦荡，像一种防低落喷雾，把韦嘉易的内疚都驱走了。韦嘉易只知道赶紧拒绝："不用了，明天就走了。"看到赵竞在窗边的扶手椅上坐下，眼下有点青，很难得没睡够似的，韦嘉易便关心他："你是不是也没睡好啊，要不先睡一会儿吧？"

赵竞显然误解了，抬起头，神情中满是不敢相信："韦嘉易，你现在越来越过分了。我才刚坐下，一秒都没到，你就赶我？"

韦嘉易愣了一下，因为他是想让赵竞在床上睡的，但是赵竞这么一说，他都不知道怎么解释了，如果说实话，显得他做人很没界限，他便走过去好言好语地安抚："不是的，我是担心你困了。"

赵竞看他一眼，冷哼一下，好像被气得不想说话，韦嘉易只好实说："我的床没睡过，本来是想让你睡我这里的。不过你会不会嫌小？"

赵竞立刻变脸，不高兴也消失了，淡淡地道："床倒是差不多大。"赵竞说自己睡觉前要洗澡，非常自如地走进了浴室，关起门，没多久淋浴的水声就响了起来。

韦嘉易和赵竞相处时，总是觉得很好笑和轻松，心情都没有那么糟糕了，因为无聊，他走过去拿起赵竞的拐杖看了看。

拐杖不知是什么金属制成的，坚硬，但很轻，不知道多久没实际地用过了，底部一尘不染。正观察着，水声停了。

韦嘉易放下拐杖。

过了一小会儿，门被推开，赵竞穿着浴袍走出来，伸手把灯关了，屋里变得很暗。他转过头询问："你睡吗？离你工作还有几个小时吧？我看行程上说你今天九点才集合。"

"……嗯，"韦嘉易说，"那我也睡一会儿。"

躺下之后，赵竞很快就不动了。

韦嘉易难以忽视另一个人的存在，更是一点都睡不着，心里疑惑万分，难道赵竞真的睡着了吗？

他疑惑怎么会有这种人，大半夜从家里跑到一个时差四个小时的地方，躺在别人酒店房间的床上睡得这么香。

韦嘉易实在忍不了了，叹了口气，转过身，摈除浮躁和痛苦，也沉沉地睡去。

入睡之后，韦嘉易起初像在下坠，落入一片温暖的水域，温水变成一双巨大的手，包裹住他的面颊，让他不再能听见杂音，所以感到了抚慰，也感到安心。

闹钟响起时，韦嘉易才睡了三个小时，但是由于睡眠的质量很高，竟然也不觉得疲惫。

晨光从窗帘间照进来，韦嘉易看到赵竞皱起眉头，立刻把手机闹钟关了，告诉他，自己要先去工作了。

赵竞睁开眼，看了看他，起先眼神还有点发怔，"嗯"了一声，叫了韦嘉易一声。

"怎么了？"韦嘉易问。

"你睡着之后，我把事情处理完了，"赵竞坐起来，告诉他，"以后你不会再见到他了。"

赵竞的表情很不清晰，不知是不是错觉，韦嘉易觉得他与平时不大一样。

韦嘉易还得去工作，心中有疑问，但是没有细问，迅速地洗漱换好衣服，见赵竞也已经起来，拿着电脑在看公务，便给了他一张门禁卡。

韦嘉易和小驰、助理摄影师在大厅确认了设备，坐车去另一间酒店找客户。

这次的客户合作过几次，彼此十分熟悉，她还在化妆，韦嘉易先拍了几张。客户一直在看手机、回消息，不知有什么事发生，她的表情难掩惊讶，弄得化妆师都问："这是有什么八卦吗？"

客户起初忍着没说，后来没忍住，等其他人去套房外面调光，房里只剩三个人，立刻开口："你们知道吗？潘奕斐本来还要看下午的秀，今天早上突然回国，说是丑闻快压不住了，广告商都在找他解约赔钱。"

"什么丑闻？"化妆师睁大眼睛。

客户撇撇嘴，招手让韦嘉易和化妆师过去看她的手机，韦嘉易看了一眼，长长一大条名目，还有视频、图片和录音，心中一惊。客户又说："好像是直接发给了各大媒体和广告商，他是得罪谁了啊？"

韦嘉易的手机振了振，虽然工作时不应该看手机，他还是拿出来看了一眼，客户没在意，笑着说："嘉易不会也收到八卦视频了吧？"

但消息是来自赵竞的，他的态度十分坦然，文字好像变得有声音，赵竞说："今天我想继续待在你那里。"

第十三章 🌿 我的博物馆

　　韦嘉易给赵竞的回复是"可以啊"，回得是简单的，心情是一整天都没有平静下来的。

　　一面兢兢业业地工作，一面不停地觉得赵竞的大脑思考路径太难揣摩。

　　如果说他们有什么事情要做，今天想继续待一起也就算了，明明什么事都没有，赵竞还非要到韦嘉易这里占一大块位置。韦嘉易倒是无所谓，和他待在一起挺好的，但赵竞明显嫌弃，也没有睡眠质量困扰，那么他想和韦嘉易待一起，意图究竟是什么？

　　韦嘉易想了一天也没想出来。

　　由于赵竞的言行举止过于规矩，韦嘉易在脑子里想一想当时的画面，都觉得有些不好意思了。甚至困惑地想到，难道赵竞说的想跟他建立友情的事其实是真的，或者说他其实是把韦嘉易当成一只相当重要的宠物，只是自己分不清？人应该不至于单纯到这种程度吧？还有一种最坏的可能，赵竞或许有什么难言之隐。

　　直接问赵竞，以赵竞的人际关系知识储备，恐怕说不出什么所以然，韦嘉易想来想去，决定用行动试探一下他的真实反应。韦嘉易下午和几个当地的同行聊天，向他们了解了几间隐秘性较高的餐厅，同行在当地的人际关系不错，说可以帮他临时预订，他便决定晚上带赵竞去吃个饭，小酌几杯。

　　顺利地结束了全天拍摄流程，韦嘉易把照片交给数码员，六点不到便匆匆回了房间，发现赵竞和他的拐杖都不在。

　　不过房里已经摆了不少赵竞的东西。韦嘉易给他发了个消息，问他在哪儿。

他拉开衣柜，看见三套套着防尘罩的衣服整齐地挂在里面。明天中午就要走了，也不知道赵竞今天挂这么多是准备什么时候穿。

不过韦嘉易早已习惯了赵竞的铺张，内心毫无波澜，进浴室快速洗了个澡，擦着头发走出来，房门"嘀"了一声，赵竞推开门走了进来。

他看到韦嘉易不够端正的样子，立刻反手把门关上，还警惕地往后看了一眼，严厉地瞪着韦嘉易："又忘了什么？"

"……对不起。"韦嘉易道了个歉，赶紧躲回浴室吹头发了。

吹干了走出来，他看见赵竞坐在扶手椅上，拿着手机看东西。赵竞右腿屈起，左腿习惯性直放。韦嘉易自己住时，感觉房间并不小，赵竞一出现，的确把这空间变得非常拥挤。

"我刚才在楼上，"赵竞见他出来，便把手机放到一旁，看着他，无端停了几秒，才接着说，"在楼上复健和办公。"然后问韦嘉易，"怎么一回来就洗澡？"

韦嘉易没懂他为什么这么问，告诉他："我找人推荐了几间餐厅，今晚我们一起出去吃饭好吗？你喜欢意大利菜、日本菜，还是中东菜？"

"你想出去？"赵竞看着他，稍稍一怔，像是想了想，才说，"如果是在这儿，我出酒店得带保镖。"

他不是夸大其词，说得简单实际。韦嘉易确实没有想到，也愣住了，过了几秒，对赵竞说："那还是算了吧，我们就在酒店餐厅吃点，也不错的。"他以前来拍摄，也住过这间酒店，吃过这里的餐厅，味道中规中矩，至少不算难吃。

赵竞"嗯"了一声，韦嘉易便打餐厅的电话，订了位置，拿干净的衣服去浴室换上了。

浴室的镜面上，雾气几乎没有了，韦嘉易把头发扎起，镜子照出他的脸。抬起的手臂，手肘弯起，关节微突。白色的 T 恤并不长。

骨骼细长，由于过瘦，身上的阴影很深。一双长眼睛，因为莫名的压力抿得很紧的嘴唇。

韦嘉易不怎么爱照镜子，看了自己几秒，放下手。

韦嘉易走出去，赵竞已经站起来在等他，又像拿玩具一样拿着他的拐杖。他们来到酒店餐厅，坐在一个隐蔽的卡座里，恰好可以看到落日。

太阳的余晖照在桌子上，将白色的餐布染成橙色，切出棱角分明的阴影。窗外楼下的海湾很热闹，停车场上整齐的轿车顶被阳光照射，变成一枚枚光滑的发光银片。

赵竞在韦嘉易对面坐下，垂眸看菜单，和服务生对话。他的肩膀很宽，肌肉明显，将薄软的上衣撑到极致，面部线条锋利，韦嘉易看得差点犯职业病，总觉得只要拿起相机，就能够捕捉到一张像精心策划过的、适用于各种场景的广告相片。

还好赵竞开口了。他合起韦嘉易特地递给他的酒单，泰然地道："喝酒影响恢复，我不喝。要喝你喝。"

韦嘉易对着赵竞那张因为觉得自己遵了医嘱而得意扬扬的纯洁的脸，不知说什么，抬手点了份配酒，还加了几杯服务生推荐的鸡尾酒，只想把自己灌醉。

餐点味道虽然中规中矩，但做得还算精致，两人边吃边聊，聊他们大学时期的城市趣事，还有赵竞回顾的自己的创业经历。说者无意，韦嘉易听笑了好几次，但找不到解释自己笑出来的理由，幸好赵竞也没太计较，皱皱眉头继续说了。

最后上甜点前，赵竞忽然对韦嘉易说："昨天那件事，我先让人查清了他以前电影的投资来源。其中有两个对象现在已经快破产了，所以很好操作。"

"不过在处理上，没打算完全公开，控制在业内传播，"一涉及正事，赵竞的用词变得谨慎了，"尽量不张扬，以免造成反向的麻烦。"

赵竞的缺乏常识和惊人之语，常让韦嘉易想不起他其实生活在一个最现实的世界中。韦嘉易看着他寻常的眼神，点点头，将杯中的马提尼一饮而尽，杯子还没放下，就听到赵竞又开始说："韦嘉易，看不出你这么爱喝酒。"

韦嘉易已经喝了好几杯，酒精上头，心里畅快地想，倒不是爱喝，是一和他说话就想喝几口，不过看着赵竞，说出的话还是有所节制："是吗，那你看出的是什么啊？"

窗外天黑了，餐厅的灯光昏暗，韦嘉易的头晕晕的。赵竞没有马上回答，神色晦暗不明，看了他一会儿，说："你好像喝多了。"

"我没有。"韦嘉易立刻否认。

话音未落，赵竞突然笑了，笑得不是很明显。韦嘉易看得清晰，这是种笑话人的表情，马上问赵竞："你在笑我吗？就喝这么几杯哪里多了？"

赵竞又很淡地笑了笑，没说话，服务生端上了甜品，是柠檬雪葩，韦嘉易吃了，想再喝几口剩下的最后一杯玛格丽塔，展示自己的酒量远不止一套浅浅的配酒和三杯鸡尾酒。不过手刚伸向杯子，杯子便被赵竞按住了。

韦嘉易抬眼望着他。赵竞低声解释："再喝就真的要醉了。"

然后他将酒杯拿远了，放在韦嘉易拿不到的地方，抬手示意买单。

韦嘉易靠着卡座的椅背，恍惚地想了想，发现自己可能真的喝了太多，情绪十分跳跃，靠了一小会儿，赵竞签完了字，站了起来，说"我们回去吧"。

他站在韦嘉易面前，韦嘉易一动不动地坐着，仰着头看他，表情明显是醉了。

韦嘉易看了他一小段时间，终于自己站了起来。两人往餐厅外走，韦嘉易走得摇晃，赵竞就扶他一下。

走进电梯，赵竞看了一眼，韦嘉易头发有些乱。他面颊泛红，平时不太有血色的嘴唇也红润起来，由于皮肤很白，手指和手腕的关节被酒精熏成了潮湿的粉色。

电梯到了，他们往韦嘉易的房间走，韦嘉易晃来晃去，撞了赵竞几下，声音很低地说"对不起"，听起来已经神志不清。

到了房间门口，他还想往前走，赵竞把他拉停了，打开门，韦嘉易乖乖地走了进去。

房里很暗，赵竞锁上了门。他只被人照顾过，没学过怎么照顾人，叫了韦嘉易一声，希望韦嘉易还没完全醉倒。但韦嘉易只是非常听话地转过身，抬头盯着赵竞。

他喝得醉醺醺的，眼睛是一个湖泊，夜间的那种。

赵竞坐在韦嘉易旁边守了一会儿，韦嘉易没有睡着，但是也没有清醒，愣愣地注视着前方。

韦嘉易眼神动了动，终于开口说话，认可了赵竞的判断："好像真的喝醉了，肯定是最近太累了，所以酒量才会变差。"

赵竞不置可否地"嗯"了一声。

"赵竞,"韦嘉易换了个姿势,坐起来一些,忽然看着他坦白,"我本来是想灌你酒的,没想到你不喝,因为我还以为你……"

他没往下说,赵竞问他:"以为我什么?"

韦嘉易转转眼睛,突然抿着嘴,对赵竞笑了笑,说:"不告诉你。"

他看起来笑得很坏,像把伪装出的温顺拆除了,把赵竞泡进烟草和皮革还有酒味里,将温度融在一起。

韦嘉易醒来时,时间还早,才八点。

窗帘拉得很紧,韦嘉易坐在床边,发了一小会儿呆。

他去了浴室洗漱,出来时,赵竞按开了窗帘,房里一片大亮,赵竞盯着韦嘉易。

韦嘉易摆出十分模式化的微笑:"睡得好吗?"

赵竞"嗯"了一声,还是注视韦嘉易,用一种需要韦嘉易做什么事的表情,一动不动地等待着。

韦嘉易和他对视几秒,不知道他到底想干什么,问:"怎么了?"

"早安问候,"赵竞淡淡地说,"电视里都有。"

"……"韦嘉易实在无奈,将笑容维持得更加灿烂,问候,"早上好!"

赵竞才满意地点点头:"早。"

由于有时差,赵竞边吃早饭,边开始工作。

韦嘉易喝着咖啡,想了想,等赵竞通完电话,对他说:"今天你就不要跟着我换地方了,先回家吧,好不好?"不等赵竞问,他解释:"我这几天要去好几个地方,晚上很晚才能结束,都没时间陪你,你带一大堆人跟着我转,我不想你那么累。而且今天已经十二月十三日了,等我回去。"

赵竞并不说话,韦嘉易又问他:"怎么样?好吗?"

赵竞每次被更改决定,都不太愉快,今天也是,半天才不情愿地点头。

终于把赵竞劝走,韦嘉易和团队一起去了机场。

在登机口等了一小段时间,客户来电不断,韦嘉易没有缓冲期便重归忙碌,间或回复了一些朋友的问候。

昨晚到现在，他收到了不少朋友发来的关于潘奕斐的东西，连经纪人都找他聊起这事。韦嘉易看了些聊天记录，发现潘奕斐有两位金主，不过记录里的语气让韦嘉易觉得很熟悉。原来如此龌龊的事，也能被说得这么冠冕堂皇。

一个和韦嘉易认识很久的朋友直言不讳："早觉得他有问题了，跟你合租那会儿就骗着你。以前吃饭的时候别太明显，看你和他关系好，我也不好意思告诉你。"

韦嘉易本来想说"下次记得告诉我"，但觉得不会有下次，便回："那时候很好骗的。"他感到生活变成两块不同的区域，其中一块因为赵竞不在身边，就不那么热闹了，变得空荡。虽然有点快，因为现在对赵竞来说已经是盲目的，但韦嘉易很希望以后自己即便失落，也不要随便说后悔。

赵竞落地后，直奔父母家。

他们即将去欧洲一周，叫他去吃饭，说临行前三人聚聚，顺便检查赵竞的恢复情况。

赵竞本来出了门，打算一直陪韦嘉易工作到回家，已经拒绝他们。但韦嘉易觉得他奔波疲惫，还是好言好语求他回家，他也只好答应了韦嘉易的恳求，重新给父母打了电话，说自己又有空了。

至于身体，赵竞自然恢复得很好，回家特意将拐杖点在地上，让他们宽心。

饭后，母亲有一场大洋彼岸的拍卖行竞拍要参与。

她和代表通着电话，父亲在一旁给她参谋，两人其乐融融。赵竞不甘被忽视，便将母亲的秘书拿着的拍卖册拿来看了看，发现是个酒类专场。恰好韦嘉易是个酒鬼，总爱喝得醉醺醺的，一醉就变得听话，赵竞来了兴趣。

父母正聊竞价策略，赵竞翻到一箱麦卡伦的威士忌，挤到他们旁边，展示："我要这个。"

"你什么时候开始喝酒了？"母亲看了他一眼，狐疑地问。

"韦嘉易喝。"赵竞告诉她，继续低头翻阅别的，又看见一箱葡萄酒，酒箱是著名艺术家设计的，又插嘴，"这箱我也要。"

他抬起头来，见母亲表情微妙，父亲欲言又止，两人都不说话，连他都感觉到气氛不对，问他们："有事？"

母亲摇摇头："要就要吧。"

母亲和赵竞想要的拍品都在前几位，没多久便结束了竞价。赵竞的运气一如既往地好，不费力气地拍到了给韦嘉易的礼物。

挂了电话，母亲忽而对赵竞说："我们聊聊。"

"你要问韦嘉易的事？"赵竞看着她，知道她想问什么，"我现在已经弄清楚了，他说对我很在意，我们现在是好朋友了。"

"是吗？"母亲好像不大买账，问他，"他怎么说的？"

赵竞被她一问，想起了韦嘉易的说法。复述出来有点奇怪，不太坦荡，不过赵竞没有添油加醋："韦嘉易说慢慢来。"

父母对视了一眼，母亲说："我和韦嘉易接触过，也和你父亲聊过这件事。你的交友我们不会干涉，你年纪不小了。但对待朋友要认真，你别强迫别人，也不要一点防范都不做。我们尊重你，不会帮你调查，不过你自己该慎重还是得慎重一点。"

赵竞当然听懂了母亲的意思，不过不想回答，皱了皱眉，直接反驳："什么调查？我和他的友情不容置疑，很快就会签订合作互助协议。"

不是他轻信，是韦嘉易确实没什么好调查的。赵竞面试首席财务官的时候已经在网上尽数搜过，但凡韦嘉易长几个心眼，懂得维护自己，也不至于在舆论上吃这么多亏。

"你是一句话都不听，"母亲看起来相当失语，"他不是说了和你成为朋友要慢慢来吗，到你这儿怎么就签协议了，协议是这么简单就能和人签的吗？你有没有法律意识？再说了，韦嘉易知道这件事吗，是你自己在想吧？"

赵竞确实还没说，但他有原因："时间太赶了，没来得及让他知道。"

"赵竞，"父亲开口说，"你们两个人的身份背景不同。做朋友是一回事，但成为有协议的朋友，如果被人知道，他会付出很多。"

在这点上，赵竞与他们意见不同。他从不是优柔寡断的人，要做的事都立刻做，每次都会做到最好，这次更不可能例外。看着父母无必要的忧心的表情，赵竞非常确信地告诉他们："我和韦嘉易会确定好的。"

母亲摇摇头，不说他了，问他那两箱酒想送到哪里，是这儿还是他自己的房子。

从父母家离开，赵竞看到韦嘉易给他发了消息。

韦嘉易说，现在没有时差了，但是可能要继续工作到赵竞睡着，因为今天有夜景要拍。才分开没多久，赵竞想到父母言语中的不看好，觉得很不爽，找韦嘉易要答案："我们以后会有矛盾吗？"

司机绕过了喷泉池和水池景观，赵竞本来以为韦嘉易会等他睡觉了才回，没想到韦嘉易给他打了电话。

赵竞立刻接起来，韦嘉易在那头小声问他："怎么了，为什么说有矛盾？"背景里有其他人在说话的声音，吆喝指挥，十分嘈杂。

"没，突然想到了。"父母的话不便和韦嘉易说，赵竞只好自己忍着，忍得很憋屈。

韦嘉易过了几秒，说："怎么产生的矛盾呢，什么类型的？"

"有的话怎么办？"赵竞坚持问。

"……有的话我想想办法。"韦嘉易很专注，也很耐心。赵竞的不高兴就这样无影无踪。那头有人叫韦嘉易的名字，韦嘉易压低了声音："赵竞，我得接着工作了。"

赵竞说"行"，他就说了"拜拜"，然后挂了电话。

手机屏黑了，赵竞耳边还像在听韦嘉易的安慰，而轿车终于驶出了锻铁大门。

这种柔和的声音一直陪伴着赵竞，陪他进入良好的睡眠，直到十二月十六日的晚上。

韦嘉易落地后，告诉赵竞他要先和助理去趟工作室，然后再回家，两人便约好，赵竞去韦嘉易家楼下接他。

父母去欧洲了，医生确认赵竞的腿好得差不多了，他想给韦嘉易展示这一点，就没坐司机的车，自己到车库挑了台跑车，便出发了。他本以为会到得比韦嘉易早，没想到来到公寓楼下，韦嘉易又已经微微缩着肩膀，站着在等了。

冷空气新来一波又一波，韦嘉易的衣服从没见加厚，总是爱赶时髦，穿得特别少，贴在腰上的 T 恤，薄而短的外套。也可能是他身材瘦削，看起来便更冷，赵竞每次都想拿上几件厚衣服给他套上。

赵竞在不远处停下，由于车窗是防窥玻璃的，韦嘉易根本没意识到车里是谁。且赵竞后方恰好来了一台加长的轿车，韦嘉易眼神竟然掠过赵竞的跑车，飘到后面，还有些期待地紧紧抱着手臂，往那个方向走。赵竞被他的笨气到，打开车门，下车叫他的名字。

他才回过头来，呆呆地顿了顿，走向赵竞，又笑了一下："今天怎么自己开车了？"

韦嘉易也很为自己的错误感到不好意思，道歉说自己没看清楚。赵竞迅速地消气，替他拉开副驾的车门："腿完全恢复了，有司机在前面碍手碍脚，还不如自己开。"没提起因为这车不是平板车，只要右脚就能开——因为不重要。

赵竞坐回驾驶位，关了门，觉得车内温度骤降，说："下次别在外面等。"

韦嘉易缩在车座里，面孔苍白，看着赵竞，说"站在里面看不清"。

赵竞评价："我就知道很冷。"

"真的吗？"韦嘉易忽然笑了笑，说，"那要不跟我回楼上？我房间里很热的。"

"那怎么行，"赵竞觉得韦嘉易傻里傻气，"我带你去个既大又热的地方。"

韦嘉易期待地看着他，赵竞宣布："我的博物馆。"

初中二年级，韦嘉易的学校组织去天文馆夜宿。父亲没空送他，放学后他留在学校，坐校园大巴前往。路上有点堵车，大巴里学生不多，开开停停，沿途夕阳沉进城市，抵达时已是夜晚。

韦嘉易不知道别人怎么样，反正他的感觉是，除了身边多了个一直在说话的赵竞，跟十四岁的学校活动没什么区别。

坐在疾驰的跑车中，韦嘉易一面和赵竞聊天，一面想他辛辛苦苦在外工作三天，赶回来就被拉去看儿童工程车，真想再喝几杯。

根据地图显示，赵竞家的定位在市区西边的临湖丘陵地带。附近有个景区，韦嘉易以前和朋友去徒步，路过了一两次。那时依稀见到低矮的山丘中，密林间有些白色或灰色建筑，如同现代城堡一般高低错落。但从不知道哪儿有车道可以通入，还和朋友疑惑这是什么地方，看地图不是酒店，难道用来住人吗？

赵竞在一个路口拐弯掉头，驶入一条通往山上的深不见底的柏油路。两旁种着高高密密的行道树，竖着一些警示牌，车灯照上去，韦嘉易看到一块上面写着"私人物产，禁止擅入"，还有"监控摄像已启动"。

不久后，车经过一道门岗，又往前开了长长一段，前方出现一扇高大的锻铁大门。铁门徐徐展开，赵竞继续向里，同时告诉韦嘉易："共有四个分类展馆，科技收藏、运动冒险、艺术藏品、个人成长。你想从哪个看起？艺术藏品馆温度设置得低，今晚你穿得太少，就不去了。从个人成长馆开始最好。"赵竞顿了顿，得意地说："看了你会更了解我。"

"那就从个人成长馆开始好了，"韦嘉易没有反对，看看手表，恰好七点半，问，"你觉得要看多久啊？"

"应该会看很久，"赵竞毫无察觉，还说，"要是看得晚了，可以下次再来看别的。"赵竞自说自话地提前帮韦嘉易定下第二次访馆行程。

韦嘉易头痛地说"好"，看赵竞一副正经且兴致勃勃的样子，想看看他到底有多傻，问："那你今天晚上去哪里？"

赵竞瞥他一眼，微妙的表情重现："又想让我陪你？"

韦嘉易恨不得自己什么都没说过，赵竞已经答应他了："行。"

赵竞轻车熟路，在夜间蜿蜒的车道穿行，如入无人之境。韦嘉易看着车窗外掠过夜晚的草坪、树木和湖泊。

韦嘉易工作时，碰见过一些巨富名流，大多态度和善，待人彬彬有礼，常常礼节性地问问服务人员的名字，虽然一般都记不住。韦嘉易看过他们留下丰厚的小费，瞥见财富的掠影，但不了解具体生活，也没想过了解。

在布德鲁斯岛的时候，赵竞也很铺张。不过当时韦嘉易对他没兴趣，看那些排场都像看戏，只盼他快点离开，不至于在每时每刻都意识到，自己和他有多大差距。而现在韦嘉易已经无法不注意这些细节，心中难免逃避和焦虑，总会猜疑，他是不是永远到不了和赵竞一样的程度。

韦嘉易胡思乱想，终于找到了博物馆之行与夜宿天文馆的另一个差别，路上没有堵车，但长得仿佛没有尽头。

"那栋是住房，"赵竞并不知道韦嘉易在想什么，用下巴指了指远处一栋亮着灯的建筑，简单地介绍，"后面的玻璃房是我父母的室内植物园，还有他们的收藏馆，你的导师的作品放在那儿。"

很快，他们转进另一个区域，来到一栋大约三层楼高的平顶建筑前。建筑四周亮了一些夜灯，门前也有水池景观，如同黑夜中的庞然大物，是一个真正展馆的大小。赵竞将车停在门口，两人下了车。

山里的风更冷，把韦嘉易吹得清醒，他又变得迷失，感觉畏首畏尾，手足无措。

赵竞自然地将车钥匙丢给等在门口的一名年轻人，没给韦嘉易介绍对方的身份。他从年轻人手里接过了一根拐杖，回头看韦嘉易，说："走吧，你看你冻的。"

光线很暗，他离韦嘉易不是很近，韦嘉易看不清他的脸，面前的景象又超出理解，有一瞬间韦嘉易简直觉得陌生，几乎有种做了噩梦、被犯人拐到荒山野岭的荒诞感。

不过下一秒，赵竞拿来一件外套，走过来裹在韦嘉易身上，嘟哝："韦嘉易，你爱打扮也不能穿这么少吧，感冒了怎么办？"然后带着他往博物馆走。

自动门移开，热气冒出，驱走韦嘉易周身的冷气。走廊的感应灯也亮了起来，是一种柔和的、恰好能看清展品的光线。

赵竞说得倒是没错，他的博物馆的确既大又热。韦嘉易走了几步，马上觉得温度太高，把两件外套都脱了，搭在手肘上，上身只剩一件短袖。

赵竞看他一眼，确认温度，不赞成地冷哼了一声。韦嘉易觉得他好笑："怎么了？"

不知道赵竞自己又理解出了什么新的东西，他露出志得意满之色，带着韦嘉易往前走，说："好了，想什么呢？先看馆吧，往这儿走。"

韦嘉易简直百口莫辩，默不作声被他拽过去，第一个厅就是赵竞引以为豪的工程车系列。

一共七台，放置在半米高的圆形展台上，每台都是儿童大小，主色调是黑色、黄色，侧边打着一个汽车品牌的车标。展台还在慢慢转动，旁边有图文解说。

"都是我的驾驶照片，"赵竞为他解说，"六岁。"

韦嘉易凑过去细看，第一张照片，赵竞穿一身白色的儿童运动套装，坐在挖掘机的驾驶位。由于才六岁，所以四肢虽然修长，但都有点肉肉的。六岁的赵竞五官很大，脸很可爱，也有婴儿肥，表情一脸神气，手还比着一个大拇指。

背景里的绿色草坪被挖了很多个坑，看起来惨不忍睹。

大概发现韦嘉易不说话，赵竞开始拷问他："怎么样？"

"又可爱又帅，"韦嘉易看看照片，语言枯竭，看看面前期待地等着下文的赵竞，只能当场胡编，"如果我小时候碰到，肯定会被帅到走不动路。"

赵竞点点头，安慰："现在你碰到了，也不晚。"

韦嘉易又看了几台别的，发现赵竞的许多照片里，都有一只罗威纳犬，有时在地里陪赵竞蹲着，有时和赵竞一起挤在他的工程车座位里。他从未听赵竞提起过，有些好奇，便问："这是你的狗吗？"

"嗯。"赵竞简单地点点头。

韦嘉易觉得赵竞似乎有点心事，还在犹豫要不要多问，赵竞自己说了："叫威廉，在我八岁的时候为了我牺牲了。"

他用词很重，韦嘉易听得愣了愣，第一次在赵竞脸上看到很淡的伤心，想都没想就问："是怎么回事？"

"你想知道？"赵竞问，又转头看着照片，他的睫毛很浓密，看着他和爱犬的影像，语气有些忧郁，"我明天可以带你去看看他的墓碑，在叙章公墓。"

第一次双人出行竟然是去公墓，应该只有和赵竞一起才会发生这样的状况，不过韦嘉易没有产生任何犹豫和不满，说"好的"。

离开了工程车的展厅，韦嘉易又参观了赵竞成长过程中的各种奖章和创造制品，有些奖的名目让韦嘉易觉得像是专门为赵竞设置出来的，有些数学和物理的学科奖项却的确没有水分，需要过硬的实力。

经过满满一墙滑雪板之后，韦嘉易翻阅了赵竞的高中年册，看完赵竞的座右铭之后沉默了。赵竞向他询问评价，韦嘉易机械地告诉他："有最佳座右铭投票我肯定会投它。"

"的确评到了。"赵竞露出了几不可见的微笑，肯定了韦嘉易的说法。

最后是影音区，墙上的屏幕可以放录像，也有 VR 设备可以观看赵竞的成长记录。

韦嘉易躺到舒适的沙发里，选择戴上 VR 眼镜，本来是想自己沉浸式观看一下，以免赵竞对他问三问四，没想到赵竞拉开墙上的隐形门，拿了一个新的出来，坐在他旁边："一起看。"

赵竞的影片记录很多。如果是看别人的，韦嘉易可能会觉得无聊，但是赵竞的视频很有趣，他总是动来动去的，十分活跃，在镜头里穿梭不停。

看了半个小时，韦嘉易看到一个影片，是赵竞十二岁时和家人朋友一起去海钓。

大型运动钓鱼艇上，赵竞的玩伴围着他，他比别人都高一个头，戴着一副很酷的墨镜，手紧紧抓着银色的海钓竿，正在用卷线器收线。

"钓到一条金枪鱼。"赵竞在一旁挨着韦嘉易剧透。

风浪有点大，鱼线还没收完，大家已经在为赵竞欢呼。韦嘉易发现他身后还有一个小男孩抱着垃圾桶在吐，结合之前的所有视频，发出疑问："赵竞，你以前喜欢和比你小很多的朋友玩吗，为什么你每次都是最高的？"

"什么比我小？最多同岁，还有几个比我大的，是我从小就长得比别人高。"赵竞被韦嘉易质疑，好像急了，变得咄咄逼人，"你在想什么，韦嘉易？"

韦嘉易被他的语气逗笑，说："好吧，对不起，是我误会你了。请你不要生气。"赵竞才不说话了。

为了更好地拍摄赵竞钓鱼，镜头转了转，拍到钓鱼艇后方的一艘大型游艇。

韦嘉易微微一愣。

画面中赵竞的鱼竿被鱼扯得狠了，他晃了晃，周围的人惊呼，他立刻稳住了自己，终于收紧鱼线，几个人一起替他用鱼叉固定住金枪鱼，最后成功拉上了船。而后一个男人的声音响起，应该是他的爸爸，说："赵竞，太棒了！"赵竞回头，又得意地比出一个大拇指。

"我的平衡能力怎么样？"赵竞又问起来了。

韦嘉易夸他："原来从小就这么厉害。"而后摘掉了 VR 眼镜，从沙发里坐了起来，看着赵竞。

昏暗的光线里，赵竞四仰八叉地半躺着。他还戴着眼镜，露出鼻梁的下半部分、嘴唇和线条分明的下巴。他的肩膀和肌肉像画出来的，手臂和手背上凸起青筋。

他们两个人，韦嘉易怀疑，可能并没有希望相处太久。可是他又实在不舍，不舍到想偷走一小段时间，将唯独属于他的时光也用影像或其他的记录留住，一个晚上可以，一个小时也行。

赵竞注意到韦嘉易没再继续选影片，便也摘掉眼镜，恰好看到韦嘉易在看他，毫无防备地问："怎么，累了？"

韦嘉易说"嗯"，轻声说："赵竞，你陪我回去吧。"

韦嘉易看着赵竞的脸，赵竞的表情很认真，说："韦嘉易，别在这儿睡，我马上带你回去。"

第十四章 爱犬威廉

在博物馆的影音区时，韦嘉易四肢虚弱无力，显得十分困倦。

以为韦嘉易会在路上睡着，因此带他回家时，赵竞让司机开车，但韦嘉易没睡。有一小段时间，韦嘉易合起眼，头微微仰起，将右手肘靠在后座的扶手上，手指自然垂下，像进入了梦乡。

韦嘉易又睁开眼，眼神清醒，嘴唇一动一动地发出声音。赵竞的大脑将音频转成文字，韦嘉易问："怎么了？"

"以为你睡着了。"赵竞告诉他。

"那你就吵我，"韦嘉易和他开玩笑，声音很轻，眼含笑意，"你不睡我也不准睡是吧？"

赵竞笑了，发觉韦嘉易对自己的认识不太到位："你不知你睡着了是吵不醒的吗？"

"应该不会吧，"韦嘉易不承认，"我一般都睡得很浅。"

"你喝了酒的那天。"赵竞提醒他。

韦嘉易微微一愣，终于想起，"哦"了一声，不出声了。

赵竞怀疑他装傻，忽而想起，告诉他："我拍了两箱酒给你，下周送到。不过你家没有酒窖，我先让拍卖行送到我家了。"

"什么酒？"韦嘉易问。

赵竞在手机上翻了翻母亲的秘书和他的聊天记录，拿给韦嘉易看。韦嘉易挨着他，看了一眼，声音变得犹豫："这是收藏品吧，可以喝的吗？"

"又不是我妈喜欢的那种老年份的绝版，我拍了就是给你喝的，"赵竞觉得韦嘉易问得傻，"再说，这么便宜，有什么收藏价值？"

韦嘉易盯着手机屏看了一会儿，可能是馋酒了，对赵竞说了谢谢。他的头发在座椅背上蹭得有点乱，下巴尖削，嘴唇微微抿起。

今天还没开始参观博物馆的时候，韦嘉易就追问赵竞，非要赵竞去他家，现在浏览了赵竞的成长经历，想必更了解他了。

实话实说，父母质疑他们的那些言语，这几天有时会回荡在赵竞的耳畔。不过今晚，看到韦嘉易还是这么信任自己，赵竞总算放心了。

赵竞顺口问韦嘉易："你有什么喜欢的珠宝设计师吗？"

韦嘉易转头看着赵竞，表情有点呆滞，大概是累了，过了会儿才说："好像没有，我对这些没什么研究。"

韦嘉易的答案无疑给了赵竞一个很大的挑战，赵竞乐于接受，打算多找几个设计师制作，给韦嘉易挑选的余地。

不久，到了韦嘉易的公寓楼下。秘书已经带着衣物在等待。

赵竞自己拿了，没让秘书跟上楼，两人走进电梯。注意到韦嘉易拿出卡刷梯控，赵竞才发现，平时韦嘉易做事那么周到，竟然把这事给忘了。赵竞也不和他计较，主动地提醒他："到了家记得拿一张卡给我。"

韦嘉易一愣，说"好的"，然后微微皱起眉："可是我好像忘记放在哪儿了，我要找一找。"

一回到家打开门，韦嘉易便走到玄关靠近开放式厨房的弧形柜边，拉开了抽屉，赵竞跟过去看，抽屉里乱糟糟的，什么都有。购房后的各种说明书、各种电池、卧室的房间钥匙串，还有一大堆不知用来开什么的遥控器，全装在塑封袋里没拆开过。

赵竞伸手帮他把遥控器拿出来，叠好："韦嘉易，你家里挺干净的，抽屉怎么这么乱？"

"我不太住嘛，保洁又不会开抽屉整理。"韦嘉易为自己开脱，有点心虚，把东西全堆到一旁的台面上，低头不熟练地翻翻找找。

赵竞觉得韦嘉易仿佛在森林里拱松露，正打算伸以援手，韦嘉易突然抓起一个小塑封袋，里面放着一份卡和钥匙："找到了！"他很高兴，声音依然轻柔，把塑封袋递给赵竞，还说："也不算很乱吧，乱中有序。"

实在奇怪，普通的一张卡，普通的钥匙，放在韦嘉易手中，就变得重要。赵竞发现一件事，自己如果和韦嘉易待在一起，会失去对空间大小的概念。用中学时摄影课的知识解释，韦嘉易是焦点，让其他区域在调整景深后完全虚化，都成为不重要的背景。

如果说圆滑这个词会让韦嘉易联想到生活，那么天真应该对应奢侈，年龄越长越稀有。韦嘉易以为自己早已不具备这种情绪，但现在他像掉进一张网，放松地展开心中每一寸纹理，精密搜索，意外捕获到余下无几的天真，也仿佛触摸到了任性的权利。

赵竞说要亲自把秘书准备的衣服挂进韦嘉易的衣柜。

韦嘉易觉得挂个衣服应该不需要帮忙，便没管他，刚要去浴室，听到赵竞大呼小叫："韦嘉易！"

走进衣帽间一看，发现是自己衣服太多，已经把衣柜塞满。赵竞提着衣架，无从下手，震惊地看着韦嘉易："第一次知道这么小的柜子能塞那么多衣服。"

"很多是别人送的。"韦嘉易辩解，而后伸手，帮赵竞把架子上的衣服持到一边。

"谁？"赵竞立刻问。空间给他清出来，他动都不动，戳在韦嘉易的衣帽间，警觉地低头，像一个和橱窗不配适的大型衣物模特。

"朋友，客户，同事，"韦嘉易拿他没办法，解释，"你看，很多都没有穿过。"

赵竞才接受，转回脸，把自己那几套塞了进去，又评价："没一件厚的。"

韦嘉易不爱穿厚衣服，而且身体其实很好，几年没感冒了，就装作没听懂，无辜地朝他笑笑，自己去洗澡了。

韦嘉易吹干头发，发现赵竞把灯开得很亮，正在欣赏被他拿进房间，摆在这里的那个相框。

见他进去，赵竞嘴角就微微浮起富含深意的笑容："韦嘉易，你很喜欢我的礼物啊。客厅里放一份，卧室放一份。"

"对啊，这都被你发现了，"韦嘉易走过去，没有否认，跟他开玩笑，"超珍惜，我都抱着睡的。"然后俯下身，跟他一起看。

闭起的眼睛，模糊的睫毛，看多了好像真的有一种说不清的艺术感。韦嘉易觉得自己的审美也算是被赵竞清空了。

赵竞是唯一会相信这种谎言的人，仿佛被骗得找不着北，"嗯"了声，还说："以后印新的送你。"韦嘉易说谢谢，笑了笑，从他手里把相框抽走，忽然听到他说："你为什么不爱拍照？"

韦嘉易愣了一下，看着他，想问他是怎么知道的。

赵竞读懂了他的表情，解释："我发现你基本没有照片。"他好像也读懂了韦嘉易刚才拿掉相框的动作。

灯光很亮，没有阻隔，韦嘉易看到了赵竞的眼睛，直白坦荡，找不到一点会在其他人眼中看到的不明确和秘密。

大概两个月前，韦嘉易在新闻里看到赵竞公司的消息，会想起来的还是那张冷漠的、让他把照片删掉的脸。韦嘉易心有余悸，只想远离。

他告诉赵竞："平时给人拍多了，被拍感觉不自在。"而且他不怎么好看，没什么好拍的。这句韦嘉易没说出来，他照着镜子常常觉得自己太瘦，眼睛太长，瞳仁大得像鬼。但他本来就不易胖，还每天忙得没空吃饭，很难维持外表。

但是赵竞说："那我以后抓拍你，你没发现就不会不自在，我看你比你拍的那些明星好看多了。"

韦嘉易拍照这么多年，为了出效果，得一直夸或者哄客户，从早夸到晚，没什么肉麻话说不出口。赵竞护短和自信起来，韦嘉易才知道什么是自愧不如。

时间不早了，聊了一会儿天，韦嘉易等赵竞安静之后，看着窗帘缝隙外的少许夜空和黑色的湖面发呆。

这一间酒店公寓是去年年底，韦嘉易在百忙之中精心选购的。朋友来给他暖过房，吃了几次火锅，过年之前物业来送过红色的静电贴，元旦零点时他独自站在阳台，也看到过湖对面放新年的烟花。这些都是他和这间公寓的回忆，但是没有哪个比得上今天，能让韦嘉易感到这里是家。

早晨韦嘉易醒来，隐约闻到一阵香味，走出去看，餐桌上已经摆好了两人的早餐，餐盘刀叉都不是韦嘉易家的。

"你可真能睡，"赵竞站在冰箱前拿水，回头看见他，神采奕奕地道，"厨师都走了。"

韦嘉易忍受了不公正的攻击，洗漱完换好衣服出来，和赵竞一起吃早饭，听赵竞说他们今天的安排。

他们上午先去叙章山，去看赵竞的爱犬，要爬一小段山路。

天气很好，太阳挂在天上，照得皮肤暖暖的。不过山上有不小的风，韦嘉易和赵竞一起爬了一会儿，戴上了冲锋衣的帽子，听赵竞说给他的爱犬选择叙章公墓的原因："因为这儿是我们市最早的宠物殡葬区，我小时候觉得他在这里能认识伙伴。"

越往上走，风猎猎地刮，韦嘉易想开口问那现在呢，马上又想到答案，大概是赵竞长大了，选择成为一名无神论者，死亡只代表终点与结束，不再代表有认识伙伴的机会。

他们走上一个斜坡，来到了稍平坦些的墓园大门。赵竞可能来过很多次，堪称熟门熟路，带韦嘉易绕过很多墓碑。赵竞腿长，走得也快，经常比韦嘉易快几步，又回头等他。等了几次，他最后回来牵住韦嘉易的袖子，放慢脚步，说："是有点远。"

宠物的殡葬区在另一个坡上，每个墓碑都和人类的不太一样，经常会有宠物的形状，有些碑前甚至放了一些玩具和罐头。韦嘉易遥遥看到一个特别大的，简直是巨型墓碑，心里有了猜测，赵竞抬手一指："那个就是。"果然被他猜中。

走到墓前，碑上很大一张照片。一只英俊的罗威纳犬坐在领奖台上，脖子上挂着枚奖章，像获得了什么犬类比赛的奖。下面写着"爱犬威廉之墓"。

韦嘉易转头看赵竞，赵竞面上没有什么表情，垂眸看着墓碑，过了一会儿，说："我三岁时，我爸在朋友的养犬俱乐部的慈善拍卖场把他拍了回来。"

"他看起来很灵敏。"韦嘉易说。

"对。"赵竞顿了顿，没说什么委婉的话，直接地告诉韦嘉易，"出事的时候是我八岁时的暑假，我们去南岛的度假别墅过夏天，那时我很贪玩，睡得很少，早上也醒得早，经常凌晨三四点，不通知我爸妈，直接绕过报警器，把他从窝里抓出来，再躲开保安，带他到公共沙滩遛，他每次都很安静，我觉得很刺激。"

韦嘉易没想到赵竞也会有睡得少的时候，看着他很平静地叙述，好像在说别人的事，无法从他的脸上看出心情。

"我们在南岛有个司机，算是我的玩伴，只有他知道我这个习惯，还给我打过掩护。后来他赌博，在我家手脚不干净，被管家发现后辞退了，但我不知道。走之后，他怀恨在心，也缺钱，把我每天早上的动线卖给了本地的几个亡命徒。有天早上，我一到沙滩，就碰到他们了。"

"我跑得很快，威廉在后面想帮我拦着他们，我看到他打他，就又折回去，不过已经来不及了。"说到这里，赵竞的头低了一些，像得执行一遍他独有的健康程序，清理掉不好的情绪。而后，他看了韦嘉易一眼，接着说："我运气一直很好，本来他们能抓到我的，但那天沙滩对面的居民区正好有人打电话报警，说噪声扰民，警车开过，把他们吓得傻在那儿，我扛着威廉就跑，他们在后面追不上，最后我跑到居民区，看到有垃圾车过来，抱着威廉钻进一个垃圾袋里，很快就一起被收走了。"

"我抱着他在垃圾场待到下午，我爸妈和警察顺着威廉的芯片找来了，我就又安全了，基本没有后遗症。只有一个，你记不记得在沙滩找到我时，我想洗澡，因为我不喜欢脏，脏会让我想到在垃圾场的那天。"

赵竞说这些没有带任何感情，比问韦嘉易衣服是谁送的时的语气都要平淡："另外是我觉得不睡觉的习惯不好，改掉了。但我妈不知道为什么，觉得我睡太多，还给我找心理咨询师。还好咨询师认证我很健康，同意这件事对我的影响不算很大的观点。"

"我给威廉在这里建了墓碑之后，每次都是一个人来的，"赵竞又说，"你是除了我第一个来看他的，虽然到公墓很晦气，但是不知道为什么，昨天你问了之后，我就想马上告诉你。"

"还好，"韦嘉易没有迟疑地对他说，"我本来就很喜欢狗，喜欢爬山，而且也不迷信。"

赵竞很淡地弯了一下嘴角："好。"过了几秒，他又说："下面还有我给他写的悼念文，你可以看一下，中德双语，因为他是德国狗。"

韦嘉易俯身看了一下，写得不长，但是很规整，记录了威廉的一生，他热爱的食物和运动，不是想象中幼稚的笔法，便说："德语我看不懂，中文写得很好。"

赵竞说"嗯"，韦嘉易又看看照片，感慨："我每次碰到罗威纳都觉得很投缘。"

"他也会喜欢你的。"赵竞说。韦嘉易抬头看了他，以为他要说什么温情的话，结果赵竞说："这狗见了好看的人就摇尾巴。"

他大煞风景，韦嘉易都笑了，但是赵竞也笑了笑，说："逗你的。"他表情严肃了一点，说："不是带你来伤心的。"

他打算拉起韦嘉易，手机突然振起来。赵竞皱皱眉头，嘟哝"不是说了上午别吵我"，拿出来看，韦嘉易看到屏幕上一个名字，下面有职位，是赵竞公司的首席法务官。

赵竞接起来，韦嘉易听不到内容，不过听到那头紧张的语气。赵竞面色很快沉下一些，不是很明显，告诉对方说："别急，我现在回来。"

他挂了电话，对韦嘉易说："公司刚收到反垄断调查的通知，我现在得回去开个紧急会议。"

可能是看到韦嘉易眼神里立即显露的忧心，赵竞没有急着动，说："小事，我运气很好，不用担心。"

尽管赵竞允诺晚上还会见面，但韦嘉易依然十分担忧，坚持要先送赵竞去公司再回家。司机载着他们离开叙章山，汇入车流之中，其间赵竞一直在接打电话。

坐电梯直上顶楼，无须像方才在公墓时减小步幅，赵竞大步前迈，穿上秘书给他拿的西装外套，左腿与受伤前相比已毫无异样。总办员工在前方，为他推开会议室的门。

窗外阴云密布，长桌前已聚起所有能到场的高层管理人员、法律团队与公关团队，人人面色严峻，赵竞心中生出一种比以往更强烈的使命感与责任感。

二十八岁的末尾，赵竞终于在一场危机降临之时，明白了父母所说的因责任而更慎重、更勤勉的心情，他的人生也多了新的体验。

紧急会议从中午一直开到傍晚，六点时，赵竞实在饿了，让秘书送吃的来会议室，给了所有人十五分钟的吃饭和休息时间。赵竞走到隔间去，先回了母亲的电话，简述："不是最坏的情况，还给了三个月的缓冲期。"

他又告诉母亲他们准备采取的策略，以及希望能在缓冲期内达成和解，请他们宽心。

母亲平时经常评价赵竞的公司发展决策过于强势，这次倒没有提起，只是说："有要帮忙的随时说。"

赵竞一边打电话，一边检查了一下消息，韦嘉易应该是怕影响他工作，没找他。他告诉母亲"会的"，而后拍拍韦嘉易。

　　走回会议室，赵竞吃了点东西，韦嘉易才回复："怎么样，一切还顺利吗？"

　　"很顺利。"赵竞安抚他。

　　在紧张的会议室气氛和下属各自的私语声中，赵竞看着两人的聊天界面，又坚定地告诉韦嘉易，不用等他。因为韦嘉易明早还要赶九点的飞机。

　　聊了几句，赵竞接着开会，最终商定完各项初步的危机应对方案，已近十二点。他回到酒店公寓，刷卡上楼，打开房门，房间里很安静。客厅里留着一盏昏黄的灯，韦嘉易的行李箱放在门边。卧室的门没关，微光透出来。

　　赵竞走进去，看到韦嘉易戴着眼罩在睡觉，大概是有灯睡不着，又不想很暗。他的脸被盖得快只剩一个下巴尖，齐肩的黑发散在枕头上，呼吸均匀。

　　赵竞不想吵醒他，生平第一次尝试轻手轻脚，但他翻找的动静有点大，还把韦嘉易一件有链条的外套碰到地上，发出"哗"的一声，这次尝试罕有地失败了。好在韦嘉易只稍稍一动，并没有醒。

　　赵竞闻到了韦嘉易身上散发的很淡的酒味。

　　韦嘉易这个酒鬼。赵竞"哼"了一声，韦嘉易睡得太浅，终于被他吵醒了，身体再次动了动，睁开眼睛。

　　赵竞并不觉得这是自己的错，也没有产生被抓到的心虚，问他："怎么了？"

　　"……"韦嘉易好像因他的理直气壮而失语。

　　赵竞立刻问他："为什么又喝这么多酒？"

　　"没有啊，不多。"韦嘉易不想承认自己已经二十多岁，还一个人喝多，神经质地戴着眼罩，还戴得不小心睡着，于是转移话题，"那我继续睡了。"又翻身睡去。

　　韦嘉易这一觉睡得很好，一直到早晨六点，被闹钟叫醒。

　　韦嘉易要赶飞机，时间经不起耽搁，检查没有问题，给赵竞留了张字条，贴在门上，才提着行李下楼。

　　过去许多年，为了发展事业，韦嘉易往往匆忙来去，早晨醒来和晚上睡觉常常在不同时区，从来不觉得有什么值得伤感的。

　　他到机场休息室，和经纪人通电话，两人确定几份新工作和合同，谈话的结尾，韦嘉易想了又想，最后决定："诩哥，以后我想多接留在本市的工作。"

"嘉易，"经纪人好像犹豫着该不该说，最后还是劝韦嘉易，"你还在上升期。"

韦嘉易说"我知道的"，还是坚持己见，经纪人叹了口气："我尽量帮你挑挑，不过你也知道的，不可能有那么多。"

挂了电话，韦嘉易收到了赵竞发来的消息，赵竞说："韦嘉易，厨师告诉我你冰箱里的气泡水过期了。"

"你看到我贴的字条了吗？"韦嘉易问他。

"当然，"赵竞回，"你不写我也知道你一大早就偷溜了。"

本来写的都是正常的话，被赵竞复述出来，韦嘉易马上心虚，好在赵竞又发了一条："我也会。"

韦嘉易这次又要在外流浪十几天。其间，经纪人没给他接到几份他要求的工作，但影响不大，赵竞也不太待在市内了。

韦嘉易看新闻，赵竞的公司暂时还没有露出任何陷入反垄断调查的端倪，据赵竞说是还在缓冲期，所有人都严格遵守保密协议，对外保持沉默，而赵竞则忙于全球出差，与关键的利益相关者沟通，维持各方信心。

由于时间都很少，两人的联系很不稳定，韦嘉易休息时会告诉赵竞，不久后，赵竞就会给他打来电话或视频。赵竞平时挑三拣四，忙碌期间作息十分不规律，倒没有喊过累，还一副精神很好的样子，韦嘉易都怀疑他的一天有三十个小时，终于能够想象赵竞自称睡眠很少的小时候。

韦嘉易被迫听他工作，当作催眠，一直听到睡着。醒来时赵竞也醒了，韦嘉易还要承受他的逼问。

生活与工作的节奏变化并不大，但韦嘉易发现自己的情绪不是。

很难收敛，所以心态都会变形。

某天在为一位明星拍珠宝专柜活动的照片时，韦嘉易甚至因为听明星说了太多次广告语，想起赵竞似乎问过他什么珠宝设计师的事，莫名其妙中了邪，刷卡买下品牌的新款手表，由于觉得都很适合赵竞，他甚至买了同系列不同色的两款。因为他觉得赵竞给得太多，所以他也想回馈些什么，哪怕心里明白，这两块手表对赵竞来说，也只是普通得不能再普通的便宜饰物。

活动策划骆鸣是韦嘉易的好友，两人约好结束后一起吃饭。

骆鸣性格咋咋呼呼，马上呼朋引伴来围堵韦嘉易。骆鸣的助理和小驰、灯光师都聚过来，骆鸣又说："没想到我们嘉易这么大方，大牌说买就买。"

聚餐免不了喝酒，一群人逼问韦嘉易，韦嘉易喝了几杯，承认："在布德鲁斯岛当志愿者的时候认识的。"

"缩小范围喽。"骆鸣立刻拿出手机开始搜索志愿者的名字。

几个人挤在一起看他的手机，指指点点半天，骆鸣突然抬头，有些犹豫地问："嘉易啊，你买那么贵的手表，不会是送李家那个李明诚吧？"

"不是不是。"韦嘉易都吓了一跳，立刻否认。

没想到骆鸣眉头皱得更紧了："那我看剩下的只有普长科技捐的工程队了啊，难道是个……蓝领？"

"……"韦嘉易因为他的创意震惊了，沉默着不知说什么。

骆鸣竟然以为自己猜对，眼睛一瞪："那你们的职业差距有点大吧？"

误会之大，连韦嘉易都不知从何开始解释。

"嘉易，"另一个女性朋友也开口，欲言又止地劝说，"虽然当志愿者是很善良，但他是被公派去的吧，也算不上自愿吧，会不会看中你有钱才和你做朋友啊？"

"那应该不会的。"韦嘉易艰难地说。

女孩又说："这个你要不要考虑一下再送啊？现在真的有很多占便宜的。"

韦嘉易心虚地说了"好"。

其实买的时候韦嘉易很清楚，这种成品还没赵竞的一件毛衣贵，他显然不可能拿出来送给赵竞，但冲动之下还是买了。

于是藏在箱子里，每天看到几个很占地方的大盒子，韦嘉易都因为自己这种不过脑子又不合时宜的购物行为尴尬和后悔，一开始想下次偷偷放到赵竞家的某个角落，后来决定塞到衣柜深处落灰。

同时韦嘉易有点心神不宁，听赵竞一直在通话中抱怨，韦嘉易只能安慰几句，没有放在心上，因此还被要求越来越高的赵竞指责了整整三分钟，说他语气敷衍，完全没之前认真主动的态度了，听得韦嘉易差点把电话挂掉。

收工回到酒店，韦嘉易整理衣服时，已经决定将手表送给小驰，让他随便送给别人了。

他对着行李箱看了半天，刚把盒子放进购物袋里，要提到小驰的房间，突然接到赵竞电话。

赵竞问他："韦嘉易，你回去了吗？"

韦嘉易心里出现一种很奇怪的预感，说"刚回"，赵竞就说："很好，那你猜我现在在哪儿？"

他的语气已经掩饰不住得意，韦嘉易心中一惊，房间门咚咚咚地响起来。

第十五章 🌿 **归宿之感**

八天零二十个小时三十五分钟以来，韦嘉易工作的疲惫，止不住的担忧，赵竞都看在眼里。

这几天打电话时，韦嘉易时常心不在焉，眼睛一直盯着屏幕不放，可能是产生了焦虑。

为照顾韦嘉易的情绪，赵竞尽量压缩了行程，调整目的地的顺序，最终成功在韦嘉易今天工作的城市停留一晚。

至于事业上的反垄断危机，暂时还完全处于赵竞的掌控之中。实际上，是否存在垄断情形，是所有处于市场主导地位的公司都要面临的问题，所以赵竞并不是没有准备。

他已释出最大的诚意，愿调整业务，也愿缴纳罚款，态度积极，因此与监管部门的谈判进行得还算顺利，至少有一半的机会，在缓冲期内完成和解，避免正式公开调查。谈判的间隙，赵竞也四处拜访了各位主要客户与投资者，提前将情况解释清楚，同样成功获取了信任。

母亲也对赵竞有所改观。她和赵竞打电话，夸赵竞变得沉稳，又说她还以为赵竞会采用更加激进的处理方式。赵竞认同她的看法，若在从前，或许确实。

哪怕预计会损失惨重，赵竞仍不是一个甘于认错的人。但今时不同往日，赵竞很清晰地知道，自己已经在不知不觉中改变了，成了一个更加稳重的男人。尤其经历海啸之后，赵竞便产生一种安稳的归宿之感，使他在工作的深夜里维持清醒，仿佛永远不会再有疲惫。他也想做到最好，有朋友在等他。

他觉得不应该让韦嘉易担心，因此似乎从前的一切顽固，便被迅速地摈弃了，仿佛从来都微不足道。

此外，赵竞能够察觉到，韦嘉易缺乏安全感，体现在他们往来的细节之中，十分明显。若以心理学的角度追溯原因，或许与韦嘉易的成长过程有关。

这需要相处与时间来解决。赵竞排除万难，昨晚在视频中查出韦嘉易的房间号，今天终于来到他的房间门口敲门。

比起惊喜，更像惊吓。

韦嘉易拿着手机，面对地上摆着的装着手表的购物袋，几乎手足无措。呆了两秒，他先迅速将购物袋塞进衣柜，拿一件衣服遮住，关好门，而后匆匆忙忙来到门口，想起赵竞的教导，特意先把门锁扣上，才拉开来，透过一条门缝看他。

赵竞放下手机，见到挡在他们面前的锁扣，评价："有进步。"

"你说的我全都记得很牢，"韦嘉易拉着门，开玩笑地向他邀功，"每次一进门就锁。"

赵竞挑挑眉："韦嘉易，你真想骗到我，下次挂锁动作最好再轻一点。"

韦嘉易现在的脸皮被锻炼得很厚，被拆穿都懒得道歉了，装作什么事都没发生，关门把锁打开了，让赵竞进来，发出疑问："你怎么有空过来，是不是很赶？"

"还好。"赵竞反手合上了门锁，没再多说什么。

或许是因为太累，韦嘉易莫名地睡了一会儿。

起初，韦嘉易对着天花板发呆，总疑心是自己做的一场梦。

忽而想起被藏好的手表，韦嘉易一惊，几乎跳了起来，跑到衣柜旁拉开门。幸好赵竞拿走的是挂着的衣服，另一件衣服还是像不小心掉了似的，遮在购物袋上。

赵竞爱干净和自我的个性救了韦嘉易的秘密。韦嘉易也说不出是什么心情，有点庆幸，又觉得很难受，感觉不论买什么物品，好像都配不上赵竞，都不够昂贵。如果他自己也是什么很富裕的人就好了，就能理直气壮地购买一切，哪怕是小挂饰，应该都能很自信地扣到赵竞的私有物品上。

韦嘉易发现自己又胡思乱想了很久，紧张地四下张望一番，把购物袋提出来，塞到了窗帘后面，用房间的躺椅遮住。

没多久，赵竞从里面出来了。见他坐着，赵竞便问："怎么醒了？"

韦嘉易摇摇头，对他笑笑。

赵竞又在打电话。

电话那头大概是一名投资人，赵竞对他解释情况，不过更像在闲谈，语气轻松。韦嘉易发现赵竞确实不是不会聊天和开玩笑。

"我不能保证在和解协议签署前信息不会泄露，"赵竞对韦嘉易招招手，让他过去，"不过泄露后的公关声明都准备好了，明天见面吃饭我可以背给您听，我个人觉得他们写得还不错。"

韦嘉易走近了，听到对方的话语声轻轻重重地从听筒里传出来，他听不清晰，不过似乎被赵竞说服了，没有咄咄逼人的情绪。

本以为赵竞还要和投资人聊一会儿，韦嘉易努力一动不动，垂眸听着赵竞的声音，搜索着脑中留存的大学选修过的金融课的知识。又觉得非常惭愧，赵竞都为了他找教授在上摄影课了，韦嘉易想到金融课，只会想到当时每次做作业，做着做着都趴在电脑前睡得很香。

不过没想多久，赵竞忽然急着挂下电话，把正在回忆教授的脸的韦嘉易拉了回去。

韦嘉易听到他说："我明早六点走。"

"有想对我说的，现在可以早点说，"赵竞告诉韦嘉易，"我怕你明早睡得像猪。"

韦嘉易听他颠倒黑白，原本在心中驳斥，但忽然想到赵竞只是短短地来见他一面，说："你想听什么？"

赵竞不吭声，韦嘉易猜了猜，对他说："赵竞，你人真好。"

可能是说到赵竞心里去了，赵竞"嗯"了一声。

韦嘉易昏昏沉沉，只希望自己能够尽快睡过去，就在即将实现时，赵竞开口说："韦嘉易。"

韦嘉易说"嗯"，赵竞听到他的声音，语气立刻变得十分震惊："韦嘉易，你怎么要睡了？"还用手推了推韦嘉易的肩膀。

"怎么了？"韦嘉易被他推醒，吓了一跳，"有什么事吗？"

"你还有话没说完吧？"赵竞的声音都变大了，透着一种恨铁不成钢的着急。

韦嘉易都不懂他在急什么，坐起来一点，晃晃脑袋，把刚才的睡意晃走，询问："什么话？"

"我明早六点就走了。"赵竞提示。

"嗯？"韦嘉易还是不懂，也被赵竞带得有点慌张了，"到底怎么了？"

赵竞沉默了一小会儿，说："我已经看到你藏起来的东西了。"

韦嘉易仅余的睡意全消，睁大眼睛，感觉黑夜变成了明亮的白天，将他的个人情绪照得无所遁形，四肢也僵硬得不像自己的，更可怕的是由于太了解赵竞，他意识到，赵竞显然对他准备的礼物，产生了一种极端严重的误会。

"我知道你不敢说，不过我都知道了，没办法装不知道，"赵竞没有发现韦嘉易的异样，自顾自地说，"其实我也给你买了协议礼物，我一直以为你胆小，不敢和我提这件事，本来准备我来提的。不过我刚才已经在你睡着的时候让秘书把订单全都取消了。"

头顶的大石落了下来，韦嘉易迷茫地看着赵竞在黑暗中闪闪发光的眼睛。

韦嘉易愕然之余，其实不是完全无法推敲出赵竞今晚的思维脉络。

错不全在赵竞。因为韦嘉易或许是表现得有点过头了，给了赵竞一种即将发生什么的感觉，而后赵竞在衣柜里发现了被遮起来的礼物，结论是韦嘉易想给他一个惊喜，也说得通。

这都是韦嘉易自己不好，他也愿意承认，但他真的没想到赵竞的世界里丝毫没有朋友互送礼物的概念，一送就已是要签协议的关系。

做朋友可以随便，付出也没有现实成本，大不了分道扬镳，时间久了痛苦总会过去，可如果签了协议——韦嘉易脑子里根本想也没想过这两个字，直接听赵竞大大咧咧地说出来，一时间心率猛增，惊恐都不足以形容他的感受。

他觉得自己必须把这件事说清楚。他下定决心回过头去，看到灯光柔和地照在赵竞身上。

赵竞坐在那里，人占据很大的位置，影子长得过了半张沙发，头发没有打理，但是不知为什么，发型仍旧很精致，而眼神中是韦嘉易在任何人身上都不会再找到的天真。他看起来太高兴、太满意了，韦嘉易想开口解释，但是没办法不想赵竞说的"我也给你买了"。

韦嘉易记得住在岛上民宿的第一晚，自己在沙发上准备睡觉，赵竞突然来到客厅，硬待在那里，等待韦嘉易主动去安慰他。就像现在每次在对话框里拍一拍韦嘉易，但不说话，等韦嘉易先找话题。

韦嘉易当时觉得这大少爷烦到透顶，被所有人宠坏了，幸运到永远都可以不近人情。偏偏韦嘉易自己也不好得罪他，只能开口安抚他许久，才把他安抚走。和现在相比，哪种情况更简单，韦嘉易说不出来。

韦嘉易工作后，曾有一件事令他印象很深。他第一次替某个奢侈品牌拍私人晚宴时，遇见一名意气风发的年轻富太太。她的性格很好，她的先生出生于豪富之家，对她宠爱有加。晚宴时，人人都簇拥着她，像簇拥着一个公主。

同事告诉韦嘉易，富太太大学毕业后在一间养老院工作，她先生去养老院捐赠物资，两人因此认识。她的背景普通，她先生的家人起初不同意，她先生奋力抗争，两人历经坎坷结婚生子，就像偶像剧的结局一样幸福圆满。

但是等到第三年，韦嘉易在新闻中看到他们婚变。新闻写她的卡被停用，靠变卖华服支付诉讼离婚的律师费，以前那么爱她的人，聘请的律师团队如豺狼猛兽，连热恋时替她购买的皮草都想夺回去。两人撕破了脸，在法庭上彼此咒骂，露出最狰狞的面貌，好像爱情从来没有在他们身上发生过。而韦嘉易工作时常常见到的纸醉金迷的世界中，开端美满、结局丑陋的故事何止这一个。

当然，赵竞不会这样，但是像赵竞这样的人，和韦嘉易当好友，甚至签订协议，会不会只是一场玩闹，没有谁可以为韦嘉易预测。而韦嘉易要付出什么，如果之后闹掰，韦嘉易的结局会很好吗，会很和平吗？

但凡还残存一点基本的理智，韦嘉易就不该一咬牙就顺水推舟，两个人之间总有一个人得长脑子。韦嘉易分明记得，就在不久前，赵竞还在电话里答应，两人试试看做朋友。赵竞也接受了他说的"慢慢来"。

但……"韦嘉易，"赵竞没等到他说话，便自行开口，乐观地解释了韦嘉易的沉默，"高兴傻了？"

他看起来心情好极了，浑然不觉有异。

韦嘉易跌坐在沙发上。

赵竞理直气壮地要求："是不是该把礼物拿出来了？"

"……"韦嘉易困难地启唇。还没出声，赵竞又接着道："我也不是故意破坏你的惊喜的，知道吗？你藏得太不小心了。你想想看，我看到衣服掉在衣柜里，怎么会不捡起来挂好？我又不是你。"

因为发现了礼物，赵竞很兴奋，内心好像已经为韦嘉易设计了很多情节，说个不停，认真地看着他，眼神分外正式："我自己试戴过了，大小刚好，你是不是偷偷量了我的尺寸？"

其实韦嘉易对着尺寸量环估了半天，还是估计错大小，似乎上天次次都更帮赵竞。

想澄清用不着说几句话，韦嘉易只要说出来就行。但此刻的场景与氛围，实在很像韦嘉易成了一个十分勇往直前的、他从不敢想象去成为的人。那一瞬间，韦嘉易终于明白在童话中，辛德瑞拉为什么会在舞会上，一直和王子跳到半夜接近十二点，魔法失效的前一刻。

韦嘉易可以清楚地看到每一次他的底线消失的画面，一而再，再而三，但无能为力。

一开始离开布德鲁斯岛，和赵竞频繁发短信的时候，韦嘉易催眠自己，发短信怎么了，又不是什么大不了的事。

现在赵竞误会到这种程度，韦嘉易看着他，心里想到最重要的竟然是，解读虽然离谱，但是如果把事情说清楚，赵竞一定会生气，甚至伤心。

他行动自如但精神已经飘在空中，观看他自己因为意志力不够坚定，因为懦弱而自己往悬崖边去，走到了躺椅边，拉起窗帘，把购物袋拿出来。

"韦嘉易，你是鼹鼠吗？"赵竞笑他，"把礼物四处乱藏。"

"因为我本来不想今天给你的，很不正式，"韦嘉易听到自己骗赵竞，把话说出来，感到后脑勺都在发麻，"我不知道你今天会来。"

"我不在乎正式与否，"赵竞说，专注地盯着韦嘉易走向他，"我都发现了，怎么可能装不知道？"

韦嘉易说"嗯"，刚把购物袋放到床上，正在绞尽脑汁怎么告诉赵竞，赵竞放在床头柜上的手机亮了起来，而后开始振动。

赵竞扫了一眼对方的名字，眉头很轻微地皱了皱，气氛也变了，他告诉韦嘉易："我得接一下，可能不是好消息。"

韦嘉易回过神来，仿佛那只攥住了他的心脏、让他缺氧的手松开少许。他的头也没那么痛了，有些紧张地看着赵竞和对方说话。

赵竞听了一小段时间，说："我知道了。"

"还好我把声明背得很熟，"赵竞语气并不沉重，似乎还和对方开了玩笑，又正经一点，说，"我回公司就录。"

再交谈片刻，挂了电话后，赵竞告诉韦嘉易："消息还真的泄露了，不过不是没有优势，预案准备得很完善，而且现在周六，没开市。"

赵竞神态轻松，韦嘉易觉得自己都比他紧张。他给秘书打电话，又起身走到房间门口，开了门和秘书说话。

韦嘉易坐在沙发边，吴秘书说"起飞""安排"之类的词，传到他的耳朵里。没多久，他听到门关上的声音，赵竞走了回来。

韦嘉易忍不住问："你现在要走吗，是不是很严重？"

"这么不信任我？"赵竞对韦嘉易的问题有自己的解读，完全不回答。

赵竞表现得越轻松，韦嘉易越担心。今晚自己那些复杂又别扭的心理活动都不重要了，他只是不希望赵竞一个人承受所有负面的情绪。他坚持问："到底严不严重啊？"

"怕我破产？"赵竞随意地问，应该发现了韦嘉易是认真问的，"还行，不是告诉你了？又不是没预案。"

韦嘉易马上说："那你是不是得马上换衣服？"

"又赶我？"赵竞低头看着韦嘉易。

韦嘉易看不出他的情绪，心里很为他着急，忐忑不安，可是帮不上忙，他毫无办法地说："我只是不想你有事要做，还在这里。"

赵竞盯着韦嘉易看了几秒，忽然看了看手表，对韦嘉易说："我的飞机在两个小时后起飞。"

"那——"韦嘉易想说"我送你"，只说了一个字，就被打断了。

"韦嘉易，这里的公证处开到晚上十二点，我们还有一个小时的时间，你要不要证明自己的决心，在我破产之前和我签署合作互助协议？"

破产是赵竞开的玩笑，韦嘉易知道。他查过许多反垄断案例，知道天塌下来，赵竞都不会破产，但是赵竞换衣服，他也换了衣服。两人拿了证件一起走向电梯，步履越走越快，韦嘉易觉得自己马上会走得飞起来，没说话，动作胜过一切言语。

灯火通明的不夜城市，赵竞带韦嘉易跳进酒店大门口一台红色的出租车。出租车司机听到地址，提前送他们到地方。十二分钟的车程结束，赵竞塞过去一沓钞票，带着韦嘉易，像急着要去追赶嘀嗒作响的时间。

由于夜深大厅里没几个人排队，他们马上就排到了窗口，像在汉堡店点餐一样填了资料拿到公证许可。赵竞选了最贵的服务，韦嘉易从来没有这样过，任凭紊乱的狂放的意志侵占他的身体，决定他的未来。天旋地转一阵，韦嘉易发现自己已经站在这里，站在白发苍苍的公证人面前，已经听了长长一串事项。

最终赵竞的飞机起飞，韦嘉易站在室外看。

飞机的光点慢慢远离，在澄明的晚空中，在团团水母一样的云里进出。这座城市干燥得韦嘉易的眼睛很痛，不是要流眼泪的感觉，是单纯的肉体痛感。

回到酒店之后，韦嘉易辗转很久，像醒不过来一样陷在噩梦里不踏实地睡了一觉。醒过来，韦嘉易看到赵竞给他发了消息，没拍他，只说自己到了，在录声明，让他放心，一切尽在掌握，还说"没我解决不了的难题"。

韦嘉易的各个软件都推送了关于赵竞的公司陷入反垄断调查的新闻，心情沉重又微妙，但还是看笑了。

韦嘉易中午也要去赶飞机，混乱地收拾了行李，拖着行李箱往房间的门口走，忽然想起自己好像忘了提醒赵竞什么，拿起手机，正不知要怎么跟赵竞说，新闻又出现了推送。说普长科技的 CEO 发布公开声明，承认反垄断调查存在。

韦嘉易点开，看到赵竞已经在他的办公室里，精神焕发，气宇轩昂，显得十分值得信赖。他的双手交握在一起，韦嘉易看到他的左手。

他送赵竞的项链，不知道赵竞有没有戴，衬衫和西装遮住了看不到，但手表戴在手上。

结束正式声明的录制后，赵竞得继续召开和主要股东的视频电话会。两者间隔几分钟时间，赵竞只来得及给还在睡梦中的韦嘉易发几条安抚的消息，通知他自己的进展，以免他担心。

就像对韦嘉易说的那样，赵竞原本便与其中大部分人通过气，提前打了预防针，应急的公关方案也做得完备。股东们看过他的声明后，会议气氛虽然凝重，但一切如赵竞设想的，尚且可控。

由于时间已是凌晨，赵竞将会议内容压缩得很简要，主要是强调近几日与监管部门谈判的进展，稳定他们的信心，承诺将尽快确认泄密源头。

接着，他回答来自股东的问题，同时发现自己在思考时多了个习惯：用右手的食指和大拇指缓缓地擦拭、摩挲他的手表表盘侧面。这让他想到韦嘉易，让赵竞感到万分心安。

虽然这次时间太急，但他们很快就会再见。赵竞一边对股东解释公司的保密协议很严格，一边有了新的计划。

在第三个问题结束后，终于有明眼人注意到发生在赵竞身上的大事。一位股东先是抬手示意要发言，而后犹豫了一番，有些不解地问："你这手表是？"

"合作凭证，"赵竞抬起手来，怕有人看不清，将手靠近摄像头，左右展示了两下，"我昨天去了公证处，签订过合作互助协议了。"

在场所有人几乎都大惊失色，一时鸦雀无声，还有个脾气暴躁的股东在情急之中骂了句脏话。赵竞倒没生气，因为知道他们的担忧，他继续冷静地告知："我已经找了律师，正在拟附加的分割条件。我会排除他对股权的占有，不会涉及公司的股权变动，也不会触发披露要求。在明天的专访里，我也会承认事实，并且重点声明这一点。"

虽然没有事先计划，几乎算冲动行事，但后续对韦嘉易的保护，赵竞已经深思熟虑，一一做好。在回来的飞机上，他和几位律师达成一致，商量出了一个最稳妥的方法，也已通知了父母。

当时靠近目的地，只剩一个多小时的航程。母亲听他说完，表情是赵竞也能毫不费力地解读出来的生气："这么大的事怎么能这么随便？"

"我不是上次在家就说了吗？"

父亲理智少许，抓住重点，问他："为什么不在签协议之前就把分割条件签了？重新拟定多麻烦。"

"没来得及，我们太急了。"赵竞说着，微微一笑，才告诉父母，"你们不知道当时是什么情况，公证处十二点就关门了。"

母亲安静了几秒，说："关门之后十年内不会再开吗？"

赵竞觉得母亲泼他冷水，稍稍有些不悦，没吭声。

"算了，懒得说你，反正你也不听。"母亲叹了口气。

父亲开口："协议准备怎么拟？"

"明确韦嘉易不享有股权，我的股权归属不变。"赵竞简述。

母亲微微皱了皱眉，说："韦嘉易同意吗？"

"我还没和他说，不过他什么都听我的，是他和我提的要签合作互助协议，他又那么信任我，肯定不会反对。而且这也不算理智吧，"赵竞实话实说，告诉他们，"他是学摄影的，什么都不懂，我打算给他成立一个信托，把我的个人财产和每年的分红转进去。"

父母都没说话，赵竞提醒他们："不是你们教我的吗？和我合作影响他的事业和自由。真公开披露了他以后怎么工作，到街上给明星拍照，自己身后跟十个保镖？"

赵竞想得很清楚，韦嘉易对他没有条件，但客观的世界没那么简单，作为年长的一位，赵竞得清醒一些，好好把控现实中可能存在的变化情况。

思及韦嘉易连衣柜都理不清，平时做事糊涂，一直不告诉赵竞他的房贷还剩多少，顾左右而言他，很明显根本就是忘了金额。这样不擅长金融，以后与经济问题相关的事，都必须靠赵竞亲自来主导和操持了。

好在赵竞做什么都游刃有余，成熟可靠，必定能完美地维护好韦嘉易的权益。

母亲本来格外生气，态度不是很好，赵竞说完后，她的态度便软了许多，过了一小会儿，说："既然你都安排好了，等嘉易空下来，你也带他来见见我们。我是认识，你爸还没有。你一直不带来，万一他以为我们有意见呢？"

父亲也没再说什么，让他好好把公事处理妥当。

对父母，赵竞说的细节更多些，而面对股东，他自认为解释得也已经够清楚。不过现在公司毕竟处于危急关头，股东们难以接受他的选择，他可以理解。于是他耐心地等待着，经由一段时间的沉默，总算有人带头，大家稀稀拉拉地附和了他。

赵竞点点头，说了谢谢，继续阐述他的想法，以及预计在消息泄露后，提前与监管部门达成和解的可能性。

在众人各异的面色里，赵竞独自以信心十足的面貌结束了这场会议。

由于一早还得接受科技记者的专访，他打算直接在公司的套房里休息。他洗了澡，给韦嘉易发了个消息，问他睡醒没有。

"刚刚理好行李，"韦嘉易告诉他，"在看你的公开声明。"

"赵竞，"韦嘉易问，"我大学选修了金融课，好像对这种内容有印象，但是记不清楚了。"

赵竞转而想起，说："我们得签个协议，明确你不占有我公司的股权。"

和赵竞想的一样，韦嘉易果然马上说："好的，急不急？要我明天赶回来签吗？"

"没那么急，我给你选了几个律师，履历都还行，吴瑞会把资料给你发过去，你自己决定挑哪一个。要是都不满意，也可以看看别的。"赵竞告诉他。

韦嘉易听完，想了几秒，让赵竞觉得他很无助地说："我不太懂这个。"

"嫌麻烦就随便点一个，没什么差别。"赵竞教他。

韦嘉易乖乖地说了"好"。

赵竞把要说的事说完了，不想挂电话，但韦嘉易要去机场了，还有许多事，还要联系工作，不得不挂。

赵竞最后问："你的手表戴上了吗？"

"戴上了。"韦嘉易告诉他。

"发张照片给我看看。"赵竞很满意，要求他。

"啊，小驰来找我了，"韦嘉易突然说，"等我忙完马上拍给你看，你快睡觉吧，晚安。"

赵竞是个懂得体谅的人，只能听从了他的话。

韦嘉易挂了电话，戴上后找角度拍了好几张照片，都无法遮盖表带有点宽松的事实，只好匆忙跑下楼，找那个品牌的店。

好在最近的一家离他不远，但时间太早，还得十分钟店才开门，韦嘉易站在门口等，想到赵竞随口提起的协议和律师，心里有种很茫然的感觉。

赵竞说得非常顺口和理所应当，韦嘉易知道赵竞应该不会做对自己不好的事，但"不占有我公司的股权"这一句话听起来的确不是很正常。他心里起起伏伏，强迫自己不要想太多，赵竞让他签什么就签好了，这是他自己做的选择，虽然现在想起来，也不知道当时到底脑子的哪个部分出了问题。

韦嘉易想着想着，已经有点自暴自弃。品牌店开门了，他赶紧进去买。

销售小姐看见韦嘉易顺手戴在手上的手表，得知他要买小一个尺码的，感到奇怪。她查了查库存，告诉韦嘉易："先生，我们是有货的，不过能不能请问您是想改尺码，还是就是想要两个？"

得知韦嘉易不需要两个，只是需要一块适合戴的手表，她立刻热心地提议："我们可以为您提供改表圈的服务，今天师傅不在，您可以放在店里，两天左右就可以改好。"

"没关系，"韦嘉易对她笑笑，"我等不了，还是买一个吧。"

他买了单，直接戴上了，旧的放在新盒子里。他往门外走，要去和小驰会合，去赶飞机。这时候，原本是阴天的城市突然下了一点雨。

街上没人撑伞，有人戴上了帽子，有人快步走在雨里。

韦嘉易穿得少了，风吹来，他觉得有些冷。在各个精品商店的屋檐下躲着雨小跑，走了一会儿，他想起来，拍了一张左手的照片，给赵竞看。

韦嘉易的手是他自己不太讨厌的部分，骨节不明显，手指也比较长，很多人都赞扬过韦嘉易的手。

赵竞肯定是睡着后被他的消息吵醒了，发了条语音过来，很含糊地像说梦话一样，说："好看。"

第十六章 🌱 **在云层上**

前往下个工作地点前，刚走进登机口，韦嘉易收到了吴秘书发来的律师的履历和资料。

找到位置后，他打开快速浏览一番，完全看不出孰优孰劣，只看出赵竞帮他挑过的律师们的确个个是精英。

本来，赵竞和韦嘉易就从事世界上最不相关的两个行业。虽然当时为了一点奖学金，韦嘉易拼死拼活地学习，金融课还拿到了 A，但那些知识早已从他的大脑滑走，现在再让他在听金融法律知识讲座和回学校的暗房待三天三夜不出门欣赏大师原作之间选择，他肯定毫不犹豫地选后者。

他又看了一遍，决定听从赵竞的建议，随便地选了其中他认为最面善的林律师，而后告知了吴秘书。

飞机很快起飞。由于跨洋航班的航程很久，韦嘉易打开电脑，继续处理要交给布德鲁斯岛的镇长的照片。连上无线，他给赵竞发了一条："我已经选好律师了。"

他坐在靠窗的位置，外面的云又厚又白，完全遮住海洋和波浪。韦嘉易处理工作的手变得缓慢，想起如同上辈子一般遥远的童年。他跟随父亲突然搬离原本的城市和国家，住到继母家的小卧室里时，尚是幼童。他缺乏常识，又很孤独，就变成了一个很喜欢研究云团的小学生。因为总是幻想在这些云的上面，会有认识他的神祇，或者有去世的亲人聚在一起瞭望他、观察他的生活并聊天，一起因为他获得的好分数或跑到终点而鼓掌，所以韦嘉易每次都会选定最大的一片云，因为那里一定能够承载最多的关心他的灵魂，雨天也变得不再令人讨厌。

他发觉自己现在仿若进入新的一辈子，新的生活。所以云上方的事物就不再是幻想的全部了。

韦嘉易有时乱想，有时聚精会神，但没睡觉，用几个小时的时间将所有余下的照片都处理好了，整理完毕，准备下飞机后传给镇长。韦嘉易给赵竞发了一条新的消息，告诉他这个喜讯。

没多久，赵竞回复了他，说："醒了。"

赵竞评价："我看到了，林律师。韦嘉易，你很会挑啊。"

接着针对韦嘉易的喜讯做出回复："我让秘书联系过他们，到时建立纪念博物馆，由我出资。"

最后他问韦嘉易："你全程没睡？"

"嗯，"韦嘉易说，"我睡不着。"

赵竞在那儿莫名输入了很长时间，回的只有三个字："为什么？"

韦嘉易一看就知道赵竞在想什么，简直又可以想出他的表情，感觉自己笑了。其实睡不着只是单纯睡不着，韦嘉易选择回复赵竞："可能因为一直在想我们的协议吧。"

赵竞立刻给他打来视频，韦嘉易接了。

这一段的无线信号很不好，视频的画面卡到黑屏，最后切回语音，赵竞的声音还是断断续续的，韦嘉易听到他说："我睡得还行。"

四周的人应该都在睡觉，韦嘉易不方便说话，给他打了字："我后天就回来了，你忙的话我等你。"

"好。"赵竞又不知说了什么，韦嘉易基本上一个字也听不清，回他："我们要不还是打字吧。"

赵竞不情不愿地说了句话，这次韦嘉易听到了，是骂民航的信号差。挂了语音，赵竞发文字过来："拟协议之前，要出具资产证明，你准备一下，交给你的林律师就行。"

韦嘉易没想到冲动过后，后续有这么多麻烦事，还要涉及很多经济问题，他实在不想管，忍不住问赵竞："不能让律师直接拟完我签一下吗？"

"信任我信任到想签卖身契了？"赵竞立刻说。

韦嘉易看得很无语，不知道该回什么，赵竞一锤定音："不能。"韦嘉易只好说"好的"。

过了一会儿，赵竞忽然发来了一长段："我今天准备接受一个深度媒体采访回应质疑，算是正式公关之一。我肯定会提到公证分割协议的事，也会声明存在公证分割协议，排除你对公司股权的占有权，避开触发披露的条件。"

韦嘉易看完一知半解，觉得在心里闷着不如直接问赵竞，想了想，回："避开披露条件的意思是什么呢？"

"意思是你的名字不需要被公开，"一般来说，赵竞解释韦嘉易不懂的事时会比较有耐心，说得也简单，"能避免很多你私人生活中不必要的麻烦，也能减少对公司造成的影响。"

韦嘉易恍然大悟，终于明白赵竞的用意，又觉得这协议的确必要，简直刻不容缓："那我马上去把我的资产证明准备好，我们尽快签掉。"

赵竞说他主意变得跟小孩一样快，他都忍了。

抵达后，林律师和韦嘉易联系上了。他发给韦嘉易一份模板清单，有些得回家才能拿到。韦嘉易给工作室的财务打了电话，便忙着去干活了，没再多管。

晚上工作结束，已经是十一点，韦嘉易回到房间，洗漱后躺在床上，觉得赵竞应该已经睡着了，不想把他吵醒，又怕他醒来不高兴，想不好要不要给他发条消息。

明天和后天没有工作，韦嘉易团队的人都说想逛一逛，所以几人明天下午一起回市。等回去之后，韦嘉易就可以和赵竞多待一会儿了。韦嘉易还想起赵竞离开时和他说的事，有些期待，又觉得紧张。

就这样躺到零点三十分，韦嘉易有些忍不住了。他的大脑清醒地叫嚣着，怒斥自己：这样简直大错特错！可是大脑根本管不住手，五分钟就订好一张机票，和小驰说了一声，从没这么快地收拾好行李，叫车去机场，决定提前回家了。

小驰居然没睡，不知道是设想了什么情况，回韦嘉易："嘉易哥，加油！我们一定把器材好好带回去！"

韦嘉易无从解释，只能回他"谢谢"。

在飞机上倒是睡了几个小时，但或许是理智对自己连日来的行为存在强烈的不认可，韦嘉易梦到的是一片云。云里有很多虚幻的影子，他们以韦嘉易的生活内容为话题，给出许多评价和意见。其中好几个人都情绪激动，极端不认可韦嘉易的这种行为，说冲动反而会损害赵竞，"就差十个小时也要改签航班？""上次坐红眼航班回去发生了什么你们忘了吗？"。

只有一个温柔的女声支持了韦嘉易的选择，说"想做的话就去做好了"。韦嘉易在梦中听得很感动，醒来时还记得清楚，但怀疑这声音是他所剩无几的自尊幻化出来维护自己的。

落地时是早上六点，天还没亮，机场出口的灯光白惨惨的，玻璃门外一片灰蓝。整个城市看起来都半醒不醒的。少有的几个同行乘客走得分散，往各自要去的地方去，反正看起来都比韦嘉易有目的。

韦嘉易肉体疲劳、精神恍惚地往前走，只想快回家休息，走了一小段路，忽然想起是不是得叫个车，或者去找出租车点。他的思维运行得有点缓慢，所以听到赵竞的声音时以为是大脑出错，完全没理会，只在心里考虑好了，去找出租车点，脚刚迈一步，手臂被人拉了拉。

韦嘉易吓了一大跳，手松开行李箱。

"还偷偷提前回来。"赵竞的声音响在韦嘉易耳边，语气颇为自得。

韦嘉易半天才"嗯"了一声，不得已承认："那我已经早点回来了，怎么办呢？"

赵竞又得意扬扬地说："我四点半醒过来，发现你没给我发消息，电话打不通，马上知道不对劲。查了查今天凌晨运营的航班，就过来等你了。"

"啊？"韦嘉易还以为他找人查过，原来是瞎撞过来的，难免惊讶，"万一我只是手机没电了怎么办？"

赵竞终于松开韦嘉易。韦嘉易抬起头，注意到赵竞脸上极为罕见地出现了一丝心虚。赵竞把眼神转开了，说："让吴瑞通过你的经纪人联系到你的助理了，他帮我确认的。"

"……"

"五点也该醒了吧，"赵竞的心虚停留不了几秒，很快就消失了，看到韦嘉易失语的脸，还理直气壮起来了，"加点奖金不就好了？而且怎么他们都不知道我们的事？"

"……不是，我不知道怎么说，一直在想呢。"韦嘉易用仅存的意识找了个借口。

"韦嘉易，没我你怎么办？"赵竞像觉得韦嘉易很傻，微微叹气，告诉他，"行了，别烦恼了，我已经帮你说过了。"

不想被无关的人干扰，赵竞自己开车来机场接韦嘉易。

昨天开市后，股价确有波动，但比预计中更小，谈不上灾难，公关负责人告诉赵竞，连最不看好此次反垄断调查的记者，也不由得感慨赵竞的幸运。

若时间往回拨半年，赵竞不相信任何玄妙学问，也不需要深刻的友谊。但现在，他越发感到真正交心的好朋友会益于人生。

不久前，韦嘉易带着水和急救包，像守护天使一般降临在泥泞的海岸边，忧心忡忡地捞起赵竞，扛着腿受伤的赵竞去到安全的地方，四处找水，只为让赵竞洗脸。

现在，他又让赵竞成熟，磨平棱角，从而平顺渡过危机。韦嘉易担心赵竞到提早几个小时，偷偷改坐凌晨的航班赶回家。所以他们也是注定要认识的，否则为什么从韦嘉易的酒店房间到公证处，沿大道向前一路无阻？上帝都在为他们扫除障碍。

在出口看到韦嘉易时，韦嘉易似乎已经累得神志不清。赵竞叫他的名字，他都没理。

他的头发有点乱，穿着一件宽松的毛衣外套，拉链都没拉上，里面又是薄T恤。他将毛衣袖子捋起一些，细瘦的手腕拉着行李箱，慢吞吞地往前走。这么多年总是这样。

赵竞想起为数不多的他们的几次见面。

这些年来，韦嘉易发色换了几种，从白色带着彩色到灰色再到黑色，见面时器材也都不同，但脸和体重都没变过，香水和步态也是。

赵竞现在想想，都不知道他和韦嘉易认识这么多年，为什么一直没接触，如果韦嘉易多来找他说几次话，或者他不因公事和不喜应酬而错过母亲的慈善晚宴，或许他们早就成为朋友了。

气温已近零摄氏度，机场到达厅的温度不高，赵竞把困得满机场乱走的韦嘉易带走。

想到韦嘉易既没安全感，又对本职业外的一切都不太聪明，赵竞只能惯着他，少说他几句，帮他拖着行李箱，往停车场走。

回去的路上，韦嘉易坐在副驾上，头一点一点的，不过没睡着。赵竞看到他的手机屏幕不时亮起，有新的消息，不知这么早谁找他。但应该是因为珍惜和赵竞的独处时间，韦嘉易看都没看。

开上机场的快速路后，赵竞给车设置了定速巡航，他便单手搭着方向盘。

回到公寓，天已经亮了许多，变成了灰白的颜色。

赵竞原计划是先让韦嘉易休息。他想让韦嘉易先睡一觉再说别的，还把房间的窗帘严实地拉了起来。但等到他自己穿上出门的衣服，走出来，发现韦嘉易没有睡。

韦嘉易背对着他，正在摆弄床头柜上放着的不知什么东西。赵竞走过去看，韦嘉易拆了他为两人准备的东西。塑料纸堆在台灯边，他拿着一个塑料瓶子。

看见赵竞的穿着，他的表情有些愣怔："你要走了吗？"

"十点半有个会。"赵竞看了看表，七点二十分，告诉他。

"这样啊，"韦嘉易听话地放下了瓶子，一副赵竞的公事最重要的样子，"那我睡一会儿，等你回来。"

韦嘉易醒来时已经是下午，赵竞也不在了。

他艰难地打开灯，发现台灯上贴着赵竞给他写的字条，字不潦草，看上去很潇洒，像赵竞本人，除了某些时候说话做事让人无奈，的确没有任何不完美的地方。

赵竞写："冰箱里有厨师做的菜，可以自己热。要是愿意就给厨师打电话，让他上来做。我六点到家。"

韦嘉易下床，换了套薄的居家服，有些头晕地慢慢走到餐厅，也不饿，打开冰箱毫无食欲，总觉得肚子是饱的。

他拿了份燕麦粥热了，坐下吃了一会儿，才看手机。

有许多未读消息，置顶的那个"恶魔"，发来十几条莫名其妙的消息，和韦嘉易报告了他一整天的行踪，还有个链接，说："我的深度访谈，反响不错，你可以看看。"

韦嘉易说"好的，我一定马上就看"，然后就忘了，去看别的消息了。

赵竞的母亲李女士竟然给韦嘉易发来问候，她斥责了赵竞毫无为人处世的概念，让他带韦嘉易回家，他一直推托。她还感谢了韦嘉易的包容，请他有空来家里吃饭。

韦嘉易清醒了，胆战心惊，比上次工作还要用心地回复了她，继续往下看，朋友们又开始约他出门。有个彼此关系都很要好的群聊里，已经有朋友谴责他，说从骆鸣处才听说韦嘉易认识了个蓝领朋友。问韦嘉易："现在又没有职业歧视，怎么不带出来看看？有照片吗？"

韦嘉易想到赵竞自己四处散播信息，没准哪天朋友会从其他人口中得知，还不如韦嘉易自己说，便干脆先把他在岛上拍的赵竞抱着里尼的其中一张背影发给了他们。

但是赵竞的名字，韦嘉易确实还没有想好要怎么告诉朋友。

总觉得今天春风得意，说不定没过多久，就像他们突然接触一样，不知道怎么回事又突然结束了。朋友当然不会笑他，但韦嘉易就会变成不熟的人嘴里的笑料。当然，到时候韦嘉易自己伤心还来不及，应该也管不了别人怎么想了。

朋友看完赵竞的背影照片，纷纷回复多条，从上到下细致地评价了赵竞。

韦嘉易和他们说笑几句，接着往下看，找到了来自小驰和经纪人的消息，经纪人比较委婉，早上先是问了几句韦嘉易是不是出事了，后来反应过来，说了几件工作的事。

小驰按捺不住，一大早就发了一堆表情包，中午又说他们逛街时，他给韦嘉易买了个礼物，还说："嘉易哥，我会为你保密的！"

最后是新添加的林律师。

林律师给韦嘉易发来一个模板，上面是韦嘉易需要提交的展示自己财务状况的证明。他问韦嘉易什么时候有空，希望能见面谈，聊一聊韦嘉易的期许。如果实在没空，打电话也行。

以韦嘉易现在的声音，不太适合打电话。而对于这些他不擅长的东西，尤其涉及金钱和法律，他与赵竞的差距那么大，想起来又觉得很懒，便厚着脸皮把财务发给他的东西直接一股脑转发给林律师，问林律师："这些可以吗？"

林律师看了一会儿，问他："您有空接电话吗？"

韦嘉易想了想，还是接了。

"韦先生，您好，您的资料准备得很完整，这些就足够了，"林律师的声音很文雅，令人信赖，"我打电话，主要是想和您确认一下您的预期，有没有什么自己的需求要提，我好和赵先生的律师进行协商。"

韦嘉易告诉他："我好像没什么预期，请问有什么建议吗？"问完韦嘉易觉得自己很不专业，也不知道怎么改，就说："算了，按照他的要求来吧。"

林律师笑了笑："没关系，没有也可以，我和对方律师初步沟通过，对方列出的各个条款，对您还是较为有利的。

"包括利润分配、债务承担，收益处理和信托基金的设立、费用分摊、继承赠予安排，还有一些非财务条款，都较为详尽。如果您没有特殊要求，出示资产证明后，对方会先拟出一个草案，提交给我，到时我再和您一起审核，如果不满意，再继续谈判，满意可以定稿签署，您看这样可以吗？"

韦嘉易本来就累，林律师的声音也有点催眠，从"债务承担"开始，他已经走神了，基本上只听到了后来的"草案""定稿签署"。不过大概知道根据林律师所说，赵竞的律师想定的条款，都不至于残害他的生活，韦嘉易马上说了可以。

挂下电话，韦嘉易才记起自己所剩无几的房贷，以及不久前对赵竞的一些夸大和暗示。

心虚了两秒，他告诉自己，律师会看不代表赵竞会看，到时拟出草案他尽快签了，就当这件事没发生过。

离赵竞回来还有两个小时，韦嘉易无聊，躺在床上和经纪人协商，一起筛选了工作。他没有再接急单，将两个月中余下的所有休息时间留好，把过年的几天也空了出来。

赵竞最近没提要求，经纪人在那头叹气，不过韦嘉易把自己说服了。毕业这些年，他本来都没有怎么休息过，减少百分之二十本来不必接的工作，更多的可能是他终于有了点勇气，不再因为讨厌孤独而只想奔波工作，也尝试停下来，认真地考虑去爱一爱他以前不愿意正视的那一部分自己。

协商完不久，赵竞打来了电话，说："我下班了，在回去的路上。"

韦嘉易不知道这怎么也要打个电话。从赵竞的公司过来，开车就二十分钟，但他也不能扫兴，就说："那你路上小心，注意安全。"

赵竞突然顿了顿，语调变得可疑，对韦嘉易说："你声音怎么这么哑？"

韦嘉易听他声音变得那么低，已经有点怕他，所以什么都没说，不想接话。赵竞等了等，自顾自地说："我在看律师发给我的东西，韦嘉易，一个人一年为什么能接这么多工作？"

韦嘉易心中一惊，赵竞还在用他单纯的语气评价："我是知道你要还房贷的，不知道还以为你欠赌债了。"

就在这时，赵竞突然停了下来。

韦嘉易心里知道他看到什么，只能硬着头皮等待。过了一会儿，果然听到赵竞难以置信的声音，甚至还带着委屈："韦嘉易，你说你省钱拼命工作还房贷，指的就是你每个月还的这三千？"

电话一直没挂。韦嘉易自觉理亏，弱弱地说"等你回来我和你解释"，说完拿着手机不敢出声。虽然暂时也想不到能怎么解释。

赵竞很明显被气到，在那头一声不吭，大概不信任感达到了顶峰，正苦心钻研韦嘉易的财务信息，想再揪点别的小辫子出来继续质问。不过韦嘉易本来就没几份东西，他再找也找不出花来，可能就更生气了。

韦嘉易倒是也想看赵竞的，可是林律师还没给他发过来，只能躺床上装死。

躺了一会儿，韦嘉易听到了关车门的声音。赵竞还是不挂电话，他也不敢挂，小心地问："你到啦？"

赵竞本来应该是不想理他的，韦嘉易又叫他："赵竞。"

过了两秒，赵竞才"嗯"了声，没好气但是老实地回答："我到了。"

韦嘉易从床上坐了起来，听到赵竞进了电梯，上楼打开门，过了几秒，门被推开了。

赵竞气势汹汹地站在门口，脸都是黑的，看着韦嘉易，如同一座活火山，好像如果没被好好安抚，他马上爆发。

韦嘉易有点无奈，想自己骗赵竞的何止这一件，又想不出任何借口，只好和他僵持着。不过没僵持多久，赵竞自己往前走了两步，走到韦嘉易面前来，继续不高兴地垂眸盯住韦嘉易的脸。

他换了一身西装，模样成熟，睫毛却密得像小孩子，脸也拉得老长。

只要不回忆他的行为，韦嘉易还是会觉得他可爱，便换了坐姿。

赵竞含糊地说："你不是要解释？"

赵竞更不满意了，眉头皱起来。韦嘉易干巴巴地挽回："房贷的事情，是这样的。"然后停了。

一秒后，赵竞等不及地追问："怎么样？"

韦嘉易的确没有找到借口，怀疑自己是不想找，回忆当时的心情，说了实话："我一直都有这么多工作的，因为不想闲下来，也不想休息。那时候不想和你说太多，就随便糊弄说我要还房贷。"

真实的解释并不梦幻，没有感人至深的故事，赵竞本来就是很难哄好的一个人，当然没有高兴一点，只是面无表情地看着韦嘉易。

"对不起。"韦嘉易感到无力。

赵竞语气硬邦邦地说："韦嘉易，你表情这么难过干什么？"然后说："又不是什么大事。"

他说："以前就算了，但是我们现在已经是正式合伙人了，以后你心里要有这个意识。"

"当然有，"韦嘉易对他补充，"我现在工作都少接了很多。"

"是吗？"赵竞抱起手臂，戒备地瞪着韦嘉易，"很多是多少，百分之几？新的工作行程表发给我。"

他连连发问，像韦嘉易在他那儿的信用已经归零。韦嘉易都头痛了："等我确定了马上就发给你。"

"什么时候确定？"

韦嘉易实在忍不住叹气，说："就这几天，会发你的，好吗？我又不像你，工作精确到每分每秒，你不要把我当下属问。"

赵竞不情愿地哼了一声，对韦嘉易说："知道了。"

过了几秒，赵竞好像是想了想，开口问："那你骗我要还很多房贷的时候，你重视我吗？"

他的眼神很干净，像心形岛屿的海水变成黑褐色，有一种韦嘉易无法拒绝的真挚："还有，我第一次来你家找你的时候，我先从布德鲁斯岛走的时候，你重视我吗？"

赵竞的记性也堪比照相机，突然调取出韦嘉易当时不想牢记的记忆，然后认真询问，像调查取证。

韦嘉易发现对赵竞说实话比对自己说要容易，承认："重视啊。"

"不过我觉得我们不太可能做朋友，"他坦白，"所以接了更多工作，一工作我就什么都不用想了。"

说完之后，出乎韦嘉易的预料，赵竞忽然像那种对完答案，发现自己拿了满分的学生，表情浮现出了些许自得。

韦嘉易心说不好，赵竞已经对韦嘉易笑了笑，奖励一样，说："韦嘉易，我就知道。"

"……"韦嘉易觉得自己说什么都晚了，就夸他一句，"你好聪明。"

韦嘉易想起他先前说的话，赶紧岔开话题："你本来要带我去哪儿？"

"噢，本来想带你回我爸妈那儿，"赵竞说着，终于坐到床边，"我妈下午又催我了。"

韦嘉易愣住："约好了吗？"

"没有，"赵竞说，"这有什么好约的，他们这几天晚上都在家，你空了带你去不就行了？今天不去了，等你明天工作结束吧，不是四点半就收工了？不会说好四点半最后被人压榨加班到十点吧？"

"你别说得这么快，我要准备礼物的吧？"韦嘉易看赵竞一副无所谓的样子，还开始猛说韦嘉易客户的坏话，已经开始焦虑了，"叔叔阿姨喜欢什么？"问完觉得自己可能买不起。

"什么都行，你想准备什么？"赵竞想了想，说，"你还没去过我以前住的房子吧，我带你去挑点。"

就这样乱七八糟地决定了，韦嘉易换衣服，跟着赵竞去他以前住的地方拿礼物。

他去换衣服，赵竞站在门口，评价韦嘉易选的外套。韦嘉易装傻，充耳不闻。

赵竞住的地方离韦嘉易家不远，在市区公园南边一栋有名的豪华住宅楼，可以俯瞰湖景和园景，以隐私性强和面积大而闻名。

韦嘉易有相熟的客户住在那栋楼——中间位置的楼层，开派对时邀请他去过一次，他印象很深。不过也没想到赵竞有自己的汽车电梯，可以直接将车停回顶楼家中的私人车库。

跟着赵竞走进起居空间，韦嘉易看到一面巨大的落地窗，竖跨三层，天花板高得像天空的云。家具也都是设计师配成的名品，四处印着统一的奢侈品标志，感觉这个家从头到尾走一圈要五千步。不知道住惯这种地方，赵竟为什么还愿意住到他家。

赵竟回头看他一眼，无所察觉地说："要不去酒窖吧，我去年拍了箱酒，想在我妈生日时送她的。"

"好的。"韦嘉易跟着走。

在大得吓人的酒窖里看了看酒，韦嘉易又被赵竟带到雪茄储存柜，按照他的推荐，给他父亲选了两盒雪茄。可能因为柜子里存了很多，赵竟还特地开口解释："我不抽这个，都是我爸的。我妈不爱让他抽，他有时候来我这儿偷偷抽几口。"

韦嘉易说"嗯"，别的也说不出什么，赵竟好像发现了他的情绪，问他："怎么了？"

"没有。"韦嘉易说。

"有吧，"赵竟轻微挑眉，问，"又在想什么？"

韦嘉易摇摇头，说："在想你为什么愿意迁就我。"

"韦嘉易，协议还没签，什么叫迁就你？"赵竟的重点完全不对，开始纠正他，而后才说，"因为我的直觉说你不想接受这个安排。"

一般人不会这样宣扬直觉，但赵竟连说这种话都非常自信，可怕的是他是对的。韦嘉易看着他，赵竟又更加笃定地说："而且你比我小那么多，我又比你成熟那么多，是要让着你的。我父母教过我。"

赵竟说的话太离谱，道理没错，就是没有一个字说得和他自己有关系。

韦嘉易听得说不出话，觉得自己差点就要笑出来，还好忍住了，和赵竟对视着，无言了一小会儿，赵竟对他说："我又没说什么，你别哭啊。"

韦嘉易真的没哭，最多视线有点模糊，眼泪肯定没有流出来。他铁石心肠，看什么感人肺腑的电影，都是在座位上给朋友递纸的那个。

然而赵竟没等他澄清，无奈地哄他，又说："现在就这么爱哭，以后办庆贺仪式，我发表感言的时候你是不是要哭得脱水？"

第十七章 🌿 新年快乐

天蒙蒙亮时，闹钟响了，但只吵醒了韦嘉易。

韦嘉易白天要替杂志社拍封面照，明星到场之前，他得先勘场，和主编、造型师开个沟通会，将风格和主题再确认清楚，所以起得很早。洗漱完临出门，小驰还有一会儿才到，韦嘉易又看了一眼，确认赵竞还是紧紧抱着他的抱枕，保持原姿势在睡。

赵竞把眼罩戴得整齐，单看沉睡时的体面模样，着实看不出他能想出那么多异于常人的语言和行为。

小驰来消息了，说马上到。韦嘉易收起手机，写下一张字条，说自己会按时下班，贴在灯上。

到楼下，商务车的门已经打开，小驰在里面探头探脑，拿着给韦嘉易的咖啡，一脸兴奋。

韦嘉易进去，小驰把咖啡给他，又递过一个礼物袋子，可能因为司机在，他挤眉弄眼地暗示："嘉易哥，这是我给你带的旅游纪念品！"

韦嘉易接过来，感谢他几句，感觉胸口挂着的项链都变重了。

摄影棚是杂志社常用的那家，韦嘉易来过不少次，对场地很熟悉。本来一切进行得顺利，进入拍摄阶段，女星很好沟通，但她的经纪人很难搞，像是专门来挑刺的。

女星做造型时，韦嘉易确认了光线，等做完便开始试拍。刚拍几张，主编和女星本人都满意，只有经纪人在一旁挑三拣四，说这造型没有突出女星的形象和优势。女星被他说得动摇了，决定重改。改完妆造，试拍之后，各人先休息吃饭，准备正式拍摄。韦嘉易拿了份盒饭，和杂志主编坐在一旁聊天，顺便看了一眼手机。赵竞三个小时前就告诉他"醒了"，两个小时前到了公司，一个小时前又说："已经让吴瑞找了收纳师，在整理你的衣柜。"

赵竞还补充："隔壁还有几套公寓挂牌，我买了一套，理出来的衣服放在那儿，不会丢的。"

韦嘉易起初只是头大，怀疑按照这位大少爷的生活方式，现在住几天就买一套，以后住久了可能要买一层，而后忽然想起，自己之前回家后，匆忙塞在衣柜深处的另一块手表。

他立刻有些忐忑，不想横生枝节，而且发现自己可能再也不想看到赵竞生一点气，想了想，拐弯抹角地问："你在旁边监工吗？"

"当然没有，"赵竞回复得很快，"我在开会。"过了几秒，赵竞又说："我监工，就让他们把你那些时髦衣服全打包放到衣柜。"

韦嘉易被他气笑了。

回完消息，坐在一旁的主编挨过来了："嘉易，在和谁发消息？你的表呢？"

韦嘉易没有否认，扯扯脖子上的项链，示意她："我挂着的。"

"你那个朋友，"主编说着，又恍然大悟一般，"是不是因为他操作工程器械不方便戴？他现在还在工程队工作吗？可能我年纪大了，和你们年轻人想得不一样，虽然职业、收入相差都很大，但既然你欣赏他，他还愿意继续做这份工作、吃这份苦，说明是个可靠的小伙子。"

这传言已经到了匪夷所思的地步，韦嘉易不得不为赵竞澄清，开口说："他其实不是做这行的，他只是会开工程车，所以在做志愿者的时候开了几天。"

主编也像当时的韦嘉易一样，不懂为什么不干这行的人，却懂得如何驾驶工程车，眼中有点迷茫，问："那他是干什么的？"

韦嘉易愣了愣，一时还真说不出赵竞的公司是做什么业务的。这时，女星的经纪人突然走了过来，找主编说话，提出几个新的要求，主编性格也比较强硬，并不想接受，开始和他打太极。韦嘉易赶紧吃了几口，离开了这一区域。

韦嘉易离开后，主编和经纪人争辩了几句，两人出现一些主题上的矛盾，因此下午的拍摄气氛不算很好。韦嘉易装作没感觉到，按照原本的计划拍摄。拍到四点，基本结束了，他们开始审片，经纪人再次挑起刺来，说要补拍。韦嘉易怀疑真的要加班，站在一旁，提前给赵竞发了条消息，让赵竞先回家，他可能会晚点回去。

"知道了。"赵竞说，还抱怨，"韦嘉易，怎么不是资本家也能压榨你？"

韦嘉易来不及回复，就被主编叫了过去。

赵竞四点就从公司离开，由于某摄影师被不知名杂志社压迫，工作结束的时间发生改动，他便先回家，去视察家里的收纳情况。

收纳师们完成了工作，正在等他，赵竞走进去，先看了他们住的房子的衣柜，已整理得非常整齐，而后又去看了看他新买的、当作储藏用的那间公寓，离他们家很近，只差了九个房号。

"夏天的，还有比较旧的衣服鞋子都放在那里，"其中一名收纳师告诉赵竞，"不过有些衣服，我们不能确认算不算夏天的，而且似乎最近还在穿，就没移动过去。"

韦嘉易是爱漂亮，四季都穿那么点，很不好管，赵竞点点头，收纳师又说："还有这件，我们不知道该放哪儿，照理应该放进保险箱。"

她拉开了新公寓的抽屉，赵竞看到一个购物袋，是他们戴的手表的品牌。

回到车里，他给韦嘉易发消息，问韦嘉易："还没下班？"

韦嘉易没回，赵竞直接让司机去了韦嘉易工作的摄影棚，在楼下停了一会儿，收到了韦嘉易的回复："马上就要结束了，补拍也好了，只差一点就审完了。"

赵竞降下车窗，发现影棚的矮楼的窗帘都合着，也看不见韦嘉易，就给他打了个电话，韦嘉易在工作，还是接了，很轻地问他："怎么了？"

"我在影棚外，"赵竞告诉他，"我想上来找你。"

韦嘉易好像吓到了，说："你怎么来了？"只犹豫了两秒，韦嘉易就说："里面很无聊的，我都快收工了，你要不还是在车里等我一下吧？"

赵竞听到韦嘉易那儿有人说话，是个女性的声音，似乎在和韦嘉易说什么。

利用敏锐的听觉，赵竞捕捉到关键词了，她说"上来没事啊""只剩我们几个了""给我们看看嘛"，赵竞立刻对韦嘉易表示："我已经听到你同事让我上去了。"

"好吧，"韦嘉易好像有点没办法，"我下来接你。"

赵竞下车，在锁住的黑色玻璃门的门口等了一会儿，天阴下来了，树木像墙上的黑影。因为天冷，不是生活区，四周没有行人。等的两分钟里，赵竞觉得自己的影子也即将没入黑暗之中，如果他堕落成恶魔，就把韦嘉易一起抓了，韦嘉易再反抗他也不可能心软。

但是玻璃门发出"嘀"的一声，解锁了，被人从里面推开。里面温度很高，韦嘉易探出头来，眼睛睁得很大，手推着玻璃门："快进来，你怎么站在这里等啊？外面很冷吧？"

赵竞还是觉得生气，又觉得对韦嘉易生不出气，把他从里面拉了出来。

影棚里暖气开得很高，韦嘉易下来接赵竞，原本只是来开个门，外套都没穿，室外的温度并不是他能适应的。

四周一片漆黑，韦嘉易的背是冷的，面颊和脖颈又是热的。

"你怎么了？"他问赵竞，冷得厉害。门锁了他在外面开不了，只能给主编发消息求助。

发完消息，赵竞把外套脱了，盖在他身上，对他说："看到你放在衣柜里的手表了，收纳师理出来的。"

韦嘉易一愣，过了一段时间，才反应过来。他的第一个想法是自己倒霉，什么欺骗行为都被揭穿，然后觉得衣服披在肩膀上，身体好像更冷了。还有是发现认识赵竞之后，就永远不可能再像以前那样游刃有余了。他产生一种怀疑——经历了连续的欺骗，赵竞很快就会因为他不够坚定而感到失望。韦嘉易的人生不像童话，最终他也会被放弃。

看着赵竞的眼睛，韦嘉易没有一点办法欺骗自己，知道赵竞猜到了一切。他没办法解释，解释都很假很多余，倒是脸皮忽然之间变得前所未有地厚，韦嘉易张张嘴，出声问赵竞："那你可不可以当我是买错了？"

赵竞大概没碰到过他这种人，表情也呆滞了一秒。

"你自己说要让着我的，"韦嘉易看他不说话，觉得按他的脾气会说不行，手有点颤抖，小声求他，"就当那天我真的和你说了，好不好？"

赵竞还没说话，韦嘉易身后的门又开了，主编说"怎么把自己锁在外……"，话没说完，看到赵竞，她似乎愣住了，没说下去。

韦嘉易觉得自己的表情不太好看，没回头，赵竞按着他的肩膀，越过他对主编说："请问你们的照片审完了吗？"

过了两秒，主编才有点结巴地说："审完了。"

"那我和嘉易先走了。"赵竞说。

赵竞伸手，把玻璃门拉了一下，关上了，而后才带着韦嘉易往车的方向走。司机下车给他们开了门，赵竞先把韦嘉易按进去，帮他系上安全带，才去了另一边。

回家的路上，赵竞把后座和驾驶室之间的隔屏升起来了，一开始看着韦嘉易，等韦嘉易也看他，他才说："自己笨得不行，东西不知道藏好，像我欺负你了一样。"又说："我重新来吧。"

韦嘉易在业内一向以负责出名。认识赵竞之前，常留到最后和电灯一起下班，从未像今天这样收工收得像逃难，除手机之外什么个人物品都没拿，连外套都是从赵竞那儿蹭的。

照片也有几张没审完。轿车离开了工作室所在的街道，靠近一条灯火通明的商业街，韦嘉易的负罪感缓缓升起，拿着手机，想妥善地弥补一下自己的过失。

他先给小驰发消息，请他帮忙将物品和器材整理之后都带回工作室，而后开始编辑一条给主编的信息，表达歉意。赵竞仍没有任何边界意识，挤在他身旁，光明正大地盯着他打字，评价："这杂志主编看着脾气挺好啊，我一开口她就放你走了，你的语气怎么还这么卑微？"

韦嘉易和他解释也解释不明白，主编倒是马上回了消息："没事，嘉易。"

赵竞满脸写着"你看吧"，韦嘉易没来得及说什么，赵竞的手机响了。

这时，主编又发来第二条："你不告诉别人是聪明的。合作这么多次，你希望的话，我肯定会帮你保密。"

赵竞恰好坐直了接电话，看了眼自己的手机屏幕，没看到主编的消息。他十分不见外地打开了外放，接起来叫了声"妈"。

"收到嘉易的礼物了，"李女士问，"你们什么时候到？"

韦嘉易听到李女士的声音，发现因为方才的突发状况，自己完全忘了要跟着赵竞去见他的父母的事，心中一惊。

"刚接了他，在回来的路上，"赵竞说，"韦嘉易被杂志社压榨，加了会儿班。"

挂下电话，赵竞大概发现他神色愣怔，以一副太了解他的样子开口："就知道你一次记不住两件事，韦嘉易，你越过越像小孩子了。"而后得意扬扬地道："还好我考虑周全，下午就让人把礼物送过去了。快说，怎么感谢我？"

韦嘉易顺着赵竞顺成习惯，明明在想别的事，还是下意识侧过脸，询问："你想要我怎么感谢？"

好端端的，赵竞不说话了。

韦嘉易怀疑他在想什么不太好的东西，不过低头看看表，已经六点半，心里被愧疚和忐忑占满，感觉自己已经要留下不好的印象，也没管赵竞的沉默，担心地说："现在去是不是太晚了，第一次就让他们等我？"

"不会，"赵竞耸耸肩，"他们本来就吃得晚。"

韦嘉易仍然忧心忡忡，低头看看自己。这件黑色的羊绒外套是赵竞在西装外面穿的，对韦嘉易来说很大，明显就不是他的，看起来很不正式。他先伸手，把袖子挽了一圈，听到赵竞问："又在胡思乱想什么？"

韦嘉易抬眼看着他，赵竞眼神随意，但是似乎真的在准备倾听，便忍不住吐露了心中那些有点上不了台面的紧张焦虑："就是感觉有点仓促，外套都是你的，又不合身。"

"你要真担心，我就找人帮你送一件过来，换上再进门。"赵竞提供一个解决办法，而后又说，"不过我家很热，你进去又得脱了。"

韦嘉易的忧心少了些，问他："这样啊？"

赵竞"嗯"了一声，忽然问："你今天怎么把自己裹得这么严实？袖子都遮到这儿了。"

他又问："收纳师都说你只有夏装，这你从哪儿找出来的？"

"……"韦嘉易想让赵竞别问了，又觉得赵竞今天对他这么好，不应该反抗，有点难受。

前往赵竞父母的家，要走一段不短的路。赵竞有个突发的不得不开的电话会。

韦嘉易坐在一旁听得犯困，被薄软的外套包裹着，顺手把手揣进口袋。

赵竞没看他，盯着电脑屏，耳机也戴得很好，在专心开会。

终于重新来到像城堡一样的宅邸门口，韦嘉易跟着他走进大门，温度果然很高。韦嘉易把外套脱了，赵竞先接过去，递给一边的管家。两人往里越过走廊，来到一个很大的会客厅。赵竞的父母在长沙发上看新闻，见到他们，便起身。

韦嘉易第一次近距离见赵竞的父亲，他的模样很威严，赵竞和他有三成像，和母亲也有三成像，余下四成是自己长出来的。

刹那间，韦嘉易正在犹豫该用"赵先生李女士"这么客气的称呼，还是"叔叔阿姨"，赵竞回头看他，大概以为他紧张傻了。

看人脸色算是韦嘉易的擅长区域，他立刻读懂了他们的表情，开口说："叔叔阿姨好。"

李女士笑了笑，说："嘉易，好久不见，我们先去吃饭吧。"

餐厅离会客厅不远，摆了一张长桌，四人对着坐，韦嘉易和赵竞坐在同一边。吃的是中餐，但各人都分了餐。可能是因为房间特别大，四周安静，而餐桌顶上的灯他以前拍照片时见过，买一组的钱能买下他的家。这些看起来实在与他的生活相距甚远，感觉难以接近，他紧张到食欲不振，起初吃得很慢，又怕尴尬，赵竞的父母问他什么，他都详细作答，以掩饰自己吃不下的事实。

赵竞的电话会很重要，此时还没结束，他自顾自地戴着耳机听。赵竞的父母也不管他，专心和韦嘉易聊天。好在他们没问什么关于韦嘉易家庭的问题，聊得很有界限，渐渐地，韦嘉易没那么紧张了，说起大学时期的事，还有他的导师。

"我有收藏他的作品，"李女士笑眯眯地告诉韦嘉易，又忽然问，"你和赵竞那时候认识吗？好像以前都没听他说起过。"

"开完了，"这时赵竞突然插话，他终于摘了耳机，"那时已经认识了。韦嘉易一点都不主动，所以没机会变熟。"

韦嘉易听他胡说八道，不过没有反驳，发善心地维护了赵竞的尊严："当时学校也不近，而且他毕业比我早。"

"确实不太近，"李女士好奇道，"你们是怎么认识的？"

韦嘉易刚要回答，赵竞又开口："还没吃完，先少问几句吧，韦嘉易被你们吓得饭都吃不下了，开餐到现在一共吃了五口，是不是想饿死他？"

韦嘉易苦心遮掩的胃口不好的事实被赵竞戳穿，只好埋头吃了起来。

饭后，他们一起回到会客厅坐了坐。

赵竞的父亲说有关于公司的事，要赵竞和他单独去书房聊，赵竞一开始不情愿，说："有什么事要换地方说？"

韦嘉易看出他是怕自己不适应，主动告诉他："没关系。"赵竞才去了。

等他走了，李女士让管家拿了一个盒子出来，说是给韦嘉易的见面礼。

她微微笑笑，眼角稍有几丝皱纹，拍拍韦嘉易的手。

李女士的手很温暖，戴着宝石戒指。她对韦嘉易说话的声音，不像和赵竞说话时那么洪亮，眼神也更温和些。韦嘉易对自己的母亲的印象很淡了，看着她和赵竞有少许相似的眼睛，好像窥见了一种不属于自己的幸福的家庭。谈不上是很浓烈的羡慕，但有些让韦嘉易怀念自己记不清楚的幼年了。

过了几秒，李女士又开口："刚才赵竞在，不方便说，但我不想瞒着你，其实去年合作之前，我就看过你的安全评估报告、职业经历和作品集，刚才我没问太多，也是这个原因，因为我们本来就已经了解你了。"

可能是怕韦嘉易会产生什么想法，她说得简单直接，表情还有些凝重："这是每次筛选新的工作人员时都会有的背景调查流程，不是针对你个人。"

韦嘉易实际上不意外，也完全没有被冒犯的感觉，因为很早前甚至有背调电话打到他父亲的上司那里过，这还是第一次有前客户愿意告诉他这件事，简直是一种优待。他理解地笑了笑："我知道的。"

"本来想给你一份赵竞的履历表看看，后来想到他肯定已经带你去过他的个人成长馆了，就没准备。"李女士神情轻松了些，又说，"我当时就觉得你是很好的孩子，就没用团队最推荐的另一个更有经验的主摄影师，我自己私心选了你，现在想想，可能本来就是我们的缘分。"

"而且赵竞自己没说清楚，天天只知道说什么有的没的。"她说到这里，突然皱皱眉头，道，"前两天我和李明冕的爸爸吃饭，才知道当时是你把赵竞从沙滩边救出来的，我们也没好好感谢过你，我和赵竞的爸爸都很愧疚。"

"赵竞不希望影响你的工作，我们也不想，所以你别有什么心理压力。"她让韦嘉易宽心，还说，"不用太顺着他，你别觉得赵竞看着没什么心眼，其实他从小就特别会得寸进尺，你对他太心软，肯定会被他欺负。"

刚说到这里，赵竞就和他父亲回来了。

赵竞比他父亲高一点，脸上没什么表情。

韦嘉易有点紧张。他父母倒是见怪不怪，李女士说："嘉易明天还有工作吧？我就不留你们了。"

有点诚惶诚恐地告辞后，韦嘉易终于回到赵竞的车里。进入幽暗的空间，刚关上门，赵竞就开始警惕地盘问："刚才我妈把我支走之后跟你说什么了，是不是说我坏话？"

"没有，没说什么，就是送了我礼物。"韦嘉易这么说，可能因为虽然李女士把赵竞的个人特质告诉了他，但他自己面对赵竞就是没办法，想不顺着也很难，只好听过就算了。

"是吗？"赵竞看起来并不是很相信，瞥了他一眼。

韦嘉易吃得少又能睡，赵竞接个电话的工夫，他在车上睡着了。

他身上披着赵竞的外套，头靠着椅背，下巴微微仰起。睡了一会儿，面颊热得泛起一丝红色，不再是傍晚时不正常的苍白。

赵竞看了一会儿，他动了动，没有醒，睫毛十分可爱地垂在皮肤上。韦嘉易的睫毛不是很翘，不过很长，像一种排列整齐的长绒毛。赵竞拿起手机，拍了几张，好像没拍多久，就已经到了公寓楼下。

赵竞已发觉韦嘉易独自生活到产生了一种被工作规律驯化的迹象，车一停，他马上就醒了，抱着赵竞的衣服坐起来，像下一秒就要开工。

赵竞说"到了"，他才"哦"了一声，温顺地跟着赵竞下车。

韦嘉易今天在赵竞家里也很听话，让干什么就干什么，听话到父亲都和赵竞提意见了，觉得赵竞对韦嘉易太强势。很显然，父母不懂他们，赵竞也懒得解释。

赵竞一想到韦嘉易的表情，马上开始策划他的下一步计划。

赵竞完全想通之后，对韦嘉易只剩下一种爱护的心情。不是原谅，而是理解；不是生气，而是感叹。他准备尽快完成协议的签署，成立信托，担下做决定的责任，也让这个不比他坚强的韦嘉易，像他一样，感受到好朋友带来的踏实和成长。

回到公寓，赵竞本打算和韦嘉易先聊聊这事，给他吃颗定心丸。但韦嘉易还是太爱漂亮，一进门就直奔衣帽间，检查他的衣柜。

"这么整齐，"他一副没见过世面的样子，啧啧称奇，"感觉房间都大了很多。"

毕竟稳重，赵竞没说什么，走到他身边，陪他翻看着。恰好找到一件特别薄的，赵竞拎出来给他看："这不是薄衣服是什么？穿了都得冷得要生病。"

"这件穿上之后真的不冷，"韦嘉易嘴硬不承认，虽然声音还是很温柔，但手已经伸过来，想把它抢回去，"你不要老是说这些。"

这涉及原则性的谁对谁错的问题，赵竞当然没给，简单地说："那你换上。"

韦嘉易没反抗。

"换就换。"韦嘉易没有生气，伸手要拿赵竞手里的薄衣服，眼中也没有反感。

韦嘉易有时候善解人意，有时口是心非，因为奉献欲大于得失心，所以常不知道自己该争取什么。赵竞独自清醒地思考了很多经营的事。

不过因为韦嘉易明天又要去出差，所以赵竞想完之后就没再说话了。

在赵竞的影响下，韦嘉易的生活也越来越不规律了，下午三点半的飞机，十二点才起床开始收拾行李。

赵竞在客厅开会，观察韦嘉易慢吞吞地走来走去。

韦嘉易糊里糊涂地拖延了二十分钟，一共只往行李箱扔了五件东西。其中还有一件外套是本来就在行李箱里放着，被他拿出来又放回去的。

赵竞看不下去，戴着耳机走过去，挨着韦嘉易，帮了他许多忙。韦嘉易显然很感动，不过更多的是懂事，担心影响赵竞工作，坚决地让他回沙发坐下，让他好好开会，而后勤快起来，很快自己把行李收拾完了。

韦嘉易这次出差，又要离开一周。赵竞已经检查过他的新行程表，确实像他说的一样，新接的工作变少了，也降低了出差的频率，且一次不再离开得那么久。

不过这周将会跨过一个公历年，赵竞依旧不是很满意。因为本身性格较内敛，也体谅韦嘉易的工作，赵竞从未流露出太多情绪，只是在前往机场的路上淡淡地提起了三五次。

倒是韦嘉易自己很敏感，意识到这样接工作不对，他轻声解释："这真的是很早前就定的工作，跨年活动一直很多的。"

"我明年就不接了，"韦嘉易又凑过来对赵竞说，"不要再板着脸了。"

赵竞大度地说"嗯"。

送完韦嘉易，赵竞回到公司。

反垄断的具体整改计划已提交，各项公关也卓有成效。赵竞先会见了监管部门的高级官员，吃过晚饭后，又约了自己的协议律师确认草案。

律师的草案没什么缺漏，只是有关分红注入信托基金的条例，并未规定得特别明确，因此赵竞提了几点意见，令律师尽快改好，发给另一位律师。

等到律师离开，吴秘书敲门进来，带给赵竞一个消息：他所资助建造的布德鲁斯岛的纪念博物馆，一周后将进行奠基。当地的市政部门发信来询问赵竞，是否愿意前去参加奠基仪式。

若是其他仪式，赵竞一贯敬谢不敏。但他对布德鲁斯岛有不同的感情，他在那里的海岸边死里逃生，第一次亲身参与了挖掘和救援，见证太多他从前没有切实体悟的苦痛与新生，也和韦嘉易在那里建立起信任。

因此，经过各方协调后，赵竞空出两天半的日程，打算前往布德鲁斯岛，也发消息告知了一到工作地点就跑去和朋友聚餐的韦嘉易，问他想不想一起去，赵竞知道他那两天休息。顺便也让韦嘉易少喝几杯，因为赵竞不在，没人能够照顾他。

韦嘉易出差的前三天，是为一个品牌拍摄跨年庆典。现场同行、好友云集，见证他给蓝领朋友买礼物的骆鸣几人也在城里，落地一放下行李，韦嘉易就被打电话催着出去喝酒。

主编确实信守承诺，没有向其他人透露赵竞的身份。因为韦嘉易来到餐厅，推开包厢的门没走两步，一个已经喝多了的朋友站起来，大声说："终于来了！"

这位就是问韦嘉易有没有工友推荐的朋友，名叫孟诩，是名时尚博主，性格奔放。韦嘉易头皮一麻，回忆起那天主编见到赵竞之后，突然吓得变调的声音，觉得在任凭谣言乱舞和替赵竞正名之间，他已经失去了果断选择的能力。

他正站在门口，孟诩迅速站起来，热情地将他搂了进去。

坐下之后，众人调侃起韦嘉易和朋友相识的过程，索要赵竞的正面照片。韦嘉易心虚，现场人多口杂，他含糊其词，用"他不上相，所以不太喜欢拍照"和"下次拍到了再发给大家"，糊弄了朋友们。

韦嘉易只能闷头喝酒，等到吃完夜宵散场，回到酒店，他已经很头晕了，勉强地洗了个澡，才想起看手机，发现赵竞三个多小时前就叮嘱他不要喝多，两个小时前到了家。

韦嘉易倒在床上，给赵竞打字，认真按了几个按键，都没法把想按的字按出来，只能给赵竞发语音，说："为了保护隐私我才多喝了几杯。"

时间已经是零点三十分，发完之后韦嘉易要关灯睡觉，但是手机一振一振的，停不下来。他疑惑地看了一会儿，忽然发现是赵竞打来的电话，就接了。

他接起来，听赵竞叫他的名字，他老实地答应了，同时想玩玩手机里的小游戏，却发现林律师给他发了草案的文件，问他什么时候有空打电话。

"林律师问我什么时候有空打电话，"韦嘉易对赵竞说，"我现在有空。"

"你现在没空。"赵竞在那头纠正韦嘉易。

韦嘉易就有点不高兴了："我有啊。"

"你看看现在几点了，"赵竞笑话他，"喝这么多看得懂法律文件吗？"

韦嘉易虽然是学摄影的，但也不是没辅修过其他学科，没想到有一天自己的文化水平会被赵竞看轻，立马闷声不吭开始阅读。不过文件本来就密密麻麻，还是手机屏幕显示，而且房间里的灯光不太明亮，有点催眠，韦嘉易只随便拉了拉，仔细翻看了半页，就觉得有点困了，也没看懂。

正好听到赵竞还在叫自己的名字，韦嘉易打起精神，边读边问："这部分信托基金是什么意思？"

他回忆自己学过的知识，觉得有点纳闷。

"你还是别折磨自己了，"赵竞在那头都嘲笑他，带着强烈的瞧不起，"明天再说吧。"

韦嘉易反对："不要。"

"那你要什么？"赵竞问他。韦嘉易不说话，认真地念出文字。听了几秒，赵竞说"别念了"，告诉他："这部分信托基金是用我的个人财产和股票分红为你建立的，还有什么想知道的吗？"声音很低，听上去简直有点无奈。

韦嘉易抱着手机，思索了一会儿，好像有些理解过来了，就说："我不要这个，删掉好了。"

赵竞沉默了，韦嘉易想想，应该是时间太晚，他困得睡着了。

韦嘉易也准备睡，安静地闭起了眼睛，马上也要睡着的时候，赵竞好像又说话了："算了，律师拟完之后你回来直接签了吧。"

他们竟然还在通话。韦嘉易担心一直连着线，早上起来手机会没电，到时影响工作，赶紧伸手把电话挂了。

清晨六点半，宿醉早起，头痛欲裂，韦嘉易在床上坐了一会儿，记起昨晚似乎和赵竞打了个电话。

看了看通话记录，是真的，记忆渐渐回到脑中。他好像一直没理赵竞，在自说自话，还先把电话挂断。他有点心虚地打开聊天窗口，最后一条是赵竞发给他的，在通话结束后。

赵竞也没说他是酒鬼，也没说他是笨蛋，只是发了一条"晚安"。

韦嘉易抓着手机，盯着这两个字看。

明明参加李明冕的婚礼之前，他好几年都到处工作，每天过得差不多。早起勘场，确认造型、灯光、主题，大脑只用在这些地方，只将照片拍得尽善尽美，其他生活敷衍得不如草稿。也经常和朋友或者客户出去喝酒，一高兴就喝很多，第二天喝几罐功能饮料、浓咖啡，又能高效工作，熬到凌晨。以前是真的一点都没想过休息，现在又只喜欢休息。

哪怕他收行李时赵竞只会在旁边瞎拿东西，越帮越忙。

下床洗漱前，韦嘉易给赵竞回了消息，说"早安"，又补上了昨晚欠缺的回复："我可以去布德鲁斯岛。"由于赵竞还在梦中，韦嘉易坚强地出门工作了。

十二月的最后一天，韦嘉易完全没有时间看手机，从去客户的酒店开始，就没有停下过拍摄，只在庆祝晚宴的烟花秀结束之后，才和朋友到媒体餐区吃了几口冷餐。

晚宴场地在近郊的一片湿地旁，烟花秀美丽但是短暂，燃尽之后就只剩寒风。韦嘉易抬头看着空中远处还未散尽的烟雾，闻到空气里和香水混合着的烟熏味，冷得把外套拉链都拉上。有点后悔没带赵竞不知道从哪里给他变出来的那件特别厚的衣服，当时觉得穿着鼓鼓囊囊的行动很不方便，现在才知道保暖的衣服实在难能可贵。

又回去工作了一会儿，宴会终于到了尾声，韦嘉易没有继续和朋友去聚会，而是坐车回温暖的酒店，在路上和赵竞发消息，说今天看到了一点烟花，很好看不过没看清，而且很冷。

"你这样我以后只能雇专人站在旁边给你拿厚衣服。"赵竞说。

回到房间恰好晚上十一点半。韦嘉易马上又要度过一年，又要大一岁。二十七岁，可能这个世界上只有赵竞会说："韦嘉易，你比我小那么多，我要让着你。"

这样的话韦嘉易还一次也没听过，就已经成年独立了。他都从来没有想过哪天，竟然会有一个只比他大两岁的人，认真地这样对他说。好像韦嘉易在这个人眼中真的没有长大，就算任性不体谅别人，也没关系。

所以趁这一年还有半个小时才结束，韦嘉易刚关上门，就给跨年仪式感特别强的赵竞打视频，赵竞也立刻接起。

赵竞穿着睡衣，半躺在床上，垂眸看着摄像头，声音冷冰冰的："今天又推迟两个小时收工，原来时尚圈戴的手表都是装饰。"

"行程表的时间本来就没有那么准的，要看客户几点下班嘛，"韦嘉易笑了笑，"还好赶在十二点前回来。我为了早点回来给你打视频，还抢了一个朋友的车。"

赵竞果然脸色好看了一点，说："你怎么说的？"

"说要回来过年啊。"韦嘉易说，当然，没告诉赵竞自己在孟诩面前的胡说八道。

赵竞嘴角微微一翘，"嗯"了一声，忽而话锋一转，提出："对了，协议定稿了，你回来一起签了吧。"

他说得突然，语气又严肃，韦嘉易下意识说"好"，然后才想起昨晚两人聊到的内容，问他："那协议里关于信托的条款删了吗？"

"……"赵竞静了静，说，"问那个干什么？"

"我不想要那个，"韦嘉易研究他的表情，怀疑他要瞒自己什么，捋了捋思路，"而且我都没给林律师反馈意见，他怎么就定稿了呢？好像流程不太对吧？"

"韦嘉易，你现在又懂法律程序了。"赵竞皱起眉头，不悦地指责，"不是你自己问我，能不能律师拟完你直接签个字？"

韦嘉易比较微弱地反对："可是你当时说不让我签卖身契的。"

"……"赵竞脸都拉长了，还坐起来，像准备开始和韦嘉易谈判。

"为什么一定要给我成立信托呢？我觉得好像没有必要，"韦嘉易在赵竞开启法律知识辩论大赛之前，抢先开口，用赵竞比较喜欢的语气，好好地问他，"你看过我的财务报表的，我哪需要那么多钱。"

"需不需要另说，"赵竞面无表情地看着他，"我想给有什么问题？"

谈话陷入僵局，因为韦嘉易想哄好他，又不想签这个协议，所以过了一小会儿，提出一个折中的办法："我只想先签关于我不持有你公司股权的协议，信托的事情，我们讨论一下，以后再说吧，好不好？"

"以后是多久？"赵竞没有上当，"给我一个准确的时间。"

韦嘉易一时说不出来，赵竞冷冷地追击："你跟我拖延时间？"

"没有。"韦嘉易马上否认。但因为理不直气不壮，声音比较小，赵竞更不满了，直接戳穿他："还骗我。"

两人面对面盯着屏幕，都不愿意妥协，赵竞不说话，韦嘉易也不知道说什么。直到酒店窗外有烟花放起来，韦嘉易意识到零点了，开口对赵竞说祝福。

但声音是同时响起的。

"新年快乐。"

"新年快乐。"

视频里面赵竞愣了一下，韦嘉易自己也是。然后赵竞脸色好看了一点，说韦嘉易，"以前怎么看不出你脾气这么倔，"又很破天荒地退让说，"今天懒得跟你争这个，你又签不了。"听起来仿佛是在安慰自己，做起一种谈判未能成功的战败管理。

"赵竞，你好大方，"韦嘉易松了一口气，马上说，"这都不跟我计较，太让着我了吧。"

赵竞理都没理他的花言巧语，说"少来"，又说："韦嘉易，看窗外。"

韦嘉易才看外面。很奇怪，这酒店附近也不是什么旅游区景点，不知道为什么，烟火燃放了很久，而且非常漂亮，比晚宴的还要专业。他走到窗前，见到酒店楼下都有人聚起来看了。

"早就知道你跨年要当苦力，而且我今天来不了，"赵竞说，"奖励你一年工作辛苦，放点烟花给你看看。谁知道你晚上自己吹着冷风跑去看上了。"

韦嘉易都不记得自己在室内看过烟花，更不要说是属于他自己的，看到不想眨眼睛，烟花结束了都没开口。赵竞问他："有这么感动吗？"他才说"嗯"。

"感动就把协议签了。"赵竞听他这样说，开始新的压迫。

一码归一码，韦嘉易只能当作没听到，想了想，轻声问了他一个问题。赵竞沉默了几秒，声音又变低，说："哦，那也行。"

第十八章 🌿 最后一分钟

再次前往布德鲁斯岛之前，韦嘉易一整周都在外工作，而赵竞为了抽空参加奠基仪式，行程也排得很满。两人没能见到面的七天里，已经数不清有多少次，韦嘉易想起李女士对赵竞的人性的概括，并且感到一种非常绝对的正确。

每当赵竞想达到某个目的时，他会变得极为精明，变得很难搞。但他平日的言行举止看上去的确又没什么心眼，经常让韦嘉易忽略这一点，不知不觉地失去戒备。

关于是否要成立信托基金的问题，两人间没有人愿意先妥协，不过又都不想因此吵架，便彼此默契地不再和对方直接交涉。

韦嘉易很规矩，联系了林律师，请他和赵竞的律师对接，将草案修改一下。林律师知道他的意见之后，有些为难，但毕竟为他工作，答应替他洽谈。对此，韦嘉易自己是完全没有和赵竞提起的。

但赵竞就不一样了，每次都会在打电话时说些让韦嘉易头痛到不行的话，比如在电话里抱怨："今天协议律师又找我，说对方很顽固，谈不下去了。"

或许在这一方面，韦嘉易没赵竞脸皮厚，没他懂含沙射影，也可能只是比他心软一点，只能没什么攻击性地问："可不可以见面再聊这个？"

赵竞一得到此类回复，马上会话锋一转，提出一些正常人不会想到的要求。

为了让他不要再说协议的话题，韦嘉易再三退让，答应的那些事都不愿再想第二次。后来是因为频率太高，韦嘉易都警觉起来，发现赵竞似乎不纯粹是得理不饶人，也不是因为有了矛盾不爽而需要得到弥补，而是完全在借题发挥。

但当意识到这件事的时候，韦嘉易已经欠下巨债。

终于到了去布德鲁斯岛的前一天。下半周，韦嘉易为常合作的设计师拍了度假系列的广告，在一座海岸线旁有陡峭悬崖的海滨城市。他们住在悬崖旁的一间酒店里，晚上收工后，韦嘉易本想早早回去睡觉，但设计师喊他下楼喝酒，他不好推辞，又去喝了一会儿才上楼。喝得不算多也不久，但给赵竞打视频时，赵竞已经嘴角下挂了。

因为有时差，赵竞还在办公室，穿着西装打好领带，垂眼睨着韦嘉易不说话。

见了面应该就会好了，韦嘉易这么想着，关心地和他确认："你明天确认好几点到了吗？"

"下午三点，"赵竞的声音有些冷淡，"你一点半到首都的机场之后，会有人接你，别自己四处乱转。"

先前韦嘉易觉得麻烦，婉拒赵竞从工作地为他安排的飞机，也让赵竞不悦。林林总总加起来，赵竞应该是觉得自己受到了极大的委屈，越说心情看起来越差。

"好呢，"韦嘉易不想这样僵硬地相处，便没话找话，"我到岛上的时候，你是不是已经在了？"

"嗯，"赵竞瞥了他一眼，语气还是不好，"到时候我会有会要开，不来接你了。"

"好，"韦嘉易懂事地对他笑笑，"那我到了之后，自己在民居附近转转。"

大概是为了达到一种俯视的效果，赵竞本来拿着手机，背靠在椅子上，姿势看起来比较舒适，听韦嘉易说完，坐起来了，看着屏幕，像有点愤怒："什么意思，你不想见我？"

"……"赵竞敏感成这样，韦嘉易都不知道怎么和他正常对话了，无奈得要命，"我是怕打扰你，你不要乱解读，那我一到就去找你，这样可以吗？"

赵竞依然是没有消气的样子，韦嘉易叹一口气，继续哄他："我把你想要的那个东西买好了，你开完会之后，我拿给你看。"

"是吗？"赵竞稍稍一挑眉，表情倒终于正常了，顿了顿，问韦嘉易，"什么颜色？"心情也肉眼可见地好了很多。

"黑色的。"韦嘉易说。

赵竞无聊的时候喜欢在网上乱搜韦嘉易的旧作，还要进行点评，从中文搜到英文，什么犄角旮旯的东西都被他找到过。这是他一贯的爱好。

前两天，赵竞搜到韦嘉易刚入行时接的工作，给某个品牌拍的图册。赵竞没有仔细点评这套照片，但是比点评更离奇，赵竞发了其中一张手部的特写过来，说想看韦嘉易也买这种护腕戴。

韦嘉易实在觉得无语，没回他，赵竞很快打了电话过来。

韦嘉易原本当然没有同意，然而赵竞再次施展了他那套信托基金和律师的话术。也不知道怎么被他骗到，韦嘉易最后就答应了。

可是赵竞自己哪懂怎么买东西，一切用品都是品牌或商场送到他那儿给他挑选，或者秘书替他购置。韦嘉易别无他法，网购了寄到酒店。

只有赵竞讲得大声，韦嘉易告诉他颜色，赵竞又提出："拍给我看看。"

"我都收起来了，"因为包装都没拆，韦嘉易好声好气地商量，"明天吧，你来拆，好吗？"

赵竞本是不同意的，幸好吴秘书来敲办公室的门，拯救了韦嘉易。韦嘉易挂掉电话，看见来自布德鲁斯岛民居区域的镇长的邮件，问他抵达的时间，是否需要接送。

事实上，赵竞问过韦嘉易之后不久，镇长也给他发来过邀请，询问他纪念博物馆奠基仪式的参加事宜。因为韦嘉易先前授权布德鲁斯岛将他拍摄的纪念照片集进行线上销售，并将所得都用于灾后建设，这些日子他与当地的联系还算密切。

韦嘉易礼貌地回复说不需要，便关灯睡觉，次日早起，从海滨城市出发，转了一次机，抵达了小岛所在国家的首都的机场。

与这个机场很久不见，它仍旧繁忙无比，各色各种族的旅客推着行李箱走来走去。韦嘉易随人流来到出口，很快就找到了赵竞为他安排的司机。一上车，韦嘉易便给赵竞发消息，赵竞回得倒是很快："知道了。司机早和我说过了。"但短信的语气，明显透露出他还在和韦嘉易闹别扭的气息。

韦嘉易产生一种不踏实的感觉，怀疑就算见面了，可能他们之间的气氛也不会变得很好。

毕竟矛盾难以调和，总要有人先退一步。但是协议的草案中关于信托的内容，韦嘉易已经仔细读过，觉得太夸张，没有必要，扪心自问好几次，仍然不想签署。

坐在直升机里，噪声还是大。透过墨色的窗，韦嘉易看着外面发呆，忽然想起赵竞先前发给他的访谈还没看过。被赵竞这几天阴晴不定的脾气弄得有点后怕，担心被突击检查，韦嘉易找到了视频，开静音看了看。

访谈很长，四十多分钟，韦嘉易看了两分钟，都是赵竞在讲公司的事，人打扮得是很好看，但内容令人昏昏欲睡。反正赵竞不在，韦嘉易在开两倍速和直接拖进度条之间选择了后者，往后拖了几下，三十四分钟时，主持人提了问题，问赵竞的公证分割协议。

韦嘉易听不到声音，只看到字幕，赵竞接受采访时的表情很松弛："是我们深思熟虑之后做的决定，和正在进行中的反垄断调查没关系，纯粹是时机恰好碰在了一起。"

赵竞这样说："当然，我们签订了协议，他不占有公司股权，避免给公司的决策带来隐患。"

"这是你们的共同决定吗？"主持人又问。

当时赵竞并不知道手表的事，言谈极为自信，说的话既不完全是真的，也不算是假的，自然地回避了问题，对主持人微微笑了笑，坚定地说："是的，谢谢。"

很快，韦嘉易看到了布德鲁斯岛。俯瞰民居，有许多起重机、工程车在工作，断壁残垣都消失了。或许很快就会有新的、更稳固的建筑拔地而起。

直升机在一个新的起降平台停稳，韦嘉易走下舷梯，接他的车在不远处。他走过去，司机替他打开车门，韦嘉易俯身要坐进去，看见车里的人，愣了一下。

昨天信誓旦旦地说自己要开会，不会来接，真到了今天，赵竞还是坐在车里。

他戴着耳机，不冷不热地看韦嘉易一眼，没说什么，身前的面板上放着电脑。韦嘉易怕影响他开会，安静地坐进去。

赵竞穿着一身浅米色的休闲服，一个人占了后座一大块空间，侧面似乎比刚才韦嘉易看的采访视频里的更完美，袖子稍稍捋起，露出一块昂贵的手表。他盯着屏幕，和会议那头的人说话，没什么要搭理韦嘉易的意思。

韦嘉易见他的摄像头没开，也不知道要不要去和赵竞示好。韦嘉易观察了一小会儿。

赵竞好像他不存在一样，韦嘉易尝试失败，没过两秒，赵竞自己按了会议的静音。

因为原先住过的民宿被用作纪念博物馆工程队的临时居住和办公场所，他们这次住在一间酒店的别墅里。韦嘉易本来是想去看看民居和里尼的，不过赵竞心情不好，他暂时没提。

到了酒店房间，赵竞先去书房开会，韦嘉易便把行李带到卧室的更衣间里，将明天要穿的衣服挂起来，便先睡了。

清晨被忘记改掉的闹钟吵醒，韦嘉易头晕目眩。他手机都拿不稳，好不容易关了闹钟，手机掉到床下面。

懒得下床捡手机，韦嘉易发了一会儿呆。

晨曦从门和窗的缝隙透进来，韦嘉易想到昨晚赵竞说的话。他问赵竞有没有开心一点，赵竞马上又闷声不吭地看着他。大家都不想吵，结果还是吵起来了。

"我不懂你为什么不信任我。"赵竞后来这样说。

而后指责韦嘉易不肯为他变得勇敢一点。

"你不签信托条款只有一个原因，你觉得我们可能会分道扬镳，所以不想和我有财产牵连。"他说的是实话，又未免很无情，韦嘉易的手腕都还在痛，赵竞也不给他留一点情面，"我不接受的不是你不签，而是你不签的原因。"

韦嘉易不想承认，说不出原因，反而变成默认。

又躺了一会儿，韦嘉易睡不着，先起来了，赵竞在他房间，还是睡得和猪一样。

他穿好衣服，找镇长要了台车，开去山下转了一圈。

开到靠海的公路观景台边，赵竞给他打电话了，语气很凶地问他："你在哪儿，现在人走都不和我说了？"

韦嘉易愣了愣，问他："我给你留字条了，你没看到吗？"而后提醒："就压在你手机下面。"

赵竞安静了几秒，才说："刚才没找到，现在找到了。"

"我刚醒，"他难得解释，"叫了你半天发现你走了。"

"我看你睡得香，就没吵醒你，"韦嘉易说，"不知道你会生气。"

赵竞"嗯"了声，过了一小会儿，声音温和了一些，说："你转一圈就回来吧，仪式两个小时之后就要开始了。到时会有个直播，是我公司的公关团队操作的，如果不进行这个公关流程，股东对我出门三天有意见。你不想出镜可以不出。"

挂了电话，韦嘉易把车窗打开，吹了一会儿风。岛上空气的气味都没有变，只有韦嘉易因为一种或许是他的人生不可承受的情绪，出现了迷茫无助的不可治症结。就像他以前就想过很多次的，如果赵竞欣赏的是一个很自信的人，也不至于要遭受被韦嘉易冒犯的不悦。

当然，赵竞想后悔也来不及了。韦嘉易想通了一些，因为不想再看到赵竞不开心的样子，决定进行部分退让，不再那么执着于这个问题。韦嘉易很努力地决定，想为赵竞做一个更勇敢的人。

公关造型师都完成工作了，韦嘉易还没回来，也不知道在路上遇到了什么吸引他的风景，可能接下来的事情不够吸引他吧。

赵竞近期心情起起落落，基本上都是因为韦嘉易的别扭和闹脾气。

的确，如他从前学到的知识所示，生活中会有各种难以预知的矛盾，情绪也着实不可控。即便是作为方向把控者的赵竞，也有力有不逮的时刻。

有时候想逼迫韦嘉易，韦嘉易露出委屈的样子，赵竞马上心疼，这严重降低了重要事项的执行效率。

就像此刻，赵竞本等待得有点烦闷，看到韦嘉易慢吞吞地开门进来，赵竞的心烦又消失了。

"一会儿直播你参加吗？"赵竞问他。

"可以啊。"韦嘉易靠近，有些好奇地看着赵竞，"做造型啦？"他摸摸赵竞喷了些发胶的头发。赵竞克制住了，十分威严。

他们一起坐车去纪念博物馆的奠基仪式现场。

停在现场旁边，看到几台摄影机，韦嘉易忽然变得有些紧张。赵竞看了出来，便告诉他，直播由当地的电视台负责，公关公司只是打算采用电视台的直播内容进行剪辑，制作一个简短的宣传视频，达到更真实的效果。至于这场直播本身，并不会有几个布德鲁斯岛以外的人观看，也不必太过拘谨。

"最多也就里尼能看到，"赵竞观察韦嘉易的表情，又说，"不过你现在后悔也来得及。"

韦嘉易轻松了些，"嗯"了一声，对赵竞笑了笑，说："我也没那么胆小的。"

不过仪式主持人的主持风格有些出乎赵竞的意料。

她是当地电视台一位知名的女主持，也有家人在海啸中丧生，不过她很活泼，带有一种开朗的色彩，像这座心形的岛屿，属于天生的乐天派。

面对着简陋的致辞台和项目沙盘，他们先在椅子上坐下，听市长致辞，而后赵竞上去简单讲了几句，接着是镇长的感谢。

镇长提到了韦嘉易的作品，主持人立刻参与进来，招呼掌镜的摄影师去拍韦嘉易的脸。韦嘉易坐在赵竞左后方的位置，赵竞转头，见他眼睛都睁大了，很明显不太自在，一副已经后悔来参加的样子，抿着嘴，勉强对镜头打了个招呼。

最后的铲土仪式完成后，直播还没有结束。

主持人招呼几位政府的官员、赵竞、纪念博物馆工程负责人和韦嘉易一起过去，进行自由交流的直播，提了些准备好的问题。

韦嘉易站在人群的边缘，不过主持同样关注他。她的功课也准备得很足，还提到了摄影师韦嘉易正在线上售卖的影集，请有能力支持的岛民帮忙支持。

赵竞随着她的目光，隔了十几米远，看韦嘉易面对镜头，像已经僵住的模样，觉得比起犯倔，有些人还是尴尬的时候更好玩，这周以来心中似有若无的不悦了无踪迹。

自由交流的最后，女主持提出了一个问题，问在世界末日或者海啸降临的最后一分钟，在场的各位会做什么。

市长说希望自己在救援，镇长也是。

"我也希望海啸的最后一分钟我在救援，"赵竞确实经历了，回答自己的实际情况，"不过当时我在爬树。"

大家都笑了，赵竞迅速瞥了一眼，韦嘉易也在笑。

其实这几天韦嘉易笑得都不是很轻松，只有这一刻好像是真的开心。大概对比很是强烈，赵竞生平第一次，产生了内心明知是盲目和错误的放弃心理，不想再为难韦嘉易，虽然只是一瞬间。

女主持的问题轮到韦嘉易，韦嘉易畏惧镜头，拿着话筒说得很轻。

他的回答和市长、镇长都没有两样，不过顿了顿，又说："不过最后十秒我不能活着的话，可能会给最信任的朋友打一个电话。"

赵竞盯着他的脸，韦嘉易看的是女主持人，眼神很柔和。女主持人感兴趣了，紧接着问："你会说什么？"

韦嘉易大概没想到她还会问，愣了一下，看上去有些呆愣。

岛上艳阳高照，微风轻拂。或许因为韦嘉易总是很温柔，让人心生友好，所以市长开口，开玩笑说："想给在乎的朋友打电话怎么能留到最后十秒，应该现在打。"

"是啊，现在怎么不打？"赵竞承认自己还是想欺负韦嘉易，顺口帮腔。声音也可能有点大，他还感觉女主持看了自己一眼。

以为韦嘉易会想个说法拒绝。因为赵竞一直知道韦嘉易拒绝人还是有一套的，反正拒绝他的协议拒绝得很快，但是韦嘉易拿出手机，拨了个电话，笑眯眯地说："好吧，那我打一个。"

他开的是外放，赵竞盯着他的手，余光看见远处，站着观看的秘书从口袋里掏出赵竞的手机。秘书把手机当作烫手山芋，全然不敢接的样子。

"转到留言了，要等一下。"韦嘉易等了一会儿，告诉主持人。四周各个人都面含笑意，气氛还是其乐融融，没有人知道韦嘉易的电话打到哪儿。

他唯独没有看赵竞，对着开始录音的留言箱，忽然沉默了几秒。赵竞又以为他什么都说不出来，但是韦嘉易开口说："谢谢你，出现在我的生命里。"

然后韦嘉易马上挂掉电话，开玩笑："晚上回我电话，可能会问我是不是玩什么游戏输了。"

"我能帮你解释。"市长立刻说。

几人开心地聊了几句，连韦嘉易也不再紧张，说不出话的人变成赵竞。女主持人说了直播结束语，镇长拉着韦嘉易去一边聊天。

赵竞看着他们，人生没有这么词穷过，想问韦嘉易到底在想什么，为什么做这种事，原来韦嘉易真的已经离不开他。赵竞想把韦嘉易从人群里拽走。也不知道秘书是怎么走到自己面前的，他接过秘书递过来的手机，屏幕上有未接来电，名字暴露出现场电话的秘密，显示韦嘉易。

仪式结束，众人一起吃了顿简单的午餐。餐厅露台的长餐桌可以望见远方的海水与蓝天，赵竞和韦嘉易分隔两端，距离有点远。韦嘉易和女主持坐在一起，两人聊得愉快，也不知在说什么话题。声音比较轻，赵竞基本听不到，只能从风里搜寻到一两个字。

不过，接受韦嘉易的当众打电话之后，赵竞现在焕然一新，也回归信心十足的状态了。

这间餐厅风味不错，赵竞边与市长交谈、吃饭，边思考良多，越想越有一种拨云睹日的感觉。

现在终于可以回忆，也是时候坦白，赵竞上一周过得有点混乱，可以称之为前所未有地差。

除了继续维持公司的调整，应对监管和股东，赵竞的所有私人生活时间，都用来和某个人在电话和短信里不温不火地争吵，不温不火是因为某个人的抵抗过于消极，以至压根吵不起来。

韦嘉易平时像团棉花似的，赵竞要什么就给什么，第一次严肃地反对赵竞的决定，居然是出于对他的不信任。赵竞看得很清楚，更是憋屈至极，没有一刻不在恼怒。

然而在争论的话题之外，韦嘉易却对赵竞百依百顺，温柔至极，仿佛只要不签下协议，再过分的要求他都会答应，又让赵竞迷失在试探之中，难以停止对韦嘉易的底线的探索。

每天早晨醒来，赵竞回看手机里韦嘉易在他的要求下拍给他的照片，想见面又只想逼迫韦嘉易答应签字，而后听韦嘉易真心实意地告诉自己，在不久前的晚上，他的亲口承诺不是谎话。赵竞一生没有尝过的不安和挫败感，在韦嘉易这里尝到了。

这感觉确实不好，难怪没人喜欢。

幸运的是，这难受的日子赵竞过了一周，就已经结束了。因为赵竞现在决定主动退让，按照韦嘉易的想法来操作，先将一半的协议签了。

——这不代表赵竞成了这场小摩擦中的败者。

只是懂事的人选择了隐忍，没有输赢一说。也不代表赵竞不能做到把韦嘉易的签字逼出来，而是赵竞比韦嘉易更成熟地意识到，这不是商业收购，他不再急于一时。

当然，主要还是韦嘉易点醒了赵竞。

韦嘉易表面在社交圈混得风生水起，实则是特别胆小的人，行事十分保守。这一点有许多细节佐证，例如他在布德鲁斯岛时不敢说话，不敢留住赵竞。

这样的性格，韦嘉易都已经在让他害怕得支支吾吾、左顾右盼的摄像机面前，对赵竞说了"谢谢你"，赵竞又怎能再对他做别的要求，再指责韦嘉易不勇敢，再产生任何的不安全感？

只有获得合同才需要争分夺秒，想获得韦嘉易对他的信任，需要的是赵竞的表现和时间。赵竞反省了自己连日来失策的行为，发现没有人生来就是完美的，就算是他也尚有需要学习的领域。

回忆着韦嘉易的话语，赵竞发誓自己以后都不会再和他吵架，也准备调整策略，更关注韦嘉易的内心世界，不再只限于到处搜寻韦嘉易工作后的作品，还必须再向前追溯，深入了解韦嘉易胆小性格的来源。

就在今天，韦嘉易已经抢先对赵竞表达感谢，所以从今往后，所有贡献应该由赵竞来率先示范了。

午餐结束，他们没有马上回酒店。餐厅附近就是里尼新就读的小学，恰逢工作日，镇长便带着赵竞、韦嘉易，以及其他几人进校转了一圈。由于山下民居的校舍损毁，学校里收下了很多学生，小小的一间教室里挤满了孩子。

赵竞吃饭的位置和韦嘉易有些远，参观学校时也没走在一起，全程没有说话，韦嘉易不知道他心情好些没有，便跟在后面，想躲远些。

太阳从玻璃窗往里照，撒在小孩一颗颗的头顶上。韦嘉易站在其中一间教室的窗边，找到了里尼。里尼似乎长大了一些，卷头发还是毛茸茸的，在乖乖地听课。

悄悄看了一小会儿，韦嘉易忽然听见一个声音："你觉不觉得里尼变高了？"

韦嘉易转头，看到赵竞终于靠近了自己一点。他们隔着半个手臂那么长的距离，但赵竞因为身高，带给人的压迫感仍旧很强。

赵竞没再像前两天那么阴晴不定，动不动就闹别扭，上一刻好好的，下一刻想起韦嘉易和他的对抗就开始生气，而是主动温和地和韦嘉易搭了话。韦嘉易猜测是直播的功效，不知道能维持多久。

韦嘉易忽而想起还没回答赵竞的话，捧场："是有一点，小孩长得真快。"

四目相对，赵竞莫名稍稍愣了几秒，而后往韦嘉易这边挪一点，转头又看了看教室，低声说，想和韦嘉易一起新捐赠几所学校。

"一起"这个词有很多解释，韦嘉易心中一动，以为他又开始暗示签字，安静几秒，刚要说好，赵竞好像等得心焦，没等韦嘉易说话，就靠近一步，利用体形的优势，遮住了身后的其他人，露出了一种很满意的表情，好像很忍不下去，很快地凑过来，说："我也谢谢你的出现。"

"我不逼你了，"赵竞又很单纯地说，仿佛他们没吵过架一样，"你以后想怎么样就怎么样吧。"

韦嘉易只有一半站在阳光下，赵竞则完全被阳光笼罩。

出乎韦嘉易的预料，赵竞就这样很简单地被哄好了，韦嘉易准备好的妥协也不再需要了。赵竞欣喜地看着韦嘉易，站在那里，显得很真实。

有些人即使在面前也是模糊的，有些人漂亮、高大、英俊也是模糊的，有些人知识广博也是模糊的，韦嘉易工作时常受此困扰，有些人记录到照片里也让人记不住分毫，但是赵竞不是。他反而真实到让韦嘉易失神。

韦嘉易看着他，觉得自己仿佛一个住在冰屋的因纽特人，原先也住得不错，但有一天爱上了在家生火，对温暖上瘾，哪怕家里开始缺氧，家被烧到融化。然而火真的很热，韦嘉易无法理智，当然也无法怨恨。

高兴地参观完学校，赵竞当场慷慨解囊，不过没有让公关记录。

公关负责人在回酒店的车上，向他报告剪辑宣传视频的计划，顺口提出在视频中加入捐赠学校的事，赵竞不大高兴地拒绝了，问他："奠基仪式还不够剪？"

车里有两个公关人员在，两人也没说什么话。

终于回到酒店房间，韦嘉易先走进去，听到门锁起来的声音，还有赵竞叫他的名字的声音。

赵竞仍旧像怕韦嘉易听不清，非常大声又认真地在他耳边宣布："我们以后再也不吵架了，韦嘉易，恶语伤人六月寒！这不是朋友之间应该对对方做的，听懂没有？"

本来因为这几天的身心折磨终于结束，又可以回归正常的生活，韦嘉易都感动得想哭，虽然哭不出来。他听完又笑了，忍不住问赵竞："请问我说什么恶语了？"

赵竞按着他的肩膀将他转回身。

别墅的起居室的装修呈现出旧式的度假风格，深棕色的木地板重新漆过，泛着油光。室外的泳池周边有不少热带树木，遮住了阳光，光线不算明亮。赵竞很凶地告诉他："这就是陷阱问题，是不是又想翻旧账害得我们吵架？韦嘉易，不要我刚颁布政策你就挑衅我。"

韦嘉易明天又得去工作，要回青春期和大学时所在的城市去拍摄一组品牌的照片，计划待四天。关系好不容易重回正常，韦嘉易更不舍了。他希望自己拍的照片也有魔法，会动，这样就能把赵竞存起来夹在相簿里带走。

不过赵竞还是很认真地对韦嘉易说："可以不吵架，但是你要多告诉我你的事。"

"我全部和你说了的，没有瞒着你什么，"韦嘉易起初没听懂，觉得赵竞说的话有点抽象，都没提赵竞全方位包围他的生活，还四处查阅他以前作品的行为，"行程表一出都马上转发给你的。"

"不是这些。"赵竞纠正他。忽然之间，他看上去严肃很多，简直让韦嘉易产生一种赵竞真的比他成熟的感觉。

"我带你看过我的个人成长博物馆了，"他解释，"你的成长经历我什么都不知道。"

韦嘉易愣了一下，马上有点窘迫。他是不想说，平时几乎不提，因为和赵竞相比，他的过去无聊到属于让最好的导演来拍青春电影都不会有票房的程度。

赵竞可能太懂他，只过了十秒不到，他面无表情地揭破："又在想借口了。"

"我想听，"赵竞看着他，好像在给他输热量和勇气，声音也没有不耐烦，"我不饿，我不困，我不想马上工作，我也不会觉得无聊，还有什么借口想让我反驳的？"

韦嘉易是感动的，不过也有点胜负心，马上找到了一个："我不知道从什么时候开始说。"

"……"赵竞没有被他难倒，睨着他，"从阿姨选产科医院开始说起。"

他明显在开玩笑，韦嘉易也笑了，很想说他神经，不过很快表情也收起了一些，说："我妈妈去世的时候我四岁，还没什么记忆，我爸本来是医生，所以我是在他工作的医院出生的。

"后来我十岁时，我爸和继母是高中初恋，跨洋重新谈了恋爱，他们结婚，我就跟着他去了我们上学的城市。"看赵竞听得专注，没乱提问题，韦嘉易就简单地叙述，想尽快把自己的前二十多年说完，"我读初一的时候继母生了弟弟，后来又生了个妹妹。我爸的医生执照到那里不能用，他开了个进出口商行，每天都很忙，继母也有工作，所以我晚上都要在家照看弟弟妹妹，也没办法出门玩。不过上大学之后，他们就都没怎么联系过我了。我的房间也被改成了书房。"

赵竞没问为什么，韦嘉易自己解释："可能还是觉得我和他们不是一家人吧，我独立了就没必要留我的房间了。我大学一年级的学费是他付的，后来就是奖学金和自己打工赚的了。我后来毕业不想留下，也是觉得那里不是我的家，就回来了。"

"我小时候住在雪湖区，所以我在雪湖区买了房子。好了，讲完了，接下来的事你都知道了。感谢听讲，"韦嘉易松了一口气，"谢谢你觉得不无聊。"

赵竞难得安静了一会儿。韦嘉易一开始觉得他可能也因为自己无趣的黑白人生失语了，后来他像在进行思考，韦嘉易又觉得他可能打算安慰自己，但是不太擅长这个，还在斟酌用词。

但最后一点也没有猜准。因为既不是点评，也不是安慰。

赵竞说"韦嘉易"，声音真的很稳重："雪湖区挺大的，我带你重新去买套产权年限长的吧。"

第十九章 🌱 寻物启事

很快又到了韦嘉易不得不踏上工作旅程的时刻。上午阳光好得出奇，直升机依然跃过绿色宝石一般的海面，和前天来时不同的是，赵竞此刻坐在韦嘉易的旁边。

抵达首都后，他们要先与双方律师会面，将达成一致后定稿的协议签掉。

昨晚聊天的末尾，韦嘉易很正经地对赵竞提出这个想法。既然两人达成了一致，最好别再继续拖下去，该签的协议如果不及时签署，恐怕会给赵竞的公司造成什么风险。赵竞看出他的担忧，安慰："不用这么担心，信息泄露的最艰难的时候都过去了。"还口出狂言："只要保密工作做得够好，谁会知道我们还没签？"

赵竞说完还是老实按照韦嘉易的要求，联系了律师和财务顾问，让他们立刻赶来。

签订的地点在林律师所在的律师事务所，位于首都分所的办公室里。大楼窗明几净，一张长会议桌，韦嘉易和赵竞带着各自的律师分坐两边，由于所需公证人数量众多，偌大的房间熙熙攘攘。

韦嘉易很少遇到这种正式的阵仗，人人西装革履，气氛非常严肃。他不大自在，想快点结束。协议本身加上材料厚厚一沓，要签的还不止一份。本来每个人的大脑容量就是有限的，韦嘉易只是把专注力全都用在了自己的专业上，而且本着对赵竞和律师的信任，没怎么看内容，机械地按照要求在每一页上埋头签字。签得快到被赵竞开口打断："韦嘉易，你能不能自己看一眼？"

韦嘉易抬头，发现赵竞的表情有点无奈："你这样我真怕以后老了动手术，医生给你什么你也不看，在那儿乱签。"

最后终于及时签完，两人就又暂时分开了。

在航班上，韦嘉易仍旧忙忙碌碌，和经纪人、客户联系了一会儿，短睡了几觉。即将降落时，赵竞也发来信息，告诉韦嘉易他到家了。

赵竞的做事效率实在高，睡前已经转发房产经纪发给他的几个合适的房产视频和图片给韦嘉易，说："回来我们一起去选。"

韦嘉易看了一遍视频，不知是他自行加了滤镜，还是赵竞对房产经纪的要求导致的，韦嘉易感觉这些视频里的房子都不仅仅是奢侈，或者充满现代化豪宅气息，而且很有家的感觉。韦嘉易也发现认识赵竞之后，仿佛被赵竞带着在闯关拿奖励。虽然是突然加入，毫无准备，但回过神来，最大的奖品已经由赵竞送到他的手中，天空中也飘满彩带和欢呼声。

韦嘉易这次的工作很顺利，因和团队里的大多数人都合作过，几乎无须磨合，而且他在这儿待了十多年，还靠在街头巷尾拍人像赚到学费、生活费，对一切都太熟悉。第一天的拍摄结束后，韦嘉易带着几个同事，去一间市区的餐馆吃饭。

韦嘉易要进门，门恰好被推开了，他的父亲带着继母、弟弟和妹妹出来。

时间已经是九点半，天黑，巷子里路灯也暗，街道两边堆起灰色、黑色的雪，路面很脏。父亲起初没有认出他，是弟弟认出来的。弟弟才十三岁，竟然已经和韦嘉易差不多高了，正在变声期，原本在说话，眼神瞟到韦嘉易的脸，定住两秒，叫了一声"哥"。

韦嘉易下意识"嘿"了一声之后，难得大脑宕机。双方堵在门口，全都尴尬和不知所措。韦嘉易率先反应过来，让同事先进去坐，而后往门边靠了靠，不挡住进出的人。

五个人聊了一小会儿，父亲问他："什么时候回来的？"

一阵穿堂风吹来，卷起屋檐的雪珠，韦嘉易拉了拉围巾，客气地说："昨天到的，就是来工作几天。"而后转向弟弟，问他："你的摄影项目完成了吗？"

当时他给完意见便没有再跟进。弟弟说"完成了"，安静几秒，韦嘉易说："那我进去吃饭了。"

父亲说"行"，继母开口了，说："嘉易，这几天有空回家吃顿饭吧？要是过年不回来的话……"

"让你爸爸和你定时间，"她说，"我们都有空。"

韦嘉易说"好"。他们便说了再见，去街对面取车，韦嘉易也走进温暖的餐馆。

遇见了预料之外的人，韦嘉易的情绪不是太高。好在同事们什么都没问，一起吃了一顿热乎乎的饭，小酌几杯。

回到酒店房间，韦嘉易洗完澡，窗外又下起雪。父亲发来消息，询问韦嘉易待到几日，这几天什么时候有空，他没有回。站在窗边看了一会儿雪，接到了赵竞的视频。

赵竞那里是上午，天光正大亮。一张看起来脾气很大的英俊面孔，好像将手机的清晰度变高、音质变好了。他问韦嘉易一天的工作怎么样，韦嘉易没有回答，告诉他："晚上碰到我爸一家了。"

"什么，"赵竞眉头微微一皱，神情非常戒备，"找你干吗？"

韦嘉易本来有少许烦心，说出口已经好了很多，可能是因为他自己都不用说什么，有一个很护短的人就会马上帮他谴责一切，无论对方是否该被谴责。

"是我凑巧在餐馆门口碰到的，"韦嘉易走到床边，坐下来解释，"他们让我这几天去他们家吃饭。"

赵竞看了他几秒，问："你想去吗？"

"我不知道，"韦嘉易诚实地说，"不去好像我在记恨，去了又不知道说什么。他们搬到新房子了，另一个区，离原来住的地方很远，更不是一家人了……而且你知道吗？"韦嘉易忍不住和赵竞说，"他们连围巾和外套都是一个系列的。"

真是夸张，韦嘉易怀疑他们去坐邮轮都会定制家庭口号卫衣。又的确可以看出来，他们是个幸福的家庭，韦嘉易现在很好，没什么想埋怨的，单纯有点唏嘘。因为他们之间血缘这么近，人生又隔得这么远。

"这有什么，"赵竞当即安慰，"我们以后也只穿一个系列的。"

韦嘉易愣了一下，想到赵竞的衣服款式都比较保守，心情瞬时沉下来，理智回笼："噢，那个还是以后再说好了。"

赵竞显然知道韦嘉易为什么这么说，不爽地看他一眼，刚要说些他不想听的，韦嘉易立刻换了个话题："我今天还拍了一个地方，你等我一下。"

他打开电脑，找到一张照片，切后置摄像头，拍给赵竞看。下午拍摄时起初只是觉得眼熟，忽然之间想了起来。

"这不是吴朝办生日聚会的玻璃房吗？"赵竞丝毫没有停顿，一眼认出，而后说出一句韦嘉易没想到的话，"你第一次见我就偷拍我的地方。"

韦嘉易哑口无言，安静了两秒，赵竞又在那头发号施令："摄像头切回前置。"

他切回来，赵竞见他不说话，紧接着说："想起来了，你那天还提早走了。"他改写出新的历史，坦荡地逼问韦嘉易："你去干什么了？也不来和我多说几句话。"

韦嘉易一忍再忍，实在忍不下去，问他："请问那天是我不和你说话的吗？"

"韦嘉易，"赵竞挑了挑眉，说，"你有时候真的很记仇。"

沉默地看着屏幕上赵竞还是很好看的一张脸，韦嘉易劝说自己保持耐心。没有劝多久，赵竞自己承认了："算了，不污蔑你了，是我不好，不应该凶你。"

"我们没有早点认识是怪我，"赵竞的眼神很诚实，从来不用辞藻修饰，坦荡地做出他的总结，但紧接着话锋一转，"不过我早就想过，那时候如果认识了，李明冕结婚我们一起去，海啸来了我爬树还要背你。"把韦嘉易听笑了。

看到韦嘉易笑，赵竞面色温柔了一些，说："行了，你早点睡吧，早工作完早点回家。"

两人互道晚安后，韦嘉易想了会儿，回父亲的消息，说这次应该没空了，而后倒头就睡。

晚上的最后一个会议结束之后，秘书给赵竞带来不错的消息：他询问的房产，已经收到回复。

这套房产确实还未挂牌，因房东夫妻比较挑剔，刚刚才确定下房产经纪公司，还未来得及清理和布置。

赵竞哄骗韦嘉易说自己准备睡觉，获得他在工作间隙的紧张而轻声的"晚安"，出发前往他此刻的所在地。

毕业后，赵竞也常回这座城市，他的公司在此有较多的业务。不过他很少经过那套房产所在的区域，因为那是一个城市边缘的中档住宅区，与赵竞的生活关联很小。

赵竞坐车抵达，时间是傍晚，橙黄色的斜阳照在草坪的雪上。房子不大，外墙是米黄色，有两层半楼，一个地下室和院子、车库。

房产经纪和房东都在等他，站在一辆越野车边。

照理说在看房和谈判时，房东都不需要出现，但据房产经纪说，房东一听闻他的房子还未上市就有人询问，便坚持想在买家看房时和买家见一面，亲自介绍他的房子。

无理的要求，很不专业，不过赵竞同意了。

下了车，房产经纪先迎上来，赵竞对他点了点头。

他身后的中年男子盯着赵竞的车，嘴巴微张，表情显得惊异。他身形瘦高，穿着一件浅蓝色的衬衫与西裤，外面披着一件很厚实的羽绒服，围着围巾，不知道是不是韦嘉易所说的一个系列的衣服。

"这是韦先生，"房产经纪介绍，"这是赵先生。"

房东想和赵竞握手，赵竞直接往门口走了过去，房产经纪忙不迭过来给他开门，赵竞看到大门玻璃里层，贴着一个褪了色的圣诞窗花。

客厅是淡色的木地板，沙发是灰色的，有些旧了。

"家具都没来得及处理，"房产经纪解释，"我们本来准备下周开工。"

赵竞"嗯"了一声，听见房东在身后开口："赵先生，您是买来以后给孩子上学用的吗？我们这里的学区特别好的，我的几个孩子成绩也都很好。"

"是吗？"赵竞本来在看电视柜上包着的防撞垫，闻言回头看了他一眼，"上了什么大学？"

"我大儿子是学摄影的，是城里最好的艺术大学毕业的，现在是国际有名的摄影师，叫韦嘉易，你可以搜一下，"房东稍稍有些得意，"小儿子最近也考上了排名前三的私校。"

赵竞并没有在客厅找到什么韦嘉易生活的痕迹，往里走了走。

厨房和餐厅连在一起，窗外是个铺着草坪的后院。长方形的餐桌上有个银色的花瓶，因为旧了，房东没有带走，里面也没插植物，孤零零地放在桌上。

"楼上是卧室？"赵竞问。

房东和房产经纪都说是，他走上楼看了看。白色的楼梯对赵竞来说很狭窄，铺着地毯，二楼并列排了三间卧室和一间书房。

书房在面向马路的那边，赵竞走进去看，里面摆着两套学习用的桌椅，还有一面墙的书架。书大多搬走了，少数几本横七竖八地躺在柜子上，是一些初中、高中的教科书。

赵竞俯身抽出一本数学的，翻开看到书本主人的名字，还有他高中时写在上面的东西。韦嘉易的字很工整，像打印上去的。

"这是我大儿子的东西，忘了带走了，"房东又说，"到时候一起给您清理走。"

赵竞没理会他，走到窗边，看了看外面，没看其他卧室，又去到地下室。

地下室的灯不太亮，照着一些蒙满灰尘的杂物。没卖掉的床头柜，叠在地上的其他的书，一辆生锈的自行车，车旧得像转过七八手。两箱旧衣服，两箱杂物。

"都是以前装书房清出来的杂物。我们带孩子忙，懒得卖，就一直留在这儿。"房东可能不清楚赵竞为什么不检查卧室，而是检查地下室，又解释。

赵竞打开一个杂物盒，在里面看到一个很小的地球仪，似乎是小学什么比赛的奖品。地球仪下面压着一本厚相簿。他拿出来，相簿的封面是白色的，有点粘手，打开第一页，写着"云彩收集手册"和"韦嘉易"，字迹比高中时的幼稚很多，第二页开始，是贴有已经褪色的照片的云彩记录。

第一张照片是在附近某条街拍的积云，赵竞猜测大概存在什么观云爱好者团体，每页的模板都是固定的，有记录的日期、地点、天气和分数，十三岁的韦嘉易给这朵云评了十分。

赵竞又翻阅整本相簿，韦嘉易的活动区域和时间极为有限，拍摄时间都是下午四点左右，拍到的也都是本地看上去没什么区别的积云。

赵竞帮韦嘉易算了算，一整本厚相簿里的云全加起来也只有四百一十五分，合起相簿，看到房产经纪和房东在他身后面面相觑。可能是因为他看相簿的时间有点长。

"赵先生，您觉得这栋房子怎么样？"房产经纪问。

"可以，杂物留下，不用动。"

赵竞没有放下相簿，还是拿在手里，感到自己运气依旧不错。及时找回了韦嘉易不肯详谈、简单略过、自称很无聊、事实却十分孤独而可爱的青春时期。

其实是很简单的逻辑，韦嘉易在回顾过去时不那么有自信，所以赵竞想，自己有责任替韦嘉易找到更多，替他珍视更多，将韦嘉易认为可以放弃、刻意遗失的碎片拾回。

离开这栋房子，赵竞收到了韦嘉易发来的消息。韦嘉易说："我收工了！"

"我还是没去我爸他们家吃饭，"韦嘉易告诉他，"准备带小驰去我以前的学校附近吃越南粉。"

赵竞问他："好吃吗，哪家？"

热门餐馆要排队，外面下雨又下雪。

韦嘉易和小驰站在门外等了十分钟，进门又等了二十分钟，总算在窗边坐下。粉上得很快，热腾腾一碗，牛肉泛着粉色，热气把窗都熏起了雾。

明天就可以返程，韦嘉易心情大好，正要开吃，手机忽然推送一条噩耗。由于天气影响，航班推迟十二个小时，小驰同时收到。小驰最近刚谈女朋友，比韦嘉易还要如遭雷击，坐在对面唉声叹气，粉都吃不下了。

韦嘉易用筷子戳了几下粉，也放下了，给赵竞发消息，说航班推迟的事。

消息刚发出去，赵竞打电话过来了。韦嘉易有点诧异，推迟十二个小时虽然惨，但也不是特别重大的事，好像没必要立刻打电话过来安慰吧，但接起来之后，发现赵竞那头背景音非常热闹。

"韦嘉易，你们在哪儿？"赵竞仿佛受了惊，紧张地问他，"这越南粉店怎么回事，里面出事了？门口怎么这么挤？"

用几个成语来形容韦嘉易吃饭的这个越南粉店，赵竞会选择门庭若市，或者人山人海、人头攒动。

熙熙攘攘，比肩继踵。

粉店占了三个门面。深冬的黑色雨雪夜里，白底红字的灯箱招牌亮着，灯箱里头的灯在闪动，亮度分布不匀，色泽像是经过了许久的日晒，有了些年代的感觉。光照出密密下落的雨珠，灯牌下方挤了一群人，多到显得双车道的路很狭窄。

让司机停在马路边，赵竞观察了两分钟。如果不是人们穿着打扮与神情都正常，依稀能看出是一条粗壮的队伍，而且时常有服务生从里头走出来，拿着簿子登记各种人数，实在很像什么本地帮派在搞街头聚会。

店面有两面玻璃，本该能看到里面的景象，不过因为内外温差，蒸出了白雾。赵竞离得远，只能看到里头人很多，也很喧闹。

这街区还算太平，赵竞让秘书通知保镖不必跟随，自己撑了把伞，走到门口附近。

他的个子高，眼神越过门口成群结队的脑袋和伞，发现不停开合的门里竟然挤着更多的人。怎会这样，难道出事了？赵竞在这类餐饮店的就餐经验不多，确实略感疑惑，但不曾慌张，给韦嘉易打了一个电话确认。

　　韦嘉易又惊又喜，在那头瞠目结舌好一会儿，才窸窸窣窣地跑出来接他。

　　这点风雪，对赵竞来说不算什么。他耐心等待了十几秒，先听到声音缥缥缈缈地从门里传出："……不好意思不好意思，可不可以麻烦让我过一下？"而后看到门被推开。

　　韦嘉易和热气一起钻出来。他穿着一件宽松的黑色皮外套，脖子细长，挂了一根细链，手表被遮在里面的薄 T 恤中。柔软的黑发扎在脑后，走路还是摇摇晃晃的，在人群里左顾右盼，显得迷茫。

　　终于找到站在马路边的赵竞，韦嘉易的眼睛好像亮了起来，迅速地绕过几个等在门口的食客，跑到赵竞面前，说："怎么站这么远啊？"

　　赵竞把伞撑在他头顶，韦嘉易没有眨眼，轻声问："早上不是和我说晚安了吗？"

　　"在飞机上睡觉也是睡觉，"赵竞自信地指出，"你又没问我在哪儿睡。"

　　"……好吧，"韦嘉易笑了笑，回头看了看门口，凑过来说，"那我下次会问的。"

　　赵竞没闻清他的味道，已被风吹走。

　　"要进去吗？"韦嘉易声音轻柔，询问赵竞，"人是有点多，不过我和小驰坐的是四人桌，还能坐人。如果你饿了，可以先进来一起吃点，味道还不错。"

　　说那么多，赵竞也没马上听清，或许是因为脑中全是笔迹幼稚的积云评分。

　　又有风吹过来，韦嘉易和他的眼神交汇着，而后等了一小会儿，忍不住了："赵竞，你刚才有没有在听？"

　　"吃。"赵竞倒想看看这么多人排队的店里藏了什么至臻美味，收起伞，按住他的肩膀，护着他往里走。

　　排队的人较为礼貌，他们一起进，其余人纷纷让开一条道，赵竞发现里面也没自己想象中那么挤。

　　店里有一种汤料的甜香，大汤碗里白气团团地往上冒。赵竞热得脱下了外套。这类小店，当然不会有礼宾过来保管外套，他便自力更生，挽在了手臂上，还解开了袖扣，把袖子也挽了挽，十分自然地融入了这里。

韦嘉易带他走到一个小桌旁。小桌上摆了两碗越南粉，对面坐着一个年轻人，穿一件灰色的卫衣，染了个金色的头发，是小驰。

小驰见到他们，马上站了起来，把本就拥挤的小桌变得更窄："哥！"

"这是小驰，我的助理，"韦嘉易为他们介绍，顿了顿，语速忽然降了下来，"这是赵竟，我的……"

"合作人。"赵竟替他说出来，又将靠窗的椅子拉开了些，好让他坐下，"小驰又不是不知道，你一个人这么偷偷摸摸的做什么？"

他们入座，赵竟点了碗和韦嘉易一样的粉，粉上得很快，味道也确实不错，不过赵竟没吃饱，又加了些其他的菜点，吃完春卷，终于感觉不饿了，刚要买单，桌旁的玻璃窗突然被敲响。

赵竟起初一惊，下意识抓住韦嘉易想把他拉到身后，而后看见窗外有几个青年男女，笑容满面地趴在窗上看。

玻璃还是有些模糊，但雾气比方才小些，外面的人有六个，像认识韦嘉易。

"嘉易！"其中一个漂亮女孩的声音隔着玻璃闷闷地传进来。

"詹娜姐！"小驰看上去很高兴，隔着玻璃和他们招手，一副很熟的样子，还兴奋地对韦嘉易说："这么巧，这也能碰见？"

赵竟才不再警惕，松开韦嘉易。韦嘉易被他捏得生疼，发觉这几天的偶遇密集得令人诧异。和窗外的几位打了招呼，韦嘉易回头告诉赵竟："他们是我这几天一起工作的同事，道具组的。"

韦嘉易本来以为赵竟会和越南粉店格格不入，但真的坐进位置里，赵竟吃得还挺香的，也没挑剔什么，而且有样学样，学他把外套挂在椅背上，袖子挎到胳膊肘，看着很像那么回事，还加点了几道特色点心，菜名都报得顺畅，仿佛排队的常客。

赵竟"嗯"了一声，招手问服务生要账单。外面的人又轻轻敲了两下窗。有人指指赵竟，露出笑容。赵竟居然也礼貌地朝他们点了点头。詹娜马上拿出手机，开始和韦嘉易隔着玻璃自拍。

韦嘉易觉得自己反应也不算很慢，比了个剪刀手，试图遮一下赵竟的脸，怀疑没有遮得很成功，詹娜已经把拍下的合影发到了这次工作的小群里。

粉店翻台速度快，同事们跟着队伍往前走，离开了他们的玻璃窗，走之前，詹娜指了指手机，让韦嘉易看消息。

　　韦嘉易低头打开，赵竞也挤过来和他一起看，群聊消息又多刷得又快。詹娜拍的照片其实不是很清晰，毕竟玻璃上还有一层雾，赵竞又被韦嘉易的手遮了个下巴，只能大概看出他确实个高肩宽，五官深邃。

　　"三张都没把我拍清楚，"赵竞挨在韦嘉易身边，完全不受支配，自主地滑着照片，点评了起来，"你的手把我遮住了。"

　　从照片界面离开，韦嘉易一眼扫到詹娜的某条消息，想收起手机，但赵竞也看到了，捉着他的手，坚决翻了回去，而且平直地读出："气质像 Brunello Cucinelli[1] 的男模，带去模特公司肯定直接被签。不过男人一有钱就变坏，还是别入行了，嘉易，我支持你！"

　　虽然读得声音不算很大，但韦嘉易尴尬得头痛，余光都看见赵竞读笑了："你到底怎么跟人介绍我的？"

　　"因为我买礼物，被朋友看到了。"韦嘉易只好硬着头皮，把当时朋友搜志愿者名单，只找到了李明诚和赵竞公司捐赠的工程队，以为赵竞是个蓝领，他没及时更正，最后谣言愈演愈烈的事说了出来。小驰在对面听得偷笑，好在没有火上浇油，把他听到的谣传也加进去。"韦嘉易，你真行，"赵竞听完，表情有些无语，不过没生气，过了一小会儿，自己说服了自己，客观地说，"算了，少几个人知道，对你也好。"

　　而后赵竞换了个话题，评价："你的朋友挺有意思的。"赵竞还接着翻了翻，没找到让他感兴趣的发言，开恩地道："走吧。"

　　买了单往外走，韦嘉易觉得应该是由于赵竞人高马大，引人注目，所以又有人给他们让开一条道。

　　走到门口，韦嘉易的同事们还没进门，聚在门外。几人没有伞，本来缩在一起，看到韦嘉易和赵竞、小驰出来，都聚过来调笑。

　　"被我们逮住咯！"詹娜声音爽朗，"看来人做事还是不能偷偷摸摸哟，快点介绍！"

　　韦嘉易都没想好怎么说，赵竞倒很乐意地开口，一副心情很好的样子："你

──────────

[1] 意大利高端奢侈品牌。

们好，我是赵竞。"

"你好你好，"詹娜大概从不看财经新闻，认不出赵竞的脸，对这个名字也没反应，热情地道，"叫我詹娜就行。你陪嘉易来工作吗？我和嘉易在机场就碰到了，怎么没看到你？"

韦嘉易这边刚注意到有个朋友没说话，眼神有些犹疑，觉得他应该是认出了赵竞，赵竞那边已经和詹娜聊起来了："我今天下午才到，来办点事，顺便接他回去。"

这时候，雨突然变大，几乎要将人浇透。几人都往屋檐下躲，赵竞撑开了伞，遮在韦嘉易身上，询问詹娜："你们没伞？还要等几桌才能进门？"

"对啊，下午太阳那么好，谁知道晚上雨这么大。前面还有四桌呢。"詹娜一转头，忽而看到赵竞伞柄上的标志，愣了愣。

"这地方冬天天气是差，"赵竞未察觉，为她提供一个方案，"这样吧，我先把嘉易送到车里，车上还有一把伞，你们可以都拿去。"

伞很大，詹娜有些安静地跟住他们，走到赵竞的车边。司机下车，赵竞和他说了一声，司机便帮他们从副驾的门的伞槽里又取出一把伞。

这台车是敞篷车，品牌与赵竞常坐的相同，却是韦嘉易没见过的车型。看起来很大，形状像一艘快艇。他听到赵竞低声告诉司机："我来开吧，你去安保车。"而后让司机带小驰一起过去，送他回酒店，再示意韦嘉易坐进副驾。

赵竞不乱说话时，外表十分可靠。他替韦嘉易关了门，侧过身去，将伞递给詹娜。詹娜接过伞，忽然间好像变得有点紧张，说了几遍"谢谢"，拿一把撑一把，跑回了店门口。

副驾的车门关了，车里很安静，韦嘉易看着赵竞冒着雨绕过车头，开门坐进驾驶位，雨声出现又消失了。

赵竞深色的羊绒大衣上沾了许多细小的水珠，外头五光十色的灯，将它们照得毛茸茸，好像也在发光。韦嘉易的眼神移到赵竞的脸上，赵竞表情自若，问韦嘉易："现在去哪儿？"

注意力与思考能力被吸走，韦嘉易一个字都答不上来。赵竞等了一小会儿，没有开车。

"好了，要开车了吧？"赵竞的语气无奈，开始大煞风景，"不行我也得开车了。"

韦嘉易是没什么想说的，"嗯"了一声。赵竞轻踩油门，带韦嘉易离开这条街。

韦嘉易的酒店房间面积小不说，附近街区也较为混杂，他觉得赵竞把车停在那儿可能会出事，问赵竞在城里有没有住处。

"你看，"赵竞马上瞥他一眼，借机翻旧账，控诉不满，"但凡签协议的时候翻一翻，也不会问出这种问题。"

"以后我一点事都不能出，不然你被人骗到西伯利亚挖煤。"他对韦嘉易恨铁不成钢。

"不要老是想晦气的东西好吗，"韦嘉易想笑又不敢，柔声安抚他，"很重要的东西我怎么会乱签呢？"

"协议不重要？"赵竞面露凶光，还想争论。

"你的攻击性可不可以不要这么强？"韦嘉易还是被他逗笑了，"那沓资料厚得和山一样，我要看到什么时候呢？想知道的时候问你不就好了？"

幸好赵竞现在也不会因为韦嘉易笑而不满，反而看了看韦嘉易，安静地过了一会儿，说"那倒是"，不再说了。

去赵竞的住处，得经过一座悬索大桥，桥上常年堵车，今天堵得尤其严重，上桥前还能隔段时间挪几米，上桥后就停滞了。前后的车距离都很近，一动不动，车灯亮着，像雪夜里露天排着几百张颜色不一的床。

两人倒都没有烦躁，随意地聊着天。赵竞一本正经地讲述自己白天在飞机上睡到一半，被监管部门的电话吵醒，如何打起精神，与对方斗智斗勇，拯救公司。韦嘉易又听笑几次，忽然想起，问他："那你过来办什么事，办完了没有？"

同时他有些疑惑赵竞为什么不告诉自己，难道不断提供见面惊喜，已经刻入赵竞的理念中？但再重视，似乎也没有必要在公司的多事之秋专程放下一切赶来，只为提前十几个小时和韦嘉易见面吧。

果然，赵竞眼神稍一游移，只回答后半个问题："办完了。"

韦嘉易立刻察觉到不对劲，要追问，赵竞开口大声说："你发现了吗？雨停了。"

"……"韦嘉易是应该不要理他这么生硬地转移话题的，如果是赵竞听韦嘉易这么说，早就毫不留情地指出来了。但可能骨子里纵容过头，韦嘉易还真的下意识看了一眼窗外。

雨是停了，似乎天空都变清晰了，但车队仍旧一动不动。韦嘉易又转回视线，想接着询问，赵竞按了个开关，车的敞篷忽然打开，寒冷瞬间便灌入了大桥上这其中一张温暖的小床褥。

冷空气被吸进肺里，桥上有一道道平行的钢缆，看往天空，像看一个巨幅开阔的电影银幕。

"好看吗？"赵竞自信地问，"要不要拍几张照？"

是还不错，不过还没好看到要在零下几摄氏度的天气开敞篷看的程度，又不是极光，也没有星星，而且冷风刮得韦嘉易头晕。四周所有的车，连开窗的都找不到一台。

比起美景，韦嘉易还是更为赵竞转移话题的创意感到震撼，想婉拒说"不用了"，结果嘴唇张开都在抖，哆哆嗦嗦，又想说不问了，请赵竞赶紧把敞篷关上，还是发不出声音。

"冷成这样。好吧，我关了。"赵竞看到他发抖的样子，好像笑了，主动关了敞篷。

韦嘉易全身都冷麻了，觉得赵竞的体温简直高达八十摄氏度，想跟赵竞一样大声地控诉，然而发出来的声音十分微弱："真的好冷。"

第二十章 🌿 十七岁的云

　　一月到六月，天气由冷变暖。韦嘉易的二十七岁很奇妙，出现了许多不曾设想的变化。

　　首先是自有完整记忆以来，韦嘉易第一次过了个热闹之中也包含了他的春节。不再像小时候，一直在厨房忙碌到最后，拿到薄薄的红包当彩头，也不像工作后，再接份工作，或者独自前往不过农历新年的地区旅游。

　　除夕夜里，韦嘉易和赵竞一家人，加上他家另外几个关系好的亲人，一起吃了晚餐。

　　最初决定下来是在一月下旬。韦嘉易工作结束回市，恰好和赵竞都有空，两人被赵竞的父母喊去陪他们吃饭。桌上闲谈，聊起半个月后过年的安排。

　　韦嘉易先一口答应吃年夜饭，才听赵竞的母亲说："还有其他两家亲戚会过来。"韦嘉易心里不安了一下，以为掩饰得很好，却被赵竞一眼看出。

　　赵竞开口大放厥词："谁啊？几岁了还一起过年，从今年开始别来了。"

　　韦嘉易感觉冷汗要流下来，罕见地不是不想说话，是真的哑口无言。好在赵竞的父母对赵竞的言行都很熟悉，立刻明白了赵竞的用意，没责备他不懂事，转头询问韦嘉易的感受。

　　"嘉易，来的有你认识的人，明诚他们一家，还有赵竞的姑姑一家，都是很好相处的，"赵竞的母亲坐在圆桌对面，说，"不过我们本来喊他们一起，也就是图个热闹，要是不习惯，我们四个出去过也挺好。"

　　韦嘉易有一刻觉得很恍惚。毕竟以前他的情绪只是情绪，并不会被当成一回事，包括他自己，也不在意。韦嘉易感到不太真实，又马上反应过来，说："不用不用，明诚我很熟悉。"

"不是不习惯，刚才突然听到还有其他人，一下有点紧张，"韦嘉易也发现坦诚不像想象中那么困难，虽然永远很难说得很响亮，"……怕大家不喜欢我。"

李女士和赵竞的父亲都笑了笑，安抚他说不会。

果然，除夕过得平平顺顺。韦嘉易和赵竞中午就到了，三点左右，李明诚一家、赵竞的姑姑一家就来了，带着新年礼物和精致的盆栽花卉。像平常人家一样，亲人们交换了红包、礼物。

赵竞的小侄女上幼儿园，不知为什么一见面就很喜欢韦嘉易，说韦嘉易长得像明星，贴在他腿边。韦嘉易对照顾小孩较有心得，年长的去打麻将了，年轻人去影音室看电影。

因为有儿童在，他们挑了一部动画。小侄女坐在韦嘉易腿上看，和他讨论剧情。赵竞在旁边，起初尝试加入他们的聊天，发表了一些自己的见解，不过这电影对他来说大概实在太无聊，加上年前工作有些忙，过了一会儿，赵竞突然不吵不闹，韦嘉易转过头去一看，他已经静静地把椅子调平睡了。

晚餐丰盛，来吃饭的赵竞的亲人也都很和气。年夜饭吃得热热闹闹，饭后还放了烟花，这个年，韦嘉易过得前所未有地开心。

赵竞家的屋宅大到难以用脚步丈量，却让他更感觉到像家。

除春节过得不一样以外，韦嘉易的职业规划也出现了少许变动。这是他开始时尚摄影之后没有想到过的。

一月底时，在布德鲁斯岛的市长，以及购买了他拍摄的布德鲁斯岛照片集，又大力赞扬他的导师的鼓励下，韦嘉易选出五幅照片，集成一组，申报了某一摄影奖项。这是韦嘉易五年来第一次做这种尝试。

他更新自己摄影师简介的文本，上一次写也是在五年前。当时写得有些丧气，住在窗户漏雨的出租屋，提交作品文件，缴掉报名费，银行卡余额少少的，韦嘉易觉得自己学来学去，拍来拍去，都一事无成。唉声叹气之后，韦嘉易回复了现在的经纪人发来的消息，谢谢他的肯定和看好，告诉他愿意谈谈经纪约，接人像工作没有问题。

现在有赵竞在旁边陪他，帮他点出错字，又提醒他，有几个他自己都忘了的拍过的项目可以放进简历。

交完文件，赵竞再次欣赏了这组照片，感慨："拍得这么好，差不多可以直接写获奖感言了。"

韦嘉易本来有点感伤和忐忑，被他逗得又笑："话说得这么早，我写完了没拿到奖怎么办？"

"不可能，"赵竞言之凿凿，"评审要是真不长眼睛，我给你成立一个，亲手给你颁奖。怎么样？"

韦嘉易："谢谢你。"

承赵竞吉言，到了四月，韦嘉易真的收到奖项主办方的通知。他获得了突发新闻摄影类的银奖。

接到电话时韦嘉易还在媒体餐区休息，傍晚，春风吹着露天的大秀现场，把香氛和闪粉吹到韦嘉易的薄毛衣上。

韦嘉易第一时间将好消息分享给赵竞，赵竞在开会，马上打来电话，还加强认可自己的判断："我就说要早点写感言，现在要临时抱佛脚了吧？还好有我，晚上陪你想。"

奖项公布前会有两周保密期，有的是时间写。韦嘉易同意："嗯。"

"那我早点回去，"赵竞的声音转成低沉可靠的样子，好像跟韦嘉易定下什么重要秘密，"你也早点。"

回到公寓前，赵竞认真帮韦嘉易想了很久，想出来的都和他高中时的座右铭差不多，没有一个字是适合韦嘉易说出口的。这个摄影奖项不设颁奖仪式，只需要录一段感言发过去。韦嘉易感觉自己一旦把赵竞写的读了，主办方发出来的第二天，他就会被摄影师圈集体拉黑。先赞许而后敷衍了半天，韦嘉易偷偷独自写了一版。

四月底，奖项公布之后，韦嘉易收到许多朋友发来的恭喜，也有不少座谈会和分享、采访活动的邀请。一个休息日，韦嘉易和赵竞严肃地商量该去哪个。

赵竞的公司与监管部门达成和解，生活回到了从前的步调。看着韦嘉易的邀请列表，赵竞分析了一会儿，突然生硬地发言，说体谅韦嘉易很忙，决定一个人承担新房的装修工作。

韦嘉易听完，当即觉得不对劲。

新房在雪湖区另一边，比现在的住所离赵竞的父母家近一些，由知名建筑商打造，交付时已是硬装结束的状态。软装也选好了，由一位他很喜欢的设计师出了图，连家具都定完了。

韦嘉易找不到任何赵竞加入新家装修工作的必要。赵竞还能去干什么，砌墙吗，还是打螺丝？

赵竞不提也就罢了，韦嘉易或许本就没什么时间去看，一说反而立刻让他感到疑点重重。他旁敲侧击："不要一个人承担啊，那太累了，我也可以帮忙的。"

"你别管。"赵竞强势得很，不允许他再深入探讨这个问题。

后来有时韦嘉易会碰到赵竞从新房回来，还注意观察他，没在他身上找到什么油漆和粉尘的痕迹，只看到亮晶晶的眼睛和微微满意的神情。次数多了，韦嘉易便不再往心里去，猜测赵竞真是去监工的。

这么久，韦嘉易早已懂了，赵总可能是去让家具摆放到每一个他划定的位置的，偏一寸也要挪正，就像他办公桌上那几个被摆得过于整齐的韦嘉易闭眼的照片的相框。

韦嘉易感觉那几张都一样，一眼就看得出是连拍的，只有赵竞声称它们不一样，难以取舍，都印了。

终于到了六月，韦嘉易的生日也要到了。他先带着赵竞和朋友一起吃了两顿饭，赵竞表现得相当得体，又去赵竞家过了一次，收到了礼物，也切了蛋糕。

生日当天韦嘉易有个工作，下午四点准时结束，工作室的人给他准备了惊喜，赵竞来接他，赶上了唱生日歌，还陪他吃了几口。韦嘉易发现自己今年的蛋糕，赵竞一个都没落下。

到车里只剩两个人，赵竞问他吹蜡烛时许了什么愿望。

今年是最好的一年，韦嘉易告诉赵竞，他闭眼一片空白，一个愿望都没许出来。他现在有点后悔："早知道许个家宅平安、家人健康。"

"偷偷许愿还不如直接告诉我。"赵竞开车，张扬地表达看法，像一位无比自信的韦嘉易愿望实现家。

六月的晴天，雪湖是蓝色的，在温柔的阳光下泛着波光。他们沿着环湖路往前，经过了酒店公寓，没停，韦嘉易反应过来，问赵竞："我们回新家吗？"

赵竞"嗯"了一声，韦嘉易忍不住询问："你的装修工作完成啦？"

"说了别问。"赵竞没什么威慑力地瞪了韦嘉易一眼。

靠近新家，大门移开，顺车道行驶一小会儿，两人到了家门口。定下新房后，韦嘉易在赵竞的阻拦下，几乎没来过。他发现花园的设计全部修改了，无论哪个高低错落的树种，全都被修出圆弧形，非常可爱，像一团一团绿色的云飘在家门口。

"好漂亮，"韦嘉易感慨，"我就很喜欢云。"

"这有什么。"赵竞淡淡地回应，神情已经显露出得意，下车紧紧搂着韦嘉易的肩膀，快步往门口走。

打开门进去，和韦嘉易印象中的房屋完全不同，他和赵竞一起挑选的主色调与图纸化作实体，出现在眼前。

不过乍看一眼，韦嘉易感到房子有点满，似乎与设计师的图纸有区别，他往里走，发现是因为墙上挂了许多设计效果图里没有的东西。

玄关的墙面用深色窄框挂起十几幅 4R、5R 尺寸的积云的照片，都不是很大。韦嘉易靠近观察，发现照片是扫描的复制品，原片色调泛黄，不知从哪里找来的，韦嘉易起初觉得眼熟，站在那儿看了一会儿，答案猝然浮现在脑海里，好像头脑一下子变得很清晰，他回过头看赵竞。

"你评成十分的云，我印成 4R，"赵竞简单地解释，"十五分的 5R。我亲手扫描的，还不错吧？"看韦嘉易没出声，赵竞又说："原版放在楼上的书房里，我已经擦干净了。"

赵竞穿了一身休闲的浅色衣服，手臂自然地垂着，神情松弛，左手戴着手表，不像韦嘉易经常藏起来。

从在博物馆中看童年影像直到现在，赵竞都没什么变化，生活中不会沾到街市的灰尘，也不像是会去老房子里捡韦嘉易的垃圾、还把垃圾擦干净后自然而然地挂出来的人，但是他就是这样做了。

好像觉得韦嘉易停留太久，赵竞提出："想看的话一会儿再回来吧。"韦嘉易跟着他继续走进家里。

客厅的背景墙上挂了一组三幅照片，这个韦嘉易马上认出，是他大二第一次上导师的纪实摄影课程时，独自去城市的避难所附近徘徊几周拍摄的那组作业中的三幅。导师认为韦嘉易很有掌控镜头的天赋，因此偏爱他，他才获得去工作室蹭吃蹭喝蹭胶片和软件的机会。

"跟你导师要的，"赵竞说，"他选了这三张，家里所有照片的排布也是他抽空设计的。"

从餐厅绕了一圈，韦嘉易看到了自己小时候拍摄的其他的云类，而后绕到楼梯边，看到墙面上挂了一些很神奇的相片。韦嘉易往上走，发现自己都没见过，一些初中、高中的旧照，他应该也不是这些照片中的主角，只是照片被裁剪之后，韦嘉易才变得很大。

"这些是哪里来的？"韦嘉易有点愣住，回头问赵竞。

见到韦嘉易惊讶，赵竞十分高兴，手搭在楼梯的扶手上，比介绍他的博物馆时更自得地说："我找了你初中、高中的同学册，自己打电话去跟他们要的。"

"你的同学人都挺不错的，我说我是你的朋友，正在给你准备礼物，他们就都帮我找了找，找到不少。"赵竞告诉他。

在韦嘉易的照片之间，也夹杂了几张赵竞的，看起来是同一时代与相似年龄的相片，大大小小的相框混在一起，给人一种他们当时就认识的感觉。

走到二楼，起居空间挂着韦嘉易大三时风景摄影的项目作业。窗外一片绿色。赵竞简单介绍几句，带韦嘉易来到书房，韦嘉易发现书架上放置了他以为早就被扔掉的书籍、作业本、作品集。

赵竞自己的书、高中书本，还有他的毕业册原件，竟然都从他的个人成长博物馆带了过来，放在韦嘉易的东西旁边。

另外也有其他的大大小小的物件。例如韦嘉易高中时在二手市场淘的宝丽来相机、胶卷机、一次性胶片机、十几个叠起来的空胶卷，它们被人用玻璃罩起，分不同的格子镶进墙壁中，打上温柔的暖光。郑重地收集、展示韦嘉易很少重温的过去，像在施展一种名为确定的法术。确定到这样的程度，感情必须浓厚到足以越过不可能越过的时间，才将韦嘉易完整地包裹、容纳。

看到这里，赵竞宣布："我现在觉得一个人的博物馆没什么意思。"他的眼睛很明亮，把韦嘉易的注意力从多年没见的旧物上吸引回去："所以把东西都挪到这里了。"

韦嘉易张张嘴，忽然发现他和赵竞已经站在书房靠窗的墙边。

窗开了一条缝，空调的冷气里，掺入绿色植物的清香。赵竞说："生日快乐。"

韦嘉易抬眼，看到赵竞的唇角弯了弯："嘉易。"

"我没有破产，"赵竞两手空空，问他，"所以你仍然愿意和我签订剩下的协议吗？"

完全没有犹豫，赵竞伸出手，等他的答复。

想起去年十月三十一日，韦嘉易到布德鲁斯岛的第二天，海啸来临之前，那天下午风平浪静。韦嘉易本来和李明诚在酒店的花园边聊天，远处泳池的音乐响彻天际。

聊了一会儿，李明诚看看手表，大声告诉他："我得去接我哥了，见面机会难得。"而后离开了花园。

大概二十分钟之后，韦嘉易在二楼点了杯酒，坐在窗边，喝了几口，听到螺旋桨的声音。抬头往外看，看到一架水上飞机。机身是白色的，漆着蓝色的酒店名称字母与徽标。

那个谁在里面吧。韦嘉易当时想。

飞机就顺利地降落了，在潟湖边的码头。

小拇指大小的赵竞气势汹汹地从飞机里走出来，靠近斜心形的岛屿，然后靠近即将举行的婚礼。

很快，靠近一场很快就要降临的灾祸，靠近混乱、镜头、现实与重建。

继续靠近不属于他的烦恼、犹豫，靠近梦想，像勇士般穿越一切，来到终点，捕获所有韦嘉易青春期与成年后的云。

番外一 🌱 **阁楼**

（一）

故事发生在赵竞和韦嘉易第一次见面之后。赵竞大学四年级，韦嘉易大学二年级。

韦嘉易租住在一栋房子的阁楼里。

1

大学第四年，春末的一个周三，赵竞的公司运行良好，幸运如影随形。他从机场回家，经过第十九街时，看到一个莫名其妙的人站在天桥下举了台相机拍照。

那人高瘦，白发是染的，不长不短，掺杂几簇彩色，十分扎眼。两周前才遇见过，面斥了此人的偷拍，赵竞一眼认出他来。

天桥附近有两栋避难所，治安不好，不知此人呆呆傻傻地在这儿拍什么乱七八糟的东西。司机开得快，车迅速接近，又迅速远离。赵竞没把这次偶遇放在心上。

没想到的是第二天早上，赵竞在灌木丛里醒来，而且变成了一只猫。

2

本来睁眼之前，赵竞只觉得房里似乎湿气有些重，被子变轻了，像消失了一般，但是不冷。

赵竞睁开了眼，看见一片灰绿色的树木，如置身野外。他立刻清醒，猛地站起身，却发现自己居然四肢着地，惊得立即蹲下，又向后跳了一下，碰到了灌木丛，扭头一看，见到自己身上长出的一条毛茸茸的深色尾巴。

赵竞惊得开口，只听到"喵喵"两声，左顾右盼，发觉整个世界的色调都极其诡异，带着灰蒙蒙的滤镜，本该是蓝色的天空显得十分暗淡，应当能够看见的花朵都变成了模糊的色块，而听觉变得灵敏，四周一点风吹草动都像刮在他的耳边。

愕然只持续了短短的几分钟，因为赵竞没有被这起重大的变故打倒。确认自己不是在做梦后，他沉稳地压下恐慌，而后谨慎地四下走了几步。

通过辨认路牌上的字迹、在不锈钢艺术装置上照镜子等方式，赵竞摸清了自己的处境：已经变成一只体形较大的深色短毛流浪猫，身处十九街与十六街交界处的社区公园。

不知现在父母、下属分别是什么状况，一定惊慌失措，着急地寻找着他，或许以为他被绑架了，正心惊肉跳地等待着电话响起。

赵竞虽不再恐惧，但难得有些束手无策。该如何保证自己的生存，如何改善局面？暂时没有答案。

而且他从来没想过自己会变成一只猫。怎么是猫？为什么不是一只狗，就像威廉那样？同样很难找到合理的解释。

当然，赵竞很坚强，并且适应能力超群，以最快的速度探索了公园和附近区域的环境。因附近街区的治安和卫生情况都不大好，怕吃到什么有毒的东西，所以他感到饥饿时，回忆着从前在生物课程上学到的知识，捕食部分昆虫，也吃了一些草。

下午，在一边探索一边找寻回到人形的办法时，赵竞遇上公园里的另两只脾气很差的凶狠流浪猫，为争夺地盘打了一架。好在他具有体形优势，且已极快地掌握了对身体的控制，轻盈而不失速度与力量地将那两只企图抢夺他的灌木丛的猫几掌拍走。

可惜的是猫的睡眠需求量比人类大很多，赵竞在以战斗稳固下的领地中，吃吃睡睡醒醒几次，当猫的第一个夜晚就降临了。

傍晚清风徐徐，只有几个人偶尔慢跑经过步道。

赵竞蜷在灌木丛后，看着对他来说过于高大的公园植株，思考是否应该趁夜深车少，独自前往家的附近。因为十九街到他家和分公司的位置有些远，若白天出行，车流密集，很容易出车祸，晚上会安全些。但即使到了家门口，又该怎么见到父母，怎么告诉他们发生在自己身上的事？

正在权衡之时，一个有些熟悉的身影出现在灌木丛外面的椅子上，带着一股食物的香味。

3

周四没课，韦嘉易早起又来到第十九街，拍了一天的作业。今年学费又涨了，好在没涨房租，他每天都过得比较累，只有拍摄时，心情是畅快的。

这几天在避难所附近晃，见了不少潦倒的人，韦嘉易想不出他五年后会在干什么，不禁怀疑会不会有一天，自己也要住到里面去。

黑夜将至，街区变得危险，他停止了拍摄。因为很饿，他到附近快餐店买了份汉堡，步行至稍安全些的区域的社区公园，找了张看起来不太脏的长椅，准备坐下来随便吃点。

汉堡的味道不错，面包坯抹上黄油，烤得焦香。他吃了几口，忽然听见长椅旁的灌木丛里响起窸窸窣窣的声音，他吓了一跳，站起来，一只有点大的毛绒动物从灌木丛里现身。

动物向下蹲了蹲，轻轻一跃，优雅地跳到椅子上，将自己展示在路灯下。韦嘉易抓紧汉堡后退一步，意识到这是一只猫。

猫的体形和韦嘉易的房东太太养的那只小狮子犬有一拼，长得很漂亮，短毛，虎斑纹。它并不怕人，眼睛圆溜溜的，因为四周黑暗，所以瞳仁扩得很大。

它看着韦嘉易，发出很响的喵喵声，微微抬头，有些高傲的样子，非常神气，韦嘉易暗暗怀疑它是只丢失或者被遗弃的品种猫。

一人一猫对视一会儿，韦嘉易不由自主地挨近了少许，想摸摸它。但手一伸出，它就不悦地抬起一只爪子，警觉地盯着韦嘉易，背上的毛都竖起来，韦嘉易只好缩回手，问："你要不要吃点东西？"

猫不知是听懂了还是乱叫，立刻"喵"地叫了一声。

韦嘉易犹豫着，掰了汉堡上的一小块面包，放在椅子上离它近些的位置。猫迅猛地凑过来叼走面包，两三口吞了下去，紧接着又抬头，注视着韦嘉易，像在等待继续投喂，韦嘉易只好又掰了一块给它。

这猫好像饿极了，韦嘉易把汉堡肉也掰碎一些，放在椅子上。猫把它们全吃了，因为吃得很急，毛茸茸的头吃得一点一点的，像只在啄米的小鸡。韦嘉易觉得它很可爱，又说："你叫什么呢？你有主人吗？"

猫当然听不懂人话，也没有回应。等它吃完，韦嘉易收起垃圾，它还是没有走，站在椅子上，站姿很矜持。

"我可不可以摸摸你？"韦嘉易问，很慢地伸手过去。

这次猫没有拒绝，韦嘉易就很轻地摸了摸它的脑袋。短短的毛发非常顺滑温暖。他又将手指转移到软软的脖子上，揉着猫软软的毛发，仔细搜索一会儿，没有找到猫牌。这应该不是一只有主人的猫。

挠挠它的下巴，手感也很好，韦嘉易摸得停不下来。猫也眯起眼睛，还靠近一些，虽然不会像电视里的宠物摇头晃脑地蹭手，但看得出来，它是喜欢韦嘉易的抚摸的。

"你好可爱。"韦嘉易本来就是一个很喜欢猫的人，觉得自己已经跟它一见如故了，忍不住夸奖它。猫听到，抬头看了他一眼，不知道为什么，韦嘉易觉得它的模样带着理所当然的骄傲意味，更是觉得爱不释手。真想把它抱回家去。

不过韦嘉易住在一间小阁楼，养活自己都很艰难，没有养猫的条件。摸了很久，韦嘉易还是收回手，不舍地对它说："我要走了。"说完觉得很残忍。

猫后退了一点点，看着韦嘉易，好像什么都不懂，又什么都明白。

韦嘉易站起来，心里酸酸的，走了几步，回头看它，它还是站在椅子上，仿佛被遗弃一般，健壮的身体一动不动，有一种落寞感。

韦嘉易突然想到高中毕业后不再有家的自己，脚就动不了了，无法再狠下心往前走，而且心想，一只猫在这里，会不会遭遇什么危险？

虽然从来没有养过小动物，没有经验，但是丰俭由人，养只猫能费多少钱？养不起猫肯定也养不起自己了。再说最近接了几个人像街拍的单，存了些收入，现在也是时候过过没那么孤单的日子了。说不定这只健康的虎斑猫是上帝送给他的礼物，是来陪伴他的。

韦嘉易看着猫微微摇动的尾巴，很快就将自己说服，给房东太太打了个电话，问她可不可以养一只很乖的成年猫。

房东太太很喜欢他，也喜欢动物，加上他租的阁楼其实小到没什么能被破坏的余地，地毯家具也都是他自己买的，她同意了。

韦嘉易高兴地往回走，在椅子前蹲下，平视着这只不能说是小猫的虎斑大猫，问它："你要不要跟我回家呢？"

4

跟着一个见过面的人回去总比待在公园流浪好，即使这个人在赵竞心里的形象很差，但首先，喂的汉堡味道不错；其次，看起来对小动物也算有耐心。

这是无奈之下的权宜之计。赵竞不能在公园浪费太多时间，既然他运气好，撞上了赵竞，赵竞决定给他一个投资的机会。如果他不珍惜，赵竞会直接从他家溜走。

堂而皇之地坐进这人的背包里，由于原本的计划已跟不上变化，赵竞转而思索起新的办法。是否要告诉这个人自己的身份？如何告诉？这个人那么想讨好赵竞，肯定会帮忙的。

某人一边背着他，一边给养猫的朋友打电话。赵竞听他问的都是很没常识的问题，不断说着一些听上去很缺钱的话。

"猫粮哪个牌子的好一点？好的。猫砂盆，我记下来，自动的很贵吧？我肯定买不起……好，我先来你家拿！谢谢！什么？要先带去宠物医院检查吗？对，是我捡的。哪家检查比较好啊，有没有便宜一点的？"

某人带赵竞先去一家还没关门的宠物医院检查，做了驱虫。医生确认赵竞身上没有家庭标志，夸他健康状况极佳，虽然因为变成了猫有些心烦，但赵竞听到这一段还是非常满意的。

而后，某人又打车，带赵竞到一个朋友家。这朋友是个女孩，住在一间小公寓里，家里养着一只猫。赵竞不喜欢闻别的猫的气味，她家的超重大肥猫也不喜欢健壮的赵竞，站在客厅另一端低吼。

某人点头哈腰道了好几次歉，又说了好几次谢谢，像做错了什么事似的，大概怕赵竞蹿出去和这家的大肥猫对打，也没把背包放下，扛起她准备好的旧猫砂盆和一些二手用品，带着赵竞走了。

他走路回家，赵竞怀疑是为了省钱。他走起来晃晃悠悠，很催眠，路程又远，赵竞在背包里睡过去了，背包被放下时，才醒过来。

拉链被完全拉开。"我们到家了。"冰冰凉凉的手伸进背包，一把将赵竞抱了出来，放在一张塑料桌子上。

赵竞站着四顾，发现自己居然来到了一个狭小而阴森的洞穴。他从未见过这么小的居所，原来这种地方也能住人。可惜赵竞开不了口评价，只能低沉地叫了几声来表达自己的感慨与震惊。

即便对一只猫来说，这居所也过于狭窄了。顶多二十来平方米，天花板是斜的，有扇窗户，这是个阁楼。一张床、一个桌子、一把椅子，已把空间占得满满当当。他跳下桌子，脚爪触到柔软的地毯。倒是没有什么不好闻的味道。

某人忙前忙后，不断在洞穴中走动，把从朋友家乞讨来的东西拆出。他将猫砂和猫砂盆拿去厕所，赵竞跟过去看，厕所更是小得令人惊讶，猫砂盆都险些放不下。

人（猫）在屋檐下，不得不低头。赵竞决定忍耐，几秒后，某个人回过头，看到在厕所门口的赵竞，蹲下来，把一只很冷的手轻轻搭在赵竞的背上，揉了揉他的背。

冷到赵竞觉得这人捡猫回家可能是为了暖手。

"该给你起什么名字呢？"肉麻的轻声细语让赵竞不适，但是持续的抚摸又让人安心。这或许是猫的生理局限，反正赵竞无法控制。

某人坐到了地毯上，把赵竞抱在腿上，手臂环绕着赵竞。抱得紧紧的，不大舒服，不过他身上有股好闻的味道，赵竞又想了一遍"人（猫）在屋檐下，不得不低头"，就没动，坐在他身上，听他说备选的名字。

福气，团团，咪咪。太愚蠢了，赵竞从他腿上跳下，不想再听。但某人爬过来，没什么力气但强势地把他抱回怀里，又说："你好挑剔啊。"

赵竟扭过头看他，被他揉了一下脑袋。他揉得其实不是很用力，但赵竟从未和人如此亲近，即便变成了猫，这种行为也大大超出赵竟的忍受底线，下意识挥爪，抓了他一下。他立刻倒抽一口凉气，捂着脖子，坐远了些，赵竟闻到了血腥味。

哀号几声，他站起来去了浴室。

赵竟跟过去，看到他似乎在消毒，血腥味中也有碘伏的味道。没多久，他把碘伏棒扔进垃圾桶，转头又看见赵竟，叹了口气，洗了洗手，走到赵竟面前，蹲下来，轻声说："对不起嘛。以后揉你我会征求你的同意的。"

道歉的声音也是软绵绵的，好像真的反省了自己的行为。赵竟说不了话，他伸手过来，想和猫讲和，赵竟没有躲开。

"那你到底想叫什么名字呢？"他很轻地摸摸赵竟的面颊，赵竟发现自己也没那么排斥他的碰触了。实在想告诉他我有名字，但是说不出来，又喵了几声。

这人就笑了，说："不要急啊，我再想想吧。"

虽然上次见面，这人还是一个想趋炎附势的人，但人性是复杂的，他至少是真喜欢猫的。

或许是缺钱，想赚上几笔，他上次见面才会那么想讨好赵竟。

这次救了赵竟，也算他幸运，以后赵竟必定是会回报他的，这些猫粮和就医费或许是他今生最值得的投资。赵竟被他抱着，审视这间小小的阁楼，也或许因为经历了变故，心中想通少许。

（二）

5

韦嘉易早晨睁眼，第一时间坐起来，找寻家里那只猫的踪影，确认自己捡猫的事不是梦里发生的。

猫盘踞在床的一角，毛茸茸的非常大的一团，令人无法忽视。光是看着虎斑猫的油亮皮毛，就能感到它散发出的热量。而脖子上隐隐的痛也提醒着韦嘉易，尝试逾矩与这只漂亮又冷酷的猫咪亲近要付出的代价。

昨晚朋友得知他被抓伤，立刻让他去医院打疫苗，还大晚上替他联系了一个医生朋友，帮他约好时间。韦嘉易不禁有些头痛，不过看到猫乖乖睡觉的样子，也怪不起它来。

淡黄色的晨曦从阁楼窗户的百叶窗照进来，一条一条照在被子和猫上，显得温馨。韦嘉易拿起手机，小心地放大，拍了几张，猫睡得一动不动，韦嘉易不敢吵它，轻手轻脚地下了床。

突然有了一只猫，韦嘉易还处于梦幻中，刷着牙都要走出来，站在门边看床上的猫睡觉。

洗漱后，他先给猫放了些猫粮。猫听到动静忽然醒了，像闪电一样咻地跑过来，脸埋进猫粮盆里，吃得背微微拱起。韦嘉易整理要出门的东西，猫发出轻微的嘎啦嘎啦地嚼猫粮的声音，家里变得很热闹。

网购的自动喂猫器还没到，韦嘉易先把钥匙给了房东太太，请她帮忙喂一下猫。房东太太探头进来看，本来站在柜子上晒太阳的猫敏锐地转过头来，毛上镀着一层金色，油画一般。

"这么大一只啊，"房东太太感叹，"还以为你捡了只小猫。"

"大的懂事，"韦嘉易马上说，"它一来就会用猫砂盆，可能是被人遗弃的。"

"那真可怜，"房东太太说，"还好遇到了你。"

去学校的路上，韦嘉易站在拥挤的地铁里，开始单手群发他早晨拍的猫咪的照片，详述捡猫经过，并诚征一个猫名。许多人夸猫可爱，他欣然接受。然而大家热情地发来的名字，他都觉得不是很洋气，家里的猫不太可能喜欢，只好继续在网上埋头搜索。

6

某人哼着歌出门后，赵竞在洞穴里的一天很无聊，尝试打开电视看新闻。没有看到关于自己的，猜测是父母还在等绑架犯打电话，压了下来。

房里没有电话，不过即使有，赵竞拨出了号码，也不能说话，无法有效沟通。赵竞又打开房里所有的抽屉，在其中一个抽屉里发现了一个平板电脑，想到可以给母亲的私人邮箱发个邮件，阐明情况，但用猫爪摁亮之后，发现某人居然给他的电脑设置了密码，只好作罢。

中午，大概是某人的房东，一个老太太进来给赵竞放猫粮。她看见满屋子被打开的抽屉，轻声训了赵竞几声，把它们都关好了。到了傍晚，某人提着大包小包，进门就说："我回来了！"

赵竞走过去看，袋子里有些全新的猫粮，还有些罐头，都是猫用品。而后赵竞敏锐地发现，某人身上混杂着一种奇怪的味道，赵竞闻了两秒，分辨出消毒水和胶布味，抬头看见某人脱了外套，挂在门边的衣架上，细长的手臂上贴了一小团东西。

某人蹲下来，轻轻摸摸猫的头，赵竞凑过去，用鼻子顶了一下贴着的东西，似乎是个防水贴。而且某人的体温也比昨天升高了些，赵竞感到一种发了低烧的燥热。

"干吗，"某人笑嘻嘻地说，"现在知道内疚啦？"赵竞才意识到他可能是去打针了。

赵竞当然没有携带狂犬病病毒。然而他不能说话，不能为自己澄清，难受得百爪挠心，喵了几声，某人又笑了："没关系。"

"对了，我给你找了一些新名字。"某人说。他盘腿坐在地毯上，从包里翻找出手机，赵竞看到他的手机密码是111111。

赵竞属实没见过这么脆弱的密码，正在诧异与失语时，某人打开了备忘录，念："毛毛，威威，辛巴，旺旺，Leo①，Rocky②，小乖。"

比昨天的还难听。赵竞简直受不了，大喵一声，某人极笨地会错了意，问他："你喜欢小乖？"

赵竞大声抗拒，某人却毫不怀疑地说："那就叫小乖喽！"

赵竞非常愤怒，跟在他身边叫，某人高兴地造谣："今天好亢奋啊，是不是白天太想我了？"赵竞只好不叫了。

而后，某人站起来了，拎着看上去很重的书包，放在桌子上，拿出相机和

---

① 利奥。
② 罗基。

电脑，开始处理照片。赵竞跳上桌，还想为那个名字抗议，某人凑过来，靠他很近。

作为猫，其实赵竞并不能看清他的五官，只能模糊地看到他的眼睛是亮的，头发是浅色的，脸尖削削的，很小一张，可能是疫苗的作用，身上热了很多。

"今天可不可以揉你呢？"某人问。

当然不行。但他好歹把赵竞带回了家，赵竞没再挥爪，后退了一步。某人叹了口气，用食指点住猫的脸颊，发出嗯嗯的声音，幼稚得令人目不忍视，赵竞维持着耐心，等他嗯完，转身走了。

7

朋友告诫他，养猫是甜蜜的负担，韦嘉易觉得养猫一天带来的幸福感可以超过无猫的一年。这是韦嘉易第一次拥有很笃定的独占的爱，饲养这只完全依赖着他的小生灵，回到家就会有陪伴，生活变得完全不一样。所以对他来说，天下肯定没有比小乖更好的猫了。

虽然韦嘉易刚刚打完第一针疫苗，反应有点严重，但小乖已经变懂事，不会再抓他。晚上睡觉也和韦嘉易越靠越近。韦嘉易可以感受到这只骄傲得不太小的小猫越来越亲近自己。从一开始睡在床角，到今天早上醒来，韦嘉易被肚子上沉甸甸的猫压醒，也不过三天。

周一下午，韦嘉易带小乖去医院检查，评估什么时候打疫苗，结束后去地铁站，在街边看到了一些似乎在搜寻的人员，一个个面色凝重，不知在找什么。二手猫包里的小乖躁动起来，韦嘉易赶紧把包提起来一些，隔着透明的塑料安慰它。

晚上，学长来给韦嘉易送来他家里多余的成猫猫粮，还有囤多了的猫营养品。

猫并不是很喜欢来送礼的学长，站在柜子上不下来。韦嘉易叫它，它都不理，像一只小猫皇帝一样，不太高兴地俯视整间房。

学长经验丰富，说小猫可能是见到陌生人，有点应激，就没在家里久留，韦嘉易请他在楼下的一个快餐店吃饭，听他细数养猫必备知识，听得一愣一愣的。

"不过你家这猫还挺胖的，"学长最后说，"感觉比我家那只吃得还好。没见过这么大的流浪猫，可能真是被人遗弃的。"

"不是胖，是健壮，"韦嘉易听不得这话，立刻纠正，"你没摸过，小乖身上没肥肉，很结实。"

学长笑话他："才养了几天就变猫奴了，以前怎么没有发现你的奴性？"

"嗯，接下来要为了做猫奴努力接活了，"韦嘉易没否认，拜托他，"学长有空多帮我介绍几个客户吧。"

饭后，韦嘉易担心一只猫平时在家无聊，又坐学长的车去一家平价宠物商店，咬牙给它买了一些玩具。

8

赵竞在阁楼洞穴里住了几天，暂时没能联系到家里，因为某人的平板电脑密码居然和手机的不同，而且某人这几天太忙，完全没打开过抽屉，赵竞无法偷看到。

赵竞当然担心父母，但物质生活上算是过得去，抵消了一些焦虑。

经过这几天，赵竞对某人的印象也算彻底改变了。虽然某人比较穷，爱讨好别人，但人的确不坏，甚至常常有些老好人。

赵竞总听他打电话，有人和他砍价，有人仗着和他是同学，想占便宜直接不付钱。他倒是会拒绝，而且拒绝得还挺有技巧，就是回应的语气不够强硬。赵竞要是变回了人，一定拿过他的电话直接帮他骂回去，可惜现在是猫。

起初，赵竞在不弄伤他的前提下，挣扎了几次，后来看他实在可怜，作为一只猫接受了这冒昧的举动。而且他身上挺好闻的，轻手轻脚，也不会让赵竞感到不舒服。

唯一有隐患的一点是，赵竞怀疑以后没了自己，韦嘉易的整个人生都会失去希望。不过赵竞终究会变回人离开，于是打算以后尽量多来看他，陪陪他，还望以后他能接受这一点。

另外，某人胆子较小，赵竞不打算吓到他，所以仍未尝试以自己的身份与他沟通。

入住阁楼的第四天下午，某人带来一个陌生男人。陌生男人个子挺高，帮他提了两个大袋子，某人招呼赵竞："快来叫叔叔。"

"是哥哥好吗？"陌生男人这样说。

两人看起来十分熟稔，让赵竞非常不满，心情不爽，站在柜子上不下来。某个人也不好好过来哄几声，和男人放下东西就离开了，丝毫不在乎家里猫的感受。

过了两个小时，他才回来。倒是带了一堆逗猫玩具给赵竞，但赵竞压根不是猫，怎会对这些东西感兴趣。

某人逗了半天，赵竞没理他，他很失落，肩膀垂下来，抱着赵竞，卡住他的前肢，摇晃着问："你到底喜欢玩什么？这个逗猫棒很贵的。"

某人和赵竞说话，比和刚才那个男人说话亲密太多，说着说着眼睛亮闪闪的，是猫的眼睛最喜欢的宝石的样子。看来他还是更在意赵竞的感受，和别人就是敷衍应酬一番，大概是为了感谢那人送来给猫的二手货吧。也都是为了养活赵竞，可以理解。

这么一想，赵竞没那么不爽了，放松四肢，任他摇晃了几下，有点头晕才挣脱，跳到一边。

某人的手空了，头微微歪了歪，说"小乖"，一副伤心的样子。最终赵竞无奈，伸爪子拨弄了几下地上的毛绒小球和逗猫棒，他的声音才高兴起来。

9

韦嘉易变成猫奴现在尽人皆知，是个熟人都会来调侃他。连纪实摄影课的教授都知道了，叮嘱他小心镜头进毛，别在家里开防尘盖，还回办公室拿了两个滚毛器送给他。因为他太太也养猫，很有经验。韦嘉易辩解小乖不怎么掉毛，没人相信，说他滤镜太重。

为了养猫，他接的单子更密集了，不过尽量都早些回家，洗完澡和猫看电视，也成了他的新习惯。

有猫的第五天，晚上十点半，韦嘉易窝在床上，看着虽然有点沉但是热乎乎的猫，打开挂在墙上的电视机，感觉最大的幸福不过如此。

电视剧播完，他切换到一个本地的小频道，恰好看到一则突发新闻，说初创科技公司的总裁赵竞深夜在家失踪，所有电子监控没有拍到任何画面，专业团队与警方合作，遍寻无果。在警方建议下，赵竞的父母已发布高额悬赏通告，希望有人能提供线索。

　　韦嘉易看得愣住了。

　　他上个月才见过赵竞，在朋友的生日聚会上。当时他对赵竞的印象很差，因为赵竞虽然长得帅，但是为人处世毫无情商可言，对韦嘉易也没有丝毫尊重。不过活生生的人突然失踪，确实令人担忧，韦嘉易觉得腿上的猫都看得僵住了，一动不动，不知是不是被新闻播报员严肃的语气吓到了。

　　"小乖不用怕，"韦嘉易摸着小猫厚实的背，安抚它，"你不会失踪的，我会一直保护好你的。"同时也在心里想，要不要买个监控摄像头，保证小猫的安全。

　　电视里显示了悬赏金额和联系方式，这金额大得令韦嘉易睁大眼睛。"这么有钱。"他忍不住对小猫说，"要不我现在就上街找赵竞吧，找到他我们就有钱吃最贵的猫粮了。"

　　小猫"喵喵"几声，一副非常感兴趣的样子，还转过身，压在韦嘉易身上，韦嘉易被它压得往后倒去。小猫的肉垫踩在韦嘉易的锁骨上，非常重。

　　"赚钱这么积极啊，"韦嘉易轻轻抓着它的腿，逗它，"可是你不能去哟，这个人特别凶，说不定会打猫，你看到他赶紧跑远点，知道吗？"

　　小猫顿了顿，叫得更厉害了，简直像在骂人一样，可能是对韦嘉易表示自己不害怕坏人，见到赵竞，一定会勇敢和他对骂。

　　韦嘉易可舍不得自己的猫被赵竞这种人骂，看猫叽叽咕咕了一会儿，感觉它都叫累了，就把电视关了，揉着它软乎乎的背，说"不管他了，又不会真的碰到"，而后小心地把脸凑过去："小乖。"

　　猫被他揉了几下，才不再乱叫。

（三）

10

韦嘉易对赵竞的人品存在一种非常严重的偏见，不知道这恶劣的偏见是从何时开始、如何滋生的。难道只因见面时，赵竞命令他删除偷拍照？照片不该删？简直是夸大其词。赵竞必须想办法为自己正名，刻不容缓。

——为什么韦嘉易不会猫语？说了半天他什么都听不懂。

由于这些伤人的污蔑，赵竞气得毫无困意。韦嘉易自己倒是睡得很快，也没见他真的为了家里的生计就地出门找赵竞挣悬赏金，电视一关倒头就睡。

赵竞用爪子推他的肩膀，用鼻子顶他的脸，韦嘉易被吵得换了几个姿势，被吵醒后，揉了赵竞几下，含糊地说："不要吵了。我要睡觉。"

他身上带着一股暖香，感到他实在困，又想到他一整个白天都在外上课、接单、打工养家，也的确辛苦，赵竞只好选择体谅、原谅，忍气吞声，暂且将心里的不甘压了下来。

等他变回了人，他会让韦嘉易知道自己真正的性格。

想了一会儿变回人后，自己来找韦嘉易，韦嘉易会有的惊喜眼神，或许还将像今晚这样，激动地说些"小乖，你终于回来了"之类傻气的话，赵竞心情平复了，自己也睡着了。

11

韦嘉易做了一晚上偶遇赵竞，为了拿到悬赏金，一边跟踪他一边打电话的梦。

梦里的赵竞背影有些孤独，深夜里鬼鬼祟祟地在街上走，像是精神出了什么问题。梦里韦嘉易从和他母亲的电话里得知，他是开公司压力太大发疯了。

韦嘉易抱着小乖，紧紧地跟在他后面，一主一猫为了银行卡余额奋斗，因为猫比较重，醒过来手还有点酸。睁眼一看，发现是被小猫的头压到了。

韦嘉易把手抽出来，猫也醒了，圆圆的头抬起来没有动，像在等待什么。韦嘉易马上凑过去，小猫发出"喵"的一声。

有猫的生活真是太幸福了，韦嘉易觉得空下来还是得给小乖买一个监控摄像头，只为方便时刻关注它的生存状态。

上午有课，下午又去医院，打第二针狂犬病疫苗，反应比第一针来得还快些。而后赶回家，把小乖装进猫包，带着去宠物医院打猫的基础疫苗。

可能是发现韦嘉易的手臂上又贴了防水贴，拎包没什么力气，小乖知道自己错了，心疼韦嘉易，打疫苗全程都很听话。乖到被宠物医生夸，说从来没见过这么老实的虎斑猫，打针竟然一动不动，特别坚强。

打针后等待观察时，小乖坐在韦嘉易腿上，韦嘉易给朋友们发消息，炫耀小乖的优良表现。

见过小乖，又比较喜欢嘲笑韦嘉易猫奴行径的学长说："别的猫应该是乖，你家这只有没有可能是太皮实了，打针对它来说没感觉。"

"一派胡言！"韦嘉易回。

这下大家都开始笑韦嘉易了，群里一片欢声笑语。韦嘉易愤而闭群。小猫好奇地把头凑到他的手机屏幕上，他马上一把遮住毛茸茸的猫脸："垃圾信息，小乖别看！"

韦嘉易打开二手买卖网站，开始搜索监控摄像头。

12

爱是不分贫穷贵贱的，赵竞到韦嘉易家一周，阁楼已经堆满猫的用品。无时无刻不在感受韦嘉易对自己浓烈的在意，赵竞倒也无所谓韦嘉易对他本人一时的偏见了。

也不知韦嘉易为什么总是这么爱摸自己，也没见他对别的猫这样。赵竞可没有过这种经历，无法抵抗韦嘉易也是必然。有时候韦嘉易真是挺奔放、挺黏人的。可惜赵竞现在还是猫。

被好吃好喝地饲养了好几天，赵竞仍未打开平板电脑，不过意识到一件事，以他作为猫的视力，恐怕成功发送一封邮件有些难度，他凑过去看韦嘉易的手机消息，半天都看不清。

他也想过，是否应该自行离开韦嘉易家回父母家，因为对他的父母来说，已经过了这么久惊恐不安的日子，但如何抵达，赵竞认为他得进行更详细的规划。万一在路上遇到危险，无法见到父母，反而得不偿失，不如再在韦嘉易家里多计划一阵。

又到周六，韦嘉易白天出门打工，晚上扛着一个有点旧的大箱子回来，身后还跟着上次见到的那个想占便宜当赵竞哥哥的高大的男人。

赵竞正在嚼猫粮，一听他的声音就认出来。"呦，你家猫又在吃呢。"男人说。

"本来就是它的吃饭时间！"还好韦嘉易立刻就帮赵竞解释了，不过又开始低声下气，感谢这个男人，"谢谢你，学长，这个摄像头有点复杂，我真的连不来。"

"没事，"男人假大方道，"小事一桩。"

韦嘉易给男人倒了水，站在男人身旁看他把几个零件拿出来。

赵竞没吃饱都气饱了，赶紧跑到韦嘉易腿边，用爪子拨了几下韦嘉易的裤子，韦嘉易很体贴，俯身把他抱了起来。

男人装了一半，一回头就笑了："嘉易，你家猫的头怎么比你的头还大？"

赵竞气得冲他大吼了一声。

"别乱说，"韦嘉易抱紧赵竞，替他出头，"小乖能听懂。"

"脾气挺大，"男人看着赵竞，玩笑道，又问，"我女朋友等会儿来接我，她能不能也来看一眼？她说太好奇了。"

韦嘉易问赵竞："有姐姐想来看你，可以吗？"

赵竞自然是真的大方，不会让韦嘉易失了面子，轻轻地一喵。没多久，男人的女朋友来了，是个十分温柔的女孩，也没说赵竞胖，轻摸了几下。

赵竞不是很喜欢被韦嘉易之外的人摸，从五数到零，他就走了，优雅地在这间小小的阁楼巡视几圈，给女孩和她男朋友展示了自己灵活的身体。

13

自从学长的女朋友琳琳见过小乖，猫奴韦嘉易的风评和信用度有所上升。因为琳琳好心地为小乖辟谣："也没那么大，跳来跳去特别灵敏，很神气。而且我摸了几下，人家确实没有肥肉啊！"

韦嘉易有了监控摄像头之后，也常打开给同学和朋友展示家里的小猫的活动。只是他贪便宜买的这个旧摄像头，有时的确不是很好用，总是丢失信号，或者突然转不动，需要回家重启。

周四是韦嘉易捡小乖的两周纪念日，他特意定做了一个猫蛋糕，准备带回家给猫吃。意外就发生在下午回家之后。

因为怕蛋糕晃坏，韦嘉易把蛋糕的硬盒子放在书包的最下面，上面叠了个他刚从学校设备室租出来的镜头。回到家里，韦嘉易先把镜头拿出来，放在桌上，小乖可能是闻到了蛋糕的味道，凑过来看。

"这个是镜头，小乖不要碰，"韦嘉易把盒子移开了一点，告诉它，"很贵哟，把我卖了都赔不起。"

猫很听话地跳下了桌，没有碰。韦嘉易想把猫蛋糕拿出来，蛋糕盒有点卡在书包底上，他用力一拔，不知是不是劲太大了，书包一扫，把镜头盒子扫了出去。盒子扣得不是很紧，镜头飞了出来，眼看就要砸在床沿上摔坏，忽然有一道身影蹿过去挡了一下。

韦嘉易听到了很重的重物打在猫上的声音，眼前一花，镜头就已经安稳地掉在床上，小乖趴在了床边，被打得很痛的样子，"喵喵"叫了两声。

脑中一片空白，韦嘉易感觉自己心跳都要停了，只知道自己挨近小乖，看着它趴着的乖乖的脸，心疼得一句话也说不出来，小心地碰着它的爪子，过了半分钟，才清醒些，有力气把它抱起来放进猫箱，打了车去医院。

到了医院里，小乖已经能摇摇晃晃地站起来，虚弱地"喵喵"叫着，好像在安慰韦嘉易。医生也被韦嘉易的脸色吓到，让他别着急，给小乖做了全身检查。

"应该没什么事，"医生说，"没有外伤。"

"那怎么都走不稳了呢？"韦嘉易很着急，"能不能做点别的检查？"

"可以照个 X 射线，"医生说，"不过我建议回家再观察一下，以我的经验看，猫没什么事。"

韦嘉易坚持要拍，刷了两张卡才刷够钱。猫拍 X 射线时很乖，非常配合，结果也确实像医生说的，没有问题。韦嘉易才放心了。医生又说："下次别这么紧张了，你这猫挺壮的，真不至于。"

小心翼翼地带小乖回家，韦嘉易也没有什么过两周纪念日的心情了。

给趴在他腿上的猫喂了一根猫条，猫没以前灵巧地跳到桌上，蹭了蹭桌上的猫蛋糕盒子，像说想吃。韦嘉易就给它拆开了。猫吃了几口，回头看坐在床上的韦嘉易，似乎发现韦嘉易表情不太好，又不吃了，走到韦嘉易面前。

韦嘉易看到它圆溜溜的瞳孔，又骄傲又好脾气，好像永远都不会生韦嘉易的气。它又凑近一点，韦嘉易都闻到了胡萝卜泥和鸡蛋黄的味道，轻声对它道歉："对不起，都是我不好。"

猫说"喵"，韦嘉易轻轻地把猫抱起来。因为猫很重，在他怀里一动，韦嘉易不敢用力碰它，向后躺倒了。

他躺在被子上，猫趴在他跟前，韦嘉易笑了，支着手肘坐起来一些，垂眼看着趴在他身上的猫。

"干吗？"韦嘉易问它，"我又不是蛋糕。"

猫"喵"了一声，又凑过来。韦嘉易忽然间感受到什么，觉得不太对劲，依稀想起第一次带猫去医院时，医生说的猫的身体状况。

赵竞的背还隐隐作痛，韦嘉易还没安慰够，就莫名其妙地停了。

"小乖，"韦嘉易的声音小小的，带着一点疑惑，"你没做绝育吗？"

赵竞一震，怒视韦嘉易。赵竞看不清韦嘉易的脸，只觉得韦嘉易欲言又止，仿佛马上要带自己去实施一个惨无人道的手术。赵竞立刻挣脱了韦嘉易的手，忍着背痛，逃到地上，也不肯再被接近。

"那我先去洗澡了。"韦嘉易竟没有察觉赵竞的恐慌，坐了一会儿说。

这猫是绝不可能再当下去的。赵竞晚上一直警惕地待在床尾，等韦嘉易睡着了，均匀的呼吸实在吸引人，才找了个舒服的地方窝了上去。

赵竞本想着是时候实行离开韦嘉易家的计划了，但睡了一觉醒来，睁眼躺在自己市中心公寓的床上。色彩不再是灰蒙蒙的，赵竞清楚地看见天花板的灯带，手摸到干燥舒适的被褥。

他坐起来，房里的一切都恢复了清晰与正常大小，卧室门开着，拉着一条警方设置的黄色警戒线。

（四）

14

穿着变猫前那晚穿的睡衣，床边的手机大概被当作证物取走，赵竞下床，拉开警戒线想出去，恰好两名警察进门，吓得险些拔枪。

"别紧张，是我，"赵竞很冷静地举起手，"我回来了。"

二十分钟后父母赶到。两人都面色苍白，瘦了许多。母亲喜极而泣，父亲也眼中含泪。虽变成猫不是赵竞的责任，但赵竞搂着他们的肩膀，给他们结实的拥抱，心中感到愧疚。他没有做到最好，使父母担心这么多天。

不知今早醒来发现猫不在家的那个人，会多么惊惧、伤心，赵竞会尽快给他一个交代。

早在遇见警察前，赵竞便迅速地在脑中做了规划。若实话实说，告诉所有人，自己前几天变成了一只猫，除了韦嘉易，不但不可能有人相信，他可能还会被送去精神科，被质疑是否还有管理公司的能力，甚至被怀疑使用了毒品，徒增许多烦恼。因此赵竞决定保持沉默，对失踪的十四天闭口不谈，只提出自己要进行全身体检。

去医院前，警方给他送来了手机，他便在车上给第一次和韦嘉易见面那天，办生日会的同学吴朝发消息，问他要韦嘉易的电话。母亲坐在身旁，打电话不方便。

吴朝似乎吓了一跳，回："赵竞？我前几天还在新闻上看到你失踪，你没事吧？还好吗？"而后才发了一串号码来。

"没什么事，"赵竞含糊地告诉他，"谢谢关心。"

现在是早上九点，不出意外，韦嘉易已经在家哭起来了，必定没去上课。就凭昨晚他哆嗦着打车时快要流泪的表情，赵竞都怕韦嘉易找猫找得出意外。

如今在赵竞的眼中，韦嘉易已不再是从前那个急功近利的人，他知道韦嘉易虽然表面轻浮，但实际有许多优点，例如他个性善良、脾气好，对猫也好，生活和学习都十分努力（有时太努力，甚至忘了吃饭）。他讨好别人，也是为了赚钱——而且韦嘉易实在是离不开赵竞成为的那只猫，赵竞对他来说太重要了，这一点更是不容置疑。

一到医院，赵竞立即找了个角落，避着母亲给韦嘉易打电话。韦嘉易接起来，像是还在睡觉，迷迷糊糊地说："喂？"

"韦嘉易，我是赵竞，"赵竞告诉他，"你发现猫不见了不要惊讶，不需要急着找，安心上课，晚上我会过来陪你，把事情说清楚。"

韦嘉易在那头沉默了两秒，赵竞以为他是在消化这么大的信息量，韦嘉易说："我没钱，杀猪盘找别人吧。"把电话挂了。

人生第一次主动找人要电话，主动打过去，还被挂断，赵竞在原地呆了呆，刚要再打过去，母亲找来了，他只好先去体检。等做完几项检查，赵竞拿出手机，还想再给韦嘉易打一个，发现手机开了静音，屏幕上显示韦嘉易打来了十几个电话。

15

韦嘉易被莫名其妙的骚扰电话吵醒，对方自称是赵竞，说了一堆，他没太明白，只觉得这杀猪盘的方式极其晦气，说什么猫不见了，别人不好说，韦嘉易可是真的有猫。

不过也到了该起床的时间，韦嘉易坐了起来，准备收拾收拾去学校。小猫没躺在他身上，他以为它去厕所了，走到厕所一看，也没有猫的踪影。

在家里找了两遍没找到，韦嘉易全身都冷了，走到喂猫机边，按了喂猫按键，猫粮哗啦一下倒出来，声音很清脆，可是没有一只聪明灵敏的小猫蹿出来把头埋进去，家里一点动静都没有。

韦嘉易手有点发抖，路都走不好，先走出阁楼的门，在外面的楼梯上叫了几声小乖，又往下走，觉得或许是门没关好，猫跑出去了。房东太太和其他房客听到声音，都来关心他，帮他找猫。

"别着急，嘉易，"房东太太安慰他，"肯定能找到的。"

他一边也在手机上看监控的记录。晚上关灯睡觉时，监控拍到他的床，本来就不清晰，小猫又睡在他身上，被被子遮住了，什么也看不到。猫睡觉很乖，并没有乱跑，倍速看到早上，韦嘉易看到自己在屏幕里坐起来，这时小猫已经不在家了。

韦嘉易早上起来本来就有点低血糖，头更晕了，一直找到厨房，有点站不稳，忽然想起刚才那通莫名其妙的电话，抱着期望，给对方回电，可打了一个又一个，对方已经不接了。

他又看了两遍监控视频，发邮件给教授请假，刚发出去，那个疑似绑架小乖的绑架犯又打了电话过来。

他立刻接起来，对方说："不是说了别急吗？"

"小乖在哪儿？"韦嘉易礼貌都顾不上了，"你知道小乖在哪儿吗？"

"我刚做完检查，韦嘉易，你冷静点，"对方又说，"我当然知道它在哪儿，因为你的猫就是我，本来想当面告诉你的，你非要这么急。但小乖的名字不是我选的，我当时的意思是我不喜欢，你没听懂……"

韦嘉易怀疑自己听力出了问题，或者做梦没醒，但对方喋喋不休，每一句都让韦嘉易觉得很玄幻，听了一会儿，韦嘉易觉得对方可能被电诈园区关疯了，还是出门去找猫吧，把电话挂了。

16

赵竞再打韦嘉易的电话，已不能接通，只好继续检查，在医院待了一个上午，又去公安局做笔录。父母都陪着他，他不想表现得太过明显，惹人起疑，便没再找秘书要电话。

又回分公司处理了一些紧急的事后，赵竞听从父母的劝说，决定搬到市区的另一个住处。母亲认为他常住的地方风水有问题。一家人吃了晚餐，他陪父母聊了一会儿天。父母察觉出赵竞不想说，便没有多问。父亲让赵竞早点休息，赵竞先上楼回了卧室。

他又打了一次韦嘉易的电话，意识到他的号码被拉黑了。

如果换作其他人，赵竞不可能再尝试联系，他没这么多时间、精力，不信就算了，而且变成猫这件事说出来离奇，越少人知道越好。

如果是其他人收留赵竞十四天，从实用性来说，赵竞大概率会给笔丰厚的报酬，让秘书交给对方，并不说明缘由，最多、最体贴，也不过让秘书去市场挑选一只长相类似的猫还回去，但韦嘉易——

这是赵竞没有产生过的情绪。听到一个人因为找不到自己，在电话里着急的声音，就一整天都魂不守舍。

赵竞想了一分钟左右，还是下楼了，父母还在起居厅，他说："我出去一下，有点事。"

父母看上去仍然担心，母亲好像看出什么，说："赵竟，你是不是要去找谁，你怕谁不放心？"

当然不是，怎么可能，他只是去找他长达十四天的临时饲养人，猫奴韦嘉易。赵竟大声的"不是"到了嘴边，忽然回忆起韦嘉易饲养他，还满足地叫他"小乖"。赵竟在楼梯旁站了一小会儿，低声对母亲说："我不知道。"

17

韦嘉易在社区布告栏贴他的寻猫启事，启事上印着小乖的大头照，写了它的体形、体重，以及性格特征。

其他朋友也在网上帮他转发了很多条，他写着愿意提供高额悬赏金，但至今来找他的两个人，发来的照片都不是小乖。

韦嘉易感觉自己找猫找得产生幻觉了，看到月光照着的马路，总觉得可以看到荧光闪闪的猫爪印，通往每一条马路的对面。整个街区遍寻无果，学长和学长的女朋友陪着他，他很不好意思，请他们在附近吃了顿夜宵，自己没胃口动筷子，低头一直查看有没有线索信息发到手机上，看到手机没电。

吃完夜宵，他们一定要送他回家，要求他今晚别找了，好好休息。

韦嘉易觉得自己不找也睡不着觉，甚至不想回到没有小乖的家，但是看着他们担忧的眼神，口头上同意了。

他们往韦嘉易家走，转角处的停车位有一辆没见过的豪华汽车，学长看了好几眼。到了门口，韦嘉易和他们说了再见，开门进去，玄关和公区客厅都亮着灯，房东太太在说话。韦嘉易想去问声好，一踏进客厅，就见一个很高大的男人斜斜地倚在壁炉旁，抱着手臂。

男人是韦嘉易认识的。被勒令删过照片，甚至梦到过，在梦里抱着猫跟踪过。赵竟本来在听房东太太说话，韦嘉易一进去，他唰一下抬眼，瞪着韦嘉易："怎么才回来？"

"……"韦嘉易不知道说什么。房东太太开口解释："小赵等你半个小时了，我打你电话也打不通，他有点着急，本来都要出去找你了，我说你肯定在找猫，他出去了也碰不到。"

"手机没电了，"韦嘉易告诉她，"不好意思。"

韦嘉易又看看赵竞，想起早上自称是赵竞的那通语言和逻辑系统很紊乱的电话，有些恍惚地想："难道真的是赵竞打来的？"

话说回来，前几天看到的提供线索拿悬赏金的电话又是多少？

"愣着在想什么？是不是傻？"赵竞迈步靠近他，用理直气壮的态度说，"走吧，上楼。"

（五）

18

诚实地说，与一天前还看到赵竞就走不动路的黏人模样相比，韦嘉易的反应确实不在赵竞的预料之中。

不接受电话里的解释，直接挂断，可能代表韦嘉易有防备心，不容易被其他人欺骗，所以赵竞没和他计较。但见了面也并不热情，是否太过分了？赵竞靠近他，他还后退了些，语气温和，表情戒备："请问有什么事要上楼说呢？"

相处这么久，赵竞见过韦嘉易打电话时佯装礼貌实际冷淡的样子，也经历过韦嘉易抵挡不住猫的诱惑，一把将电脑推开扑过来揉猫的样子，韦嘉易情绪间的区别，赵竞当然分得清。若说心里没有落差，那是不可能的，但不能当着房东太太的面解释。

赵竞心藏秘密，十分憋屈，忍了又忍才对韦嘉易说："我有很重要的事，事关你的猫。"只希望韦嘉易得知真相后，立刻仔细地补偿他。

韦嘉易听到"猫"字，表情倒又不一样了，像心中挣扎少时，说"好的"，领着赵竞往楼梯走。

前十几天都是从猫的视角看韦嘉易，需要仰视，现在变成俯视，赵竞清楚地看到韦嘉易的头发和挑染的部分。春末出门找猫，也不知道多穿点，懂照顾猫，但是不懂照顾自己，很典型的韦嘉易。

一走上楼梯，韦嘉易就比赵竞高一点了，走路拖泥带水，手搭着楼梯，慢慢往上走。他的脖子、手腕都没戴平时爱戴的那些首饰，可能因为赵竞失踪了，没心情打扮。

走到三楼通往阁楼的阶梯时，韦嘉易回头看赵竞，提醒他："上面有点矮，你可能要低一下头。"

"我知道。"赵竞对这儿熟得很，不过错估了身高，真差点撞到，幸好反应快，低了低头。

韦嘉易没发现，打开阁楼的门，又开灯才回头，暖黄的光从门里面透出来："请进。"

赵竞小心地低头，走进阁楼，里面比他当猫的时候看起来小了八十倍，像小人国，床也窄，赵竞觉得自己现在坐上去床会塌。四处堆着猫的用品，房里散发出一种赵竞每天清晨、傍晚都会闻到的温暖的香气。

"不好意思，家里有点小，"韦嘉易动作很保守，拉过椅子，推给赵竞，"请坐。"全程没有肢体接触，他自己坐到床沿上，表情又变得着急，"请问现在可以说关于我的猫的事了吗？你真的知道我的猫在哪里吗？"

"……我不是在电话里就和你说了，怎么听话不听进脑子里？"赵竞确实难以接受韦嘉易继续对自己淡漠，没有任何迟疑，直截了当地宣布，"我就是你要找的猫。"

19

真是碰到疯子了。

韦嘉易无比后悔自己救猫心切，失去防备心，把一个精神不正常的失踪人员带进房间。平时看的连环杀人电视剧还少吗？怎么关键时候一点警觉性都没有？要是自己出了事，谁还能去找小乖？

不过一想到猫，韦嘉易就勇敢了，镇定下来，脑中回忆着新闻关键词，对赵竞笑了笑："啊？真的吗？那太好了。"他站起来走到床头，给手机充上电。

"我没骗你，不过你要是不相信我也不用装信，"赵竞看了他一眼，令人恐惧地拆穿，"坐在那儿给手机充电是想报警，还是想打悬赏电话？"

虽然他没有站起来阻拦，但还是把韦嘉易吓得指尖微微发麻。很多变态杀人犯就是这样的，穿着体面，人又英俊高大，加上智商极高，才有那么多受害者。

韦嘉易想解释圆场，然而张口结舌，心跳也加速，紧紧抓着手机，计算现在扔过去能造成多少伤害。

"你这是什么表情，能不能听我说？"赵竞看他脸色突变，好像又有点无奈，声音放低了些，"十五天前，你是不是在第十九街天桥下拍照？我当时路过看到你了，第二天早上起来，我就变成了猫。"

韦嘉易本以为他接下来又要说一些精神病人会说的话，但是下一句是："醒来就在十九街与十六街交界处的社区公园，白天我都待在那儿适应环境，傍晚本来打算回我的公司附近，但你出现了，非要我跟你回家。"

韦嘉易呆住了，连惊惧都散去，因为赵竞说的话是对的，他就是这样见到猫的。"这下相信了吧？"赵竞的表情又稍稍得意起来。

韦嘉易看了他一会儿，听到自己说："然后呢？"紧急在心里找寻赵竞话里的漏洞，还有在欺骗他的证据。有没有可能是当时赵竞在附近，偷窥到了他捡猫的过程？

"然后我就待在你这儿了，一直到昨晚你要给我绝育。"

"……"侵入了摄像头偷看他和小乖互动？

韦嘉易控制不住正在乱想，听到赵竞叫他的名字，抬眼看，他发现赵竞的表情又变得不满和生气，说："能不能别走神？"

"嗯。"韦嘉易只好看着他，专注一些，虽然心里还是不信，也不能接受。赵竞可能看出他在想什么，怒视着他，韦嘉易没办法，就说："那你再说点嘛。"

"说什么？"赵竞问他，"我们的事吗？"

韦嘉易很想澄清，他们之间没事，别乱说，然而赵竞又没有给他说话的机会，起身走近。很近之后，韦嘉易没有在赵竞身上闻到血腥，也没有闻到失踪流浪的气味。

热量弥漫在空气中，让韦嘉易想起自己丢失的小猫，又产生伤心、失落、担忧、胆怯的情绪。

"比如说，"赵竞打破了宁静，稍稍倾身，伸出手，不是掐他的脖子，而是用指腹隔着布料，轻碰了一下他的左手上臂，"你下周要去打第三针，前两次打完都发低烧。"

"你要是怀疑我侵入你的摄像头……你昨天在医院刷了两张卡才付齐拍 X 射线的费用，"他又说，"我听你说下周一三四五都要去给人拍照，为了赚钱养我。"

不是养他，是养猫。韦嘉易又想澄清，可是赵竞义正词严，还在继续说，韦嘉易找不到插话的机会。

"而且最喜欢和我说的一句话就是——"可能是说不出口，赵竞居然没说下去。

韦嘉易知道是什么，也不是很想听。

"现在相信了吧？还要说别的吗？"赵竞睫毛间的瞳仁颜色很深，问得很自信，好像能回答一切韦嘉易提出的和猫之间的问题。韦嘉易再质疑他都能反驳。

韦嘉易看了他一会儿，觉得自己的猫可能真的回不来了，要说什么相不相信，根本没有意义。有猫是命运的谎言，韦嘉易自以为成为主人，度过了幸福的两周，其实养了个莫名其妙变成猫的脾气很差的有钱人。现在格格不入地待在他的阁楼不肯走，可能待了几天觉得新奇，玩性大发想和韦嘉易玩什么新的游戏。

20

好消息是韦嘉易应该接受了，坏消息是他没有喜出望外，反而垂头丧气。韦嘉易没赶赵竞走，实际上没和赵竞说几句话，自顾自地开始收拾家里的猫玩具和各类用品。

赵竞过去帮他，他说不用。清了一个放衣服的箱子出来，把柜子上和地上的玩具、猫粮、药品都放进去。赵竞跟着他转，差点撞到阁楼的横梁。

理得差不多了，韦嘉易转身又差点撞进赵竞怀里，终于开口问："你在我家还有事吗？"

赵竞没想过这样的画面，开口问："我回来了你难道不高兴吗？"

韦嘉易像是噎了噎，嘴唇动了一下，移开了目光，说："我去和帮我转寻猫启事的同学、朋友说一下，让他们删掉。"

韦嘉易又走到床边，坐着低头，摆弄手机。

赵竞站在柜子旁，想看看韦嘉易几时会来安置他，结果等了不知多久，韦嘉易都没看他。被韦嘉易冷落像站在冰天雪地，赵竞根本不理解为什么韦嘉易这么双重标准，对他变成的猫，和对他本人的态度相差这么大。终于忍不下去，赵竞叫韦嘉易的名字，质问："我白天在检查，有事才不能来找你，现在对我冷暴力是什么意思？有什么事我们不能好好说？"

韦嘉易好像被他吓了一跳，抬头看着他。赵竞又走过去。现在视力变好，赵竞可以看到他的手机屏幕了，韦嘉易大概要发的消息都发完了，界面已经在一个搜索网站。

韦嘉易在搜"最安静、最好养、不会离家出走的宠物"，网页上搜出的图片上是一只乌龟。

（六）

21

哪怕曾经共处一室（他如今不太想承认这一点），对韦嘉易来说，赵竞本人完全是个只见过一面的陌生人，还是初印象很糟糕的那种：一个惯常颐指气使、被宠坏、情商很低、脾气又大的富家子弟。

韦嘉易本来就不是什么特别积极的人，接受事实之后，便丧气地自认倒霉，和所有帮忙的朋友含糊地说"找到小乖了，但是小乖离开了"。朋友都安慰他，有人想来接他或者陪他住，他都婉拒了。

因为赵竞还在，他没接朋友打来的电话，发去几条感谢的消息，说自己会好好的，没事，不用担心。他的心情甚至差到不想和戳破他幸福泡沫的不速之客说一句话，随便打开了搜索引擎，搜了点有的没的。

没想到的是，不速之客不但没自觉不受欢迎就主动离开，而且突然之间开始控诉他冷暴力，说着说着还走过来，堂而皇之地看他的手机屏幕。

坦白说，不速之客看屏幕的时候，确实有一瞬间让韦嘉易想到自己的猫。

或许是他做猫时养成的习惯，韦嘉易倒是可以理解，没有想苛责。因为小乖也经常挤过来看屏幕，把毛茸茸、热烘烘的脑袋挤在韦嘉易胸前，挡住半个屏幕。韦嘉易还特地查过，据说猫对亮的东西有兴趣。

但区别是猫看完只会蹭韦嘉易的手，赵竞看完会说话，那就不再像猫了，他还摆出一副受伤的样子，震惊地指责："韦嘉易，你别太过分了！"

"我哪里过分了？"韦嘉易受不了了，收起手机，哪怕脾气再好，都被这个偷走他的养猫梦的窃贼惹恼，而且赵竞继续不得理还不饶人，韦嘉易忍不住也认真起来，问他，"你一直待在我家不走就不过分吗？"

赵竞听他这么说，脸色都变了，好像被这个问句气到不行，声音更响："好好说话行不行？你别诽谤我，你贴那么多寻猫启事，我不回来找你，让你在外面找猫到明年你才开心？"

"我找的是猫，不是人，你做我的猫的时候又没有提醒过我你是人，"韦嘉易反击，"那现在我知道我的猫没有了，你还想怎么样？难道一直待在这里，我的猫就能重新回来吗？你不走是想继续和我待在一起吗？"

赵竞愣住了。韦嘉易把话都说出口，也清醒了一点。

他不想和赵竞交恶，也不想再和他有交集，唯一的愿望是把这段养猫的记忆直接从大脑删除。他和赵竞对视，却忽然发现赵竞好像真的被他伤到了心。赵竞直直地坐着，唇角下挂，明明外表还算成熟，却因为没有被人伤害过，眼神都有点不知所措。

"韦嘉易，你是不是故意强人所难？"还好赵竞没有打韦嘉易，最后还是说话了，语气带着谴责和委屈，仿佛韦嘉易才是罪人，是始乱终弃的人，"我要是能想变猫就变猫，还会失踪两周让我父母报警吗？要赶我走就直说，我会自己走。"

说完他就站起来，头也不回地离开了韦嘉易家。

韦嘉易也不知道怎么办了，被赵竞闹了一通，失去猫的伤感倒是少了很多。而且他仔细一想，感觉和猫的回忆都变得很微妙。

爪子抓虫子、跳柜子不是都很灵活吗？为什么不能在他处理照片的时候跑过来，在电脑上打几个字阐明身份？害韦嘉易痛失悬赏金。

而且韦嘉易都数不清自己揉了猫多少次，怎么不反抗一下？实在不能细想，韦嘉易去洗澡了。

洗完澡，家里又没有小猫走来走去，空空荡荡的，东西收起来了，小猫的气息还在。

韦嘉易晃晃脑袋，拿起手机，看到几分钟前收到一条短信。陌生的号码发来的，说："为什么还没把我的手机号从屏蔽名单里拉出来？这是我的秘书吴瑞的号码，有急事找不到我可以联系他。"

22
不联系是不可能的。赵竞刚走出韦嘉易的阁楼的门，狠狠地把门关上，就在心里确定了这一点。

回家路上也找到了理由。韦嘉易一直独身，防备心较重，而且世面见得不多，迅速接受新鲜事物的能力不能与赵竞比拟。

赵竞用秘书的手机号给韦嘉易发了消息，韦嘉易没回复，看看表，确认现在是韦嘉易的洗澡时间，不回倒也正常。韦嘉易洗澡的时候手机一般放着充电，不会带进浴室。

他又想了想，拿出刚才在韦嘉易家门口撕下来的寻猫启事，拍下帅气的虎斑猫的照片，裁剪成正方形，迅速地设成了自己的头像。

紧接着，又搜索韦嘉易的手机号，果然搜到了账号，立刻添加好友。思及韦嘉易缺钱，赵竞在申请语里写的是："来给你付两周的生活费。"

韦嘉易大概终于洗完了澡，正好拿起手机，立刻通过了他的好友申请，不过第一句话是："能不能不要用这个照片当头像？"

"为什么，太粗糙了？"赵竞问他，"那你发我几张原图，我知道你拍了很多。"

韦嘉易回他一串省略号，赵竞没收到过这种符号，解读为正在寻找请稍等。

等了几分钟，赵竞恰好到家，父母已经睡了，他便也先去洗澡。洗完出来，发现韦嘉易竟然还没发来照片，看来确实有些选择障碍。

赵竞先给他转了笔账，而后询问："还没找到吗？我喜欢全身照。"

韦嘉易收了，又过了一小会儿才说："不要用小乖的照片吧。"

"赵竞，你先换掉吧，"他说，"吴朝都来问我了。"

赵竞有些不悦，不过韦嘉易又发来："我下次给你拍几张，你用你自己的照片，好吗？"

"什么时候？"赵竞问他，"你下周只有周二有空。"

"是的，如果你也有空的话就周二吧。"

"行，到时候我来接你。"

"谢谢，不要忘记换头像哟。"

赵竞又被提醒，只能不是很情愿地把头像换掉了。

23

和赵竞约好周二见，韦嘉易抱了个枕头孤零零地睡觉了，以为会过几天清净日子。然而早上去找客户，一推开门，一辆不属于这个街区的车停在门口。他脚步一顿，车窗就降下了，赵竞的脸出现在车窗后。赵竞冷冷地说："走吧，送你去上工。"跟昨晚甩门而去时的表情一样冷。

拒绝显得有点装腔作势，不拒绝又要和赵竞共处一车。韦嘉易想想昨天的收款金额，还是劝自己对金主好一点，上了车。

其实韦嘉易看到赵竞就会想到自己失去的小乖，心里难免有些难受。但赵竞一直说个不停，而且说到自己变猫的事时，还刻意压低声音，神秘地凑到韦嘉易耳边来。

说什么韦嘉易不在家的时候他抓了几只虫，每天把他的书和数据线理整齐，谴责韦嘉易回家从来没发现他的付出。都是一些令人头痛又莫名发笑的言论，使韦嘉易的伤心断断续续，一直连不起来。

被送到市区客户选的要拍摄的大桥边，韦嘉易礼貌地感谢赵竞，赵竞又说："我要和父母回去几天，周二早上回来，司机留给你。"韦嘉易说不必，赵竞报出韦嘉易居住的街区的犯罪率。

终于熬到下车，韦嘉易走了一段，到约好的地点，客户还没来。他回头看，赵竞的车还等在原地。春天的风吹着他的脸，韦嘉易觉得自己好像还是一个人，又好像不是。

总之什么也不能确定，只觉得赵竞这个人行事格外凶猛，说话也很吓人，赵竞最好周二忙得放他鸽子，只给钱，人不要来。

如果来的话不要说话，这样韦嘉易闭上眼睛，才可以把他当成自己的猫。

24

然而赵竞还是在约定的周二赶了回来。

在给韦嘉易发的消息里，赵竞自称用两天紧急完成了十天的工作，效率很高，就像他当猫的第一天就一掌拍走两只想抢地盘的野猫——短短几天，韦嘉易被迫在和赵竞的消息及电话里，了解了他当猫时的几乎一切历程。

赵竞的字典里好像没有羞耻的概念，也没有孤独、礼貌、含蓄、退让等普通人会有的一切。

周二中午，赵竞和韦嘉易约在餐厅，说要先请韦嘉易吃饭再拍照。能蹭顿饭也不错，韦嘉易就同意了，但一走进去，发现是那种很正式的餐厅，里面一个客人都没有，桌子都没几张，只有一堆服务员，赵竞坐在不远处一张靠窗的桌子边，对着门，穿了黑西装，像一尊雕像，也可以说像电影里的黑帮老大。

韦嘉易顿时不想往里走了，退出来问门口的礼宾员："您好，里面就一桌客人吗？"

"是的，"礼宾员对他笑笑，"韦先生怎么了？"

韦嘉易还是不想进去，又问："请问我是不是不满足着装规定啊？"

"都清场了，有什么着装规定？"赵竞不知道什么时候走出来了，还听到了韦嘉易的问题，戳在门边面无表情地道，"还不快进来。"韦嘉易只好跟他进去。

赵竞的品位不错，菜的口味都很好。韦嘉易还是有些拘束，吃着找话题，问赵竞，想要什么类型的照片，从手机里找样片给赵竞看。

"随便吧，"赵竞说，"我不喜欢拍照。"又问，"你给我拍的其他照片呢？我看看，不当头像总行吧。"

韦嘉易没办法，帮他找出来了，递给他看。赵竞坐在韦嘉易对面，像阅卷老师一样认真批阅。韦嘉易又看不到，提心吊胆，直到赵竞把手机还回来。顺便看了眼，他发现聊天记录里，赵竞用他的号给自己发了一大堆照片。

"你怎么偷偷发了那么多？"韦嘉易拉上去都拉不到顶，觉得匪夷所思。

赵竞的脸上完全看不到心虚："大部分照片里我都没看镜头，不全是你偷拍的？"

韦嘉易说不过他，只想快点结束今天的拍摄。

赵竟同意去韦嘉易常拍摄的沙滩，餐后他们直接前往。知道这片沙滩的人不多，四周十分安静，绿树抽枝，鲜花盛放，韦嘉易找了张长椅坐下来，拿出相机调试，赵竟也坐在他旁边，忽然说："这是不是砸到我身上的那个镜头？"

这几天，两人都没提过这件事，韦嘉易被问得一怔。似乎在赵竟强调了一百万次之后，赵竟和小乖之间的距离，就真的消除很多。一只会每天陪伴韦嘉易、逗他开心的小猫，和一个交集不多、韦嘉易理智上不会选择信任的人。

韦嘉易心情复杂，对结束拍摄的渴望确实减少了一点，轻声告诉他："不是这个。"

"没事，我随便问问，让秘书给你配了一些镜头，"赵竟说，"放在车里，以后你不用去学校租了。"声音没有那么响亮，温柔了一点。

韦嘉易不知道自己是不想看赵竟，还是不敢看，拒绝说"不用了，那个太贵了，我不能收"，把相机举到眼前，岔开话题，问，"你觉得这边哪个位置好？"

"都好，"赵竟顿了顿，说，"韦嘉易，你到底在想什么？"

韦嘉易没有办法，看着他的眼睛。

赵竟很认真，又不开心。他这种人是不应该有忧郁的时候的，如果韦嘉易是他，一辈子都不会有烦恼。但是他不开心地问韦嘉易："要我怎么做，你才能像以前一样对我？"

"我做错什么了？"赵竟很执拗地问，"没做错的话你能不能别这么冷淡？"

韦嘉易哑口无言，放下相机，看赵竟。

人和猫当然不一样。韦嘉易忍不住问他："你觉得当时镜头砸到你哪里了？"

赵竟按在他肋骨的位置，瓮声瓮气地说："这儿吧。"

韦嘉易问他："是不是很痛？"

"还行，"赵竟说，"你自己说把你卖了都赔不起，我还不是怕摔烂了你真的去卖肾？"

韦嘉易笑了一下，赵竟确认他的表情，愣了一会儿才问："韦嘉易，你以后会对我好一点吗？"

韦嘉易发誓自己没有见过这种人，很怪异的是，他说不出不会，也不想说，只能很含糊地说："我会尽力的。"

整个下午一张照片都没有拍，韦嘉易被赵竞拖着在沙滩边散了很远的步，见到了野兔和海鸟，直到太阳要落下。

25

六月七月一直断不掉联系，八月中旬，韦嘉易喝醉酒，意外和赵竞说开了。醒了酒也没觉得后悔，可能是因为和赵竞在一起真的很开心，开心到一种能够消解他的消极的程度，就好像喝酒，韦嘉易决定今朝有酒今朝醉。

今晚赵竞更是特别老实，倒让韦嘉易有些起疑。

也没疑太久，韦嘉易给新养的两只小乌龟喂完龟粮，就忘了这件事，洗澡躺下，给赵竞发了条"晚安"，刚想睡觉，忽然听到墙壁传来咚咚咚的敲击声。

韦嘉易走过去听，对方敲了一会儿停几秒，又敲起来，忍了好一阵，韦嘉易有点忍不住了，简直想报警投诉扰民，他先用指关节敲敲墙，想提醒对方这边有住人，不要乱敲。

敲了两下，手机响了，他走过去接起来，赵竞说："还以为墙太厚你听不到，原来是迟钝。"

韦嘉易傻了一下，反应过来，问他："是你在敲啊？"

"不然是鬼？"赵竞的语气还有些得意扬扬，"我把隔壁的联排买了，就能陪你住了。这个街区就是不安全，入室抢劫的事很多，跟你说了你又不相信。"

赵竞开始一直说，韦嘉易以前听他说不安全听得耳朵起茧，现在却觉得这个人做事很笨，有时候说不行明明当听不到，有时候说不行又很认真地对待，才这么迂回地硬要买下隔壁，贴着墙壁保护韦嘉易。

26

赵竞变回人三个月，没有重新变猫的迹象。虽然韦嘉易还未完全达到以前对赵竞的热情程度，但终于在八月十二日，由韦嘉易主动提出，他们成了朋友，并度过了一个完美的夏天。

赵竞能感受到韦嘉易在生活中的努力，因此愿意保持充足的耐心，从不苛责。

每一次，他看着四周的柱子和楼梯，也在心中详细地规划这几个部分应该怎么布置。

一切还算顺利。在十月时，赵竞为韦嘉易准备了一个惊喜，买下了韦嘉易的房子隔壁的联排。当晚，意料之内地被韦嘉易劝离，赵竞来到隔壁，上了阁楼，等韦嘉易说了晚安之后，轻轻敲了一会儿墙。

韦嘉易实在迟钝，许久才注意到。赵竞马上给他打了电话，强调自己住在隔壁的必要性，说了一半，门铃响了，赵竞本想让保镖来看一下，韦嘉易在电话那头说："你开一下门，不是抢劫犯，是我。"

赵竞一惊，马上下楼去开门，韦嘉易穿着睡衣，抱着他的乌龟箱子站在门口，身后是寂静的夜晚的街道。赵竞赶紧把他拉进来："都说了很危险，怎么自己走过来？"

那两只特别吵、喜欢打架的幼龟因为被抱着移动，都缩在壳里，倒是不乱爬了。韦嘉易走得脸红红的，俯身把龟箱放在玄关，说："来对你好一点。"

番外二 🌱 **天空有什么?**

1

十七岁的六月底,为攒钱买一台心仪的相机,高二的学生韦嘉易疯狂背诵天文知识,过关斩将,从应聘学生中胜出,进入市立天文馆打工。

还未开馆的早晨八点半,韦嘉易有些拘谨地站在售票台旁,跟随这位名叫贝雅的热心女同事学习收银系统的使用方式。

"门票共有三种票型,成人、儿童、亲子,然后是天穹影院的售票区,每天有三场电影,这是影片排片表,很简单,你来试试。"贝雅个子不高,有一双大眼睛,两颗小兔牙。姜黄色的头发梳成一个高辫子,扭成麻花,长长地搭在背上。

韦嘉易按照她的方式,尝试操作系统。她捧场地夸奖:"完全正确!"

接下来,贝雅又带韦嘉易去了天穹影院的后台区,教他如何播放电影:"每一场电影结束后,都会有志愿讲解员坐在影院中心,为观影者答疑解惑,所以你需要做的,就是在排班轮到你的时候,待在播放室准时地播放电影。"

韦嘉易尝试放了一部关于太阳的电影,也非常简单地就成功了。

2

天文馆工资周结,暑假里,韦嘉易起早贪黑,一周打工五天,是整个天文馆上班时间最长的人。所有同事都夸他勤劳。

第一次见到那个男生,是在八月上旬,一个周四的下午。这天的讲解员有事休息,韦嘉易排到的是影院的班,经理拜托他当一下讲解员,承诺给他多发半天工资。

韦嘉易不是第一次干这个活，因为讲解员们是志愿者，经常临时休息。他就会坐在影院里，用手机在桌下临时搜索答案，然后一本正经地回答。

来看科普电影的大部分是小朋友，问的问题也都很简单，有些"太阳系里有多少行星""我是天秤座，请问它在星空的哪边"之类的问题，韦嘉易不查都可以说出来。

那个男生来的这一场，是下午两点场。暑假的下午场一般会有很多人，但他在后台的监控里看到，这场只进来一个个子很高的男生。

他穿着看起来很舒服的浅色衣裤，年龄应该和韦嘉易差不多。监控像素模糊，仍看得出他面容很英俊。可能是因为腿长，没走几步，韦嘉易就看到他跨过了光影缓冲通道，推开电影院的门。

韦嘉易播放电影，然后走到电影院中心的座位上，轻声自我介绍："你好，我是讲解员嘉易，请安心地躺在沙发椅上，观看这部最新的影片，在影片结束后，有什么问题都可以问我。"

男生没有说话，电影开始了。

这一部关于星空与星座的影片，时长二十分钟，天文馆最新购入，最近在半座城市投放了广告。放映结束后，韦嘉易照例询问："请问有什么想问的问题吗？"说完将手机在桌下准备好。

对方说："Ia 型超新星爆发的亮度和距离怎么进行标定？"

韦嘉易本来在黑暗中已经昏昏欲睡，听完精神直接紧绷，紧急打字，搜索出一个不知是否正确的答案，磕磕巴巴地读出来，因为生僻字较多，中间"呃"了好几下。

读完后，影院里安静了几秒，韦嘉易硬着头皮问："请问我解释清楚了吗？还有别的问题吗？"

"你这答案不会是临时搜的吧？好几个单词的重音都读错了。"那男生语气毫无波澜地指出，"还有，我看到你那里有亮光。答不出来可以直说不会，你是觉得我自己没手机吗？"

3

人常常因为自我保护的本能，而对经历过的极度尴尬的场景记忆模糊。

比如韦嘉易就已经想不起自己道歉时的情绪了，只记得自己的脸皮必定是比较厚的，如实告诉对方，讲解员不在，他也是没办法才坐在这里代替的，甚至保持礼貌地说："请问我哪几个单词的重音读错了？下次我会改正。"然后打开了灯，拜托对方不要投诉自己。

韦嘉易说自己要改正读音并不是特别真心，但希望对方不要投诉绝对是真心的。买相机的钱才刚刚攒到一半，他实在是不能失业。

对方没有回应，韦嘉易就站起来，从影院中间的圆圈区域走出去，发现那个人还坐在沙发椅上。

他的样貌极为优越，坐着都显得很高大，看起来十分不好惹。他面无表情地问韦嘉易："你是真的想知道怎么读，还是只是想让我别投诉你？"

韦嘉易的冷汗都要下来了："当然是真的，我也想多多学习。"

男生站起来，居然真的把正确的读音告诉了韦嘉易，而后迅速离开了。

韦嘉易走出去，售票的贝雅非常夸张地告诉他："刚才那个男生是来包场看天穹电影的，门口还站了两个保镖！第一次看到这么大的排场！"

韦嘉易生怕失业，吓得够呛，胆战心惊地等了一整周，确认自己没有受到投诉，才放心。

4

赵竞第二次见到那个讲解员时，他站在路边的公交车站，应该在等车，一直朝天上看。讲解员的皮肤白得显眼，当然，更重要的是赵竞记忆好，才一看就认了出来。见他如此聚精会神，赵竞也朝天空看了一眼。

天上什么也没有，只有一些普普通通的云，不知他在看什么。

赵竞前几天路过天文馆，看到新的天穹影院影片的广告，有些兴趣，便包场进去看了一眼。影片不差，但该场的解说员的表现可以说十分不专业，偷偷在手机上搜答案，还读得磕磕绊绊。

幸好赵竞是个宽宏大量的人，不笑他人无知是他从小所受的教育，所以他无私地帮助对方纠正了读法。

对方对赵竞的印象应该也是非常深刻的。

想到这里，赵竞按下了车窗，决定给对方一个也看自己一眼的机会，但是不知何故，司机突然加速，轿车迅速经过了公交车站。

对方还在看没什么好看的天空，错失了与赵竞对视的机会。

5

韦嘉易又遇见那个人时，暑假已经过了，相机也买到了。

他所在的公立高中与某著名私校举行友谊橄榄球赛，下午，韦嘉易和要好的同学一起去看，刚走到操场边，竟然看到了那个人。

比赛还没开始，他穿着一身深蓝色的橄榄球服，手肘夹着一颗橄榄球，像夹了枚玩具，几乎如同一位学生球星。所有人都在看他。

"你们来啦。"旁边一位来得早的同学凑过来，窃窃私语地对他们科普，"那个最帅的叫赵竞，我已经问到名字了。"

不期然间，赵竞向韦嘉易这边看来，视线刚好和韦嘉易的相交，他愣了两秒，突然移开眼，还微微抬了一下下巴。

韦嘉易没读懂他的表情，他又莫名看了看韦嘉易，韦嘉易不好装作不认识，只好礼貌地对他笑了笑。他才淡淡地点了点头，走回他的队友旁边去。

6

比赛很精彩，赵竞的表现更是堪称神勇，韦嘉易不怎么懂橄榄球比赛，都看得热血沸腾。最后他们学校输了，不过队员们看上去也都输得心服口服。

比赛结束后，韦嘉易又去和戏剧社的同学排练了一会儿节目，准备回家。

他背着书包往学校外面走。天黑的时间变早了，他得尽快坐车回家，否则街上会变得不安全，可是今天的晚霞和云又很美，他还没有走到公交车站边，就忍不住抬头一直看。如果带了相机该多好，就能够将这一幕拍摄下来。

还没看够，韦嘉易听到一个声音："为什么总是在抬头，你脖子不舒服？"

回过头，赵竞独自站在不远处，换了一身衬衫西裤的校服，胸前有复杂的校徽，身后跟着一台黑色的长轿车。

"我在看云。"韦嘉易告诉他。

"只喜欢云，所以宇宙知识不在你的专业范畴是吗？"

赵竞说得冷冷的，但是韦嘉易就忍不住笑了："哎呀，我真的是临时在顶替讲解员，本来就不具备专业知识。谢谢你没有投诉我。"

赵竞说"不用谢"，又走近一小步，低头看他，问："你现在不在天文馆工作了？"

"嗯，我是暑期工，已经结束了。"韦嘉易看着他。

赵竞身上没有橄榄球运动员的汗臭味，有一股洗完澡后的清香，他比韦嘉易高半个头，有少许压迫感，面孔英俊、清晰到让世界上的其他物件，从天空到房屋，全都降低像素。

两人之间沉默了两秒，不过不是尴尬，最后同时说话。

"——我叫赵竞，你叫什么名字？"

"——我是韦嘉易，你好。"

这时候，公交车到站，韦嘉易赶紧说了拜拜，跳上公交车。

7

韦嘉易本来以为和赵竞的相识就止步于此，因为他们没有相似之处。

普通的公立高中的学生，和那种到天文馆看电影，要有保镖站在门口守护的大少爷。这座繁华的大城市，有人住在寸土寸金的半岛之中，有人寄人篱下，他们会呼吸相同的空气，不过不属于同个世界。

还好韦嘉易不爱伤春悲秋，或者抱怨不平，因为每天忙于学习和家里的琐事，忙于带弟弟妹妹做功课，他迄今为止人生全部的愿望，暂时还只有进入梦想中的学校，把未来描绘得更清楚些。

第三次见面的契机，是一个周末，韦嘉易的父亲还有继母都没空，他得先送妹妹去上钢琴课，然后带弟弟去同学的生日会。

弟弟上了一所学费高昂的私立学校，同学家住在富人区，房子大得像宫殿，生日会办得也像婚礼一样，四处铺满鲜花气球，还有拍照台和自助餐台。然而这场聚会，家长们并未受邀，大多数人放下小孩就离开，等傍晚再来接走。

韦嘉易是打车将弟弟送到的，继母给的车费少，不够往返两次，司机离开之后，他无处可去，像个流浪汉一样在这片区域晃悠，庆幸自己没有穿得很邋遢，否则恐怕会被附近的居民拍摄照片报警，让警察来抓他。

富人区有河流流经，后方有个浅滩。韦嘉易在旁边的步道上散步，脑袋里想最近非常难学的数学课程，想得停下来，找了一张长椅坐着，打开手机搜题目学。

天冷了，风很大，学了一会儿，他瑟缩肩膀，突然有台车停在他面前，车窗降下，车窗后是赵竞的脸。

韦嘉易愣了愣，对他笑笑："好巧啊，你好。"

"你怎么在这儿？"赵竞的头离车窗很近，简直像想探出来，虽然没什么表情，但看起来有点好笑，"这附近没公交车，你等错了吧？"

"我没在等车呢，"韦嘉易无聊的心情都变有趣了，希望赵竞能留久一点，和他解释，"我在等我弟弟参加的生日会结束。"

"几点结束？"赵竞问。

"六点半。"

赵竞的表情茫然了一秒，抬手看了看表，说："你还要在这儿等四个小时？为什么？"

"……嗯。四个小时也不久，我家有点远，就不回了。"韦嘉易多少也存在一些青春期男生通有的自尊，不想告诉赵竞，自己的钱不够打车回家再回来，临时美化出了一个新的理由。

赵竞露出一副不能理解的表情："四个小时不久？你家在哪儿？能有多远？要坐飞机回去还是怎么？"

连续四个完全没有边界感的问题，问得韦嘉易答不出话。

还好赵竞有自己的逻辑，他莫名其妙地发布了新的命令："你上车，回我家等。"

8

韦嘉易本来以为赵竞人冷冷的，话不多，没想到实际上坐在车里，赵竞说话就没有停下来过。

赵竞似乎不能理解为什么韦嘉易要坐在长椅上等四个小时，问了韦嘉易很多问题，后来又看了韦嘉易的手机屏幕，马上称可以给韦嘉易辅导数学："我这门课也是拿了满分的。"

外表明明看起来很冷漠，实际上好像又挺热心的，韦嘉易简直有点受宠若惊，连家里的事都没有对赵竞遮掩。

他平时和同学聊天，从来会避开自己再组家庭的话题，对赵竞却可以坦然说出继母这个词语，才发现说出来其实没有那么难，而且会快乐一些。

赵竞的家很快就到了，比韦嘉易的弟弟的同学家更大。不同于普通的充斥大理石和金色喷泉的豪宅，赵竞的家是一栋十分现代化的灰色建筑，像出自名家之手。

进门之后，韦嘉易跟着赵竞走了许久才到书房。赵竞在书架上拿了一本数学书，突然回头说："对了，你晚上想吃什么？我让厨师准备。"

韦嘉易去别人家做客都做得很少，呆呆地看着他，说："我什么都吃。"

赵竞好像想批评他的回答，但不知为什么忍住了，说："行吧，那让他看着准备。"

"谢谢你，"韦嘉易很真心地说，"我本来没想吃的。"

"我要吃啊。都把你接来了，难道让你坐在一旁看我吃？"赵竞走过来，把教材放在韦嘉易面前。

两个人学习了一会儿，赵竞可能是看到韦嘉易的手机屏保（一张他拍摄的火烧云），问："你很喜欢云吗？"

"对啊，"韦嘉易说，又补充，"云有很多种，我以前还会用照片收集看到的云。不过我们市的云种类不多，我不常有机会出门，收集到的都差不多，后来就没再做了。"

赵竞说："我经常出门，我拍了发你。"然后立刻拿出手机："你加我。"

9

因为六点半要接弟弟，他们提早开饭，晚餐好吃到韦嘉易吃得有点晕。

韦嘉易正要在软件上叫车，赵竞说让司机送就可以。赵竞本来还要一起送，韦嘉易实在不好意思，而且他弟弟问题特别多，韦嘉易不想让弟弟见到赵竞后问一大堆，最后对父亲和继母告密，所以劝了赵竞半天，终于成功劝阻了。

赵竞帮他开车门，一副不高兴的样子，韦嘉易猜不到他在不高兴什么，说："我有几张天穹影院的员工券，他们最近又有新电影，我请你去看好不好？我会尽量包场。"

赵竞又高兴了，微微点了点头："时间发我，我来接你。"

10

接了弟弟又接妹妹，回到家，辅导完作业，父亲和继母终于看完音乐剧回家了。

弟弟看到父母，立刻跳起来，很激动地讲述，哥哥的同学的司机送他们回来，那台车有多大，多么奢华。父亲和继母都问韦嘉易那是谁，怎么从来没听他提起过，家里什么条件。

韦嘉易性格温顺，以前问什么基本都会说，此刻却发现自己简直突然有了想要保护的人，哪怕赵竞不需要他的任何保护。

他回避了家长的全部问题，推说是同学，车也是普通的商务车，只是弟弟说得很夸张。

终于洗了个澡，回到房间里，韦嘉易仍旧觉得今天的一切像梦。他拿起手机，看到赵竞发来了新的消息："请我看电影的时间确定了吗？"

怎会有这样的急性子？韦嘉易很明显觉得自己正在笑。

赵竞的头像照片是星空，他应该很喜欢星星，难怪会来看电影。

韦嘉易点他的头像，本来是想偷偷看看赵竞的生活，但是点开的刹那间，赵竞的头像突然变了一下。

　　星星不见了，变成了一片云。

© 民主与建设出版社，2025

图书在版编目（CIP）数据

南方海啸 / 卡比丘著. -- 北京：民主与建设出版

社, 2025. 9. -- ISBN 978-7-5139-5078-7

I. I247.5

中国国家版本馆 CIP 数据核字第 2025XK7586 号

南方海啸
NANFANG HAIXIAO

著　　者	卡比丘	
责任编辑	王　艳	
监　　制	邢越超	
策划编辑	柚小皮　马雪然	
特约编辑	刘　静	
营销支持	文刀刀　周　茜　魏淼鑫	
封面装帧	有点态度设计工作室	
内文排版	百朗文化	
出版发行	民主与建设出版社有限责任公司	
电　　话	（010）59417749　59419778	
社　　址	北京市朝阳区宏泰东街远洋万和南区伍号公馆 4 层	
邮　　编	100102	
印　　刷	三河市鑫金马印装有限公司	
版　　次	2025 年 9 月第 1 版	
印　　次	2025 年 9 月第 1 次印刷	
开　　本	640 毫米 ×915 毫米　1/16	
印　　张	17.5	
插　　页	8	
字　　数	314 千字	
书　　号	ISBN 978-7-5139-5078-7	
定　　价	56.00 元	

注：如有印、装质量问题，请与出版社联系。

海啸前纪念博物馆

Memorial Museum of Life Before the Tsunami

Memorial Museum of Life Before the Tsunami

继续靠近不属于他的烦恼、犹豫，靠近梦想，像勇士般穿越一切，来到终点，捕获所有韦嘉易青春期与成年后的云。

高瘦的是韦嘉易，走路乱晃的是韦嘉易，温柔体贴的是韦嘉易。

韦嘉易在某学校上过学，替遭受海啸的小镇拍照，对趣竟非常好，与什么艺术成就、拍摄价格、圈内资源没关系，一切都是只关于韦嘉易。

"⚡卡比丘♡"

NANFANG HAIXIAO

2025

Seating 05/26

Ceremony 06:20